赘婿

⑤ 龙蛇起陆

愤怒的香蕉 著

青岛出版社
QINGDAO PUBLISHING HOUSE

图书在版编目（CIP）数据

赘婿.5,龙蛇起陆/愤怒的香蕉著.—青岛:青岛出版社,2021.2
ISBN 978-7-5552-9653-9

Ⅰ.①赘… Ⅱ.①愤… Ⅲ.①长篇历史小说－中国－当代 Ⅳ.①I247.5

中国版本图书馆CIP数据核字（2020）第211746号

书　　名	赘婿5 龙蛇起陆
著　　者	愤怒的香蕉
出版发行	青岛出版社
社　　址	青岛市海尔路182号（266061）
本社网址	http://www.qdpub.com
邮购电话	18613853563　0532-68068091
责任编辑	李文峰
特约编辑	孙小淋　徐馨如
校　　对	张庆云
装帧设计	千　千
照　　排	梁　霞
印　　刷	三河市良远印务有限公司
出版日期	2021年2月第1版　2024年1月第2次印刷
开　　本	16开（710mm×980mm）
印　　张	15
字　　数	218千
书　　号	ISBN 978-7-5552-9653-9
定　　价	39.80元

编校印装质量、盗版监督服务电话 4006532017　0532-68068050

目 录

第 一 章	偶遇故人心生波澜	殊途同归皆为道德	1
第 二 章	四季斋上密谋脱身	杭州城中血腥清洗	20
第 三 章	了却旧怨惊破诗会	悍不畏死反扑破局	36
第 四 章	无畏人勇担无畏事	尴尬人误入尴尬局	55
第 五 章	刘西瓜独身破埋伏	宁立恒浅显论平等	65
第 六 章	行侠义大闹古桐观	遭报复反断退却心	94
第 七 章	救少年陈凡怒出手	见不平霸刀架梁子	111
第 八 章	包道乙哑巴吃黄连	苏檀儿千里寻夫君	132
第 九 章	救妇孺火烧白鹿观	绑人妻楼家惹大祸	149
第 十 章	无力攘外累死千军	急于安内再起大战	169
第十一章	恐泄密怒斩包道乙	为救人金殿陈心意	186
第十二章	收杭州保全霸刀营	知真相提放宁立恒	207

第一章
偶遇故人心生波澜 殊途同归皆为道德

灯火辉煌，人声喧嚣。

雨刚下过，外面街道上还淌着水流，杭州城北侧的这座院落间灯火通明，大红灯笼将长街的模样勾勒出来，一拨拨车马、人群汇聚过来，将这片地方装点成方腊登基之后最为热闹的场景。

八月二十二日，永乐朝百官宴。

这一片原本叫作长兴街，附近所住原本都是杭州城内有头有脸的豪绅大家。与这边隔了两条街的一座原本是王府的大宅子，如今成了永乐朝这个小朝廷的皇宫。长兴街在地震中受灾不严重，附近一片据说方七佛早已看中，所以在后来的兵祸之中没有遭受大肆破坏，百官宴这场盛大的宴会便设在了这里。

宁毅是先在家中吃了饭才过来的，在阿常授意下跟随他的小跟班只到门口为止。宁毅递交了帖子之后在兵将的指引下走进去，途中与一名书院中认识的文士打了招呼。

这次百官宴宴请的对象一共有四五百人，加上周围负责治安的兵将、负责做事的下人，足足有数千人。这一片原本是奢华的院落园林，往日里说来大气，但这时候宁毅走在其中，见灯影之间人来人往，假山、亭台、碎石小道间各种人物通行，便俨然有了逛庙会的感觉。

不过到得后方，气象便开阔起来。这边房舍环绕间有座中等规模的广场，周围的房舍面对广场一边的墙壁如今都已被打通，一张张红漆圆桌在那些房舍的屋檐下延伸开去，摆出长龙一般的阵势，看起来倒也显出了几分大气。广场上原本搭起了高高的雨棚，如今已经撤去大半，地面上基本是干的，未撤去的雨棚则围成一圈。雨棚下，一盏盏灯笼高高挂着，颇为热闹。

虽说进入杭州的是一群没有什么底蕴的农民，但这座城市之中，各种奢侈之物是不会缺少的。宁毅如今在杭州城里接触的圈子不大，但认识的人还是有一些的，如文烈书院的文士，如一些书院弟子的家长，不过今天更适合来往说话的，还是霸刀营的人，他略找了找，随后便在后方房间的一个角落里找到了他们。

这一桌基本上是霸刀营中的小管事，如以往随着刘大彪处理事务的两名文士，如刘天南手下的一些小管事。方腊的永乐朝成立之后，大家多多少少也算是官员，秉着蹭饭的心情跑过来凑凑热闹露露脸。至于刘大彪、刘天南身边的侍卫之首杜杀、罗炳仁等人，虽然有份参加，大家关系也算融洽，但他们就算到了，也不至于跑到这桌来。

宁毅虽然是外来之人，但大家知道他颇有能力，平日里不至于给他脸色看。宁毅在这类来往中也绝不是那种口头上会给人负面观感的人，与刘大彪的两名文士也都是相处融洽。这些人在霸刀营中都是有一定资历的老人，长期跟随队伍征战，见到的事情也多，待宁毅坐下，其中一位名叫刘志章的执笔师爷便拉着宁毅，介绍起今日到场的一些人来。

"你看看，前面那个胡子很长的，叫作高玉。我认识，文武双全，人很厉害，以前一起吃过饭。离他不远有些胖的就是祖士远祖相爷啦，对庄主很不错，以前也说过话，一家人……"

"再过来一点儿。看，正在笑的那个，那是张道原，有时候很鲁莽，但也有人说他口蜜腹剑，不过你不用管他……"

"徐百、元兴呢，他们经常在一起……厉天佑呢？贾和兄，看见厉天佑了吗？"

刘志章指指点点，说得一阵，倒像是专门在找某些人点给宁毅看。宁毅也明白过来，张道原、徐百、元兴、厉天佑这些人，当初是想要动手杀他的，因为陈凡的出现，对方才知难而退。刘志章等人虽然处理事情只是平庸之才，在霸刀营中消息的灵通程度却肯定是超过他的，自然是稍稍打听了那天的情况，这时候旁敲侧击给宁毅提个醒。

旁边的汤贾和是庄子里的一位小管事，如今就管着那几条街上的杂事。他三十多岁，此时嗑着花生，颇有几分匪气。他朝周围看了看，不在意地拍拍宁毅的肩膀："没看到又怎样，宁兄弟，不用在乎这些人。厉天佑又怎样，便是他哥哥厉元帅到了，也不能不给庄主面子。"

他说完，一旁有人想了想，问道："听说……宁兄弟还得罪了石帅？"

那汤贾和抓了抓头发："石帅有容人之量，不是那么不讲道理的人，宁兄弟如今与我们一条心，他会明白的。就算他不依不饶，陈凡与宁兄弟不是也有交情吗？厉帅石帅，庄主陈凡，打个平手而已……"

"那可难说，庄主跟陈凡毕竟年轻……"

"庄主跟石帅又不是没打过……"

这几人说的厉元帅自然是厉天闰，石帅当然是石宝了。刘西瓜在方腊面前的地位显然颇为超然，一旦与人发生矛盾，道理讲得赢的时候或许就讲讲道理，懒得讲道理的时候就拔刀斩人，以单挑见分晓。这种事情应该不是第一次，众人你一言我一语地说起来，说得津津有味，宁毅也在旁边饶有兴致地听着。

他如今自然不用担心自己的处境，刘大彪其实是个颇懂轻重的人，既然决定保自己，说明已经有过权衡，目前看来，这人还是可以相信的。几人说了一会儿，又聊起如今义军之中谁最厉害，谁最有权势，等等。

事实上，这次百官宴，义军之中真正的重量级人物到得并不多，宁毅也是清楚的。如今一人之下万人之上的方七佛在打嘉兴，麾下虽然领了石宝、厉天闰等人，但看起来战事并不顺；方百花前几日回来过了个中秋，本来说会参加百官宴，但前天又匆匆离城，执掌西北战局去了；如今的兵部尚书王寅在南方，协同司行方、邓元觉鏖战于越州、台州一带，并且接应台州吕师囊起义，倒是打得有声有色。

"四大天王"等真正重量级的人物基本不在杭州城内，如今还在城内又有些分量的，娄敏中算是一派，掌了朝政，算是大权在握；右相祖士远比较摇摆不定，与娄敏中、参知政事齐元康关系都不错；而天师包道乙虽然看起来低调，其实却是钱多、兄弟多、家伙多的典型。如今大家拜山头、抱大腿，基本上就是冲着这几人来。小山头当然也有，但不如这几人的名声显赫，宁毅也就不是很关心。至于刘大彪这样的，只在内部扯旗，外面的人想抱大腿其实也抱不到，知道的人也就不多。

宁毅心中早就有个轮廓，这时候听了些八卦，那轮廓就更加清晰了。包道乙、齐元康还没到，娄敏中与祖士远被围在人堆里，远远看去，倒也颇有气场。这样看了一阵，宁毅出去上厕所，回来的路上，在走廊上却被一道人影拦住了。

"宁立恒。"

来人三十多岁，样貌端方，气质沉稳，带着几分儒雅，说话之后拱了拱手。宁毅看了两眼，随后便在记忆中搜索出了对这人的印象："龙行首，好久不见了。"

他之前与这人见面的次数只有两次，第一次是初到杭州时与苏檀儿一同过去拜会了对方，第二次则是有一天在街上偶遇打了一个招呼。对方名叫龙伯渊，原本是杭州一带布行行会的行首。那人见宁毅竟然还记得他，有些讶异，笑着挥了挥手："哎，行首别说了，现在可不是了。"

笑得一阵，龙伯渊问道："宁贤侄没能回去，那苏家侄女她……"

"说来一言难尽，不过檀儿回去了，有劳龙兄牵挂。"

"回去了……回去了好啊。"龙伯渊笑了笑，点点头，随后拍拍他的肩膀，"立恒如今呢？住在哪里？境况如何？"

"呵，未能逃脱，在文烈书院那边当了个先生，如今给人写写东西，做做归类……"宁毅将自己的大概情况说了一下，"龙兄如何？"

"不好，军队进城之时，一番家业快被抢光了。布行的生意我虽然有些经验，但故旧都走了，如今市面上三教九流都是些生面孔，规矩也不知该如何拿捏，生意勉强维持而已。遭逢乱世，生意难做啊。"他笑了笑，"如今最开心的，还是看见故交无事，虽然在这里也不算什么好事。苏家贤侄女走了便好，不过立恒既然在这儿，往后有空多来往，我还住在原来的地方，伯奋与立恒一样，都是文人，说得上话。"

他虽然经商，但家中弟弟龙伯奋倒是个正宗的文人。

宁毅也笑："自该如此。"

"好了，我先过去了。"龙伯渊拍了拍他的肩膀，随后靠过来一些，"再不走的话，对面那位姑娘可是要过来喽，哈哈。"

他说完这话，笑着头也不回地走了。宁毅有些疑惑地回过头，只见隔了半个院落，那边长廊的大红灯笼下，一名女子正微微偏头，有些疑惑地望过来，却是许久不见的楼舒婉。

事实上，宁毅从外面进来的时候，楼舒婉就看见他了。

方腊起事，打的是"是法平等，无有高下"的口号。虽说口号只是口号，没什么人会将其引申到男女平等上去，但其胞妹方百花本身便是义军中最重要的将领之一，旗下也有不少女将女兵，也是因此，永乐朝初立，任用了一些有能力有背景的女官也就不是什么奇怪的事情了。

当然，这时能够在方腊体系里任职的女性，半数以上其实是一开始便有一定位置的。有的是在山寨里帮着丈夫管些事情，有的是跟随方百花一路过来，也有摩尼教中的女子。如今女人的地位毕竟不高，她们虽然管事，官位却比较含糊，要么挂名在方百花麾下，要么挂名做皇宫的女官。

女子来参加宴席，自然也不可能被安排与男子混坐，而是被安排在侧面一间独立的厅堂里。此时还早，据说会出来接待众人的皇后娘娘还未出来，楼舒婉与一名早先认识的女子正在闲聊，无意间看见了窗外走过的那道身影。

初时她还以为是看错了。

这两个月里，由地震到兵荒，义军进城之时，楼家也受到过不大不小的冲击，他们由初时的惶恐不安到现在终于调整好心情面对现实，至于周围的人怎样了，那段时间里没有多少人有心情去理会。待到一切基本定下之时回头看看，他们才发现之前认识的许多人或是已经离开，或是失踪了，或是偶尔在街上遇见，才发现对方竟也没能走掉。

宁毅与苏檀儿其实算不得楼舒婉周围的人，双方之间的关系原本就有些说不清道不明。当初在杭州之时，楼舒婉与苏檀儿谈得来，与其说是因为交情，不如说是因为双方都有个入赘的夫婿。那时双方的关系算不得冷淡，但真要说交心，双方都是不信的。后来有西湖上的那次纠纷，一切就变得复杂起来。如果事情继续发展，会变成什么样子很难说，但随之而来的兵祸冲淡了一切，她先是受了惊吓，后来又替家里人管理事情，如今有了个女官身份，周围的环境也都变了，偶尔想起来真是恍如隔世的感觉。

两个月前的各种人和事都已经变得遥远，她就算想起宁毅与苏檀儿这对夫妇，也觉得他们大抵是离开杭州了。这事楼舒婉没有去探究过，也无须探究。这时候看见那道身影她自然觉得是看错了。她在房间里继续聊天，中间出来透了透气，在周围转了一圈之后，看见了那名正与龙伯渊交谈的男子。

怀着连她自己都不太清楚的心情，她微笑着打了个招呼。

"你们也没走成，檀儿妹子呢？"走近之后，她抚了抚发鬓，颇为自然地问道。

宁毅看了她几秒钟，拱手笑了起来："檀儿回去了，我没能走成……楼姑娘气色不错，又见面了。"

"呃……又见面了。"

…………

"这几个月的事情真是一团糟……先前曾去过太平巷那边，原想打听一下你与檀儿妹子的情况，但是……那边，呵……"

雨后夜风怡人，大红灯笼一盏接一盏地绵延开去，一座座院落喧嚣嘈杂，偶尔还能听见粗犷而放肆的说话声，粗声粗气的打招呼声，负责招待的丫鬟三三两两匆忙走过的声音。楼舒婉与宁毅走在屋檐下，时间和环境许多时候可以改变和营造许多东西，至少在目前的氛围中，两人确实有着交谈的理由。楼舒婉自然而然地说起她之前去过太平巷的事情，宁毅当然也不会表现出排斥来。

"太平巷那边……现在如何？"

"好像是出了些问题，被炸得不成样子了，我也不是很清楚……"

"啧，失败的投资。"

"什么？"

"没什么。楼家……还好吗？"

楼舒婉去到太平巷不过是那天顺路，她看到宁毅与苏檀儿之前的房子当时已经化为一片残骸。对此楼舒婉没有向周围的人多做打听，没什么兴趣也没什么必要，反正大抵能够确定他们已经走了。至于宁毅，选择太平巷那边做住处原本是觉得武朝如果迁都，往南方来之后太平巷一带会有很大的升值空间，谁知道千年后的经验和见识在自信满满的情况下翻了船，这时候他不免感慨了一下，开了个玩笑。听宁毅说起楼家，楼舒婉不置可否地笑了笑。

"父亲身体还好……杭州城破之时，一片混乱，他们说的……方七佛，'佛帅'让王寅到了家里，威胁父亲留下，用楼家的基业为永乐朝分担些事情。当时不好走了，父亲也只好答应下来，如今倒是没受到太大冲击，一切都好，就是忙了些。"

说这话时，她微微看了宁毅一眼。让楼近临决定留下的一个原因——即便不是主因——便是楼家在那场立秋诗会上感受到的与钱希文的对立，方七佛之所以找上楼家，这也是原因之一，而钱希文与楼家的对立，现在看来，宁毅似乎正是导火索。

待到确定宁毅并没有什么异常的情绪后，她才说道："立秋诗会那天二哥做的那些事情，我一直想找机会给你们道个歉，二哥他不是什么坏人……不过后来发生了那么多事情，便耽搁了，如今……"

宁毅笑了起来："如今这种情况，当初的些许小事还有什么好说的。"

"也是。"楼舒婉笑着点了点头，随后问及宁毅城破之后的情况、如今的所在，也大概知道了宁毅是没能逃掉，被抓之后如今在霸刀营做些抄抄写写的活。

这样的事情并不出奇，她知道宁毅是有才学的，要有事情做并不难。不过此时杭州的权力阶层分为了三等：当初便随着方腊造反，有资历、认识许多人的官员自然是第一等；似楼家这样城破之时方才投诚的是第二等；而城破之后被抓了方才答应任职的，即便才华横溢，地位通常也不高。

该说的话大概说完，对于宁毅留下而苏檀儿走掉的事情，楼舒婉旁敲侧击询问了几句，宁毅只说一言难尽，她也就没有再问。要说苏檀儿扔下他独自跑掉，楼舒婉觉得不太可能，但这些日子以来，她见到了太多扭曲的事情在眼前发生，战乱之中，没什么是不可能的。不过无论如何，这时候她总是不好再问了。

他们互相道别后，楼舒婉回到侧面的厅堂里。这边开了窗户之后其实与主会场仍然是连在一起的，她与一名认识的女子交谈了几句，从窗口朝外望，不久之后看到了坐在另一侧角落里的宁毅。书生与周围的人聊天谈笑，气氛融洽，既不显得清高孤僻，也没有刻意张扬，画面就那样融入一片喜庆的红色灯火之中。

环顾四周，各种各样的男人、女人，她在其中却是格格不入。

女性没有大家闺秀的娴雅，也没有小家碧玉的清新，她身边的女子性格直爽，身材高大，说起话来却只有一种村姑范儿。

触目所及的男子也充满了一股血腥与肆无忌惮的气息，他们刀口舔血，造了反，杀过人。有的身材魁梧，像是码头上搬东西的苦力，只是这些人更加张扬。有的像是以前见过的拼勇斗狠的江湖人士、帮派老大，但他们多了一份沉稳和凶戾，帮派老大只是收收保护费闹闹事，他们却是真正以杀人为职业的人。

若是在以前，她偶尔也会欣赏和向往这一类人，但生活归生活，精神调剂与生活是不同的。当看见不远处兄长楼书望陪着左相的儿子娄静之从人群中过去时，她忽然明白，月余以来她并未仔细想过的一种沉闷感，由于宁毅忽然出现被她意识到，并且在这个时候被冲淡了。

就像是醒过来了一样，她原本已经不再去想以前的生活，因为知道想了也是无用，但现在即便知道无用，她还是想起来了。

她不再是那种会为了这种事情心烦意乱的小女人了，此时只是在心中思考着。

她与宁毅夫妇的关系算不得多好，当初在他们南下途中遇上，一道过来杭州，在有些事情上看似热络，但她未与对方交心，对方大概也不会将她当成知心好友。女人之间的关系有时候很简单，有时候也很复杂，但不可否认的一件事是，最初大家来往的理由是有着类似的经历，但后来，她对宁毅这人的好奇与注视，是比对苏檀儿要多的。

原本该是互相交流有个没用夫君的心得的，最终她却下意识地认为对方比自己幸福。她对宁毅的好奇持续的时间不长，到立秋诗会那天的惊艳过后就戛然而止。她不至于对宁毅惊为天人，将对方视为什么高山仰止完美无缺的存在，但对方无论谈吐还是举止，给她的感觉就像他在这次宴席上一样自然，让她忍不住去想，假如能有这样的机会，有这样一个入赘的夫婿，她或许就会感到满足，就能像普通夫妻一样自然地生活，那或许不是最好的情况，但或许是……最合适的。

她看了窗外一眼，在椅子上坐下来。想清楚了这些，其余的事情就很简单了。

苏檀儿离开了——不管是怎么离开的——而他逃不掉，自己的生活也已经毁掉了。无论如何，战乱改变了许许多多人和事，如今这世道混乱不堪，而她确实想要有这样一个男人。

她想要他成为自己的男人。

楼舒婉在心中想通了这件事，随后喝了一口茶，与旁边的女子继续聊了起来。

同一时间，楼书望在那边的会场中看见了宁毅。

更夫打更的声音传来的时候，天还黑着，杭州城里只有稀稀疏疏的光点。

文烈书院后方的小院子里，暖黄的光芒已经在房间里亮了起来。宁毅在厨房里哼着歌，拿着筷子将碗里的面粉和匀，一旁的砧板上，昨晚从百官宴上打包回来的菜肴被他切了一半作为肉臊，正准备煎饼子吃。

虽然最近这段时间以来宁毅算是得罪了许多人，但昨晚那场百官宴上，他身边并没有发生什么太过特殊的事情。与龙伯渊、楼舒婉这些人再度碰面后，接下来他自然也看到了一些先前认识或是有印象的人物，此后便是一场简单而热闹的宴会，虽然也见到了方腊等人出场，但对宁毅来说并没有太过重大的意义，宴会之后宁毅将菜肴打包了一份带回来，如此而已。

此时已近第二天的清晨，宁毅起得早，侧前方的医馆大概是不久之前来了病人，此时似乎已经忙碌起来，宁毅让小婵过去帮帮忙，自己就在厨房里准备煮个早餐。为了配得上昨晚打包回来现在已经切碎了的牛肉，他还特地在面粉里敲了两个蛋。

眼下杭州城的环境算是阶级差距严重，没地位背景的人饿死不稀奇，有些靠山的，则大都有着成为暴发户的资本。宁毅目前算是少数处于两者之间的存在：饿不死，多数时间也能吃些好的，就算在少数物资上没法与他人比，刘大彪这边也没有亏待他，贪污或是以权谋私没什么必要，但平日里也没什么余粮，属于每天过得还不错，但过一天算一天的模式。

经过院门外的时候，戴着斗笠如幽灵般的少女听见这边传来"烛光照亮了晚餐，照不出个答案，恋爱不是温馨的请客吃饭……"这类古怪的歌声，随后传来了煎饼的香气。

这是宁立恒住的小院子，她从外面道路上经过时看过几眼，但一次都没有来过，这当然是因为没有必要。少女现在是这片街道的所有者，为上位者对下属可以有关切之心，但无须想着敦亲睦邻，特别是……在她是一个自称叫"刘大彪子"这等剽悍名字的领导者的情况下，许多时候，当与人保持距离。

习武之人起得早，昨晚那场百官宴没有她太多事，她也没有消耗太多体力和精力，倒是今早起床，预备修气练刀时，听说寨子里陈管事的小儿子得了急病被家人赶忙送来大夫这儿，看着天还未亮，她便四处走走，过来看看。

这条街道上的一座座院落原本都是隔开的，但地震之后霸刀营占了这边，许多墙壁就被打通了，如今一座座院子已经连成一片，热闹是热闹，其实也是因为入城之后霸刀营没有忙着抢东西，导致房子不怎么够住。

少女没有背刀，清晨起床穿了一身靛蓝衣裙，戴了纱笠，一路幽灵般安静地过来，中间基本上没有惊动旁人。当然，就算寨内几名武艺高强的人看见了她，也不可能说出什么来。她在医馆后方悄悄地看了几眼，里面显得颇为紧张，家属着急，孩子痛得大哭大喊，她该称呼爷爷的老大夫正在忙着处理，又是针灸又是敷药，似乎是跟在宁立恒身边的那个丫鬟也在帮忙。不过她也知道，这个丫鬟已经是宁立恒的小妾了，在医馆之中人缘也不错。

医馆中的治疗一时半会儿应该不会结束，她无意过去慰问或是添乱，便折回去，途中路过那座小院的门口。厨房里亮着光，宁立恒唱的古古怪怪的歌又传了过来。如今小婵在医馆帮忙，里面显然只有他一个人。霸刀庄不是什么书香人家，他们以往混江湖，如今杀官造反，到了野地里会烹饪煮食的男子比比皆是，但有女人还自己做饭的书生，她倒是见得不多。

那歌词虽然古怪，但也有趣。此时他唱道："阳光在身上流转，等所有业障被原谅……"这歌词她似乎也能轻易听懂。

她就这样听了几句，里面的歌声突然停了，随后书生的身影出现在那边的檐下，手上拿着根金黄色的东西咬着，正朝这边望过来。她本是想走的，但既然被看见了，便不走了。

书生看见她，似乎微微愣了愣，随后略带调侃却又颇为自然地笑了起来："主公，早啊。"

多日以来，两人相处时，宁毅说起"主公"这词，似乎都有些自得其乐的感觉在当中，虽然不含恶意，但也未必出于尊敬。不过她也不在乎对方一点点的自娱自乐，此时微微仰起下巴，点了点头，态度温和："你也早。"

"吃过了没？"宁毅扬起手上的卷饼，"良辰美景，何不来尝尝属下的手艺？"

片刻之后，两人坐在屋檐下吃起那卷饼来。煎得金黄的面饼里包裹了牛肉、生黄瓜等物，与后世肯德基的肉卷倒是有几分类似。刘西瓜微微揭开面纱咬了几口，看看宁毅："我听说，君子远庖厨。"

"孔夫子是有这么个说法。"宁毅点点头，随后望向医馆那边，"主公……莫非是过来看那个生病的孩子？"

刘西瓜吃着东西，不置可否："看那孩子痛得那么厉害，该是得了肠痈，若是运气不好，怕是活不下去了。"

"主公宅心仁厚，令人佩服，不过肠痈这东西……那是阑尾炎吧，把肠子割掉一段就好了。"

刘西瓜在面纱后看着他，好半晌才敷衍地问道："怎么割？"

"切一刀，找到病变的阑尾……就是大概在这里的一段肠子，割掉，再缝起来……呃，差不多是这样。具体的我也不清楚，但为了研究这个，可以考虑解剖一些正常人的尸体，跟得肠痈的人的肠子对比一下。"

"立恒说的，发人深省。"少女转过头专心吃东西。

"不失为一种研究事情的办法。割开，对比，缝起来，不过消毒要好，然后呢……反正我又不是大夫，这是他们要研究的事情。"

没有星星，没有月亮，天也未大亮，坐在屋檐下交谈的两人明显都没怎么认真——若是平时，宁毅说些东西，少女多半会思考一阵，此时却明显有些无所谓。宁毅大概也不管对方信不信——恐怕就是因为笃定了对方不会信——在这里不负责任地说了一阵，笑了起来："他们怎么打我小报告的？"

"说你信些歪门邪道，把手上的伤口缝起来，差点儿死了。"说起这个，刘西瓜似乎也笑了，但这样的感觉一瞬即逝。

宁毅耸了耸肩，辩解道："科学研究嘛，总会出错的，失败是成功之母。"

天还未亮，不是讨论正事的时候。刘西瓜已经确认宁立恒基本是个无趣之人，与他有关的一切大抵也可以以这个出发点来理解了。君子远庖厨什么的，他根本不在乎，至于那些出格的想法和做法，大抵也是出自对许多事情的不在乎，而刘西瓜现在也是要他的运筹能力而已，对于其他方面，同样不怎么在意，两人便在这样的模式下建立了基本的相处方式：话可以乱说，只要双方都清醒，事情不乱做就行。

某种程度上，在刘西瓜的理解中，为上位者，基本都是不择手段毫无原则。即便是这样，她还是会去欣赏那些有原则和坚持的人和事。初时想要收服宁立恒，在她的期待里，是当作一个巨大的挑战来做的，也对对方做了种种预测，所以她在跟着方七佛攻打嘉兴的时候就在准备一切，譬如让人去湖州打听苏檀儿的事情，做好充分的布局，最后对方无论为师、为友，还是为仇都会很不错，谁知道后来对方会那样干脆。

大概明白对方的行事风格之后，一切也就变得索然无味了，她佩服对方的行事能力，但难以欣赏。我不杀你，你帮我做事，我好好待你——接下来大抵就是这等机械的相处模式。或许也是因此，她并不介意此时在对方的院子里吃个饼子，随口说些话，因为双方都有辨别能力，也都不会放在心上。

有一搭没一搭地说话之时，夜空中似乎传来了小规模的喊杀之声，刘西瓜停下来，仔细地听着。宁毅也听了一阵："东边那条街又打架了，最近好像挺频繁的。"他说话间，刘西瓜已经站了起来，想了想，伸出手来："再给我一个。"宁毅拿了个卷饼给她，她朝着通往街道的门走过去，回头问道："你要来看吗？"

宁毅愣了愣："好啊，我最喜欢看人打架了。"

天边已经露出微微的鱼肚白，鸡叫了起来，朦胧的天光里，两人一面吃着牛肉卷，一面往那边听起来正在群殴的街道过去。这时候的杭州并不太平，他们走到街口时，就已经看见那边晃动的火把与血泊中的人影，有的人大喊着"弄死他……"，冲进一旁的小巷。

属于霸刀营的东面的几条街道靠近城郊，相对破旧，城破之后，许多贫民聚集于此，霸刀营对地盘的侵占没有大幅度地往周围发展，大抵是刘西瓜看见这边人多房旧，放了他们一条生路。城破之时一片混乱，据说刘西瓜还在附近发馒头玩。后来这边鱼龙混杂，乱七八糟的事情很多，病死的饿死的也有，但这类事情在如今的杭州城郊已是常态，宁毅偶尔与小婵说起，也只是让她远离这边。这段时间宁毅已经看到这边的好几次火并，似乎是原本就在杭州的一些混混、帮会，在了解了方腊军队对这边的放任态度之后，开始在这里重新角力，建立自己的势力了。

宁毅不介意看些八卦和热闹，倒是有些意外刘大彪也对此感兴趣。天逐渐亮起来时，那边的街道上一片呻吟之声。少女吃完了卷饼，低喃道："待会儿要让人送些药去。"

"你倒是好心……"

宁毅只是敷衍地一说。少女的善心往往来得很古怪，城破时发馒头，这时送药，兴许都是一时兴起。不过，她接下来的话倒是有些出乎他的意料。

"是我让他们打起来的。"晨风拂动了那层面纱，面纱之下，少女精致的双唇似乎微微勾了起来，像是在说一件颇为自豪的杰作。

"嗯？"

"我让他们打起来的啊。"刘大彪得意地笑了起来，"城破的时候，他们往这边过来，我来发馒头，发得不多，不过有的人打起来了，我也没去管。"

"听说了，有个孩子的馒头当着你的面被抢了，你也没管。"

"嗯，我做了善事就行了啊，我是好人了，反正会有人吃到我的馒头。至于是谁吃到的，有什么关系呢，做善事在于心诚嘛。"她说着，"他们也不认识我，就以为我是个有些背景的富家小姐，有一次我过来，他们把我的包袱也抢了呢。所以后来我就驾了马车过来，在马车上发了。"

对于少女说的这些事，宁毅在霸刀营中已经听过几次。这边街上人多，少女发馒头之类的东西，哪里管得了所有人，她发的东西也不多，就装了一个包袱，发完了就心安理得地走人，所以大家也以为她是只求自己心安。

"发的东西不多，我就发给几个人，那样一来，每一个人就有很多啦。有些人忽然拿到了十个馒头，吃不完，想要藏起来，却被人发现了，就有人来抢。后来我也发点儿腊肉什么的，反正是很好吃的东西。这边有个金老大，有个田老大，还有……反正有好几个头领，手下都有些人，欺负不了我们这边的，只好欺负街上的人，每次东西都被他们抢来抢去，后来我去发东西，都没什么人敢要了。"刘大彪将手背靠在唇上，笑了起来，"不过我可不是坏人，他们不敢要，我还是要发啊，总有些人饿得不行了，会铤而走险的。我听说，有个孩子为了抢些东西给他妈妈吃，被打成残废了呢。呵呵——"

日头渐渐升起来，少女穿着靛蓝色的碎花裙，戴着斗篷，没有背负那巨剑的霸气，看起来柔美而纯净，但这时候有一股邪魅的感觉融在那笑声里。宁毅皱起眉头来，陡然间想到一个可能:"你不会是想……"

少女放下手,那笑声停了下来,面纱后的人显得有些安静,好半响方才说话:"我每次都多发一点儿东西,但肯定是不够的,我又不发给那些看起来很强壮的人,每次当然是看见谁需要我就给谁啦。十个馒头,二十个馒头,一斤腊肉……这些人在城里过惯了,什么事情都不敢做,给他们一个馒头,立刻就吃掉,十个馒头吃不完了吧,一斤腊肉舍不得吃了吧,每次都被抢,被欺负的就一直被欺负,有人饿死,有人病死,有人被打成重伤,一直痛,最后痛死了,真可怜。总算在前几天,有个十五岁的男孩,被抢了馒头,又被打了一顿,他抢了一把刀,捅死了过来抢东西的三个人,然后就被抓了。我叫人去保下他,让他加入我霸刀营的亲卫队……然后这几天,他们很多人就打起来了。"

远远的,似乎有黑翎卫的执法队往这边过来,少女又笑了起来:"是法平等,无有高下。可是这等世道,若是连手都不敢动,就算我给了他们东西,也不会是他们的,那我就只能教他们用自己的双手去拿了。给了他们东西都拿不稳,还得我看着他们把东西吃完,我又不是他们的娘亲,凭什么?这块地方是我们用血抢下来的,他们就是因为这样所以丢了这块地方,如果还不懂这些,就只能去死了。"她微微仰起了下巴,"我也希望有一天,可以有一块地方,能让他们拿到一样东西就成了他们自己的,可是在这之前,得把那些不该拿到那么多东西的人都给打败。这个世界上,有太多人拿到不属于他们的东西了……"

"这就是我将来想做的事情。我是很厉害的。"她转过头来,认真地看着他,"所以,立恒,可不可以以后不要再那样子叫我主公,那跟公主没什么区别。你可以叫我刘大彪,也可以叫我大彪,大家在一起做事,就是一场兄弟……当然,你要真不愿意,也没关系,你可以继续叫我主公,或者叫我刘茜茜,我也有个小名叫刘西瓜,你若真要叫,我也不介意,只要你不成为我的敌人,我什么都可以容忍,因为你是真正有能力的人。"

她说完,转过身去,挥了挥手:"我先回去了。"

宁毅愣了半响:"哈哈,好的,大彪。"

走出几步的刘大彪又回过头,伸出手来指了指他:"别在街上叫得太大声,太随便,我毕竟是你老大,要有点儿面子……"她转身之间,裙摆飞扬,那语声清脆,却也带了几分假小子的感觉。随后,似乎是看到不远处一扇房门就要打开,她猛地一跃,翻上了一旁的围墙,看了宁毅一眼,跳下去,消失不见了。

宁毅看得有趣。这刘大彪有时古怪,有时霸道,有时安静,有时却又爽朗纯净,真要说起来,如果她对霸刀营的高层大都是这样的态度,倒也确实是个颇有领袖魅力的女子……

他正想着这事,街道那头他所住的那座小院门口,一辆马车停了下来,有人从马车上走下,敲了敲院门,远远望去,正是楼舒婉……

八月转瞬即逝。

时间进入深秋,杭州的叶片落下,在道路间重重叠叠地堆积起来,风已经变得凉爽。

往年这时是江南一地最为好过的日子,杭州商贩云集,热闹而繁华,人们呼朋唤友,结伴远行,城里各种文会诗会不绝,仿佛茶楼酒肆的幡旗中都洋溢着墨香,青楼楚馆,莺歌燕舞,彻夜不息。

"现在只好将就一下了。"

将手中用来锻炼身体的石头碾盘放下,陈凡拍了拍手,呼出一口气。时间还是上午,男子赤着上身,做完了例行的锻炼,将衣服披上。阳光洒下来,叶子在风里落下。

作为方腊军中一人之下万人之上的方七佛的弟子,虽然早些时间还掌管着整个杭州城的治安,但名叫陈凡的男子居住的院子并不奢华,一边的院墙甚至还有道破口,虽然修补了小部分,但泥土砖瓦摆在墙角,看来已经很久没再动工了。

熟悉的人大抵都知道陈凡生活简朴——更亲近的人就知道这或许该叫粗糙——他对于生活上的事情并不怎么上心,最大的兴趣是跟人抬杠、找碴、打架。他没有家人,跟院子里的三个下人倒是一家,最直观的称呼分别是"老公公""老婆婆"和"瘸了腿的胖大婶"。即便是胖大婶,也已经四十出头,死了丈夫。三人托庇于陈凡家中已经有数年,虽然说是下人,但在旁人看来,更像是陈凡找他们搭伙凑合着过。

所以,这种一向都过得将就的人,说出"只好将就"的话语,实在是没什么说服力。过来找他的安惜福嚼着卷饼,表情便有些不以为然。

"日子还是很好过的。今天光城南就有三场诗会,这些文人比试起来很有意思。听他们说文君楼的姑娘不错,她们最近在选新的花魁,表演也卖力,有个叫……叶织还是叫叶君的姑娘,每天晚上都有一大批将军去捧场,你是没份了,不过遇上认识的,可以去蹭一下。"

"找个借口大家争风吃醋打上一架倒还比较有趣。"

"大家知你性情,不会跟你打的。之前一直听你说北边的战事,如今怎么不去了?"

"快打完了啊。"穿好衣服,随后到井边喝了几口水,陈凡从一旁拿过一个包裹着黄瓜和肉的卷饼,大大地咬了一口,"何况……最近文烈书院那边的事情比较有趣。"

"小孩子的事情你倒是当真了。"安惜福迟疑了一下,随后还是笑了起来。

"不一样，很有意思……而且我说的是那个宁立恒，又不是那群孩子。"

安惜福叹了一口气："我信，你信吗？"

"哈哈，我信了。"

私交甚密的两人说着话，朝着院门外走去，临出门时，遇上与陈凡同院子的胖大婶一瘸一拐地进来，陈凡扬了扬手中的卷饼："于婶，上午有空的话，把库房里的谷子拿一袋去书院那边打了，晚了怕轮不上。"

"是，少爷。"那于婶规规矩矩地回答，"我多拿几袋，今天打完吧。"

"别，人家也要用，慢慢来。"

秋高气爽，触目所及的一切看起来都有几分安逸。方腊军中的两名年轻将领一面说话，一面往不远处霸刀营所占的细柳街走去。文烈书院位于街道的中段，经过之时，陈凡指着它说了一阵。安惜福知道他最近对书院中那帮孩子做的一些事情有些上心。

安惜福自从接替了陈凡的位置，就一直处于忙碌之中，今天过来也是为了找霸刀营的刘天南刘总管沟通一些事情。

杭州如今是由起义军占领的城市。农民起事，说得好听是替天行道，其实大多是烧杀抢掠。习惯了一切东西都靠拳头来拿的军队就像是一把火，要让他们安安分分地生活、守规矩，那是不可能的。杭州富庶，犹如积薪陈炭，如果放任没规矩的日子继续下去，半个月不到就会"烧"得干干净净，就算方腊发话也是拉不住的。

陈凡当初用拳头说话，目的就是要让一部分确实过分的人收敛，让更多人多少有条活路，但也仅止于有活路。安惜福也是如此，但他并没有陈凡那等背景，就算战阵上靠着军法杀人无数，旁人也不会将这位沉默寡言的小将当一回事，人们怕的军法，无非就是安惜福背后的方百花的影子。

能掌军法之人，大多冷面无私，不偏不倚。安惜福之前便没有结交太多人，方百花对他亲切，他心中也明白那并非明面上可以拿出来的筹码。他与陈凡在军中的位置其实是大不一样的，真正有人、有山头的将领，他基本上无法去动，但在短短十多天的时间里，他还是以另一种方法将"安惜福"这个名字烙在了许多有心人的眼里。

陈凡做事的方法是在几个关键点上找几个过分的人，不管不顾地打到死，杀一儆百，让所有人都明白他是个疯子，也明白他的目的。安惜福虽然在战阵上砍头无数，却没办法在杭州城里找人乱砍，这十多天里，他让人记住的方法就是，每当有人过了分，他就立刻出动，上头的动不了，便抓下面的。

这些人多半涉及阻断漕运、火并杀人、杀人夺产这类实在让人受不了的事件。安惜福这人与人交涉时看似温和，实际上，一旦被黑翎卫抓住，七成以上的人便没了活路。有靠山的叫靠山来保，早一点儿还能把人接出来，安惜福放人也干脆，稍微晚一点儿人多半就死了,仍然是军法队的森严做派。这位安静的年轻人也会恭恭敬敬地跟人道歉,谁来闹他都会道歉,但终究没人敢在掌军法的黑翎卫前真的拔刀。半个月来,黑翎卫杀了百余人,终于让人意识到,一旦犯在这位年轻人手上,那就多半真得"惜福"了。

他们在霸刀营的门口问过熟人,才知道刘天南上午并不在这边,两人就去书院里走了走。经过旁边的医馆时,陈凡跟其中戴着头巾作小妇人打扮的忙碌少女打了个招呼。少女就是小婵,陈凡来过几次,与她也认识了。

"宁立恒的小老婆。"他如此跟安惜福介绍。

"是他丫鬟。"安惜福点头,"我认识的。"

"嗯,人就是你抓过来的……还好她不知道。"陈凡小声说道,随后朝小婵那边扬声问道:"待会儿于婶拿谷子过来,你家里那个……擂子有人用吗?"

少女正在里面端药,闻言侧过脸抚了抚发鬓,点头道:"有人用呢,我刚出来时,她们都在里面聊天。"

"哦,那我……待会儿先去占个位子。"

刘家医馆接待的多半是伤员,基本都是当兵的。陈凡说完话,旁边一名伤了腿的男子靠过来,拍拍他的手:"喂,兄弟,那小妞是谁家婆姨,看起来真是……"

陈凡指了指身边的同伴:"他叫安惜福。"

"我问的是……"那人似乎想强调自己的问题,然而说到一半,似乎意识到"安惜福"这个名字的含意,微微变了脸色,陈凡已经转身准备离开:"那小妞不是你可以想的,再问就弄死你。"

离了医馆,安惜福回头看看。陈凡一边走一边道:"刘家爷爷无儿无女,挺照顾她的。宁立恒也经常过来,就怎么治伤病说些……很有意思的话,老爷子就不怎么待见他。呵呵。"

安惜福道:"我对那宁立恒颇为佩服,原想多过来拜会几次,可惜最近实在有些忙……看来你倒是常来。"

"那个人……很有意思。"陈凡皱眉,随后点了点头,"他弄了……两个用来碾米的东西,一个叫擂子,一个叫风车,一开始大家猜那是木牛流马……他人是有些奇怪,不过倒是值得结交之人。"

陈凡想了想,又点头,小声道:"也很可怕。"

"我听说了。"安惜福点头,"真是碾米的?"

"千真万确,你之前吃的那饼子便是用碾过的麦粉做的。你也知道,麦子去皮难,那样的麦粉市面上极贵,他弄的两样东西,随随便便就能把皮去干净……"

两人说着,已经进了书院。读书声穿过书院的树影远远传来,两人穿过几座院落，朝书院后方走去。侧面的一个房间里，几名属于霸刀营的男男女女早就在这儿坐着了，房间中央的两样东西正在人的操作下运转，其余人嗑着瓜子说着话，气氛颇为悠闲。陈凡与刘大彪之间时常发生冲突，但他与霸刀营的许多人认识，领着安惜福进来时，与众人打了招呼。

　　农庄里的男男女女其实并没有什么隔阂，霸刀营虽然在起事前是个使刀为主的山庄，但大部分生活与农村无异。其中的妇人在出嫁前或许会有几分矜持，但真正嫁过人生过孩子的女人说起荤话来往往让男子都脸红，自然也谈不上什么男女之别，这时候一群人叽叽喳喳地聊些琐事。

　　房屋中间的两样东西，其一结构与石磨类似，却是竹木的；另一个则是木牛一般的风车，肚子大大的，中间有手摇的扇片。两样东西一名擂子，一名风车，擂子给谷子和麦子去皮，风车则可以去掉混在米粒中的谷皮、麦皮之类的杂质，都是最近一个月宁毅与几名学生弄出来的东西。

　　此时市面上为稻米和麦子去皮并不容易，虽然不是做不到，但工序极为烦琐。南方吃稻米，北方则以小麦为食，多数人家吃的，都是麦子未完全去皮便煮出来的"麦饭"。这种饭很香，但极难吃，吃一碗得拉一半。当然，工序烦琐，并不是做不到，只是这种米的价格相对高。宁毅当初在江宁，苏家自然吃得上精米，但聂云竹用来煎饼子的面粉里仍然有一定的麦皮。宁毅一早就在计划弄这两样东西，之前在苏家，这种心情并不迫切，这段时间倒是有了闲心，把东西弄了出来。

　　宁毅先前以火药弄得刘大彪等人灰头土脸，他要弄东西，旁人虽然没有阻拦，但自然有些在意。第一次知道风车的结构时，众人还以为这是木牛流马之类的神器，刘大彪私下问过人，陈凡听了也颇为好奇。他之前对宁毅很关注，但双方的接触并不多，后来有一天路过，心中好奇，便跑来看看。他是坦率之人，见宁毅正在调整两样东西，便直接开口问了。宁毅将构思讲解了一番，陈凡听得目瞪口呆。他原本觉得对方的谋略出众至极，放在外面便是枭雄般的人物，哪里想得到对方会制作这种乱七八糟的东西，但随后聊啊聊啊，竟觉得对方有趣起来。

　　霸刀营中的众人原本对这位宁先生也有些敬而远之。他给霸刀营出谋划策，管理事情，众人就算知道，也只觉得他是读书人，高山仰止，高高在上，只是小婵给人的印象平易近人而已。擂子与风车弄出来之后，有人试探着询问可不可以借用，宁毅就将地方对外开放了。毕竟是新东西，擂子又是竹木所制，其间有几次坏掉，或是需要调整，宁毅都是亲自过来，颇费了一番功夫。他为人温和，言辞也风趣，众人便渐渐将他看成隐士一般的人物，虽然仍有敬畏，但在许多人心中，他的形象渐渐亲切了起来。

　　当然，真正让陈凡颇为上心的并非这些事情，而是最近半个月书院中发生的一些事情。这些事情很有意思，而且潜移默化地影响着知道的人。

最初，宁毅只是在书院中讲些故事，说些类似道德文章的道理——这种模式从头到尾都没有变过，但不知道为什么，那些原本都是泥腿子出身的学生会被感染得这么快。

大概是十天前，书院中听宁毅课的一部分孩子做了一件事。起因是其中一个孩子听说了一件惨事，一名义军中的士兵得罪了上官，被弄得家破人亡，妻子被对方霸占污辱，家里人几乎死光，他也被斩了一只手。老实说，杭州城破之后，发生的事情并不只有外来人欺负本地人，起义军大多是农民，谁手上有了权，看不起下面的人是常事，类似的事情也并不鲜见，加上对方做得巧妙，事情并未引起太大的波澜。原本事情就要这样过去，这时却映入了这帮少年与孩子的眼睛。

随后的事情倒也简单，这些孩子家中都有背景，他们竟然开始动手调查。这期间他们询问过宁毅，宁毅提了一两条建议。不久之后，他们竟找出两样铁证，并将铁证交给了黑翎卫。

安惜福肯定是知道这边情况的，从他之前说的话就可以知道这一点。有了证据，安惜福也没有含糊，将"八骠骑"之一的飞山大将军甄诚手下的这名偏将抓了。当甄诚赶到时，这名偏将脖子上已经被开了道口子放干了血——据说是自杀。安惜福拼命道歉，甄诚发了一通脾气，但最终也只能走掉。对安惜福来说，这原本是一件可办可不办的事情。

当那位断了手的男子来书院哭着喊着跪拜这群孩子的时候，看见那些孩子挺起的胸膛与发亮的双眼，陈凡知道，有些事变得不一样了。

有些书生一辈子都读道德文章，但一辈子都不知道道德为何物，但有些事情，只要有了一次，就可能决定一个人的一生。

这帮孩子都是农户出身，几个月前，他们没有谁会读什么道德文章，他们接触的是抢夺和杀戮，看见的是血腥与混乱，有的手上有过人命，有的黑话说得极溜。现在他们仍然不会读什么道德文章，但做了这件事之后，他们说起话来的精气神甚至都有些不同了。

陈凡知道这意味着什么。十二岁时他拜了方七佛为师，十四岁时他第一次杀人，行侠仗义。有一次他看见一个老妇人在他面前磕头，那时候他手足无措，但他记得那样的感觉。后来他入了摩尼教，跟人喊"是法平等，无有高下"，只可惜后来仗越打越多，情况也越来越让他感到无奈。

他不知道这些孩子将来会怎么样，但情况或许会有些不同。几天时间里，这些孩子又替一位士兵讨到了粮饷。不过，最让他感到脊背发凉的，还是五天前发生的第三件事。

当时这些孩子再接再厉，四处打听哪里有可以帮忙的冤情，然后听了一对老夫妻的话，说一位名叫韩万青的偏将害死同僚，杀掉了他们的儿子，如今却无人肯管。孩子们准备为这对老父母伸冤，但这时候，书院中原本一直针对宁毅的另一群学子跳了出来，站在韩万青的一边说他们冤枉好人。

"韩万青的事情我其实听说了。"安惜福在房间的角落里压低了声音，"他与那位姓段的偏将原本是好兄弟。黄山之战时他想要救人，结果没能救成。段家的二老不知道为什么，把账算在了韩万青的头上，这段公案一直很清楚。"

"我也知道得很清楚。"陈凡笑了笑，"但两拨孩子嘛，针锋相对，骑虎难下。那宁立恒看他们吵起来，便出来说，若我们这边搞错了，我跟你们斟茶认错……最厉害的是，他也很清楚整件事情到底是怎么回事。"

安惜福皱起了眉头："这件事，这几天没有报到我那边去……"

"当然不会报过去，所有的事情本身就比较清楚。三天前我过来跟宁立恒说了这事，你知道他说什么吗？他说'我早就知道了'。两边找证人，摆证据，昨天下午吵了一下午，然后就私了了……"陈凡压低了声音，"宁立恒跟那边的孩子斟茶认错了。"

"然后他跟那些孩子说，这件事情是你们搞错了，但最重要的是，没有冤枉人，你们不可失了本心。这帮孩子就说：'至少我们在做事。'那边那帮孩子说：'老子做的也是大事。'现在这两帮孩子已经分成两派了，但行事的方法、原则都是宁立恒教的：要讲证据，要做好人……他来了才一个多月，一半的人还在针对他，但这帮孩子已经完全不一样了。你去看看他们读书的样子就知道，摇头晃脑的，嘿，以前谁想读这个。现在，他们都想当真正的济世救民的大英雄。"

两人在这边说着书院中这些事，房间外，小婵的身影走了过去。那边宁毅居住的院落里似乎来了什么人，有下人抬了个箱子进来。众人瞧了瞧，为首的是一名容貌美丽端方的女子。房间里的三姑六婆窃窃私语起来，说着"宁先生的红颜知己""已经来过一次了""听说家中很有钱"之类的话语。安惜福皱了皱眉："这人是楼舒婉。"

"我知道。"陈凡挑了挑眉，"她家大哥以前拜访过我几次，拜访不成，就去巴结包道乙了。"

安惜福点了点头："我见过他一面，也远远地见过这女子一次，听说她的名声可不怎么好。"

"大地方的女子，跟我们小地方的不一样。"

安惜福看了看那女子的气质："可能是这样……"

房间里响着碾米与闲聊的声音，不久之后，外面的书院中一片嘈杂之声，下了课的宁毅也走了过来。秋风之中，过来拜访的楼舒婉明丽又自然，而作为大家族出来的丫鬟，如今身为侍妾和女主人的小婵也大大方方地招呼着对方。黄叶在风里落下，这一切的一切或许都是难得的悠闲象征，无论是碾米声、闲聊声，宁毅的红颜知己，还是书院中针锋相对的两拨学子，都象征着难得的安闲，但无论是陈凡还是安惜福，乃至今只接触霸刀营内部事务的宁毅，都能从一个个数据里知道，如今以杭州为中心，数百里的范围内，这样的氛围并非主流。

胶着的战事，每天都有战死的人，由童贯带领的自北方压过来的十五万大军，杭州城内外大家都心知肚明的压抑气氛，甚至城中方腊军系内部不断进行的政治斗争，包括不少人想要杀死宁毅的想法，都仅仅是被霸刀营隔离在外，让人暂时感受不到，从而获得些许悠闲。

生活，讲课，"发明"碾米机，鼓励一帮孩子搞针锋相对的"做好人"运动，与新的"红颜知己"来往几次，就在这种如秋叶落下般的节奏里，九月初，厉天闰回到杭州，随之而来的是几乎波及整个方腊军系的一次政治变动。厉天佑对宁毅的敌意，意味着一位足以正面撼动刘大彪这一屏障的强敌，在宁毅回到杭州之后第一次出现在他面前……

第二章
四季斋上密谋脱身 杭州城中血腥清洗

"厉天闰厉元帅回来之后,杭州这边恐怕要有一次小的动乱了。"

抿了一小口杯里的清茶,楼舒婉优雅地笑了笑,将茶杯放下时,手腕上的银镯与瓷杯轻轻磕了碰,发出叮的一声脆响。

"立恒在书院教书,心性淡泊,但我听说,这文烈书院之所以能维持住,背后有上面的人撑着。不过这一次可能波及较广,听说……立恒在书院之中曾说过钱老的一些事情,时局敏感,如今可能有人要旧事重提,立恒要小心一些……不过也没关系,楼家的人如今在杭州也能说上一些话了,虽然……各种情由可能立恒有些瞧不起,但若是有事,立恒可以知会几句,小妹这边可能帮得上忙,希望立恒不要介怀……"

自那次百官宴上重逢,这是楼舒婉第五次上门拜访。虽说之前在外的风评并不佳,但若是真心想要给人好感,楼舒婉很容易就能做到。她的举止大方得体,与人来往也颇有分寸:她第一次登门,一盏茶不到的时间便主动离去;第二次拜访也显得匆忙。按照她的说法,楼家在这边也颇有些产业,以往她便会过来照看一番,而战后的杭州,她其实也失去了许多认识的人,如今既然重又遇上,往后自得多多走动。

如此一来,到得她第三次登门,双方的相处就显得自然了许多。楼舒婉并不矫情,直接送了些大家大户需要的生活用品以及一些古籍古画来,这些东西在以往的杭州都是珍贵的收藏品。

"如今倒是不怎么值钱了,打仗那一两个月,东西烧的烧砸的砸,识货的也让人杀了。这些东西再贵,也抵不了一碗饭钱。楼家的人趁机搜罗了不少,老实说,原本也是想拿来送人的……"楼舒婉说着笑了起来，倒有几分落寞，"不过，义军中就算有几个读书人，也不会很喜欢这个，你送他十箱这个，不如送一箱金银来得实在。他们也知道这些东西很值钱，不过……终究不是行家。"

她说到这里，又笑了起来："一个月前，西营那边的潘文得潘将军抢了栋大宅子，重新修了一遍，说家里没什么东西，让送点儿书画古玩什么的摆摆。我们这边赶紧给找了一箱最值钱的送去，潘将军后来却很不高兴，说楼家的人怎么才送这么一点儿东西，一间房的墙壁都挂不满，还都是旧的。我们又赶紧送了两箱金银过去人家才消气。又过了几天，也有个将军要书画古玩，我们直接凑了十箱，那将军说，这画龙飞凤舞的，比潘将军那边的好看……其实十箱也值不得几两银子……

"后来我们想了想，反正人家瞧不上，就不必拿热脸贴人家冷屁股了，以后就不送这个了。不过，这些东西我们家收着也是明珠暗投的。立恒是识货之人，便拿去玩玩，如今这等时局，这些都是小事，立恒不要推托才是……"

很难猜测楼舒婉以往与那些书生才子来往是怎样的情景，但在这种人人自危的战后氛围当中，楼家蒸蒸日上，一步登天，这位比往日更有地位的楼家小姐却摆出了这种真正的君子之交淡如水的态度与人来往。如果宁毅真是那种落魄的才子，或许已经折服在对方的风采与胸怀之下，而即便心中清醒，在这种多一份助益是一份助益的情况下，宁毅自然也不会拒绝别人的好意。

此后又有了两次交往，一切便更加自然起来。不知从哪里知道了宁毅在书院中讲述钱希文的事之后，楼舒婉倒也自嘲了几次自家的权势算不得什么。实际上，她这种态度并非作伪，纵然本身不是什么女才子，楼舒婉对文人气节之类的东西倒是颇为向往，若非如此，她以往也不会总是与文人圈往来。到得这次，她又带来了厉天闰要回来的消息。她为宁毅所折服，调查却并不算深入，若她能知道宁毅被抓来的真正缘由或是厉天佑与宁毅的过节，此时说的估计就不会是这些话了。

"呃，你怎么知道的？"她说那些话时，宁毅正在房间里顺手归档霸刀营一名亲卫送来的两份消息。厉天闰要回来的消息他也是知道的，对于后续会发生的事情也有推测，只不过这些推测从楼舒婉口中说出来，让他感到有些惊奇。

"听说往日里义军当中便有招安派……"楼舒婉压低了声音，"只是方腊……义军的声势越来越大，特别是在打下杭州称帝之后，招安自然是不可能了。这些人中，有的人改变了想法，心甘情愿地跟着走，另外一些人也不会再把想法露出来，但一直以来，上面对这些人都很提防。国家初立，根基不稳，不可能从现在开始就将上下都清理一遍，但一个多月里，风声其实一直都很紧，大大小小的事件不断发生，因为这类事情被杀的人很多。家兄说，厉天闰元帅这次回来，可能就是要弄一次大的，所以我有些担心立恒你被波及……"

"家兄……你二哥？"

"是大哥，他叫书望……哦，立恒你见过一次的。"

"哦。"

将近黄昏的时候，楼舒婉从细柳街宁毅所在的小院之中走出来，上了马车。路上人来人往，马车在夕阳之中朝着相邻的街巷行去，随后消失了。院子里，小婵收拾了茶具，在院廊下与宁毅说着话，宁毅也笑着回了几句，偶尔挥手在空中画几个圈圈，小婵便被逗得笑了起来。如此过得一阵，宁毅拿起几份文书，自院落侧门过了医馆，一路朝霸刀营主院所在的方向走去。

文烈书院的课程中午就已经结束，没了叽叽喳喳的孩子，黄昏的壮丽天光里，一切都显得安谧而闲适。由这边去主院的道路是从一座座院子中穿过的，院子里早已住满了人，不过这个时间在这里的大抵是妇女和孩子，也有些霸刀营的成员已经收工回来，有的与宁毅认识，便挥手向他打个招呼，也有孩子看见他了，过来行礼，叽叽喳喳地说话。

小孩子们知道他是先生，但多半还是喜欢他的，最主要的是因为宁毅到这里之后，他们多了许多故事可以听。有的是宁毅无事时讲的，有的则是他在课堂上讲的，口耳相传，总之，大家都知道了他是个肚子里有一堆有趣故事的人。

他并非一个轻佻活泼的人，要幽默当然是有的，但幽默的方向多半有些深沉，想不到到得如今，会成为一个受许多孩子喜欢的人物。他自认并不好为人师，但对于旁人受到自己的影响后发生各种稀奇古怪的变化却颇为感兴趣。按照他以往看过的某些小说，许多作为大魔王存在的人，才会有这样的恶趣味。

他觉得，自己如今的处境已经颇为不妙，不该有这种与身份不符的错觉才对……

宁毅每日里去到霸刀营主宅已经是驾轻就熟。今天他处理了事情回来时，天已经黑了，院落里的灯火亮了起来，家家户户传出炒菜的香气，再配上每座院落间悬挂的衣物、孩子的奔跑，颇有古代农家的氛围。许多人家便在院子里摆开桌子，招呼一两个好友，聊天吃喝。宁毅时常也会受到邀请，多是刘天南等人招呼——他毕竟是霸刀营的大管家，与宁毅算是交流密切，而跟在刘大彪身边的一些人与宁毅熟了，也知道与他颇易相处。

"厉帅要回来了，最近杭州城恐怕不太平。立恒你知道的，尽量少出门，若是有事，不妨知会一声小杀或者阿常，多安排些人手跟着，安全第一。"

让女儿去知会小婵、宁毅不回家吃饭的消息后，刘天南招呼宁毅坐下。院子里还有另外五个人，有刘大彪身边"杀人偿命"中的杜杀、阿常，有陈凡，有见过一两面的安惜福，另外一人则是刘天南的一名副手，叫刘双木——宁毅与他认识，却是不熟。

向几人点头打了个招呼，宁毅笑着坐下，接过刘天南递过来的酒杯："听说厉帅老成持重，不至于为了我这个小人物做出什么出格的事情来吧。"

刘天南摇头道："这可难说，怕的是他携大势而来。"

"携大势而来，就不会私下动手了，大家会提前知道的。"

听了两人的这几句对话，一旁的刘双木皱起眉头："什么大势？"

"最近要发生的大清洗啊。"

"宁先生……不是一直不处理外事吗……"那刘双木疑惑地道，"怎么知道的？"

厉天闰回城有可能引发的一系列事情，显然那刘双木也明白，他所疑惑的显然不是具体会发生什么，而是宁毅为何会知道。刘天南拍了拍他的肩膀，宁毅也看了他一眼："最近一段时间，好几项庄内的生意、关系来往都有变动。肖金健、郭炎这些人往日都是招安派，厉帅回来的消息封得也不是很严，配合北面的战局，事情不难想……毕竟数字是不会作假的。"

陈凡喝了一杯酒，耸了耸肩："别多想了，这家伙既然涉及其中，事情瞒不过他的。要么做好这个心理准备，要不然双木你干掉他，如何？"

宁毅笑了起来："为何上面还没颁布法令，把无业游民全都吊死？"自从卸去了城管老大的身份之后，陈凡基本与无业游民无异了。

安惜福在那边听了一会儿，问道："宁先生觉得北方战事如何？"

两人交往不多，但在湖州算是已经有过一次交手。宁毅看了他一眼："我能猜到的也不多，说起来，嘉兴肯定是打不下来了，对吧？"

这话他说得轻描淡写，刘天南却并无芥蒂，点了点头："嗯，童贯率兵，城围已解。"

"方七佛恐怕并不想回来，七八月间粮食丰收，杭州到嘉兴之间向来是鱼米之乡。所谓'三军未动，粮草先行'，大家能收的收，不能收的自然是烧了，童贯的军队多，兵线的后勤需求也大。这边……大概是打算据城以战了。是这么回事吧？"

这次倒是没人接话了。宁毅笑了笑："刚刚收了粮食，只要杭州城不破，便能撑上很久。起义，称帝，有了名号，总有人望风来投，即便解不了杭州之围，只要这边撑住，外面给朝廷的压力就会越来越大。另外，北方金、辽两国已然开战，武朝同样要出兵北伐，将十五万大军拖在江南一地，此消彼长之下，就可能……把朝廷拖垮。我能猜到的也就是这些了。"

宁毅想了想又道："永乐朝初立，不可能立刻就杀一批人的头，弄得人心惶惶，但既然要坚壁清野准备守城，城内是不是能拧成一股绳就成了最重要的事情。听说厉帅稳重，他率兵回来清理一批，也能更好地稳住杭州的局势。政治斗争嘛，都是这个样子。"

宁毅如今在霸刀营中处理的，都是内部事务与一些核心机密，但有关北地战事的情报，在他接触到之前就基本已经被过滤出去，这也是为什么刘双木会对他的反应表示惊奇。待他说完这些，大伙都沉默下来。陈凡大概是最清楚方七佛想法的人，闻言皱了皱眉，问道："有可能吗？"他指的自然是拖垮朝廷这个目的。

宁毅笑了起来："大家都是纸上谈兵，推测我是很擅长的，你若要将这事当真……那我就不清楚了。世上之事从无成法，有句话叫'高筑墙，广积粮，缓称王'，但放在这里，你们急着称帝，当然是有自己的想法，至于能不能成，还得看具体的操作……"

众人你看看我，我看看你，不久之后，刘天南道："'高筑墙，广积粮，缓称王'，这句话颇有道理，不知是谁说的？"

宁毅道："韩信跟刘邦说的嘛。"

他这时正在跟陈凡说第二天要去参加一个诗会的事情。事实上，宁毅与秦老派来的名叫闻人不二的特务头子前几天已经有过第二次碰面，诗会举办地是约好的第三次碰面的地点，于是他先在刘天南这些人面前打个底，就道是楼舒婉约他前去——实际上是宁毅今天提到那诗会，楼舒婉正好说自己也有请柬——谁也没怎么在意那简单的历史题，直到一群人议论起来"韩信原来说过这话"，他才认真去想了想。

"呃……好像……可能……是啊……"

许久之后，"高筑墙，广积粮，缓称王"这句名言通过许多奇特的方式传播开来，多数人认为是宁毅本人或是其身边幕僚之语，至于他口口声声说的为韩信所说之事，在多年以后依然无从考证……

此时的宁毅自然不会知道这些，在与众人随意谈笑时，他心里想着明天那场诗会的事情。在这样的宾朋谈笑间，夜渐深了。

秋雨绵绵，在要去参加诗会的这个早晨，杭州城下起雨来。

走过雨滴连绵的檐下时，宁毅听见围墙那边传来唰唰唰轰轰轰的声音，他知道那是名叫刘大彪的女子练刀时的声响。每一天里，只有这件事情对女子来说是风雨无阻的。

与守卫的人打过招呼，穿过侧面的大门，宁毅就看见了她练刀的情景。大雨之中，偌大的演武场上只有少女一人。她仍旧头戴斗笠，挥舞着那把巨刀奔跑在场上，身姿变换犹如激烈而优美的舞蹈。落下的雨水已经将她身上的衣裙都给打湿了，她每一次的挥舞旋转几乎都在空中犹如爆炸般带出一轮水瀑。

她是从小练内家功的，不至于被雨淋得生病，只是每次看见这少女舞大刀的情景，宁毅心中都会浮现出异样的感觉。巨刀挥舞间刀光纵横，刀势霸道，演武场边的木桩、小树触者立折，有时候巨刀甚至会在地面上轰然铲起碎石来，只是绝大部分时间看起来像是那把大刀在带着少女往前走，有时候那身体飞舞出去，也有时候她踉踉跄跄，脚步虚浮，像是就要摔倒或者就要被大刀带得离地飞起，令人不禁怀疑她到底是怎样将那大刀抡起来的，以及她到底是控制住了刀势呢，还是整个人都被刀的惯性扯得团团转。

不过，虽然从头到尾看起来都像是一个少女牧童在哭泣间死命拉住一头疯掉了所以乱跑的牛，但自始至终，她都没有让刀势真正脱出控制。至于这把刀的真正威力，或许只有许许多多死在这刀势下的亡魂才能做出公正的判断了，而在当初太平巷的战斗中，他也曾经看到过，当少女挟着那把大刀在旋转中如炮弹一般投过来时，那股气势与威力真是所向披靡，估计没有多少人真能挡住这把大刀在巨大惯性下的死命一砸。

场地边正在看着这一幕的，除了刘大彪身边的一名丑丫鬟，就只有作为府中主管的刘天南。宁毅与他交流了几句今天的事情，刘天南笑问道："宁公子觉得庄主的刀法如何？"

"用力太尽，虚招太多，你看大彪脚步虚浮，踉踉跄跄，我觉得……呃，她要干吗？"

远远的，舞刀的少女像是往这边看了一眼，然后，刀猛然往身后一沉，她拖着那把巨刃，开始疾冲。

雨幕之中，地面上轰然爆开的，是一朵朵水花，就像她的每一步都在大雨中踏出了一朵莲花，也不知那娇小的身躯是如何爆发出如此巨大的力量的。两边的距离迅速拉近，少女与巨刃像是融合在了一起，巨刃、人身、巨刃、人身在宁毅眼前唰唰唰地旋转放大，连续交替了四五次，随即，她整个人在宁毅眼前轰然展开。

出现在宁毅眼前的，是少女双手握刀，整个人舒展到极点的画面，那巨刃由下往上，直指天空，中间夹杂着一声巨响，石片飞舞，应该是演武场边沿的石栏杆被斩断了，接着是来自屋檐的震动与轰响。

宁毅几乎来不及反应，只觉得风擦得脸颊火辣辣地痛，他下意识地往右边跃出，刘天南几乎也在同时往左侧飞移，宽大的袍袖唰地挥出去，屋檐上掉落的瓦片、石子被挥往后方的墙壁，发出一片声响。

宁毅一个翻滚再站起来时，演武场边过道的屋檐已经破了一道大口子，那巨刃唰地插在他侧面不远处的地面上。宁毅偏过头去看时，少女的身体正好落在刀柄上。这一瞬间，那道高挑优美的身影堪称耀眼，袍袖、裙袂由动霎时转静，漫天的雨滴都像是被迫开了一般，当然，下一刻，大雨仍旧倾盆而下。少女在刀上看着他，胸口起伏间，呼吸变得急促起来，显然方才这一下也让她耗力不小。

"大彪，我是说，这个一定能让别人轻敌。"宁毅摊了摊手。斗笠纱帘后的少女大概是抿了抿嘴，翻了个白眼，轻盈地自刀柄上跳下。宁毅笑着将手背放在嘴边，小声对刘天南说道："怎么那么远她都能听到？"刘天南并不在庄主面前说笑，背起双手，笑着仰起头，查看那被斩开的屋檐。

少女伸出一只手将刀柄往下按了按，使巨刃倾斜，随后才用双手用力地将扎进泥土里的霸刀拔出来。她的练习基本上已经完成了。

"霸刀原本不是这样的。"一面走，刘大彪一面开口说话，"之前几代的霸刀虽然霸道，但章法还是有的，阿杀、阿常他们练的就是这样的。不过那样的刀法我没法练，因为练了拿不起来刀。我只能将它挥起来，然后跟着刀势走，这样比较省力。当然，一开始我也打不过几个人，因为转不了几圈人就摔倒了。你若有兴趣，我可以教你正统的霸刀，用力有度，虚招也不多，只是不好拿来骗人。"

少女仍旧故意压低了她清脆的嗓音，将巨刃收进木盒子里，笑着说道："反正你那破六道的功夫走的也是霸道刚猛的路子，正与霸刀相合。"

"破六道？"

"你身上的内功啊。你小时候未练过功夫，错过了最好的时机，这破六道算是适合你练的最上乘的功法了，意即打破三界六道的限制……我也只是小时候听说过，不能确定，难道不是？"

"没有啊，听说这是一套二流功法……"

宁毅皱起眉头。少女在那边看着他，片刻之后，扭过头，喃喃说道："一个书生，跑去练什么功夫，乱七八糟的……"她大抵觉得宁毅这人干啥都不太专注，练武估计也是因为兴趣，跟他认真，自己有点儿傻了。

她毕竟是女子，见大雨淋湿了衣服，就朝一旁的门走去，宁毅与刘天南走的则是另一扇门。不一会儿，宁毅在那处理事务的书房之中等到少女过来。今天没什么事，两人聊了一阵，少女问道："听说你晚上要去四季斋参加诗会？"

"嗯，听他们说地方不错，我去凑凑热闹。"宁毅笑道，"你有兴趣？"他知道少女也有些附庸风雅，喜欢看书，看完之后说起话来就文绉绉的，有些好笑，但这类聚会从来没参加过。她既然不参加，自己邀请一下也无妨。

果然，说完之后，帘子那边的少女似乎颇为苦恼地摇了摇头："不去，今晚有事……而且……刘某人不懂写诗，嗯嗯，不懂写诗……"

"何不抄上一首——让其他读书人写一首，大彪得而抄之……就说是自己写的。"

少女想了一阵："可……乎？"

宁毅便答道："可也。"

如果让其他读书人听见这样的对话，也许会忍俊不禁，两人在这方面倒是挺搭的。刘西瓜点头道："好吧，那你写一首给我吧。"

"啊？"

"下次可以拿来充充场面。你是江宁第一才子吧。"

"我那个是假的……"

"知道你最厉害的是武功，人屠兄，但大家朋友一场，好友之间正当守望相助，这边先谢过了……"

"好吧。"

方腊的朝廷虽然主要是由武人组成，但文人毕竟还是有好大一批的，而且不得不说，这个时代，文人还是颇有优越感的。刘大彪在人前虽然也是以野蛮的形象为主，但偶尔也希望自己能够文雅一番，她毕竟不是真心对诗文嗤之以鼻。两人在房间里商议了一阵，宁毅写了几首不同风格的诗词给她抄。其中，李清照的婉约派风格她是不喜欢的，因为有些看不懂；"滚滚长江东逝水，浪花淘尽英雄"这首刘西瓜觉得太沧桑，虽然喜欢，但觉得不太适合自己。有一首她是颇为喜爱的，叫《笑傲江湖》，因为这首很容易懂，而且看起来就很霸气。不过其中有一句"皇图霸业谈笑中"，宁毅改成了"宏图霸业"，还提醒了一下这句恐怕有些僭越。对此少女倒是不以为意。然后她又挑了一首还算喜欢的《侠客行》——其实她只喜欢一句，就是那句"十步杀一人，千里不留行"，其余的，主要因为诗太长，典故也太多，她有些不懂，第一次还读错了字，结果她却问宁毅："你这首不太押韵吧？"

如此这般，挑了两首之后，宁毅还送了她一对残句，很适合江湖儿女的："桃李春风一杯酒，江湖夜雨十年灯。"其实这是有原诗的，不过宁毅不记得，觉得这两句像是对联，可惜不记得横批了。他告诉刘大彪，可以在拿出两首诗后说自己有一副对联，考一考大家能用什么横批，少女深以为然。

对于此时做的事情，两人都没什么心理压力，不过名叫刘西瓜的少女忍不住多看了宁毅好几眼——她还是知道这些都是好诗词的。

"晚上……可能不太平。"她想了一会儿，说道，"你若是要出去，尽量早些回来，或者让阿常跟你一起去……"

"晚上……"

"还不好说。"她拿起手上的诗词，摇头道，"到时候就知道了，我现在也不知道会怎么样。不过……这些诗词或许就派上用场了呢，呵呵……"

虽然在笑，但他看得出来，对面的少女并不是真有多少期待。可能要发生什么大事，但宁毅这边没有收到太多信息。他们聊过这些之后，一切就变得与往常一样了。吃过午饭，刘大彪的马车便从细柳街这边驶了出去，要发生的事情想来与宁毅并没有多大关系。再过得一两个时辰,黄昏未至,楼家的马车自街口过来,宁毅带上刀、火铳,略略整理之后,出门赶赴诗会。

夕阳绚烂,街景依旧明媚。

马车与护卫的队伍穿过杭州的街道时,阳光正从西侧的天空照下来,道路边三三两两的行人匆忙而过,带着刀剑的江湖人、持着布幡的行者游医、挑着担子的农夫低头而行,偶尔在道路的转角边停下,等候疾驰而过的车马。

临河的柳树叶子黄了,在风中摆动,梧桐树叶飘飘荡荡地飞过道路上方的屋檐时,乌篷船的船夫撑着篙子,让船沿着城内的小河飞速向前。

宁毅看了一会儿那乌篷船,小船与岸上的马车并排行驶了一阵,随后马车拐上石桥,小船自桥下驶过,在前方的水路拐角与马车分道扬镳了。

杭州城内水路纵横,从细柳街去往那位于城区中部的四季斋,走的都是相对热闹的道路,大大小小的院落,高高低低的屋檐,店铺如今已经有许多开张了,人流穿行间也有了几分繁华的气象。当然,目光所及,更多的还是各种各样的兵丁——自杭州城陷,义军从四面八方朝这座大城拥来,有大股大股的,也有三三两两的,有新人,有老兵,如浪涛裹挟着细流,汇入这片海洋之中。

马车行过一条短短的街,四五拨兵士或行或坐,出现在宁毅的视野中,随后被马车抛远。这些人服装参差,兵刃不齐,身体素质也都算不得好。有的见马车过来,在路边等着。也有的仰着头抱着刀从前方缓缓走过,马车便停下来一阵——这些兵丁往往是较为有名的义军系统中的。

"这是捧月军的人,将军叫吴值,听说麾下有近两千号人,声势挺大的。"

马车停下来时,楼舒婉便指指点点,评点一番路上的士兵,一路上已评点了五六拨人。她今日要去参加诗会,便作一身白衣的男装打扮,看起来俊逸倜傥,手中晃着折扇,一路上如数家珍地与宁毅说着这些,颇有几分指点江山的潇洒气息在其中。

如今的女子有这种能力的并不多见,即便能将家中事务管得井井有条,格局往往也仅限于家中的小小圈子,楼舒婉给人的感觉则显得大气。这年月,女子即便能为大事,往往也需要比一般人多几分心机城府,但她此时倒像是举凡知道的都毫无芥蒂地与宁毅说了,倒豆子一般知无不言,令得女强人的形象中又添了几分知心往来的亲切与俏皮感。即便是与人来往戒心极重的宁毅,也不免生出几分好感来。

"楼姑娘对这些倒真是下了功夫。"

"杭州如今这局面,不下功夫可不行。"

楼舒婉笑起来,双唇勾成一道月牙儿。在与宁毅的来往之中,她并不讳言自己与大部分女性的区别，也并不掩饰自己相对他人来说好强的一部分。如今大部分男人或许会希望自己的女人足够温婉娇弱，但那是对家中的女人而言，她与宁毅的关系则并非如此，她表现得足够独立或许才更能激起对方的心思。

一件事情、一种状态持续得久了，人总会为此找出各种正当的理由来。对于自己喜欢上宁毅的事情，楼舒婉并未觉得有什么不妥，她一贯觉得自己是个苦命的人，求的也不多。喜欢上对方，那是因为对方足够优秀，对这种有能力的男人来说，或许独立的女人更能激起他的征服欲。另一方面，在楼舒婉看来，宁毅有才学，有本领，却是入赘之身，即便苏檀儿与他相敬如宾，与一般的夫妻相比，肯定仍有许多不愉快的地方。自己的形象与苏檀儿是相似的，但苏檀儿不可能做到的地方，自己可以做。

有些事情，想起来很羞人，但确实藏在她的内心深处。在她想来，宁毅甚至可以将她当成苏檀儿的替身。她可以一面保持女强人的形象，一面在他面前千依百顺，怎样都好，如果宁毅真这样做了，也只会让她感受到对方的力量。

最近她都是保持着这样的心态在宁毅面前展露出她原本就有的才能，于她来说，这也是很轻松愉快的。然而，结果比较奇怪，她知道宁毅对她确实有了几分欣赏，但那欣赏之中看不出太多东西来。他对自己这样的女人竟然没有偏见，对自己竟有几分淡然的认同——她以往遇上的男子，即便认同她抛头露面，也仿佛做了一件了不得的事情一般，他倒像是司空见惯——去他的认同，她其实才不需要这等认同。

不过，这种见惯风浪的淡然反过来更令她着迷了。她看不透这个男人到底想的是什么，她不知道那目光后到底有没有将她怎样怎样的心思，但也是这种看不透，反倒更让她感受到力量。没关系，反正……事情才刚刚开始呢。

当然，她不是花痴，心中也不是时刻想着这些事，只有偶尔午夜梦回时会认真地想一想这些羞人的心思。与宁毅同路时，她只是恰如其分地扮演着友人身份，在车上与宁毅闲聊。

马车从细柳街去往四季斋的路途中，随行的还有好些人。宁毅的跟班只有一人，是霸刀营中一位名叫刘进的小兵，职位不高，人也年轻，宁毅出门时便随着当使唤的小厮。楼舒婉身边则有许多人。如今杭州并不太平，她出门一向是除了七八名跟随使唤的丫鬟、家丁，还有两名投靠楼家的绿林人士。

这两人一男一女，男的是一名样貌凶悍的带发头陀，四五十岁，脸上两道刀疤，武器是一把铁杖，旁人都称他"秦大师"。听楼舒婉说，这位秦大师在武林中颇有凶名，叫作"杀虎头陀"秦古来。女子则是一名持剑女侠，三十多岁，据说尚未成亲，但人长得不好看，肩宽、腿圆、胳膊粗，还是国字脸，一身正气的样子，当保镖倒是正合适，但外号和名字很好听。

宁毅第一次跟他们见面时做过自我介绍："幸会幸会，在下宁立恒，江湖人送匪号'血手人屠'。"

"这位是'灵山仙子',魏凌雪。"

宁毅当时就愣了好几秒,决定以后不跟这些人一起做自我介绍了。江湖一事只是宁毅闲时的消遣与恶趣味,自然不至于为此太认真。

一行人穿过街市,过得不久就到了四季斋。四季斋临河,由三重楼院相衔而成,后方还有不小的院子。这里原是杭州城内最大的集古斋之一,收各种古玩文物,也收各种时人字画,贩卖书籍时文。宁毅看各种传奇小说,也来过一两次,只是在破城之时,四季斋被洗劫一空,后来辗转被人买下,如今成了酒楼,名字倒没改,此时的老板叫作陈百年。

"先时四季斋的郭老板与我楼家还有些往来,城破之后,不知道去哪儿了……"马车渐近时,楼舒婉望着那楼宇蹙了蹙眉,随后眉头又舒展开了,"如今这陈老板听说原本是叫陈万年,义军起兵时,他跟着贩卖吃食,将自己的铺子叫作'万年堂',听说圣上也曾光顾过。哪里都离不了吃的,义军声势越大,他的生意也就越做越大。不过圣上称帝之后,他又怕越了本分,赶忙把自己的名字改作陈百年,店名也改成'百年堂'。因为四季斋跟百年堂很贴,他就把这边买了下来,当成他在杭州这边的第一间铺子。"

楼舒婉说着有关四季斋的这些逸闻时,家丁在路边停好了马车,两人朝着那翻修一新的酒楼门口走去。今夜在这四季斋宴客、开文会的人名叫朱炎林,是方腊永乐朝新任的翰林学士。说起来,无论在哪朝哪代,翰林基本上都是士人阶层的顶峰,不过永乐朝的情况稍有不同。

此时朝堂初立,有实力的武将与有能力的文人已经瓜分了各种实职,翰林就目前来说是个闲职,在官员之中地位半高不低:说不怎么样吧,将来随时可能上位;看得重了,他们手上其实又没有实权。总的来说,是上面觉得某些人有能力有学问,一时间又不知道插到哪儿去,闲着又觉得亏待了对方,因此给的职位。

但无论如何,对大批甚至得不到官身的幕僚、才子来说,翰林之职,还是令大伙都趋之若鹜的。这朱炎林作得一手好诗词,早就在方腊军系中混迹,也颇有些人脉,今夜的宴饮,前来赴会之人着实不少,例如宁毅在文烈书院的同僚王致桢、刘希扬,和他曾经有过不愉快的屈维清、郭培英,据宁毅所知,今天也过来了。

宁毅在书院中比较独来独往,而且他今天邀请了楼舒婉,却并未在书院中提及文会之事,此时下了车,看了看前方的人影,便看见了正与人交谈的刘希扬。走过去时,刘希扬也看见了他,眼中闪过一丝讶异之色,随后只是拱拱手,并未过来打招呼——他是杭州本地人,大抵认出了女扮男装的楼舒婉。对于书院中如今在传的宁毅的这位红颜知己,他大概知道一些底细,楼家如今扶摇直上,宁毅攀上这根高枝,让人有些不齿，也有些羡慕。

"刘希扬……"楼舒婉瞥了那边一眼，轻轻说了一句。

"认识？"

"算不上认识，不过见过。刘先生学问很好。"

楼舒婉笑了笑。两人到门口，人多了起来。便在此时，两人听得后方隐隐传来动静，回过头去，只见街道一侧，正有人停好车马，朝这边过来，身前身后有不少人都拱着手迎上去。虽然来的多是文人，保持着克制，但仍然可以感觉到那股热度，显然来人身份不低。人声嘈杂间，宁毅只隐隐看到那边来的是个年轻公子。

"那是谁啊……"楼舒婉自言自语了一句，随后后方有人说话："请让让，请让让。"宁毅与楼舒婉避到一侧，才发现从酒楼中迎出来的正是这百年堂四季斋的老板陈百年。楼舒婉看着那身影迎过去，随后思考的眉头舒展开了，折扇在掌心轻轻拍了一下："哦，那是娄静之，娄相的儿子……立恒应该见过吧？"

"没有啊。"宁毅想了想，笑道，"我该见过吗？"

"倒也不是。"楼舒婉侧着头笑了起来，"立恒如今所在的霸刀营的主人不是一名女子吗？虽然一般少有人说起她，有些人还以为霸刀营的主事是名叫刘大彪的男子，但我之前可是听说了，霸刀营的这位女大人，与娄相的儿子是有婚约的。"

"呃？"料不到忽然听到这么大的八卦，宁毅微微愣了愣。

楼舒婉对宁毅有好感，于是向人询问过霸刀营的大概情况，也问了宁毅所在书院的大概情况，这算是其中颇有价值的一份资料。据旁人说，娄静之与那霸刀营的女子从小有婚约，又是一同造反的情谊，听说霸刀营背后的人便是左相娄敏中，那么两人的感情自然是很好的，娄静之或许常去霸刀营，宁毅自然也有可能见过。不过楼舒婉倒是在心中笑了起来：立恒只是任幕僚之职，想来是看不见这些的，是自己想得多了……

入夜后，远远近近的光点闪个不停，河流如带，一条条在城市里延伸。光芒亮些的地方，那水带便也漾着晶莹的光芒；光芒暗些的街道旁，水光则沉在那黑暗之中，偶尔有船只亮着灯光，缓缓划过。

四季斋内外灯火通明，灯光辉煌的三栋楼宇将这片街道点缀得很绚丽。附近的街道上，路过的行人都会忍不住朝这边望过来几眼，驻足议论一番，楼内则是一片觥筹交错的热烈气氛。今日这四季斋中，既有文会，也有表演。此时楼中宴饮未歇，自城内青楼中请来的几名当红名妓已经开始上台演唱词曲。

杭州城破之后，虽然方腊因为已经决定将这里作为立国之基，对属下有所约束，但最初的混乱当中，留在城内的女子的遭遇依旧惨不忍睹，原本兴盛的风尘行业也大受打击——入城兵丁抓住男子，会展开各种虐待杀戮；而会用在女子身上的，却总归是那一类手段。

最初那段时日里，被糟蹋后自尽或在蹂躏中被杀的女子不胜枚举，青楼之中也有不少节烈女子因受辱而死节的，但总的来说，身处这个环境，青楼女子在这方面承受打击的能力要强上不少。经过了最乱的那段时间，有人找到了靠山，有人继续利用长袖善舞的本领，总而言之，饭总是要吃的，人也总得找到出路。

此时杭州的花魁名妓比之数月以前已经换了一批，感觉上也有所不同——失了当初的灵性，多了敬畏与拘束，但只要不去深究，能够替上来的人，本身艺业总是不错的，而那深藏其中的心神不定有时候也能当成楚楚可怜来看，反而别有一番风味。几场表演之后，厅堂内的气氛越发热烈，已经有诗作出炉，供众人传阅赏析。

今日这场聚会，虽然也有文会的气氛，但总的来说与普遍意义上的文会并不一样。朱炎林是官员，在方腊朝廷中来往的不可能只有文人，一部分交好的武人也参与其中，聚会之中便不可能有什么强迫性的规矩，只能由主家或是想要出风头的人尽力挑起写诗作词的兴趣。由于方腊系统里圈子众多，宴会之初，便有人端起酒杯到处走动打招呼，这时候也正是气氛热烈的时间。

人多，热闹，二楼的一处宴席旁，正有一些状况发生。端着酒杯的书生朝人挥了挥手，转身往前走，猝不及防与旁边的男子碰了一下。

"当心。"

"哎……"

砰。哗。

发生的状况并不大，书生没有撞翻桌子，只是一不小心将旁边的酱碟打翻在了衣服上。他只是一个趔趄便已站稳，但酱汁已经在衣服上留下了痕迹，一时半会儿擦不掉。书生有些苦恼地摊了摊手，旁边的人问了一两句，然后便有四季斋的人过来查看，随后在掌柜的吩咐下安排房间和衣服给他替换。

他向不远处同来的白衣书生打了招呼之后，在小厮的引路下上了三楼。

四季斋的一楼二楼如今是作为饮宴的大厅来使用，三楼也亮着灯火，却没什么人。书生进了刚刚点起油灯的房间，换了衣服，随后在窗口前朝外面看了看，夜风袭来，灯点晃动着，微带凉意。

"按照宁公子的吩咐，你依然平安的消息已经传回去，尊夫人与一干家人都平安无恙……尊夫人腹中胎儿也安好……"

如果此时还有人身处这房间之中，便会听见细微的交谈声。

"没有惊动官府或者军队吧？"

"宁公子特意叮嘱过，所以我们并未节外生枝，除了尊夫人，这一情报只以单线往最上线传递,不过……我觉得宁公子未免太谨慎了……"

"一次都不能输的情况下,只能小心一点儿了。刘大彪在我妻子身边安排了人,若是让那些想要立功的人知道,死的就是我们夫妻了……你上面那位,还有上面的话带来了吗?"

"接应宁公子出城是第一要务,一切听从宁公子的安排……上面还说,要你切记保护自己。"

此时在这里秘密交谈的,自然便是宁毅与秦嗣源安排在方腊这边的密探闻人不二。这一次接头的地点定在四季斋的理由宁毅此时也已知晓——闻人不二在这里的身份是百年堂四季斋的掌柜。宁毅对于官方的力量已经颇不信任,不过闻人不二显然有些不同。听到将指挥权交给自己时,宁毅摇了摇头。

"我不懂这些事情,你是行家,你们要怎么行动,还是由你安排。不过,我要知道你的下线是谁,如果你出了问题,我应该如何与他联系……"

"这个自然……"

闻人不二所在的小系统并不是六扇门这种正式公开的官方机构,它叫密侦司,原本是为了对付辽人而设,散出去的人不多,而且只为大事上补漏之用。虽然是这样,作为方腊这边的最高负责人,闻人不二手头上的事务仍是众多。秦嗣源在这件事情上直接动用他来对宁毅单线负责,足以看出老人家对这事的重视。

交流完一些必要的资料后,闻人不二说道:"如今最重要的,终是护送宁公子离开这边。按照预计,最近一个月内,杭州的形势会越来越紧张,如果要走,最好是安排在半个月内。如今我们对霸刀营那边的情况已经有了一定了解,宁公子如果有什么知道的……"

"我暂时也许走不了。"宁毅摇了摇头,随后顿了顿,"方腊军中颇多绿林人士,我听说,有一些法子可以让人身上沾上特殊的气味,这气味可以以训练的蛊虫追踪。他们说起,我最初只当神话来听,但后来看他们的神色不似作伪……闻人兄知道这回事吗?"

闻人不二脸色变了变:"湘西一带,养蛊之术中确实有这类法子,只是那类蛊虫极不易养,活的时间也不长,而且只能对一人使用……这类法子只对极重要的人使用……"他看了宁毅一眼,随后皱眉思考起来。

"不是没有解法,只要知道养虫人是谁,弄死他的虫子就是,或是知道虫子何时会死,到时候伺机逃走。也有不少法子可以冲淡被追踪的气味……这些事情,我会去调查,宁公子放心。"

"还真有这些事……"宁毅笑着点了点头。其实这类事情算不得多奇异,信鸽相隔千里也能抵达目的地,要说精确如雷达自然不可能,但是这些武艺高强又精通野外生存的武林人士即便只能确定一个大概的方向，自己恐怕都很难逃走。他之前已经有了心理准备，这时候倒不介怀。

"这些事情麻烦闻人兄了。如果事不可为，我打算先送走我身边的丫鬟。这件事情，应该还是可行的。"

那边沉默了片刻——闻人不二显然并不怎么认同这件事："宁公子，这件事情恐怕……"

宁毅挥了挥手："送走了她，我才有心思留在这里做些事情……问题不大，之前我已经推算过。我目前所住的院子隔壁有一个膝下无子的老大夫，他在霸刀营中颇有声望，小婵这段时间一直在医馆帮忙，老大夫待她如女儿一般。如果只是一般的情况，老人家不会帮忙，但我得罪了人，不管是厉天闰还是石宝，都足以跟刘大彪对上，我有危险，就容易波及身边人，压力明显的时候，我会拜托那位老大夫至少将小婵送走。这期间……还需要闻人兄的协助。"

闻人不二愣了半响，对于宁毅身边的状况，他自然是查过的："宁公子月余以前……就在安排这事了？"

"谈不上安排，未雨绸缪而已。那位老人家性格刚硬，反倒更懂世事的残酷，到时候只要求他，他会帮忙的。这是目前最稳妥的一条路子，如果他不帮，再想其他办法吧。"

"可一旦有这事，你再要走，就真是难上加难了，甚至可能有生命危险……"

"搏一搏。"宁毅说道，"能一起走固然好，如果不能，她留下，我以后就更没有走的机会。你说一个月内情况会变坏……北边打得怎么样了？"

"嘉兴已经解围，但方七佛聚集兵力，将童大将军的兵力死死牵制在了秀州一线，同时后方不断地收割粮食、烧杀掳掠，此战之后，杭州与嘉兴、湖州之间，朝廷颗粒无收……"

"果然……"宁毅点了点头，"依你看，杭州能守多久？"

"不知道，但半年到一年，恐怕……"

这些事情已经与普通的情报人员无关了，但说起它们来，闻人不二明显皱起了眉头，宁毅也沉默了。他对于历史上方腊这一段并不清楚，只知道方腊最后是败了，但也将童贯的十余万大军拖在了南方。如今看来，方腊攻下杭州一地，正赶上收粮时节，他们搜刮了杭州附近的粮食后，此消彼长，武朝朝廷的负担必定更重，如果他们拖上一两年，后果不堪设想。

"事情……暂时这样决定吧。我现在在霸刀营混得还不错，厉天闰回来，压过来，我迫不得已送走小婵，只要自己不走，他们也不至于杀我。如果觉得我有价值，双方杠上了，当然是最理想的状况；如果不行，你告诉上面，我在这边教出一帮正直一点儿的学生，也算是略尽绵薄之力了。"宁毅说着，摇头笑了笑。闻人不二想了想："教出……正直的学生？"

"嗯。"宁毅点着头叹了口气，"如今这世道，正直便是与世界为敌啊，让他们稍微内耗一下，多的事情我也做不到了。"

与闻人不二谈完，宁毅出门下楼。大厅中气氛热烈依旧，台上正在唱一首《望海潮》："重湖叠巘清嘉，有三秋桂子，十里荷花。羌管弄晴，菱歌泛夜，嬉嬉钓叟莲娃……"楼舒婉在那边听，见宁毅下来，笑着说："唱你的词呢。"厅堂之中也有与刘希扬一般认识他的，这时候纷纷望过来，人群中已经有人朝这边过来，看起来是要跟他打招呼。

便在此时，骚乱声隐隐从东边传来。

锣声、号声、呐喊声混杂在一起，像是打仗一般，而且逐渐大了起来。杭州才经战乱，聚会的人当中更有许多是亲历过战场的，闻声都去到窗边往外看，有的还上了三楼楼顶，随后有家丁、小厮模样的人匆匆忙忙过来寻找各自的主家，传递消息。

远远的街景中，混乱很快就形成了规模，烟柱与红芒升上了天空，骑马的、配刀的士兵们拥向那边的街道。由各个家丁小厮传来的消息很快就在众人间传开了。

叶黄秋末，九月初七，新立的永乐朝迎来了第一场叛乱——

参知政事齐元康反了。

对于这个名字，宁毅只有一定的印象，知道他与娄敏中、包道乙一般，是方腊军中顶层的大员之一。此时，宁毅想起曾听人说过，齐元康曾经是方腊军中的招安派之一。

与楼舒婉一道站在四季斋的窗前，宁毅已经明白过来，刘大彪口中说的今晚要发生的大事到底是什么。厉天闰尚未归来，但方腊军系中的第一次清洗就这样开始了……

第三章
了却旧怨惊破诗会 悍不畏死反扑破局

"家人传唤,家中有些事情,今日要提早离去了,还望朱公海涵……"
"今夜恐不太平……"
"家宅便在那头,朱公不必送了……"
"见谅见谅……"
"海涵海涵……"

火光冲天,军队调动,混乱才在杭州城内兴起,四季斋内的人也从初时的愕然与慌乱中惊醒过来。

参知政事齐元康叛乱,这是事情发生不久之后便传来的消息。其中到底有着怎样的内情已经不必去说了,城内燃起了大火,调动了如此规模的军队,代表许多事情已经到了不可挽回的地步。来参加朱炎林宴会的,绝大多数是有着一定背景的人,家族或多或少都有自己的势力、关系,上面发生这么大的事情,很多东西他们这时就得提防、准备了。

为了第一时间做好应对,半数人陆陆续续向朱炎林告辞。外面的街道上、城市间,气氛变得肃杀起来,居民区的家家户户闭上了房门,熄灭了灯烛,街道上除了偶尔跑过的兵卒,便是一拨拨赶着回家的人。虽然混乱如今只波及了东边的几条街,但谁也不知道城里几时会开始戒严。

四季斋附近如今是城内相对热闹的聚会区域之一,除了大量酒楼茶肆,还有两座青楼。有的人在得知混乱的第一时间就赶回去了,也有相对镇定,觉得没自己什么事的,仍旧留下来观望动静。但是这些店铺大都已经关门,不再接待新的客人。也因此,四季斋旁马车陆续离开,却并不代表聚会就此散去,留下来的数十人仍旧维持着聚会的规模,留在了大厅当中。

这其中的一大原因,或许是娄敏中的儿子娄静之仍旧留在文会当中,并未离开。朱炎林与齐元康没有多少密切的关系,不论事情最终变成怎样,这场聚会既然是他发起,他自然还是要将场面维持下去的。

人少了,外面又是一片乱局,酒楼的伙计们熄灭了楼中的许多灯烛,留下来的人大都聚集到了二楼和三楼的平台上,以朱炎林、娄静之为中心,观察着远处战事的发展变化,议论纷纷,还有人作起诗词来:"西湖水绕江南事,孤城夜半不分明……多事之秋啊……"颇有指点江山之感。被邀来参与文会的花魁也并未被送走,只是这时候曲不敢再唱了,被人叫上来与众人说话,评点诗词,活跃气氛,这些女子也并非花瓶,不一会儿,大家便在这边摆开桌子,算是以时局佐酒了。

并非所有人都聚集在这边楼上。

这个时候,楼舒婉正与宁毅走在一楼的院廊上。此时灯笼已经撤了大半,这边光芒昏暗,斜望过去,二楼光芒暖黄,说话声、笑语声不时传过来,有人扶着走廊的栏杆朝远处望,倒是没有多少人注意下方廊道上走动的人。

院落中的廊道通往四季斋临河的那一侧,此时夜风微凉,作男装打扮的楼舒婉走在宁毅身边,轻轻地抱着自己的手臂。那头的水上,一艘返航的两层画舫缓缓驶过去,灯光渗出画舫的窗户,格外有一股幽静的气息。

说起来,自杭州破城,她周身的一切其实都已经变得不成样子,日子焦虑苍白,大家的忙碌不知道有多少意义。情况稍缓之后,她参与的文会再也见不到往日的风雅气息,有的仅仅是索然无味的贴金与吹捧。但出奇地,就在这种局势忽然变得更加紧张的现在,她似乎又感受到了往昔的气息。

这种感觉仿佛是在文人才子的聚会上,她却离开了会场,与心仪的男子幽会。风雅、紧张与宁静在这一刻相交——其实这类感受,她以往并未真正经历过,但平素所见的话本故事中,所听的口耳相传的爱情故事里,记载描述的,大抵就是这等心情了。

"参知政事……事情发生得这么突然,楼家如今的生意这么广,楼姑娘不马上回去的话,不会出什么问题吗?"

院落尽头是一条与河道平行的长廊,宁毅手撑在栏杆上,望了望远去的画舫,方才说起这事来。楼舒婉在栏杆内侧的长凳上坐了下来,微笑着摇了摇头:"家中与这位齐大人确实有些生意往来,不过事情攀扯不到楼家的人身上来。而且这类事情,真要处理也是家父跟兄长才能解决,我方才让家丁回去报了信。这时候情况还乱,不如在这儿等到事态明朗些再回去,也免得路上与人起什么误会。"

"这倒也是。"宁毅点点头，也在旁边坐下。这个位置对着那边二楼的走廊与窗口，由于廊檐遮挡，只能看见渗出的光，但不时能听到笑声，偶尔也有女子低声唱着诗词，大概是在品鉴诗文。

楼舒婉低着头轻声说话："照理说，参知政事也是大官了，跟宰相差不多，想不到会忽然出这种事情……我以前听说，这位齐大人文武双全，虽然任的是文官，但手下是有些人的，与文臣武将的关系都不错……"

她说得一阵，自觉索然无味，抬起头抚了抚发鬓，朝二楼笑道："立恒觉得他们在说什么呢？"

"诗文吧。之前开诗会他们说政事，现在真出事，政事不好说了，倒能安安心心说些诗文了。"

"立恒出来闲逛，是否觉得与他们聊诗文也有些索然无味呢？"在楼舒婉看来，宁毅是数一数二的大才子，于是她笑着问道。宁毅摇了摇头："我不是很喜欢那些，他们真聊起来，我就出来走走。"

"看来立恒是觉得索然无味的。"楼舒婉继续笑，顿了一顿，"其实啊，这点我倒跟立恒差不多，我也觉得索然无味。不过，我其实是因为不懂这些，立恒倒是因为太懂了。"

"呵……"

"我小时候便喜欢诗词，不过一直没学到太多，我喜欢看那些大才子吟了一首好诗之后意气风发的模样。诗词怎样倒是无所谓，反正能让人这般意气风发，那便是好东西。我本以为管着生意，做得好了也能让自己那般意气风发……"

她说着这些，情绪似乎有些低落，宁毅起身道："楼姑娘……"

楼舒婉抬起头来，轻声问道："立恒不能叫我舒婉吗？"

"不太好。"那话语幽幽，俨如表白，不过宁毅的神情未变，只是如寻常一般笑着，"我们上去坐坐吧，总不好一直瞎逛。"

"嗯。"楼舒婉自然而然地起身，与宁毅朝二楼那边走去。方才那简短的对话或许有着某种意义，但一时之间就像是从未发生过一般，消融在两人随后的交谈里。

他们回到二楼之后，便有人过来打招呼："这位便是宁立恒宁公子吧，方才遍寻不见两位，还以为已经走了。老夫朱炎林，此时才听人说起宁公子也过来的事情，真是怠慢了。"

朱炎林五十岁上下，自称"老夫"并不为过。他算得上正统的文人，先前并不清楚宁毅过来的事，此时显然是听人说起宁毅，也知道他作的那首《望海潮》，因此重视起来。两人在一旁寒暄片刻，另一边的宾客聚集处，有几人望着这边，先前演唱《望海潮》的那名女子便是其中之一。她听到了名字，向旁边的人询问："那位便是宁立恒宁公子？"大概是因为看了词作，她成了宁毅的粉丝。

一旁，并未离开的刘希扬也有几分羡慕地看着这一幕。在书院之中，大家分不出明显的高下，他顶多觉得宁毅身上有刺，背后有靠山，没必要惹，这时候有了待遇的差别，才能体会到几分文人相轻般的失落感。

只是这时候，没多少人注意到的是，不远处在这种聚会中向来是众人瞩目中心的娄静之也听到了一些话语。他望着宁毅那边，还找人过来低声问了："莫非那边便是《望海潮》的作者，姓宁名毅字立恒的那位？"得到答案之后，他又问了几个问题，待知道宁毅如今供职的所在，接收到文烈书院、霸刀营之类的信息，他才眯了眯眼睛，若有所思地蹙起了眉头。

外面的混乱依旧在继续，不过，随着时间的流逝，局面变得更有条理起来，一部分乱局已经被镇压下去。若是有经验的，大概可以看出，虽然一开始闹得比较激烈，但局面远远未到失控的程度。四季斋里，这场聚会也在相对轻松的气氛中进行着，大家虽然从一开始表示了对宁毅的刮目相看，但随后也没有什么需要他参与的特别节目。

大家的心思都放在外面，如果一切这样继续，过不了多久，聚会差不多到散的时候，大家便可以各自回去了。宁毅今天上午听刘大彪说得紧张，还带了兵器出门，但事情发生之后就知道没有自己的事，顿时松了一口气。也就在这样的情况下，一场变故悄然袭来。

并没有多少人注意到，文会进行到一半时，有一名男子进入过酒楼，在楼上匆匆看了一下后又走了。此时，一队军士正在那人的带领下匆匆过来。军队还在远处时，旁人大都以为这是赶赴齐元康叛乱街区进行镇压的士兵，但到四季斋楼下时，当先的将领挥了挥手："围住。"

过了片刻，猜测到这帮人来意的闻人不二赶去给宁毅报了信，但已经晚了。

在那将领的带领下，十余人的一行已经进了大厅，朝二楼而来。跟随宁毅过来的刘进已经先一步奔上来，手按上了腰间的刀柄。聚会的众人都有些疑惑，但宁毅看了一眼就明白了。

当先那人三十岁左右，身材魁梧，面带杀气，是真正在战场上拼杀过的一名悍将。

宁毅吐出一口气。

那是厉天佑。

这些人过来，在宁毅与楼舒婉周围的桌边坐下了。楼舒婉左看看右看看，疑惑而张皇，一时间不知道发生了什么事，片刻之后脸变得苍白——她以为是自己家终于被波及，出事了。

众人不禁窃窃私语。

"那是谁啊？"

"厉天佑……镇国厉大将军的弟弟……"

"他来干什么？"

"这等身份，有人犯事了……"

四季斋里，朱炎林所开宴会邀请的人原本颇多，此时即便走了大半，仍有四五十人在此。加上原本就在店内的小厮、请来助兴的青楼女子，规模就更大了。

四五十人中，多数与方腊系统有些关系，但也有如刘希扬这般的，觉得齐元康的事情与自己并无干系，是冲着朱炎林、娄静之等人留了下来。有的是方腊义军中的年轻人，多半是为了被留了下来的那些青楼女子，打架他们已经经历了许多次，对外面的乱局并不害怕，这时候忙着找心仪的姑娘搭话说笑献殷勤。

一方面是因为事不关己高高挂起，一方面也是因为身边的环境稍微稳定下来，加上与会者多少懂些诗文，也有几分倾慕那种八风不动宠辱不惊的名士风范，因此，从城内乱局开始到现在，四季斋里的气氛一直都显得悠闲，但随着这队兵将上楼，特别是认出为首的厉天佑之后，众人才吓了一跳。

朱炎林的神情从一开始就显得有些僵硬，皱着眉头，目光阴晴不定，甚至娄静之也下意识地从座位上站了起来。平心而论，大家造反出身，方腊军中将星云集，厉天佑在这群人中间庸庸碌碌，算不得出众，但他的兄长厉天闯却委实是军中一等一的人物，"镇国大将军弟弟"这个名头，谁也轻忽不了。

此时杭州讲的是稳定民心，只是吟诗作赋，就算遇上齐元康谋逆这类大事，朱炎林等人也能确定不会出什么问题，但在今夜这等时刻，厉天佑陡然率兵过来，大家第一时间想到的只能是齐元康的事情扩散开了，有人随着这兵祸被一同拉下马来，而以身份来看，就算是左相之子娄静之，一时间也忍不住猜疑，是不是因厉天闯归来即将开始的这场政治斗争，把自己家也给卷了进去。

当厉天佑走到一侧的桌边直接坐下，看着坐在那儿的两个人时，许多人才松了一口气。也有认出两人身份的，如刘希扬，如朱炎林，心中猜测是新兴的楼家被拉下马了。楼舒婉一时间更是脸色煞白。

杭州目前的局势下，虽然上面说新朝初立，一切都要稳定下来，但两个月前的兵祸犹在眼前，大家仗刀说话，人如飘萍，谁也不可能有安全感。楼家虽说在方七佛的支持下如日中天，但立刻便被抄家屠灭也不是什么难以理解的事情。

当了解到事情并未波及自己，朱炎林终于恢复了冷静，以主人家的姿态朝那边走去。以他的身份，只要人家不是动刀子，他还是说得上话的。

那边，厉天佑与宁毅对望数秒，眼中有着"抓住你了"的得意。刘进按刀站在宁毅身侧，以凶悍的目光望着厉天佑带来的一众手下。他是阿常的弟子，但毕竟年轻，大家也未将他放在眼里——如今在杭州街头，带着刀杀过人的这类年轻人比比皆是。由于厉天佑还未下令，他手下的十几人便在周围坐下了。当朱炎林过来时，有随行在厉天佑耳边说了一句，厉天佑这才站了起来。

"朱翰林。"他拱了拱手，随后朝着稍远的另一侧示意了一下，声音中气十足："娄少也在，打扰了。"

"厉小叔。"娄静之拱拱手，在那边坐下，静观其变。朱炎林道："厉将军，今日是在下在此设宴，不知……"

"宣威营今日为了却一桩旧怨而来，此事与他人无涉。先前不知是朱翰林设宴，多有冒犯，今夜恩怨了却，他日再上门向朱翰林赔罪，还望翰林海涵。"

厉天佑说不知今天朱炎林设宴自然是假的，但铿锵的话语已经将他的坚决表露无遗。而且宣威营的恩怨并非厉天佑的恩怨，所谓的宣威营，其实是不折不扣的厉家军，真正的掌权者乃厉天闻。朱炎林有些犹豫："这个……不知厉将军说的是何等恩怨，若是能够化解……"

"化解不了！"对方话音未落，厉天佑已经冷冷地做了回答。朱炎林神情一滞，心中倒松了一口气。他作为主人家，按理说是要做做和事佬的，这时候对方态度强硬，他宁可丢些面子，也要顺坡下驴。厉天佑说到这里，看了一眼那边的娄静之，不再理会朱炎林，吸了一口气，再度在宁毅对面坐下，片刻后竟笑了起来。

"这么长时间，终于让咱逮到你了，真不容易……宁立恒，你会怎样，心里已经晓得了吧！"

"宁立恒，你会怎样，心里已经晓得了吧！"听到这句话时，楼舒婉脑中还是蒙的。

倒不是因为她是什么心性柔弱的女子，而是因为军队破城后的那段经历，对身处其中的人来说，实在是太可怖了。如果不是亲眼所见，身处其间，没有人能够理解那种难以自保的恐惧。官员也好，富豪也好，平民也好，那段时间，举城不得安宁，人一批一批被杀，女子被侮辱强暴后的凄惨难以言喻，有的大户人家的女子不及逃走，被抓到军队中，整日奸淫，敢自杀的倒是求了个痛快，但说是痛快，自杀这种事情带来的恐惧感仍然让人难以承受。

其实女子在当时未必是最惨的，她就曾亲眼看见一些被捕的官员被凌迟、被活埋甚至被剥皮的情景，那段时间，人都疯了。楼家虽说受了方七佛庇护，但在未封刀之时，仍旧不断被人上门侵扰，她整日躲在房里不敢出门。即便如此，外间的情景还是断断续续地传进她耳中，府内一些丫鬟，不小心露了面的，便被抓了去，有的甚至并未出府。她身边一名丫鬟有一日不见了，后来询问，却是在府中做事之时靠近了院子外墙，被外面的一伙兵丁冲进来拿绳子绑了去，找到的时候已经死了，赤身裸体，浑身是血……

这些事情却无法追究。

有的人会因为可怕的打击一蹶不振，有的人则会从中找到逼迫自己奋起的力量。后来局势真的平静了些，兄长也回来了，她便出来管理家中的事情，是因为她知道这是必要的，可是……当这种可能性再度折回来时，她真的被吓到了。

令她清醒过来的还是"宁立恒"这个名字。脑袋里还未完全转过弯来，她看见身边的男子笑了起来，朗声道："会怎样我是不知道，不过你既然找来了，不妨放马过来。看你是要一个一个上呢，还是大家一起来。"

心中陡然一个激灵，楼舒婉站了起来，望定了身边的男人。

眼前这事突如其来，宁毅其实也没有多好的应变之法，但事情既然没有转圜的余地了，他本也不是怯弱之人，此时双手按上桌面，平日内敛的锋芒与威压隐隐透了出来，竟与眼前十余人对峙起来。在场的其他人原本以为他只是文弱书生一名，此时都怀疑他是不是疯了。

倒是宁毅身边的刘进陡然上前一步，与此同时，跟随厉天佑来的人中，有五六名也站了起来，各按兵刃，气势锁定了这年轻人。他们倒不是觉得这年轻人有多厉害，而是防着他悍然出手，朝厉天佑劈上一刀，若是如此，这边未免大丢面子。

厉天佑气极反笑，正要说话，首先出声的却是陡然站起来看了宁毅一眼的楼舒婉。她只是有些微迟疑，便第一时间做出了反应："厉……这位厉将军，在下是楼家的……"

"我知道你们楼家。"厉天佑说道，"你父亲楼近临我也见过。佛帅给你楼家机会管理米粮之事，我敬重佛帅，但今日这件事，姑娘，你自己掂量下斤两。几千条性命的血仇！你觉得你够资格插手，你便插手；你若觉得不够，就马上离开。"

"但是……"楼舒婉一愣，她心中知道，若是上面没有决定动她楼家，她是可以说说话求求情的，人家不至于一刀劈了她，但一时之间，她也被厉天佑口中那"几千条性命的血仇"给吓到了，她看看宁毅明朗却隐隐如狮子般的笑，不知道这样一位书生为什么会与这样的事情扯上关系。

在场许多人同样在为厉天佑的说法而惊疑。与此同时，另一边的刘进又进了半步，大声说道："厉将军，话不要乱说。宁先生可不是什么狗朝廷的大官！当初宁先生身处难民之中，为求自保，方才出手，大家立场不同，算不得仇寇！他如今已弃暗投明，为我霸刀营尽心做事，一切恩怨都该一笔勾销。你若心中有怨，该向我霸刀营来讨，如今这般以多欺少，算什么英雄好汉！"

"你算什么东西，敢这样跟我说话！"厉天佑冷哼一声，"这厮手上几千条性命，你霸刀营说包庇就包庇，说勾销就勾销，真是好大的气派！我为着城内和气，不愿正面逼迫，否则你以为我宣威营就怕你霸刀庄如今在这里的区区八百人吗！我今日杀了他，你们异日要为他寻仇，尽管来便是！"

"这话不是我说的，是我家庄主说的。我刘进只是小人物，可庄主让我跟随宁先生，你们要动他，便得从我的尸体上踏过去！"

侧面一名高瘦汉子拔出剑来："取你性命还不简单。"

"那便来啊！"这年轻护卫锵的一声擎刀在手。他是阿常的弟子，这一招霸刀的起手式"回护天柱"法度森严，也不知练了多久。霸刀最重气势，这起手式虽然名叫"回护"，但双足微沉，双手擎刀在侧，分明是与敌偕亡的气概。一时间，气氛紧绷起来。厉天佑带来的十余人兵刃各异，显然是由绿林高手组成的宣威营精锐，而宁毅这边只有一人相帮，但看那年轻人的气势，这些人真想伤到宁毅，大概真得从他的尸体上踩过去。只要厉天佑点头，下一刻或许便有人要血溅五步。

这个时候，还手足无措的楼舒婉身后，她请的两名绿林保镖已经靠了过来。他们倒不是有心助阵，这两人与一众楼家家丁见了厉天佑的气势便知道惹不起，就算他们是江湖人士也是不敢的，随后见厉天佑无心寻楼家的麻烦，两人才靠过来。

只是他们手持兵器，这一靠近，厉天佑身边一名四十来岁的汉子便望了过来，道："秦古来，要当护院便当护院去，这事你也敢插手！你什么时候吃的熊心豹子胆，是活腻了吗！"

这人语带轻蔑，对这面相凶狠的"杀虎头陀"显然看不起，或许还不如对刘进重视。那秦古来有些尴尬，拱手沉声道："骆大侠，幸会了，我当护院，那也没什么不光彩的。"这只是说句示弱的场面话，对方也不会再逼过来。他走到楼舒婉身侧，说道："小姐，这件事咱们惹不起的……"说完这句，又补充道，"楼家怕也惹不起。"

"可是，可是……"楼舒婉有些六神无主。要得罪厉天佑，她确实是怕，但是凭直觉，她感到宁毅背后似乎也有说得上话的人。厉家既然没打算彻底对付楼家，那么自己或许是说得上话的，譬如自己强硬一些，让身边人帮帮忙，宁毅身边那随从又是如此慨然坚决，也许有机会让厉天佑取不了立恒的性命。今后若父亲站在自己这边，自己再去向厉天佑赔罪，事情也许就能这样过去。

这是她在生意场上与人打交道培养出来的直觉，但她一时间又不敢去赌，正焦急间，一个声音在不远处响起。

"秦先生说得对，舒婉，此事我们管不了。"

那语气温和淡然。楼舒婉偏过头，楼梯口那边，一名同样穿着白色袍服的男子出现在视野里，与楼舒婉的面容竟有些相似，只是年纪大一些，眉宇之间隐隐有着疲累与忧郁。他身边跟了一些跟班，其中有几名武林人士。

"大哥，你……你帮忙说一下啊……"

来人正是楼书望。无论在楼家还是在外面，他如今的影响力都远远高出弟、妹二人。见他出现，楼舒婉先是惊喜，随后心又沉了下去。

"我帮不了忙。城东那边，齐元康齐大人已经伏法授首，但城内乱局未平，我知道你在四季斋，所以顺道来接你回去。"

他一边走过来，说完这话，又朝宁毅拱了拱手："宁立恒，苏、楼两家，原本确实有几分交情，但立秋那日在西湖上的冲突也不小，虽未成仇家，却已称不上有交情了。今日之事，我楼家自保尚难，不能为你开脱，你与人有仇有怨，善自珍重。"

宁毅正与厉天佑对峙，只用余光看看周围的环境，楼书望出现时，宁毅只是微微瞥了瞥这名男子，待他说出这番话来，才偏过头看了他一眼，随后笑着点了点头："正是如此，此事与你楼家无关，楼姑娘，请回吧。"

"可是……大哥……"

楼舒婉还想说话，楼书望拱手道："魏姑娘，麻烦你了。"那名叫魏凌雪的女子一点头，出手如电，敲在楼舒婉的后颈上，随后将昏厥的楼舒婉抱住了。

楼书望叹了口气，又过去与娄静之打了个招呼，待到要离开时，厉天佑向他问道："楼家小子，你刚才说齐元康已经死了？"

楼书望点了点头，走到厉天佑身边拱手作揖。

"听说……晁将军率兵将齐府团团围住……有人送进去一首诗……然后……去斩了齐大人的脑袋……"

宁毅的心思此时并不在齐元康身上，楼书望说得又不怎么大声，他便只听到了零碎的几句。

楼书望走后，气氛越发肃杀。宁毅站立起身，厉天佑身边的十几人随之站了起来。一边的刘进深吸了一口气，预备开始搏杀。

事实上，厉天佑等人忌惮的或许只是刘进而已。刘大彪这人极其护短，他们若是在这里将拼死作战的刘进给杀了，接下来，说不定就真的要厉天闯来应对霸刀营的反扑，但以眼下的情况来看，对峙再持续下去，厉天佑也必定是要出手的。

宁毅伸出手来，按在了刘进的刀背上。

几乎所有人都望着他。

"事若不成须放手，你在这里拼了命没有意义，这是我的仗，我可以自己打。你活着，他们不会为难你，而且如果我死了，你还可以帮我收尸，顺便告诉刘大彪帮我报仇——这件事你是可以做到的。"

他说完这话，右手猛然挥出。刀光划过，劈在面前木桌的中轴上，木屑飞扬间，半张桌子被劈出一道裂口来。往后方走出两步，他才转身，面对众人。

"谁来？"

他一贯示人的都是书生形象，此时的气势竟将在场的人都慑住了。厉天佑拇指划过嘴角，眼神有几分嗜血，而一边的众人都有些愕然，包括几名眨着眼睛的青楼花魁，他们偶尔还会交头接耳，窃窃私语。

"这到底是什么人啊？"

"不是听说……是什么江宁第一才子吗？"

"《望海潮》是他写的……"

"厉将军说他手上有几千条人命……"

"方才那楼家公子为什么说是苏、楼两家……"

"他是入赘的。"

人生之中有太多东西是不可预见的。

握紧手中的刀柄，宁毅吸了一口气，让有些亢奋的心跳稍稍平复。

应对接下来的事情，宁毅并没有太多可以使用的筹码，谋略与算计已经是太过遥远的东西。人数、武力的悬殊，在这片刻之间，是几乎无法逾越的障碍，厉天佑留在楼下的兵将也杜绝了破楼逃生的可能。如果说有什么东西支撑着他在这时仍旧能冷静下来，或许就是，类似的情况，他遭遇得太多了。

有的境况关乎生命，有的境况则只能说是难题。那些当初看起来已经无路可退无法可想的困境被解决掉之后，存留在身上的，或许并不能称为乐观，至多只是恰当的应对态度而已。

从来就没有什么人是真正的天之骄子，从一开始就能乘风破浪，披荆斩棘，将一切困难都压在最小的区域里。至少在宁毅来说，他所见过的成功者真正拥有的，不是随时能与人争锋的武力或势力，而是摒弃外物之后，那种狮子般的人生态度。

他正常呼吸，平稳心跳，压制恐惧，放下期待，做出适当的选择……握紧手中的刀，剩下的，便交给命运了。

不过，如果可能的话，一开始他是不介意做只兔子的。挥刀的时候，他心中如此想。毕竟他可不是真正的年轻人了啊，唉……

"谁来？！"

宁毅的心情姑且按下，围观众人的心情此时是颇为奇特的。

朱炎林也好，娄静之也好，人群中的刘希扬也好，甚至厉天佑，宁毅认识的不认识的，此时都免不了在心中生出异样的情绪来。

朱炎林与周围的众人差不多，算是第一次认识宁毅，先前不过听说了他的诗词而已，这时才听说他入赘的身份，心中讶异更甚。娄静之则皱起了眉头。在这之前，他是听说过这个人的，只不过眼下是第一次见到。先前就认识宁毅的刘希扬等人，这时候感到完全认不出眼前的书生来。虽然宁毅在文烈书院时，众人对他的印象曾一再被颠覆、修正，但这一次恐怕是颠覆得最厉害的。

书生意气，文人气节，这些东西许多人都能够理解。虽然自己或许做不到，但自方腊军队入城以来，真正不畏刀兵，与这些人正面对上的人不是没有。不过，气节与气节也是不同的，站在敌人面前硬着脖子让人砍了也不说一句话的硬气或是双眼通红操刀迎上的气概，与眼前这一幕是完全不同的。

眼前名叫宁立恒的书生，从开始到现在表现出来的，竟不只是那种咬紧牙关不畏生死的气势。从一开始，他竟就像是与厉天佑等人平等地对峙，到此时拔出刀来，表露出来的，是那种武人迎敌时的悍勇，仿佛在这种情况下，他是真心实意地想要对对方做出反扑。

就连隐于一旁的闻人不二见到这种情况，都有些错愕。对这位名叫宁立恒的书生，他接到任务之后有过许多了解。老实说，对宁毅，他此时颇有几分敬佩，但无论是当初太平巷的那场战斗，还是后来逃亡中聚集三千溃兵大举翻盘，都不能证明宁毅是一名高强的武者。即便是自己，若是被厉天佑带着这样十几名高手盯上，眼下也只能不带任何希望地亡命一搏，但宁毅脸上却看不出这样的情绪来，闻人不二也想不到，接下来的希望在哪里。

随后发生的一幕，更是将事态迅速地推入深渊之中。

变故的因由是那位名叫刘进的刀手，但归根结底，还是宁毅这样的姿态感染了他。当宁毅挥刀时，周围的十几名宣威营精锐都站了起来，隐隐间便要出手。刘进也因为宁毅的那番话，几乎放下了刀，但就在厉天佑也陡然起身的一刻，这位年轻人望着宁毅，双眼一红，表情在霎时间又变得凶戾起来，手中霸刀一横，退后了两步，仍是挡在了宁毅身侧。

"你们这帮孬种，谁敢上来！"

砰的一声，才站起来的厉天佑一掌拍在了身前的桌子上，那桌子轰然间断裂为两截，木屑飞扬。一侧兵将中有人暴喝："你说什么？！"一杆镔铁大枪挣脱了绑缚的布条，随着可怖的破风声轰地砸过来，连上方一盏油灯的灯火都被卷动，光芒猛然一亮。

刘进朝着侧面一跃，那杆大枪的前端轰然落地。这酒楼的楼板原本结实，但在这一挥之下，最上面的一层几乎被砸穿。宁毅斜退了一步，刘进已经挥起长刀朝那使枪之人斩过去。那大枪在砸下的瞬间就已经在使枪人的控制下被往回拉，这镔铁铸成的长枪枪身弯曲得就像是一把弓。下一刻，枪头蛟龙般朝上方跃去，枪身与斩过来的霸刀狠狠撞在一起，楼上顿时火光四溅，声响如雷鸣。转眼间，大枪挥转如龙，霸刀扑斩如虎，随着火光，轰鸣声连续响了三下。

若是不懂武艺，在那边旁观的书生或许只会被这刹那间碰撞的激烈惊动，但闻人不二已然看出了双方的高下——名叫刘进的年轻人霸刀刚猛，显然是名师所授，但不过是凭借拼命的狠劲与年轻人的气力才与对方拼了个看起来不相上下。那持枪人方才出枪是单手挥砸，这铁枪原本沉重，枪身又长，他却是单手持住枪身这端，那大枪在惯性的作用下被反向拉起来时，他也不过是单手用力。这几下间，他手臂上肌肉虬结，几乎撑裂衣袖，足见其臂力之强，对这大枪的控制，放在外面，已是使枪名家了。

那刘进毕竟年轻，陡然发狠，口中竟然还喊出骂人十八代祖宗的话来，令得爱面子的武人不得不出手，就算厉天佑对霸刀营有几分忌惮，此时恐怕也感觉下不了台来。

闻人不二转念之间，那边碰撞了三下，火光迸射。那持枪人铁枪挥舞如钢鞭，与霸刀硬碰了三记之后，枪身猛地折回。刘进如猛虎般直扑过来，一刀由上直劈而下。霸刀营的兵器本就比一般兵器沉重，多数时候几乎不是劈，而是砸，力道刚猛无匹，但那使大枪的汉子站在原地，双手托枪一挡，便将刘进推得往后退了一步。

下一刻，刘进定住身形，身子一矮，挥刀横斩那人双腿，对方大枪往下一戳，轰地戳进楼板里，这一枪再度无果，倒是刘进的身子被这反击的力道阻得滞了一滞。那汉子从容狠辣，双手将大枪一拔，由上方猛地一挥，便朝刘进躬着的脊背上砸了下去。

以他的力量与大枪的沉重，这枪一旦砸实，便能将对方的脊背直接砸断！

几乎在这汉子挥枪的同时，一旁有人喝了出来："将死之人，你还敢动！"巨大的破风声呼啸而来，顶上的油灯几乎是一齐暗了下去。此时动手的正是方才一直在刘进后方的宁毅，他用力抓住身侧的桌布一角，朝着这大枪的方向挥了过去。旁边的桌子上原本还有一桌菜肴，这时大半菜肴、汤水都朝着厉天佑那边的众人飞过去，还有小半被裹在桌布里，增加了那桌布的速度与凌厉程度。

砰的一下，桌布裹上了大枪，将那大枪打偏，同时还有些菜汤汁水朝着使枪的汉子扑过去，旁边一时间更是乱成一片。

"找死！"

"杀了你啊——"

随着暴喝之声，众人各施手段将菜汁汤水挥开。他们本就是绿林豪强，虽然当了兵，但这并非战场，向人寻仇也讲求个面子，对方将死之人，如果自己这边还人人被淋成个落汤鸡，那说出去就要被人笑话了。一时间，旁边的桌子、椅子都被人挑了起来，也有人拉起桌布将汤水哗地反挡回去，如那使枪之人一般以布匹裹住兵器的，便挥出布匹，挡开汁水。使刀使剑令水泼不进虽然极难，但类似的本事大家总是有的。

也就在桌布缠上大枪的瞬间，宁毅猛地挥手成圆，让那桌布将大枪裹得更紧。使枪的汉子扬起左手挡住面门，右手上大枪唰唰转动，试图将桌布撕裂或是挥开，但他单手的力量只是令得宁毅的身体晃了几下，那桌布一部分还是展开的，宁毅的身影时隐时现，却一直看着这汉子的眼睛。

下一刻，桌布那头传来的力道松了一下。刘进已经趁机滚到了旁边，那汉子铁枪一晃，砸开刘进，心却猛地一紧，因为方才还显得沉默冷静的宁毅，此时已经如猛虎般扑了过来。

那桌布仍旧裹在他的枪身上，大大减缓了他出招的速度。他也是老江湖了，这时候不再进攻，猛地将枪身回撤，但宁毅直接挥出了手中的军刀，如扔飞刀般朝他面门上扔过来，在他偏头避开的瞬间，宁毅直接抱住了枪身。那汉子猛地一喝，大力回夺，枪身哗哗疾动，像是蛟龙一般疯狂挣扎。下一刻，宁毅拉住了桌布两端。桌布绷紧，仿佛绞索一般死死缠住了蛟龙的喉咙。

这一刻，他手上使出来的力量也是大得惊人。

"杀了他。"冷澈如冰的声音就在这一刻响起在嘈杂混乱的环境里。

声音便是从宁毅口中发出来的。他也是这混乱场面中的一员，让人很是疑惑：他这时候为什么会是这种安静得近乎冷淡的语气，仿佛不是在拼命，也不是在说与他自己有关的事情。

一旁的刘进生性悍勇，见到这等情况，猛地仗刀欺身而上。

铁枪疾旋，宁毅放开了桌布，无数布片、碎瓷片飞舞在空中，他的身影却已经欺近了那使枪的汉子。一旁，刘进挥刀怒斩，那使枪的汉子却只是右脚后退了一步，还在试图阻挡，但宁毅的右手已经直接朝他的面门上拍了下去。宁毅只是疾步前行，一掌拍下而已，但那手掌勾起的破风声已经表明，这一掌若拍在头上，恐怕要将人的面门生生打扁。

同一时间，侧面的数道身影、剑光也已经欺近。

围观者中，没有多少人能够看清楚此时发生的一切，巨响声、刀光碰撞声、暴喝声连续响起，火光与交错的人影混在一起。当众人定睛再看时，宁毅的身体已经朝后方飞了出去，血光飙射间，木屑飞舞在空中，一张被打得爆开的桌子随着宁毅的身体朝侧面飞出，撞倒了几把长椅。那使枪的汉子已经退到丈余开外，刘进的霸刀被砸飞出去，他却依旧逼近了那使枪的大汉，保持着站立的姿态。他的右臂上有一柄剑刺了进去，剑柄还握在旁边的高瘦汉子手上，左臂上则嵌着一把刀，前方一人将一根铁棍砸在他的肩上，此时那里已经血肉模糊，在他周身，还有三四人一齐围了上来。

他口中溢出鲜血，却仍旧直直地望着那使枪大汉，竟笑了笑："你已经……喀……死了。"

旁人或许不清楚方才发生了什么，就连当事的数人或许都没看清发生的一切，只有闻人不二这类身高强武艺的旁观者看出了究竟。

宣威营的精锐都不是庸手，在宁毅挥出桌布的一刻，其实半数已经反应过来了，当宁毅欺身上前时，周围未被那汤水波及的数人便一齐冲了过来。

宁毅挥手猛砸下去，随即手掌在空中猛地捏成拳头。这一拳由上而下，以后来的威势来看，足以将人的面门直接打烂，但周围的众人都及时做出了反应，那汉子后方的一人原本就用一张木桌接住了宁毅扔过去的军刀，见状当即将桌子朝着这边砸了过来，另外有人拖住了那使枪汉子的身体，将他迅速往后拉，旁边更是各种兵器都逼了过来——这是为了救人，大家都顾不得太多了。

那使枪的大汉在闻人不二看来也是高手，但能够把他逼到这种程度，或许只能说横的怕愣的，愣的怕不要命的，另一方面，对宁毅这书生有几分轻敌或许也是原因之一。他们拉走了那大汉，宁毅的拳势却未稍减，飞过来的木桌桌面在空中就被他轰然打爆。不过也是因为这木桌，侧前方猛袭过来的攻击被挡住，他本人只挨了一拳一脚，往后飞了出去。

刘进却没有这等好运气，他直接往前冲，打的大概是宁愿同归于尽也要取了对方性命的主意，连续挨了好几记攻击，最后手中的大刀也被磕飞。尽管大家还有些忌惮杀了他的后果，又是人多的情况下，并未真的尽全力取其要害，但连番中了这几下，眼看他已经状况不妙了。

"喀喀，你死了……没有这么多人，你已经死了……"刘进吐出一口血，又这样笑着说了一句。

众人一时间都被这样惨烈的场面给震慑住，朱炎林、刘希扬等参与聚会的一众文人更是看得目瞪口呆，几名女子转过脸去不敢看，也有看着看着红了眼圈的，眼看便要哭出来。就连厉天佑也愣住了。场面一时间安静下来。厉天佑没有说话，周围的人又不知道能不能杀掉这刘进，就在这样的等待中，哗的一声陡然响起在稍显昏暗的一侧。

人影挥开了堆在身上的破木板，缓缓坐了起来，摇了摇头之后，撑了一下地面，站了起来，拍打着身上的灰。

那是宁毅。

身上虽然并没有致命的伤势，但他的书生服已经破了几处，也有一处不深的刀伤，砸破桌面的右手手臂被木屑划烂了，衣袖破烂，手上也被鲜血浸透，看起来颇为严重，头大概是破了，正在流血。不过，这些流血的伤口他像是完全不知道一般，只是拍打了几下衣服上的灰，站直了身体，望向场中央。

然后，他走向一侧。

那飞来的桌子被他打爆了桌面，但他扔出去的那把军刀仍旧钉在上面，他走到桌边，将刀拔了出来。

"还有我呢。"他如此说道。说完之后，那边的刘进也猛地动了几下，往后一退，让身体脱出旁边刀剑的钳制。

"什么、什么叫还有……宁先生？"他说着，踉踉跄跄地往后退，众人一时间不太好拦他。他的刀也并未掉落太远，他走了几步就走到那霸刀前，伸手去拿，却摔倒在地，随后，他努力地撑着刀想要起来。

"我、我还没死，咱们……还有两个人……哈哈，这帮……以多欺少的……哈、哈……"他大口大口地喘着气，如此说着。

不远处，闻人不二看着这一切，心中有几分悲壮与凄凉。他内心一直在思考对策——如果说这酒楼上有谁能够作为宁立恒这方的筹码，或许只有自己了，但在此时的状况下，自己即便豁出去，其实也无法破局，更何况还有更多后续的麻烦。

但无论如何，今天变成这副样子，宣威营与霸刀庄的梁子是真的结下，解都解不开了。

他想到这里，脑中猛然间闪过一个念头，还未细想，就听见厉天佑沉着声音说了一句话。

"倒是条汉子，好，我给你个……死得瞑目的机会，别说我宣威营……人多欺负你人少！"

稍显昏暗的光芒里，宁毅微微闭上眼睛，旋又睁开。

狭路相逢勇者胜，原本毫无希望的死局终于被硬生生撕出了一道裂口，让人看到了微弱的光……

平心而论，这个决定，厉天佑做得极为艰难，从一开始，他就没想过自己会说出类似的话来。

他一贯忌惮的是刘大彪，以及那个看似游手好闲，偶尔却会偏帮一下霸刀营的陈凡，但无论如何都要杀掉宁立恒，是他在这样的前提下做出的最为坚决的决定。

这样的决定需要诸多权衡，但今天既然上了这四季斋，就代表他已经有了心理准备，考虑到了不顾一切杀掉这人之后将会迎来的霸刀营的反扑，并做好了承受的准备。这样的坚决从上楼起他就已经表露出来，也是因此，他从一开始就不理会朱炎林这些人的态度。他要在霸刀营尚未反应过来的情况下取了这书生的性命，而后不管霸刀营有多霸道，这个亏也得吃下去。

不过，太过理想的考虑，会导致最后才发现有许多东西脱出了计算，或者说原本在计算之内的，他只是将程度想得太轻了。

宁立恒以及宁立恒身边的人会反抗，他想到了；会有旁观者，他也想到了。可是最后令他不得不在意的，也是这两者在无比极端的情况下产生的反应。

宁立恒与这年轻的小子没有机会，直到最后恐怕也不会有机会，朱炎林等人无论如何也不敢插手到这里面来，娄静之或许可以说话，但看起来也是不会说的。如果他这个时候仍旧无比坚决地让身边人一拥而上，接下来的结果不会有任何变化。可是那年轻人拼命真的是太过了，此时的旁观者有四五十人，书生文士、青楼名妓，他们现在不敢说任何话，但此后必然会将今天的状况传出去。

被说成张扬跋扈他从来不怕，作为厉天闰的兄弟，就算他真的谦恭谨慎，旁人也会说他仗着裙带关系才到了今日的位置。可是到得此时，看着众人的表情，厉天佑才蓦地发现，在旁人口中，这个年轻人会被旁人由一名路人甲渲染成一名忠烈义士。旁人怎么看，他并不在意，但霸刀营会怎么看，他终究还是不能轻忽的。

不顾一切地杀了宁立恒会如何——霸刀营不依不饶，刘大彪找他麻烦，可到得最后，一切无可追回，两边要顾全大局，这梁子还是得解开。然而，若最后传出去自己杀了霸刀营一名如此忠烈的年轻人，一旦被渲染开来，性质就完全不一样了。

前面的行为说是打脸，终究可以化解；若到了后者的程度，就是结结实实的一记耳光了，落在旁人眼中，整个霸刀营的面子都会挂不住，到时候就会引起霸刀营与宣威营的全面开战。他是厉天闰的弟弟，会给兄长惹来这种麻烦的事情还是得全盘考虑。

如果刘进拼得稍微有分寸一点儿，或者自己的人从一开始就制住他，再或者他真听宁毅的话走了，情况不至于这般惨烈，接下来的问题也都不至于发生了……

他想到这些的时候，闻人不二也是刚刚意识到这一点，但想到接下来可能有一线生机的时候，厉天佑已经站起来说话了。相对一开始就笃定了要置宁毅于死地的厉天佑，闻人不二却是一直在思考到底如何才能有转机。厉天佑已经坚决成那样，哪怕将自己放在当场，恐怕也是死路一条。也正是因为这样的想法，他脑中反倒忽然想到了一个奇异的念头。

十步一算宁立恒……这是他曾经打听到的对宁毅的一个评价，也是因此，在一开始，他抱有一线希望，或许自己没有办法，但这位在太平巷、湖州侧先后创造了奇迹的读书人能有急智，陈说利害，用如簧巧舌打消厉天佑的杀人念头。可惜的是，从一开始，他所保持的就几乎是一种已经绝望的光棍态度。

书生提刀，要跟人拼命，特别是在刘进那样激烈地骂出来，引得厉天佑一方猛然出手时，闻人不二基本上就已经没有这方面的想法了。果然只是书生式的拼命而已，鲁莽到这种程度，再没有让厉天佑清醒下来的可能，他甚至忍不住腹诽刘进这样的愣头青坏事。然而到得此时，看见刘进以那般惨烈的形象换来的后果时，他才愣了一愣。

先前在面对虎视眈眈的十余人的情况下，那般坚决地去杀那名使枪的汉子，其实是不必要的。杀一个赚一个？其实根本不可能杀掉对方。宁毅在当时的出手，确实是毫无保留的、鲁莽的拼命，但假如说……他是故意的呢？

十步一算……闻人不二只能从事发之后看见的结果推导因由，但假如世界上有这样的人，从一开始就看到了大概，几乎是以煽动式的手段将一切导向悲壮的方向，以拼命般的形式强硬地坐实宣威营以多欺少的事实，而他这样做是因为，从战略层面上来说，恐怕唯有霸刀营，才真正能让厉天佑忌惮，即便是在厉天佑已经豁出去的情况下，他还是以几近蛮横的手段将厉天佑的忌惮一丝一丝推高了，他只是看到一个方向，便拼了一条命，硬生生撕出一线生机来。

这只是在闻人不二心中陡然升起的一个念头，无论真假，或许都无法验证，但看着那个持刀而立，面对生死神情近乎冷漠的书生，他还是隐隐感到有几分战栗。即便是在身陷险地的情况下，宁毅之前想要安排的，也只是他身边一名丫鬟，这样的人，不可能是真正将生死置之度外的人吧。

不过，即便已经有一线生机，这生机也还是太过渺茫了。真要评价，宁毅或许使得刀兵，有匹夫之勇，但从方才就可以看出来，他或许有几分手段，但并无章法，出力虽大，不过是与人拼一口气而已，虽然一般人都会怕他，但比之眼前这些人，终究还是差得许多。

宁毅长久以来给人的书生印象太深了，对厉天佑这等想要杀他的人来说，他近期在书院中的一举一动自己更是了若指掌。擅奇谋，敢拼命，关键时刻又能保持冷静，与一般的书生文人极为不同，即便如此，今夜他又怎能逃过这死局？

"我厉天佑……与你单挑。你今日能杀了我，那便可以活着从这里走出去！"

喝止了众人的厉天佑说了这句话。闻人不二的心咯噔一动，若是能在这里宰掉厉天佑，霸刀营与宣威营之间形成的局面就更加理想了，这种乱局之中，自己也更有可能将宁立恒以及那丫鬟小婵转出城去。他想到这里，却见宁毅也悄然扫了这边一眼。

"当真？"

不过，接下来这样理想的事态没有发生，站在一旁先前被秦古来称为骆大侠的汉子开了口："厉将军，我等皆在，哪有让主帅与人放对的道理。取这等奸人性命，让在下出手便是。"

旁边的人早就觉得有些丢颜面，纷纷道：

"我来。"

"厉将军若出手，传出去我们还有脸活着吗！"

"这厮与我也有血仇，方才才认出他来……若要单挑，恳请将军让我出手，取他狗命！"

其中一名铁塔般的汉子陡然间像是想起了什么，出来请命。大伙本有几分疑惑，但随着他的话，才知道当初方腊军队攻杭州，这汉子也是先遣入城的先锋之一，在城内破坏之时，曾有一名书生隔河朝他扔了一枚石子，那石头未能砸中他，却将他身旁的兄弟砸破了脑袋，他此时方才认出宁毅来。

"既然如此，便让你来为你兄弟报仇吧！"厉天佑只是稍稍思量便做出了决定，"姓宁的，今日有怨报怨有仇报仇，你俩单挑，别说是宣威营欺负你！你若还能捡回一条命，我今日便放了你又如何？"他知道身边这汉子名叫汤寇，武艺虽然比不上身边最高的几名，但为人最是残忍好杀，不惧拼命，对上这敢拼命的书生，确实再理想不过了。

"为你兄弟报仇？那谁为你杀的妇人与孩子报仇？"厉天佑说话间，那汤寇已经唰地抽出钢刀，朝宁毅走来。宁毅眯了眯眼睛，随后朝厉天佑道："说话当真？你们不插手？"

"当，真。"厉天佑一字一顿地开口，话音未落，原本一直与他们对峙的宁毅陡然做出了令人意外的反应：他转过头，拔腿就跑。奔跑之中，一把椅子被他飞掷而出，打灭了不远处天花板上燃着的灯盏。

厉天佑几乎笑出来，猛地暴喝一声："下面的将士给我听好了，一只蚊子也不许给我放出去！要闯出去的，格杀勿论！"

这声音响彻全楼。他说让宁毅单挑，不过是全一个不以多欺少的名义，并不是真的就会墨守成规，假如这宁毅以为他是迂腐之人，想要利用大家都不出手的约定逃跑，外面的人便一拥而上将宁毅杀了，他才不介意这个。

在他的暴喝声中，那汤寇也大笑一声直冲而出。别看他身形魁梧，此时追赶出去，就像是发射的炮弹，众人刚刚反应过来，就见一张桌子被他掷飞出去，他的脚步声轰响如雷，转瞬间追到奔跑中的宁毅身后。宁毅猛地一跃，飞扑向前方的桌底，那汤寇一刀斩出，在桌上斩得木屑飞溅，身体也猛地将那桌子往前方撞出去。这张方桌撞上前方的方桌，宁毅在桌下连续滚了几圈，站了起来，将两张桌子用力朝对方撞过去，又掀起一张桌子砸向对方的上半身。那汤寇身形一滞，下一刻，却是以刚猛的冲势将两张桌子同时撞飞。

刀光晃动，在空中爆出火花，仅仅两刀，宁毅臂力不及，就已经被劈得连连后退。他选取的这个地方障碍物相对多一点儿，能借着周围的桌椅奔走，冷不丁抡起长凳朝对方头上砸过去，却被对方单手挥开，长凳在空中就断成两半。

方才宁毅与刘进对那使枪汉子出手，是刹那间就到达巅峰的惨烈，看在众人眼中，过程无非是说话、打、说话，双方划下道来，然后交手，到得此时，更大的局面却是陡然展开，宁毅的逃跑意图让众人有些不解，但随之而来的，已经是硬实力的对撞了。刀光飞舞，那铁塔般的巨汉疯狂追近，书生终究只是凭着悍勇而已，转眼间，身上差点儿被劈了一刀，长袍下摆被斩裂了一截，在不断飞退中躲得狼狈。

闻人不二却注意到，宁毅所往的方向是二楼相当昏暗的地方，他又故意打灭了那边的灯盏，也不知道是不是想要将周围化作黑暗，施展什么奇谋。考虑到宁毅望过来的一眼，他跟了过去，而厉天佑也一边冷哼，一边挥手前行。

"围上去，莫让他逃了！"

十几人一齐迫近，他们并不出手，只是缩小圈子，因为宁毅此时已经接近四季斋的窗口，他们要做的只是提防他不顾一切逃走。在那战圈之中，两人又拼了一记，宁毅踉跄后退，那汤寇一脚踢出，宁毅双手仓促一架，整个人飞向后方，轰然间撞破了那边的一扇门，跌进四季斋的包间里。

此时，外面的灯火不算明亮，这些靠楼层一侧的小包间没有点灯，里面更是黑暗一片。闻人不二陡然看见了机会，快步朝一侧走过去。汤寇啊地大喝一声就冲了进去，金铁交击的声音响了一次。厉天佑等人快步逼近那破掉的门口，他本想喊一声让周围的人提防起来，却听得里面传来汤寇的大笑。

"哈哈——"

笑声停止的下一刻，一颗圆球状物体自黑暗的房间飞了出来，众人都是老江湖了，一看便知道那是一颗人头。一切都顺理成章——汤寇冲进去，斩杀了那宁立恒。离得最近的那名军士单手挥出，稳稳地将人头抓在手上，脚步停住，下巴傲然地仰了起来……

第四章
无畏人勇担无畏事 尴尬人误入尴尬局

马车行驶着，车里灯火摇晃，外间的道路上传来嘈杂的声响，偶有火光成队晃过，有人呼呼喝喝，令得马车减缓了速度。

醒过来的时候，楼舒婉发现自己还在车上，坐在一旁的是兄长楼书望。看见她醒来，楼书望想要过去握她的手，但她几乎是下意识地躲了一下，于是握变成了拍："没事了吧？"

乍然醒来，记忆还留在晕倒的前一刻，她坐起来，随后就反应过来，掀开车帘往外看了看，见一队兵丁正举着火把奔跑过去。这里距离四季斋已经很远了，她也不知道那边现在究竟成了什么样子。

"哥，你怎么能这样？"

"我知道你想的是什么，但宁立恒一来已经与我们家结了梁子，这梁子化不开；二来他已经惹上了大祸事……忘了他吧，你不该再跟他来往。"

"他……"楼舒婉放下车帘想了想，随后拧起眉头，提高了声音，"他……不过是一点儿小事，二哥跟他有一点儿误会，有什么化不开的！"

楼书望望定了旁边的妹子，随后虽仍然是淡然的口吻，却也提高了些声音："你二哥要杀他。"

"什、什么？"

楼书望偏过头："你以为家里人不知道宁立恒还在杭州？你二哥看见过宁立恒一次，他最近突然奋发，到处结交，就是要通过关系，将宁立恒找出来，杀之后快。今日那娄静之也是他结交的人之一，是我介绍他们认识的……不过有今晚这桩事情，你二哥是不可能亲自动手了。"

"二哥他怎么能这样！他与立恒不过是有些许嫌隙，说到底……顶多是见檀儿妹子长得漂亮，有些好感而已，有好感便要杀人夫君吗？！大哥……你、你也支持他……"

楼舒婉说道，有些不可置信，但楼书望语调淡然："你二哥要杀谁，我不插手，但他是楼家男儿，要振作，我很高兴。我早知那宁毅所在，但你二哥要找他，能不能找到，我都不管。我倒宁愿那宁毅藏得久些，手段厉害些，你二哥遇到的困难越大，也能越成长。我也早知道你与他来往之事……"

他望向楼舒婉，这次看了许久："宁立恒……与你以往来往的那些男人不同，你玩不起，驾驭不住，有今日这事……忘掉他吧。"

"你……大哥……你是说我水性杨花……"楼舒婉在这方面其实非常敏感，说完这句，却是一咬牙，将手举了起来，"你们这些男人，二哥，说什么男子汉大丈夫，说什么宰相肚里能撑船，哪有为了这种事情就要杀人的！杀人啊！杀人夺妻，这是戏文里坏人才做的事情啊！不过是一件小事，国家都没了，二哥怎么能记这么久呢……男子汉大丈夫……"

她话没说完，楼书望伸手在旁边的座椅上猛地一拍："你就是水性杨花！"他这些日子已经累了，大概被妹妹的话激怒了，此时终于爆发了。

他静下来，叹了一口气："可你是我妹妹，我也知道你的心性，与那些真正水性杨花的女子不同。当初让你嫁给宋知谦，家中对你有所逼迫，我知道你心中不愿。宋知谦管不住你，那是他的事情，我只愿你过得好。可是，你后来那样，真的过得好吗？那些与你来往的书生，你当时真心诚意地待他，可哪一个不是随后就厌了……

"人要知足。你想要配一个怎样的男人，我心中明白，可当时整个苏杭，若有那样的男子，我难道不会帮你找吗？找不到啊！你心中想的那种男人，那些名门高第里或许有，才华横溢文采风流又要与你相合，脾气好又儒雅……舒婉，可你不是什么才女，当时我们楼家，又配得上那样的人吗？"

楼舒婉对楼书望虽然一向尊敬，但两人平时并没有太过亲密的感情，此时听得兄长这样说，她的眼圈几乎变得通红："那我……那我当时也说过，我不要嫁人啊，没有我喜欢的我不要嫁啊！"

"女子大了，怎能不嫁人！"楼书望说道，"何况……你刚与宋知谦成亲的时候，感情不也挺好的吗？他出身是不算太好，但文采是有的，称不上不卑不亢，但当时也不会过分唯唯诺诺。当时他已是最好的人选，你又不需要嫁到什么高门大户，楼家能供你一辈子衣食无忧。家小些，不过分唯唯诺诺也就是了。你想要那种完全不卑不亢，什么都丝毫不在乎，偏又能对你平等相待的男子，到哪里找得到？！"

楼舒婉咬了咬牙："宁立恒……就是……"她说完这句，随后又补充道，"这样对檀儿妹子的……"

"他？"楼书望看了看她，"人家夫妻之间的事情，你怎会知道？他看起来不卑不亢，实则傲骨铮然，你……驾驭不住他的。"

楼舒婉沉默半晌，幽幽地说道："大哥你也说他好了。"

"我是说他好吗？我是说你驾驭不住他。你现在或许觉得他温文尔雅之下不乏强势，就觉得你作为女子，不妨小鸟依人，可你从小就过着不得违拗的日子，过不了多久，你就会烦了。这倒无所谓，但以前那些男子，你烦了赶走他们便是，可这个……他的才学你会佩服，你会喜欢上，到时候只会是他厌了你，你便连哭都没处哭去，你是我妹妹……"楼书望说着顿了顿，"算了，我不该跟你说这些事情的。跟知谦好好过日子吧，没有什么日子是过不下去的。舒婉，其实你只是娇惯得很了，人心不足蛇吞象，这山望着那山高而已。"

其实这些事情，楼舒婉未必没有想过，只是即便想到，又能有什么办法，她已经被娇惯了这么多年，岂是单纯想想就能变副样子的。

车厢内一时间安静下来，过了一阵，楼舒婉轻声道："那……立恒到底是惹了什么事情啊，怎么那厉将军，要这么不依不饶地杀他啊……"

"他与石宝等人正面交过手，他杀了苟正、陆鞘、姚义、薛斗南，就像厉天佑说的那样，他的手上有数千义军将士的血，舒婉，这些事情，你都没打听清楚吗？"

"怎么回事啊？他不过一介书生，如今就是做做账而已……"

"嗬，一介书生……"楼书望笑了起来，随后方才肃容将他听说的有关宁毅的事情说出来，从太平巷的爆炸到湖州的一路逃亡，最终只是因为运气不好才被抓了回来……

"他这样的人，是你驾驭得了的吗？"

楼舒婉听着这一切，先是有几分错愕，随后却是睁着眼睛，身体都有些战栗起来。她此时才知道，宁毅平日的轻描淡写背后藏了些什么，对上石宝，或许还有方腊这边据说最厉害的"佛帅"，后来一路逃生，将数千人的生死握于掌间，翻手为云覆手为雨。她以前只在话本故事里听说过这些，却想不到，最近与自己来往的竟会是这样的人物。

"那……"她想起四季斋的情况，"他就算对上厉天佑，或许也不会……也不会……"她话说到一半，却实在不知道该怎么说，终于道，"那大哥你怎么还让二哥去找他麻烦啊？立恒他这么厉害，你怎么还能让二哥……"

方才的话中，楼书望并未伪饰对宁毅做的这些事情的肯定，不过此时却看着妹妹，笑着摇了摇头，像是不怎么介意的样子。

"舒婉，这世上之事，有因人成事的，有因事成人的，但归根结底，都是两者一齐作用的结果。没了大势，本领再强，也做不出什么事来，哪怕资质一般，如果逢了大势所趋，有时候也会做出一番功绩……这世上哪有什么真正能翻手为云覆手为雨之人！你不过听故事里说得神奇而已，宁立恒当时与钱希文有旧，得了官府支持，他自己也有些本事，而在一路逃亡途中，汤修玄他们走的都是这一路，你就相信事情都是宁立恒一个人在做？"他吸了一口气，"就算他真有鬼神之能，到了杭州，他又能如何？今日厉天佑是下了决心要杀他，得罪霸刀营也在所不惜，厉天佑兄长乃厉天闯，马上就要回来，那霸刀营就算有实力，又能为他争取到哪里去！人家要不是下定了决心，能这样子去四季斋？即便是佛帅，在这等情况下，能打过一楼当兵的？"

"要到家了。"楼书望说着，拍了拍妹妹的肩膀，"别多想了，反正都会是这样，他没有活路的。"

"但……他既然能做到那些……也许有转机呢……"

"就算有，那也无所谓了。"楼书望回答，"你二哥还是要杀他，你阻不了的，还是说你真想因为这宁立恒与家里反目成仇呢？"

楼舒婉沉默了，她做不了这样的事情，只是在掀开车帘时望了望四季斋的方向。楼舍自然是看不到了，她也知道不可能有什么转机，但既然还没有确切消息传过来，她总还可以幻想一下有没有机会。他或许还活着，或许还活着……但在更多思绪中，她似乎看到立恒如今已经死了，宣威营扬长而去。虽然努力不让自己刻意去想这些，但它们还是会飘过脑海，她抱住了身子。夜凉如水，时间赶不回宁毅还活着的方才的黄昏，她感到了寒冷，思绪在渺茫的幻想与无法可想的交替中渐渐变得麻木起来……

她未曾料想到，她认识了一个那样了不得的人物，但可能在不到一炷香时间以前，在她看不到的地方，他已经死了……

另一侧，四季斋。

当先那人拿起手中的人头，空气都僵在了那儿，变得冰凉。稍后方一点儿，刘进望着这一切，也定住了，他想要往前走，看得更清楚一点儿。

随后传来倒吸一口凉气的声音。

"怎么会……"

"汤寇……"

"说什么……"

只是些微的声响，随后，众人望向那黑暗的房里，因为那人手上拿着的，赫然是那大汉汤寇的头颅。没有人知道这一切是怎么回事，后方的人甚至还没有看见那人头的样子，却是厉天佑第一时间反应了过来。

"他有埋伏！"他扬起手中的刀，用刀背砰地打飞了顶上的一盏灯笼，些微光芒朝黑暗中飞去，有人在轰然巨响中踢爆了已经破裂的房门。

后方众人还不清楚发生了什么事，但众人的反应已经说明了一切，厉天佑这边的人疯狂地往那房间冲过去："抓住人！""他有帮手埋伏！"

"那汉子竟死了……"

"宁公子把人杀了？"

这边窃窃私语，也是错愕不已，刘进看了看后方，又看看那边的人头。也是在此时，房间里轰的一声巨响，光芒亮起一瞬，几乎将所有人都吓到。光明恢复之后，在那里面，有人缓缓地晃了晃手中的火折子，点亮了灯盏，他此时的语气没有了方才的冷硬，变得轻松了。

"我赢了吧？"

众人一愣，没有理会他，因为有人竟打穿了那边的墙壁，冲进了另一个小包间。宁毅一手持刀，一手拿火铳，从房间里走了出来，顺便擦了擦脸上的血渍。厉天佑双手握拳，看着房间里汤寇倒下的无头尸身，没有说话，随后只是狠狠地道："搜！把他的同伴找出来！"

宁毅没有争论或反驳，他今天受的伤虽然看来不重，但现在已经颇为狼狈，只是风度还保持着。他看了看刘进，走到一旁的桌边坐下。二楼上一时间一片混乱。众人笃定他杀不了那汤寇，火铳方才也没有在杀人时放，先前他将周围都弄得昏暗，肯定是有帮手暗伏其中，此时也不争辩，就是要让厉天佑吃哑巴亏。

到得此时，才有几分文人的风格出现在他身上，只要没有证据，旁人在理上终究是争不过他的。大家议论纷纷，都说他有另一名帮手在，但相对于厉天佑带了整队兵来的气势汹汹，宁毅不过区区三人，又没有让人找出破绽来，这一手落在大家眼中，委实漂亮。

也就在这小小的混乱里，另一段大家未曾关注的小插曲正发生在楼下。朱炎林方才就下去处理了，战况激烈，大家也未在意。就在大家仍在搜查的时候，厉天佑回过头来，双目血红，望向宁毅，他还没说话，一个声音从楼下传来。

"天下风云……出我辈，一入江湖岁月催……"那声音是朱炎林的，他大概是在读一首诗，声音并不大，但由于已是夜间，四季斋也空旷，楼上的众人还是听到了。

厉天佑愣了一愣。

随后，大家看见厉天佑的一名幕僚匆匆从楼下上来，附在他耳边说了些什么。

如果是方才在楼下的人，或许会注意到，刚才在门口，有一名抱着一口长箱子长得漂亮的女子与守在这里的兵丁发生了冲突。朱炎林下去后，大家说了几句，那女子道："这里不是开文会吗，为什么不能进？欺负我不会诗词吗？我也会，写给你们看啊……"

然后那女子在门口的木台上歪歪扭扭地写了一首诗，朱炎林就念了出来。念诗词讲究抑扬顿挫，那诗作或许算不得上佳，但也颇有气势，朱炎林也被这气势感染，楼上的人便听得他有些迟疑的声音流畅起来。

"宏图霸业谈笑中，不胜人生一场醉。提剑跨骑挥鬼雨，白骨如山鸟惊飞！"

那诗作到这儿，可以说已经将江湖的森然气氛描绘出来。大家才经历了那场打斗，这时厉天佑等人站着，宁毅浑身带血地坐着，灯烛昏暗，一片狼藉……正是这首诗的写照。有人从楼下走上来，脚步轻盈，目光疑惑，大家最先看见的，其实是她抱在胸前的长长的木盒子。

朱炎林在下方慨叹"尘世如潮人如水，空叹江湖几人回"的时候，大家也看见了那少女的面孔。她长得很是漂亮，五官极美，但没有人认识她。她环顾四周，似乎有些好奇，但目光之中没有太多信息流露出来。

看起来她像是霸刀营的一个丫鬟……

厉天佑站在那儿，看了她好一会儿。

然后他面无表情地说道："走。"

星光寥落，还未至子时，杭州城里便渐渐静了下来。

因齐元康叛乱带来的一阵阵骚动的余波还未散去，但逃散的党羽、负隅顽抗者们引起的动静已经被压在了极小的范围之内。城内的灯光熄灭到最暗淡的程度，偶尔有士兵走过街道，也有极少数还未回家的人匆匆往回赶。虽然事情闹得有些大，但城内还未开始戒严，有些地方，士兵会稍作搜查，但还没到无人敢出门的程度。

四季斋里，宴席已经散去，作为掌柜的闻人不二正在指挥留下来的几名小厮整理店里的东西。今夜为大家津津乐道的或许不是朱炎林举办的这个文会，而是后来宁毅、刘进与厉天佑的一番大战。当那名抱着盒子的女子上楼后，厉天佑挥手叫上一众跟随的士兵就此离去，这一幕给众人带来了颇多疑惑，不过，那女子随后也抱着盒子离开了，楼中的文会，也到此为止。

随后而来的大夫开始救治刘进，同时为宁毅做包扎治疗。在几个隶属霸刀营的人进来收拾残局的情况下，大家也就向朱炎林拱手告辞。由于在杭州城内与霸刀营打过交道的人不算多，进来的这批人对大家来说还是有些陌生的，顶多知道霸刀营经营着木料一类的生意，但此时也攀不上交情。若要推测一番，无非是这霸刀营来了人，厉天佑又吃了个哑巴亏，知道再纠缠无益，只好光棍地退走。

如果是在方腊军系中关系深一点儿，地位高一点儿的人，就会想到一些事情，譬如那位过来只露了一面便走的女子到底是谁。先前下楼的朱炎林最初曾有一个想法，这名忽然过来的女子，很可能便是传闻中的刘大彪本人，但对这一点，他心中委实是不能确定的。而且，一侧旁观的闻人不二也曾经想过这个可能。很快，他就接到了城内传来的许多消息。

先前忽如其来的叛乱消息，雷声大雨点小，只能说无论参知政事齐元康是不是真心叛乱，这次都是上面首先订好了对付他的计划，齐元康被迫做出最后的反抗。底定这一切的是属于刘大彪的霸刀营，此时留在杭州城内的军队，虽然霸刀营只有八百人，却是方腊手下的中坚力量之一，只是霸刀营一向低调，不属于中枢，也很难估量这支军队的重量。可以想见，一开始对付齐元康的计划遭到了霸刀营的反对，但最后，刘大彪还是迫不得已对此做出了首肯。她首先遣人向齐元康所在的街区送去一首诗，这首诗恰恰与后来上楼的那名女子写的吻合，名叫《笑傲江湖》：

天下风云出我辈，一入江湖岁月催。
宏图霸业谈笑中，不胜人生一场醉。
提剑跨骑挥鬼雨，白骨如山鸟惊飞。
尘世如潮人如水，空叹江湖几人回。

在此之前，闻人不二所掌握的有关霸刀营不多的信息中，这位名叫刘大彪的女子，是没有这等文采的，这首诗也不知是谁人所作，对齐元康的一番作为做出了定调与感叹。而后，刘大彪率领霸刀营最精锐的一支力量强杀过去，鏖战之后，亲手斩下了齐元康的人头。之后的一切，便只是仍在延续的余波了。

而作为参与此事一份子的宣威营，显然在齐元康死后也得到了消息。在四季斋下，包围的士兵原本是不允许那女子上楼的，但显然，在那女子写出这首诗之后，宣威营的一名幕僚意识到了不妥，连忙上来告知了厉天佑，厉天佑也是因此愤然离去——这是闻人不二如今能够确定的事情。这期间，那女子的身份成了今晚最受大家关注的疑点之一。

不过，闻人不二并未在思考这件事。那女子到底是刘大彪还是别人狐假虎威，他再想也没有太多意义。这个时候，他正站在那遭到了破坏的小包厢里，仔细地检查着里面的一切。

这件事，在围观的朱炎林和那四五十名文人士子、青楼名妓眼中，并没有多少意义，更不会感到疑惑，但对在场懂得武艺的许多人来说，近乎不解之谜。

汤寇被杀之后，无论是宣威营的众人还是旁观的闻人不二，都在第一时间寻找那包间里乃至周围所有可疑的身影，大家都笃定，宁毅不可能斩杀那位名叫汤寇的汉子，以他的风格，最大的可能是他在这黑暗的小包厢里设下了埋伏或是安排了帮手，但宣威营众人的反应虽快，却并未找到任何可疑的痕迹。

闻人不二当时往那边靠过去，打的其实也是这个主意——进到那小房间里，趁着大家没反应过来，斩杀汤寇，但后来事情发生得太快，他根本来不及进去。退一步说，即便他当时想到办法进去，有心算无心，一刀砍下汤寇的人头他是可以的，但绝对无法在那样短暂的时间里逃出房间去。

那么，当时在这房间里的第三人，如果说可能有……他到底是谁？

夜风拂来，带着深秋的凉意。宁毅走在街上，评估着之前发生的一切，让自己的脑袋稍微清醒一些。

今晚的一场战斗，对他来说，其实是在没有任何把握的情况下做的亡命一搏，只要走错一步，自己或许就没了性命。这样的心理准备他是有的，但做完之后，心里还是会升起劫后余生的巨大疲倦感，先前的一切真是犹如梦幻了，若再让他做一次，还真不知道会变成什么样子——虽然他每一次都是这样想的。

他们打完之后，霸刀庄也有几人闻声赶来。这些人地位不高，宁毅只认识其中一人，是个木匠。他受的伤不算非常严重，但刘进的情况委实不妙，当下只能让大夫在附近的医馆就近治疗，他则在确定刘进没有了生命危险之后准备散步回家，两名霸刀庄的人便一路跟着，也好保护他的安全。

平心而论，对于这些人的出现，宁毅其实有些意外。看厉天佑走人那干脆的架势，他此时也有些怀疑，那名只露了一面的女子，乃是未戴面纱又做汉装打扮的刘大彪本人，但如果真是刘大彪，那么其后跟随她出现善后的，就算不是霸刀营的那些亲卫，也该是"杀人偿命欠债还钱"八人之一，于是在路上，他开口问了问。不过，跟随的两人也不知道那人的身份，只道有人拿了块令牌找他们，他们方才也在附近，便连忙过来了。

"不过那女人长得真是漂亮，如果说她就是庄主本人，我们也是信的。"

"背影看起来还真有些像哦……"

"要是让庄主听见我们这样议论她，可是会给我们穿小鞋的……"

"我觉得该是庄主身边的人吧，宁先生未曾见过？"

两人在旁边议论不休。刘大彪在庄里人的心中颇有威严，但平日里毕竟保持着距离，下面能见到蒙着面的庄主的人都不多，何况未蒙面的。他们正说着，一道人影出现在前方的道路上，两人一看见那道人影，顿时都闭了嘴。

此时距离霸刀庄所在的细柳街还有些远。这条街道很宁静，大大小小的商铺人家都已经关了门，但在不远处的街边，有一家店铺的灯还亮着，那是一家贩卖猪头皮之类的卤菜的小饭馆，门外扎着棚子，此时那木棚之下的一张餐桌前，之前出现的那名女子就背对着这边坐着，看起来正在吃饭，那只长长的用来存放霸刀的木盒就摆在餐桌的一边。

"你们……先回去吧。"宁毅对身边的两人轻声说道。

"可是，我们若走了，你一个人……"

"那姑娘一个人就能把厉天佑吓跑，她在，我应该不会有事……何况如果她真是你们庄主，你们就这样上去见了，以后要是吃排头，可不能怪我。"

听他这样说，两人想了一会儿，便点了点头，从街道这边绕了过去，只是走过去时偷偷看了一两眼那女子的容貌。

宁毅从后方走过去。他暂时是觉得眼前的女子可能不是刘大彪，不过身形看起来确实有些相似，只是眼下的气质有所不同。

"大彪？"

他这样说着，在旁边的位子上坐下了。女子正在吃饭，闻言看了他一眼，表情不是拒人于千里之外，但也不是分外亲切。她长得漂亮，看起来颇有富家千金的气质，脸上甚至有些婴儿肥，但皮肤并不显得红润，反倒像是劳累了一天颇为疲倦的样子。她咽下了口中的饭，说道："伤没事了？"

"不是很严重，谢谢了。"脑袋上扎了绷带，令得宁毅此时像个戴歪了帽子的阿拉伯人，不过相对刘进，他还是能跑能跳的，身上都是皮外伤，也没有出现脑震荡的迹象，作为自称"血手人屠"的剽悍武者，也就不必将自己看得太过矜贵了。

"既然没事，就快点回去吧，今夜不太平，你不该一直待在这里。"

"看起来应该还好吧。"对方没有亮明身份，宁毅只能看看那木盒子，的确是用来存放刘大彪霸刀的盒子，只是在霸刀庄，这样的盒子不止一只。再看看女子白皙的脸，他试探着问了一句："你受伤了？"

女子看了他一眼，随后道："那就一起吃饭吧。"

桌上只有几样卤菜，但宁毅横竖饿了，对这女子也有些好奇，便自顾自地去向店铺老板要了碗筷，盛了一碗饭吃了起来。一时间两人都没有说话。只是才吃了几口，不远处有一辆马车驶过来，不久之后，来人倒是证实了他心中的猜疑。

有八九名跟班随行，此时自车上下来的，是在四季斋中与他有过一面之缘的娄静之。他下了车，看见棚子下的少女，微微舒了一口气，只是看见宁毅时，又皱起了眉头，随后便走了过来。

"刘……大彪。还有这位是宁先生吧……我可以坐下吗？"一开始他像是在斟酌称呼，但最终还是叫了刘大彪，只是对宁毅，就纯属敷衍。宁毅先前看少女对他并没有多少驱赶之意，就留了下来，这时候倒是微微有些头疼了。

娄静之与刘大彪之间是有婚约的……

看来小两口是赶在这里相会，自己这样插上一脚，便有些不地道了。

他心中叹了口气，准备开口告辞，然而，片刻之后发生的事情让他发现，一切并非他想的那样。

"我想起还有事，先走了。"

宁毅不是拖泥带水之人，说着，抱拳而起。旁边，刘大彪挑眉看了娄静之一眼："你最好别坐。"又对宁毅说道："你坐下吧，吃完再走。"她对宁毅说话的声音却是柔和了许多。

纵然经历过许许多多事情，遇上眼前的情况，宁毅还是感到有些无聊。对面，娄静之看了他一眼，随后拉开身边的长凳，坐下了，不再理会宁毅。

"我……听说了今夜的事情，只是碰巧路过，知道你心情不好，所以过来看看……"

夜色安谧，书生的声音响了起来，显得颇为温柔……

第五章
刘西瓜独身破埋伏 宁立恒浅显论平等

娄静之第一次见到刘西瓜，是在少女十一岁时的夏天。后来的两人虽然称得上世交，但其实并没有过太多可算亲切的交集，没有人知道的是，几乎从第一次见面开始，他便对这位少女惊为天人。

他难以想清这一切是因为初见时那夺目的皓齿明眸，还是因为穿着白衣的女孩拖着大刀在树下挥来砍去的专注。当时霸刀庄是西南绿林最强大的江湖门派之一，他的父亲娄敏中则是川蜀一带有名的大儒，两者看似并无交集，不过霸刀刘大彪与执掌摩尼教的方腊交情甚笃，而娄敏中当时已经是摩尼教的高层之一，西南一地民风剽悍，父亲行走各处，看起来是大儒身份，实际上也是武艺不俗的豪侠，两家自来便有交情。

摩尼教、绿林、造反这些事情对当时刚刚成年的娄静之来说并没有太多关联，家学渊源，当时十六岁的他诗文出众，在父亲的保护下，堪称文采风流、风度翩翩。家中参与邪教甚至造反的事情他是知道的，但并未看得有多重，因为再重的事情，他也自信将来能够应付。

那时候吸引他的主要是三件事：姑娘、姑娘以及姑娘。以他当时的素质，任何姑娘都是手到擒来，青楼女子无不对他青睐有加，大家闺秀也都为他倾心，即便是江湖侠女，有些也对他颇多仰慕。我们不能因此而苛责他什么，他也并非淫乱之人，作为刚刚成年之人，颇为享受这种感觉，也是人之常情。

人既英俊，又有才华，他说句话，对方便会认真倾听，稍许幽默，对方便抿嘴娇笑。第一次见到这个女孩时，在他的想象中，大抵也会是这样的情形。他当时倒并未细想会对这女孩如何，只是心有好感，又知道大家是世交，过去打的第一声招呼是："你好，你是西瓜妹子吧，我是你静之哥哥。"对方看他一眼，觉得他是客人，不好斩人，收刀走了。

不久之后他才知道，这名少女对自己的名字格外不爽。此后好些年里他都在想，是不是这个开场白搞砸了一切，女孩子毕竟都很记仇。有时候他又想，她父亲随口给她起了"西瓜"这个名字，这些年来，不小心叫了的人肯定很多，她为何独独记恨自己，多半在于——她暗恋自己又不好说出口。

在确定自己很喜欢很喜欢这个不断长大的少女的时候，娄静之常常会这样想。

两人的交集当然不会止于那次招呼，后来他许多次主动说话或者示好，但对方的态度仅止于对待"世兄"的礼貌。他自认是健谈之人，绝大多数场合都能谈笑风生，不过，试想一个人在其他场合一开口，对方便会认真倾听，或附和，或大笑，只有面对这个女子时，不管说什么，对方都只是礼貌地应对，时间一久，他终究会觉得尴尬。

在这段时间里，他曾听父亲说过，在他与刘西瓜小的时候，父亲曾有意给两人订下婚约。这件事原本以为是必成的，刘家再厉害，也不过是武人，能够配上娄家娄静之这样的女婿，必然欣喜，但后来几经周折，事情并未成功。好在两家并未因此交恶。最主要的是因为刘大彪视女儿如独子，不愿意从一开始就定下女儿的命运。虽说如今世上都讲究父母之命媒妁之言，但刘大彪行事豪爽，不拘一格，他最为疼爱这个女儿，如此处理，父亲最终也只能表示理解。

此后两家常有来往，娄静之与少女的交情却并无进展。到摩尼教起事前夕，刘大彪被官府中人害死，小西瓜继承家业，却仍旧自称刘大彪。娄静之觉得自己能够理解，少女背起了父亲的担子，要替父亲扬名，这却并非她自己的担子。想来也是，作为女子，又有谁真愿意抛头露面，与人勾心斗角。

然后摩尼教暗中起事，父亲与之呼应，霸刀庄也加入了，两人之间便有了更多的相见空间。如果两人感情深厚，他便可以直接跟对方说："你的责任，我替你扛起来，你嫁入我娄家，霸刀庄仍然可以姓刘，我会替你将它经营好。"他是有这方面的自信，可惜两人还只是"世兄妹"的关系，他只能偶尔与对方交谈，旁敲侧击地传递自己的情意，但不知道为什么，在他来说非常诚恳的交流，每次都无法奏效，最终只能认为是对方身为女子，太过纯真迟钝，他倒是因此更加喜欢对方了。到了后来，他决定下一剂猛药，让对方真正考虑一下这方面的事情，便通过一系列手法巧妙地将两人曾有婚约的消息散播了出去。

这时候义军内部的圈子还是极小的，他与方腊等人几乎可以说是生活在同一个屋檐下，就算扎了帐篷，也隔不了多远。小西瓜统率霸刀营，但她父亲去世之后，真正能为她操心的，大概只有方腊。消息传出不过几天，上面就已经在说两人郎才女貌极为般配，他知道方腊等人甚至已经动心打算撮合。

然而，就在这之后的一场宴席上，已经蒙了面纱不主动参与太多聚会的少女直闯大营，拔了霸刀对着他就是一斩。若非父亲当时反应迅速，拔剑挡了一下，方腊、"佛帅"等人也都在场，恐怕他当天就被斩成了两半。

这件事之后，就连方腊等人都不再好问对方对他的态度。好在父亲此后对霸刀营仍旧照顾，让他再度面对少女时不至于太过尴尬。许多事情他一直百思不得其解，不明白为什么少女对他从来都是那种态度，现在想来，只能归结于自己以前未受挫折，说话做事太过随性，那段时间的暗示真的太过分了，引起了对方的反感。

他自知与少女之间的可能性不大，但又告诉自己一切或许还能补救，毕竟那次之后，少女不再拔刀斩他。总能弥补一切，让对方真的认识到自己的好，特别是每次见到对方的时候，这种感觉就不由自主地涌上心头。今天在外面转了一圈，还是找到了她，他便故作意外地过去说说话。

"你原本……不必亲自动手的，这样何苦呢？还有齐叔叔……"

作为接近方腊系统中枢的人物之一，娄静之虽然未任官职，却明白许许多多旁人不知道的事情。齐元康与刘家的人感情一向是很好的，这次刘西瓜亲自出手，也不知她心中经历了多少挣扎。娄静之叹了口气，颇有几分沧桑之感。只是这话说完，少女古怪地看了他一眼，又安静地吃起饭来。宁毅并不清楚两者的恩怨，不过刘西瓜既然让自己坐，他也就自顾自地开始吃东西。

娄静之笑了笑："入城这么久以来，我一直没什么事做，在翰林院那边打转。听说你霸刀营那边……"

好友相逢，闲话家常，只是这话没有说完，少女便抬起了头："已经这么晚了，娄世兄还不打算回去吗？敏中伯伯该找了。"

她这几句话倒是有着一般大家闺秀娴静端淑的样子，宁毅第一次看见她这副模样，颇感有趣地旁观起来。娄静之看着她，好半晌，才叹了口气："身边有家将跟着，不会有事的。大彪，我虽然武艺不算高强，但也看得出来，你似是受了内伤。齐叔叔武艺惊人，你不可能全身而退，我是好意，只是……"

他努力强调着自己目的的单纯，态度也显得诚恳。刘大彪似乎被他这种态度弄得有些累，吸了口气，却又说了一句："走吧。"

娄静之坐在那儿，低头想了几秒钟，随后抬头朝宁毅看了一眼。他当然会意识到，自己走了，这里就只剩下宁毅了。先前娄静之并未将宁毅看在眼里，在方腊军系里，如果说有某个人真有可能跟刘大彪有些关系，在大家看来，除了他，或许便只有那个一身蛮力的陈凡。宁毅再出色，终究无法跟陈凡相提并论，但到得此时，他还是忍不住想了想这个可能。宁毅叹气，拱拱手，摆出一副下属对主公的态度来。

娄静之这才站了起来，迟疑了一下之后，却有一名家卫附在他耳边说了些什么。他看了少女一眼，再度坐下，这一次目光坚决："不对，你已经受了伤，不回霸刀营，一个人在这里，到底要干什么？我不知道有没有危险，但若是家父知道，也必然不会让我就此离开。"

少女这次看着他，几乎是愣了一愣，眨了眨眼睛之后，缓缓说道："娄世兄，宁先生也在，我与庄里人商议事情，并非一人，不过……"她沉默片刻，"我确实也在等人，原本希望他们不会来……"

砰的一声，侧面一支长枪飞过，将随娄静之而来的一名家卫钉在了墙上。

这变故陡起，连宁毅都愣了。下一刻，人影在黑暗的街道上陡然出现，在几名家卫的前方，从黑暗中刺出的枪尖爆出点点寒光，破风声从上空降下。

宁毅还是坐姿，听到风声，第一时间朝后方翻去。他的武艺颇有长进，这一下他退得也甚是敏捷。视野之中，少女还坐在那儿，反手一击，裹在衣袖中的拳头打在了侧后方支撑棚子的一根木柱上，雨棚轰然倾斜，娄静之坐在其中，还在发呆。

落地，跃起，宁毅抬头看去，由上方降下的人影扶着枪势，落入凉棚，漫天的木屑就像是爆炸一般飞舞开来，而刘大彪已经拖起娄静之冲了过来，将娄静之扔在宁毅身边，随后转身挡在前方，双手将长木盒抱在胸前，看来竟像是个抱着古筝的仕女。

大街之上鲜血飘射，忽如其来的长枪将两名家卫直接刺死，一破头颅、一破胸膛，那人得手后便飞速退入黑暗之中，隐隐只能看见迅速移动的轮廓。这边挥爆了凉棚的那道身影沉入飞舞的木屑当中，随即枪尖一挑，朝着反方向轰然后退，而与此同时，有人朝着宁毅等人的后方飞快冲了过去。

来人只有三到四个，却隐约间形成了合围之局。娄静之扶着墙站起来，宁毅听他说了一句："索魂枪……"他在杭州这么久，听霸刀营的人说过，齐元康的家传绝学就叫索魂枪。只是齐元康既然被刘大彪砍了头，来的人自然便不是齐元康。他脑中急转，陡然明白了少女在这里的理由。

自己真是……凑什么热闹！难怪她一开始让自己离开，自己根本同娄静之一样想岔了……

剩余的家卫不过六名，一齐朝这边护卫过来。黑暗中，一名年轻人现了身。这人二十六七岁，身材高大，半身是血，脸上、手上都有新的血痕。他就是先前从凉棚顶上降下来的刺客，手中握着一杆长枪，看着这边："刘西瓜，娄静之，你们知道我是来干什么的。"

娄静之看着来人，显然是认识他："齐、齐新勇，你们……你们还不逃，来这里干吗？！"

"未曾犯错，为何要逃？西瓜，你屏退所有人，是准备好受死了吗？"

淡淡的月光之下，风吹动了少女的裙摆，她抱着那木盒，看了对方好久，方才说道："我原本希望，你们今天不会来，他日你们若能重整旗鼓杀回来，我会以霸刀营会你们。齐家的事，是大家弄权的结果，我不知道该如何说对错，但杀了齐叔叔，我很伤心。我希望你们能走，不过你们要来报仇……我也该给你们这个机会。"

她吸了一口气，垂下眼帘："桃李春风一杯酒，江湖夜雨十年灯……我爹爹说过，江湖事，江湖了。齐叔叔的事，算是天下事，我们的事，就算是江湖事吧。几位齐家哥哥，我未曾入过江湖，但今夜愿以一人之力会会几位。我不会手下留情，你们能杀我，我无话可说，若杀不了，便请尽量逃命，自求多福吧……"

夜风飒飒而过，黑暗中的道路边，木叶轻响，血腥的气息弥漫开来。刘大彪抱着那长木盒站立在宁毅与娄静之前方，安静得犹如抱琴侍女。

以摩尼教为首，方腊起事之时，当中真正为骨干的力量，大都是绿林豪杰。虽说在这些人中间，山匪响马居多，真正为国为民的豪侠之流几乎没有，所谓江湖，也与后世金庸笔下的江湖颇有不同，但只要是绿林，有一大群人混的，就有他们自己的规矩、路数，三五人也好，三五十人也好，都有着属于他们的生活状态。

这样的生活状态在方腊真正起事之时就被打破了。往日里若有恩怨，或彼此对战，或纠集朋友，灭人满门，个人的豪气勇力在其中占了颇大一部分，但之后，不是几百上千人的阵容，就已经上不得台面。虽然偶尔也有互相看不顺眼的放对厮杀，在这之前，却往往要经过多达上千人的关系网的过滤，虽然性质上无非也是呼朋唤友拉关系，但这其中的复杂程度，远非之前几十人可比。纯粹属于个人勇力方面的影响，已经降到了一个极低的程度。

方腊要动齐元康，这中间已经不涉武林之事了。齐家虽然猝然受袭，但齐元康根基是有的，甚至有着真正足够造反的力量，当遭逢突如其来的发难，他虽然翻不了盘，但家中的子弟、麾下的将士一时间不可能完全被扫清。齐元康原本有五个儿子，被外界称为"齐家五虎"，这次乱局当中，他们有的被杀，也有的逃掉了，会想着报仇，这是人之常情，但对他们要报仇的对象，恐怕谁也不会真正担心。

刘大彪也好，包道乙也好，娄敏中也好，方腊也好，这些人不仅本身艺业惊人，而且身边都有重重护卫。绿林小说之中，忠良之后要厮杀，对上普通人，那是容易的，可若对方是官员，则往往难于登天，对方根本就不会将他们当成真正的对手。谁也没想到，以刘大彪的身份，今天会站在这里等着他们过来杀自己。

自起事之前，霸刀庄就是天南武林第一庄，庄中数百人皆练刀，扩大至能成军者数千。人数到了这个程度，他们在武林的性质就已经变了。偶尔有江湖名宿找庄主切磋无妨，但你若与刘大彪一人有仇，人家几千人剁你一个，那还叫什么武林。少女当时还未长大，也从未闯过江湖，到刘大彪去世，她接手山庄，造反的准备都已经做好一半了。只是大家没想到，她虽未入过江湖，但对这些江湖规矩反倒更看重。

宁毅也是到此时才明白少女的用意。他倒不至于肤浅到说什么千金之子坐不垂堂，真正这样做的人，其实是什么事情都做不成的。从这段时间的来往情形看，少女原本就是这等性情，只是自己被卷入其中，就有些无妄之灾的味道了。他今日在四季斋才从鬼门关走过一圈，此时头上缠着绷带，身上带着血迹，颇为狼狈，但一时间也只能拔刀出来。

略想了想，他又拱手道："在下'血手人屠'宁立恒，今日齐、刘两家的恩怨，在下愿意做个裁判……"

他话说完，没人搭理他。齐家来了四名刺杀者，唯有齐新勇完全露面，潜伏在黑暗中的或许还有。今天这样的情况下，就连娄静之都知道事情不可以"江湖"二字度之了，齐家的人如果在这里讲江湖规矩，一旦军队过来，他们就是死路一条。此时这位左相公子如看傻瓜一般瞥了宁毅一眼。在场唯一重视宁立恒的恐怕就只有前方的少女，夜风拂过，双方僵持片刻，反倒是少女转过头来看了他一眼，嘴角微微扬起，眼中有着清澈的笑意。

像是宁毅说的这个冷笑话反倒把她给逗笑了。

也就是在她回头的这个瞬间，齐新勇陡然握紧了钢枪，脚下一踏，飞快地缩近了距离！破风声疾响，宁毅前方，少女还在回头笑，咔的一声在她怀里响起。

那一瞬间，她的手上也未见动静，然而那长木盒的盖子陡然滑开了。下一刻，她转过头去。

四周此时也都响起了破风声！

后方一根索命铁枪破空而来，飞向娄静之，侧面两道黑影悍然杀出。宁毅身前，装刀的长木盒被少女反手一掷，轰地飞过宁毅身侧朝后方袭去，而少女的身影已经推着刀柄，炮弹般投了出去，转眼间冲向那持枪而来的齐新勇。

砰砰砰！像是打铁一般的巨大声响随着金铁相交的火光爆起在长街上。

装刀的木盒与后方飞来的钢枪一碰，碎屑飞舞，那钢枪也被反弹上了天空，一道身影从那边疾冲而来。长街上，娄静之在宁毅身边拔出了随身的长剑，护卫他的六名家卫也在瞬间动了起来，从侧面冲出的两人当中有一人身躯高大，啊的一声冲将出来，手中长枪化作一根三节铁棍，如同环抱一般直接锁住了六名家卫当中一名使刀汉子，推着他径直朝娄静之冲去，旁边的同伴一杆大枪如灵蛇飞舞，将试图上来阻挡的家卫疯狂挥开。

宁毅朝一边的店铺靠去，娄静之则试图与家卫会合，见对方第一时间冲向他，提着剑又赶快往旁边走。他手下的家卫有两名武艺高的，一齐上前将侧面逼来的两人截住，顺便挡住了后方飞掷长枪过来的那人，转眼间战作一团，人影腾挪，长街上混乱不堪。

那使刀汉子的长刀与身体都被对方以三节棍钳制住,那人身材魁梧,一冲出来气势逼人,他被推得不断后退,但过得片刻,使刀汉子就拼命挣扎起来,脚下扎起马步要与那大汉对抗。然而,稍稍一停,大汉那张狰狞的面孔已经在他眼前放大,头槌轰的一下砸在他的脑袋上,他的脑袋嗡嗡作响,只觉得身体被拉得转了好几个位置,却是旁边同伴欲救,这大汉推着他做挡箭牌,将要反应过来时,他的腹中却是猛然一痛。

那随在大汉身边的少年枪法凌厉,看准这机会直接将他捅了个对穿,枪尖刺出脊背,在少年的咬牙使力中继续朝着使刀汉子身后的家将逼过去。

这次随着齐新勇过来的不过三人,后方善掷投枪的与这使三节枪棒的大汉都是齐家的家将亲卫,齐新勇在齐家五虎中排名第二,随在那大汉身边枪法凌厉的少年却是齐家五少爷齐新翰。齐元康在造反之前原本有报效家国之心,前四个儿子分别以"忠、勇、义、节"为名,到第五个儿子他觉得家中尚武的孩子多了,这个将来要读书考翰林,因此以"翰"字为名。

不过,五个孩子中,这个齐新翰反倒是武学天赋最高的。他年纪尚轻,一手钢枪却极为凌厉,军中向来称他是"赵子龙第二",但此时家破人亡死了父亲,枪法凌厉中又带了十分凶戾,一边大吼一边推着那被刺穿之人转了好几圈,钢枪挥舞间将那人整个腹部都给拉开,尸体倒下时形如腰斩。不过,这人体内的脏器方才就已被绞得粉碎,人早死了,倒不用受那种苦楚,只是漫天的肉屑鲜血横飞,让这长街看上去如修罗屠场一般。

娄敏中虽然是左相,之前混江湖时也是文武双全的豪侠,不过他毕竟专注文事政事,前来投奔他的高手不是没有,但娄静之平日里也就是与人谈书论文泡泡妞,家里给他安排的护卫中高手也不多,毕竟投奔的人是想要干一番事业的,对于护卫一个公子哥的兴致不高,这时候几名家卫里真正厉害的不过两三名。然而,齐家两名家将已是亡命之身,那齐新翰背负着血仇而来,横的怕不要命的,转眼间就将他们杀得左支右绌,随即又刺死一个。

这次有娄静之在,齐家的人也不是单纯寻仇了,由齐新勇接下刘大彪,其余三人却是一开始就将目标定在了娄静之身上。他们倒不是真的相信娄静之与刘大彪有一腿,但一来有此可能;二来这种政治斗争,娄敏中肯定也是毁掉齐家的首肯者之一;三来娄静之若在刘大彪眼前死了,他们就算杀不得刘大彪,娄敏中也必然与霸刀营交恶,因此对娄静之的攻势凌厉无匹,反倒将持刀躲在一边的宁毅给让了过去。

毕竟"血手人屠"恶名不彰,齐家没人认识他。

这边第一时间就遭逢杀手,鲜血飙射,险象环生,然而刘大彪与齐新勇那边的战局才是最为惊人的。

齐家五虎，齐新翰天赋最高，但齐新勇毕竟年纪大些，他闯过江湖，又经历过战阵，枪法刚猛沉稳，乃是在场四人之冠。他第一时间持枪冲来，脚并不离地，却是快速非常，身形似箭，转眼间拉近了距离，俨然缩地成寸一般。那杆钢枪在他手中犹如灵蛇，枪尖并不平稳，却是如同灵蛇吐芯一般在前方一个小圈子内不断舞动，转眼间就推过十余米。

这是无比老辣的一式中平枪。枪名中平，招式也是平平无奇，几乎每种枪法里都有，无非平举着当胸刺出，但这中平枪也是最难挡的一式枪法，练到极处，随意一刺，胸腹肩颈都在范围内。齐新勇内劲极大，双手握枪，手不动，却已令得枪身借着钢铁的弹性颤动起来。两人原本还隔着那破棚子，他身形一冲，刘大彪自那边投过来，便轰散了地上的木片。

他啊的一声，枪尖朝着前方刺出，下一刻，火光激射，他前冲之势被硬生生砸了回去！

金铁交击之声如同炒豆子一般疯狂响起，齐新勇正中刺出的森严枪势几乎在第一时间被砸得偏离了中心。刘大彪挥舞巨刃，原本沉重的霸刀此时疾旋，竟是快到了极点。她脚上穿着朴素的白色绣鞋，脚步飞旋中，裙摆如匹练般响动，身体与那巨刃卷在一起，背、推、撞、挥、劈，看起来就像是她拖着刀，刀也拖着她，飓风一般无法停止地舞蹈起来。

齐新勇想要稳住枪势，但根本不可能，钢枪挥砸间，他的脚步止住了冲势，随即被逼得后退，并且后退的速度越来越快，而他手中的钢枪挥舞得也越来越快了，同时啊啊啊啊啊暴喝而出。

他使枪多年，又是得父亲亲传，对这大枪原本就是如臂使指，比起宁毅在四季斋对上的那人还要高出几筹来，这时候随着那大喝声，他全身的气力、经验都已经使了出来，那大枪在他的挥舞之中如棍，如鞭，如蛇，在这夜色之中的空气里挥出无数残影来。然而，那枪势越变越凌厉，他的步子竟也越退越快，处境也越来越不妙。

他那中平枪原本该是在中央一点转动，却第一时间被砸开，随后口子越来越大，刘大彪的刀先是砍他的枪尖，随后一寸一寸不断蔓延，劈上枪身前端、中段，看起来简直像是一个猛然砸进去的大铁球，而齐新勇的枪势就像是暴风雨中被吹得炸开的伞骨，无论这枪怎样如乱鞭挥舞，都无法阻挡那大铁球的去势。

倒塌的凉棚下还有桌椅，第一时间就被碾过去的两人撞成了碎片。兵器讲究一寸长一寸强，但齐新勇手上的枪对上刘大彪的刀，转眼间就又退出十余米，优势尽没。齐新勇猛然间奋力撒手，侧身后跃，巨大的刀刃从他头上挥过，切下了一大截头发，下一刻，刘大彪挟着巨刃从他头上扑了过去。他才微微起身，回头，就看到丈余外，少女的身影呼啸飞旋，她脚步交替，裙摆、衣袂飘飞如跳舞，但手中拖着巨刃朝着这边便是一刀斩来。

轰的一声巨响，齐新勇连人带枪都被劈飞了出去，好在他及时以钢枪抵挡，否则恐怕整个人已经被劈成两半。即便如此，虎口上依然一阵剧痛，都有将要裂开的错觉。若非亲自交手，恐怕谁也想不到，眼前看似身轻体柔的少女，竟能在身体疾舞之下，劈出如此恐怖的力道来。

娄静之这边混战成一团。巨响之中，宁毅朝着一边的店铺靠过去。此时那店铺棚舍已毁，但老板还在里面。这人在这等情况下还能开店，想来也有些关系，但遇上眼下的情况也被吓傻了，躲在房间里不知所措，与宁毅倒是同病相怜。那边刘大彪一刀将齐新勇斩飞，身体也微微停了停，双手握刀就要前冲，也在此时，又是一杆钢枪自黑暗中刺了出来，直奔少女的后背。

这人先前躲在街道旁边的房舍里，此时方才出手，便是要借着少女旧力已消新力未生之时将她锁死，让她无法那样迅速地动起来。

枪锋奔袭，直刺少女背后。

从街边黑暗中忽然出现的这道身影速度极快，枪尖疾刺，随后在空气中发出叮的一声响，却是少女猛然间一个错身，仿佛将手中巨刃靠到了背后，枪尖与巨刃一碰，紧接着又是几下蜂鸣般的金铁相交声。

这人出枪速度快，却是点到即止，收发自如，看准了空隙，转眼间将刘大彪逼得身形摇摆，施展不开。

霸刀营的刀法原本就不适合女子去学，只是刘西瓜聪颖，另辟蹊径，配合内家功夫找到了极端的发力方式。只是她这力量因巨大的惯性积累而来，既然要求惯性，在应变之道上就总会有些缺陷。她找到应变之法，依靠的是本身的天才以及从父亲那边继承过来的武道经验，不过，一旦真将她作为敌人，大家首先想到的自然还是从这方面着手，毕竟并不是所有人都像陈凡那样有着怪物般的力量，能够跟这女子硬碰硬。

能够凭着一把巨刃扬名，在方腊军中占下这样的地位，就说明在她手中，短板的那部分都已经超出了别人的长处。然而，一旦真能遏制住她的冲势，就意味着她恐怖的刀法被破了。

齐家之人显然明白这一道理，埋伏在此陡然杀出的是齐家第三子齐新义，他的枪法并不像二哥一般刚猛，而是灵动老辣，如鹰击燕啄，每一击力量并不用尽，只是照准刘大彪可能冲往的方向刺过去，阻住女子奔跑。

少女自然也不会因此就无法应变，仓促之中，她拖着那巨刃，身形、脚步看来犹如醉酒之人一般摇晃变幻，只是单手操控刀柄，便用那巨刃将刺过来的攻击悉数挡下。然而那齐新义人随枪走，如附骨之疽般跟了上来，她想要在片刻间拉开距离已经不容易了。另一边，齐新勇也已经缓过气来，从另一侧挥枪冲上。刘大彪双手握住刀柄，猛地拖刀转身，刀锋在地面上划出一道半圆的深痕来，齐新勇的钢枪挥在锋刃上，直划而下，在黑暗中拖出一大条火光。

那巨刃在小小的空间里挥舞不易，当这两兄弟一齐围过来时，少女的应对便不如方才那般迅猛。她躲闪招架，刀尖一时间却不再离地，每一次挥舞、推动，都在地面青石上刮出巨大的摩擦声。空气中火光点点，齐新勇、齐新义两人一时间却也攻不破少女的防线，看起来，枪尖只是在那巨刃上不断徒劳地敲打。

宁毅如今的武学水准很难清晰地判断出这场战斗可能会有的走向。在他看来，至少刘大彪那边还是游刃有余的，倒是这边的娄静之，情势逐渐变得不太妙，围攻的三人武艺明显高于娄静之的几名家卫，加上又都是不要命的状态，转眼间，又是一名家卫被当中的大汉以三节棍打爆了脑袋。

此时围在娄静之身边的只剩了四人。娄静之本人也是有些武艺的，但在这等情况下已经没什么意义，这边三人迫来，他提着长剑便下意识地朝另一边退过去，两边战场的距离不到片刻就已经拉近。他的一名家卫意识到不妥，说了一声："少爷，别往那边去了。"娄静之微微愣了愣，不知道该走去哪里，在他看来，这边刘大彪与齐家的老二老三在打，还是刘大彪占了上风的。另一侧，齐新翰挥舞长枪，再度浴血杀来，要冲过四名家卫的防线。

那一边，正与刘大彪战斗的齐新勇与齐新义陡然撤了枪，身体一晃，朝着娄静之这边就刺了过来。

砰的一下，齐新翰与阻挡的家卫硬碰了一下，身体却是朝着刘大彪那边投了过去。

局势就是在这一刻有了变化。

在场的形势原本是齐新勇、齐新义围攻刘大彪，齐新翰带着两名家将取娄静之，而娄静之的四名家卫将他挡在了后方，但在这一瞬间，齐新勇、齐新义撤回了攻击直奔娄静之，片刻间形成了五人齐攻娄静之的局面。这一边，刘大彪猛地挥起巨刃，然后，局势再度变化。

齐新翰朝着她猛扑过来，齐新勇、齐新义也是虚晃一招，再度奔向刘大彪。齐家的两名家卫中，有一人投出了长枪，那长枪呼啸着飞过娄静之的身侧，朝着少女猛袭而去，这是齐家最为得意的投枪技——"索魂枪"。

假作攻击娄静之，随后猛然围攻刘大彪，这并不是什么很妙的策略，但仓促之中，这一切却如同经过无数次演练一般。齐家几人的配合何其默契，娄家的家卫当中虽然也有人看出刘大彪可能遭逢的不妙情况，但他们本就打得吃力，自然也无法施以援手。齐家三兄弟猛扑而来之时，只听少女哈地笑了一声。

兵刃交错，一瞬间哗地绞在一起。长枪与巨刃碰撞，发出激烈的轰鸣。从宁毅这边看，在短短的一两秒内，那巨刃纵横挥舞，竟将齐家三兄弟处于巅峰状态的攻击都给迫开，投出的钢枪飞上天空，齐新勇、齐新义都在随之而来的死磕中退后了一两步。人影的缝隙中，少女目光冷冽，将手中巨刃挥到最快，犹如绷紧的弓弦，随后便是一记横挥。

巨刃呼啸着脱手，飞旋而出。齐新勇、齐新义朝着旁边跃开，那巨刃飞舞的道路上，就连后方攻击娄静之的大汉都在挡了一下以后几乎握不稳手中的三节棍。巨刃飞向街道另一边的墙壁，轰的一声嵌了进去。也是在这一下之后，少女朝后方跟跟跄跄地退了几步，已经空了双手。她还未及站稳，前方劲风袭来。

齐新翰悍然杀至。在齐新翰的后方，齐新勇、齐新义抓住机会，猛攻而上。

这是唯一的机会……

无论是齐新翰、齐新勇还是齐新义，这一刻都是这样告诉自己的。

长久以来，没有人看过刘大彪巨刃脱手后的情况。如同她自己说的，她并未入过江湖，这几年来，大家见到她出手，要么是在战阵上，要么是在方腊营前，霸刀营不讲道理也不愿意跟人扯皮的时候，少女就二话不说拔刀斩人。对于她的刀法的凌厉，没有人会怀疑，特别是在战场上掀起的杀戮，少女手中刀锋所至，足以以一破百，当者披靡。

然而，她没有了武器之后，一切就急转直下了。

在娄静之甚至旁观的宁毅有些错愕的目光中，齐家三兄弟攻势凌厉得惊人，犹如一堵巨墙，转眼间，四人推出十余米，长枪挥击，犬牙交错，已经将那娇小的少女淹没在怒涛般的攻势里。

在这边宁毅他们根本看不清那边状况如何，但显然少女已经完全处于劣势当中。不过，此时此刻，只有前方的三人才意识到情况的诡异与不妥。

就在少女身形狂退衣袂翻飞间，隐隐的破风声包围住他们的攻击，然后，齐新翰小腿上挨了一脚，痛入骨髓，随后他侧脸避过一记破风声，衣袖带起的风力刮得他的脸颊都隐隐作痛，从他的眼角一现即逝的，是一只白皙小巧的……拳头。

这只是一切的开始。

位于三人中央的齐新勇枪身被猛地拉住，拖向前方，少女如幽灵般与他错身而过，一拳轰向旁边的齐新义。齐新义才仓促躲过，腹部陡然一痛，这突如其来的一击几乎令得他肠胃都痉挛翻腾起来。随后，大腿应该是被对方足部一点，他顿觉痛入骨髓。随之而来的第二脚踢在了他的胸口上，接着是肩膀。上天梯，少女的身体翻飞起来，下一刻再度沉入三人之间。

转眼间，齐新翰头上又挨了两拳，齐新勇的手臂被连续攻击，手中长枪被唰地扔了出去。三兄弟步伐跟跄，试图重整旗鼓恢复阵形。也是到得此时，他们才意识到，眼前少女手出如风，打的竟是一套拳法。她身形迅速，出拳如电，每一击的力道都让人感到痛入骨髓，配上擒拿手法，三人在这片刻间如被卷入了飓风之中，踉跄迎击，狼狈不堪，谁也想不到，少女失了武器之后，看起来竟然比武器在手时更加可怕。

这三人毕竟也是在战场上摸爬滚打过的人，仓促之中组织起攻势勉力抵抗，齐新翰被打中一拳，说了一句："哈……喀……开什么玩笑……"

少女一拳砸在齐新勇的肩膀上，又是一击切中对方的手腕，目光冷漠，话语也淡然："我早说过，我未入过江湖……"

齐新义长枪刺来，她侧身避开，转眼间朝三人挥出五拳，跟着握住齐新义手中的枪身一夺，随后将他连枪带人推向一边："战阵之上，刀枪越重越占便宜，不过江湖切磋，显然并非如此……"

她弓步直冲，挥拳时，破风声呼啸，手肘顺势下击，砸在齐新翰的胸口上，少年踉跄退后，吐出一口鲜血来。

"这套小金刚连拳，我虽然从未用过，但也是从小练起，总不见得我刘大彪失了武器便一无是处！"

她语声清亮，虽然一开始听来平和，但到得后来，已经微有薄怒与训斥之意。她先前挥舞巨刃对敌，其实犹有余力，现在看来，若不是旁边有个碍事的娄静之不能死，恐怕她从头到尾都不至于将兵器扔掉。

双方实力悬殊犹如天壤，此时还有大量兵将在外面寻找齐家叛党的下落，血仇眼看便不能报了，那齐新勇陡然间虎吼一声："动手——"

砰的一声巨响响彻夜空。

此战局原就激烈，几人挥舞兵器，浴血而战，齐家三兄弟虽然趋于劣势，但仍然悍勇，死战不退。齐新勇陡然这样喊出来，所有人都提高了警惕，但谁也没想到会响起这样一声巨响。就连刘大彪都被吓了一跳，因为她陡然反应过来，这是枪响。

当初太平巷那一夜，她就已经见识过这样的响声，后来也有过大量了解。如果说在这个时候，宁毅是朝着她开了一枪，她都有些怀疑自己是不是已经受了伤。然而下一刻，所有人都有些错愕，因为随着那枪响声，一道暴起的人影骨碌碌在地上滚了好几个圈。

大家都愣住了。

这个人是方才那店铺的老板。

就在齐新勇大吼"动手"的那一瞬间，他就像是潜伏了许久的狮子，无声地、迅速地从藏身处跃出，然后……枪声响起，血洒长空，人就骨碌碌地滚出去了。

从他跃出去那一刻的气势，到随后的收尾，反差实在是太大。齐新勇等人其实已经没有办法了，在方才叫出来的那一刻，实际上是想要出尽筹码，做最后一搏的，但人忽然死了，这蓄积到最高的力量就发不出去了。刘大彪当然也被对方忽然的大吼吓了一跳，她是厉害的武学高手，立刻提高了警惕，但随后这一幕也令得她蓄力的一拳打不出去了。大家都愣了愣，场面有些尴尬。

尸体滚啊滚啊停住了，血流了出来。宁毅看着尸体，眨了眨眼睛，片刻之后，微微拱手："咳，在下'血手人屠'宁……"

他话没说完，齐新勇退后了一步，说道："走。"随后，几人未说二话，拔腿就跑，转眼间消失在黑暗中。

宁毅站在那儿愣住了，风吹过来，有些冷，他用手指抓了抓头发："呃……怎么这样？"

他也不是故意的，条件反射而已……

今天夜里发生的这些事情，刘西瓜在这家小店单独等待齐家几人找过来，假如说齐家几人有一个消息来源，怀疑这家小店的老板其实是相对靠谱的。

齐家的杀手来得凌厉仓促，娄静之等人再难分出心思来掌控全局，但宁毅是在人心上花过一辈子功夫的人，这时候仍旧保持着警惕。不过那想法只是在心头掠过，他也只是对那老板保持着一两分警惕，更多心思还是花在了前方的打斗上，但齐新勇的大喝太过惊人，他下意识地准备出枪，恰好身侧人影暴起，他的枪口就递到了对方头上。

就算是武林高手，又怎么可能当得起火枪的一击，导致整件事虎头蛇尾，众人吓了一跳，齐家几人也是果决，见势不妙拔腿就跑，长街之上顿时就冷了下来。

刚才开始的自我介绍，人家没听完就跑了，实在有点不礼貌，不过横竖最近也没什么人真将他的"血手人屠"当成过一回事，反响冷啊冷啊的也就习惯了。另一边，适逢其会的娄静之一行人伤亡是最为惨重的，不过人家来得快，去得也快，几人惊魂甫定，娄静之持剑的手都在颤抖，神情之中犹有些不知所措。只有刘西瓜，片刻之后收了那个摆出来甚至颇具观赏性的出拳姿态，与宁毅同样安静地站了一会儿之后，目光流转间，竟轻声笑了出来。

"呵呵——哈哈哈哈啊哈哈哈——"

她从一开始就没有追击齐家人的想法，此时手背轻贴着双唇，望着宁毅，笑不可抑，之后又将目光转开，大抵是宁毅最后那个"血手人屠"逗乐了她，她笑声不断，但并不显得粗鲁，如山花，如银铃，在这昏暗安谧的长街上传开了。

宁毅捂着额头，随后也是摇摇头，笑了出来："呵呵……呵……"

那边娄静之看着笑着的一男一女，脸色变得有些难看，家卫过来询问他接下来该如何时，他一时间也不知道该如何是好。对面的少女笑得微微俯下身子，再抬起头时，在脸上蒙起了厚厚的纱巾，片刻之后，她说了一句："走吧。"接着，她走向侧对面的墙壁，双手拔出巨刃，拖到损坏的店铺前，抓起一截毡布将那霸刀裹起来，背在背后。整个过程里，少女没有再看娄静之一眼。宁毅与她一道往回走去，远远的，得到信息的兵丁已经朝这边过来了。

　　火光从街口掠过，人声嘈杂，不一会儿又暗了下去。宁毅与刘西瓜行走的街道偏僻，两人行走不快，少女沉默了一阵，才又开口说话。

　　"我家与齐叔叔原本是世交，虽然不如与方伯伯那边走得亲近，但江湖相交，总是心照不宣的情谊。我本以为这交情会世世代代传下去，想不到会变成这样的收场。本来都是些江湖人，斗啊斗的，到头来，都只会说身不由己……"

　　夜已经深了，少女的脸遮在纱巾之后，看不见表情，不过她声音低沉，本身也是自言自语的性质多过谈心，宁毅走在一旁也就没有搭话。前方是一座小小的石桥，桥边草丛花树都沉默地立在黑暗中，河对面的一座小院子里，微微有光芒射出来，乌篷船在桥下轻轻摇晃着。

　　两人如今的关系，其实还是宾主多过朋友，少女说完这段之后，大概觉得不该这样说太多，就没了后文。过得片刻，她轻轻地嗯了一下，陡然举手捂住嘴，宁毅偏过头："怎么了？"

　　她没有说话，只是朝宁毅挥了挥手，快步朝着前方跑过去，在那石桥的栏杆边站住，上半身微微俯了出去，看来是要吐，但随后只是轻咳两声。宁毅看见那身影摇晃了几下，随后便朝桥下倾过去。

　　少女背了一把重刀，俯身下去，止不住去势，却也是慢慢地前倾，她的手已经垂落下去，随后双脚也离了地，小腹压在栏杆上，跷跷板也似，远远看来倒是有趣。宁毅看出她已经昏厥，但恐怕还保留着一丝意识，双手挥舞了一下，但终于头重脚轻，朝着桥下的河水掉了下去。

　　少女才掉出栏杆，宁毅就已经冲到，伸手抓住了绑系着巨刃的布条。少女的身体就在下方吊着，摇晃了几下。那布条看来也不是很结实，眼见便要断掉。下方的少女微微动了动，随后，一股大力带起了这一人一刀，宁毅手上一松，少女的身体在半空中猛地翻飞起来。

　　哗、轰两声，少女的身影在水面上翻飞了好几圈，一脚踢在了脱离束缚的巨刃之上，自己的身体朝着岸边投了过去。那巨刃掉落水中，溅起高高的水花。堤岸边还有一小片草地，少女的身体掉在草地上，滚了两下撞上河堤。她迷迷糊糊地晃了几下，单手将自己的身体撑起来，哇地吐出一口鲜血。

　　这血吐过之后，少女似乎清醒了，半躺了一会儿，撕掉沾血的纱巾，朝后方挪了挪，靠着河堤坐了下来，深吸几口气，方才屈起双腿，又伸手环抱双腿，蜷缩在桥边的黑暗里。

她的武艺再高，终究还是有限。有关齐元康的事情宁毅并不清楚，但想来眼前的少女惦记着往日的情谊，又不得不出手将事情摆平，率兵进去杀齐元康，恐怕还是本着江湖规矩尽量单打独斗，送了对方上路，之后又辗转对上齐家方才这轮杀手。她憋了一口气以全自己心中的江湖规矩，到得此时，内伤还是压不住了。

内家功夫修的便是一口气，这时候她内伤积累吐出血来，就说明伤势已经很严重。宁毅绕过桥头走过去，跳下河堤，少女看了他一眼，轻笑道："'血手人屠'宁立恒？在下'霸刀'刘大彪……请多指教。"

"好说好说。"宁毅说了一句，靠在她旁边坐下，随后低声补充道，"久仰久仰。"

"呵，是该久仰……那是我爹爹……我是霸刀刘西瓜……"她轻声说着，想了想，"要是被人听成霸刀切西瓜怎么办？别人听了会笑的……以后会有人说成西瓜刀刘大彪、西瓜刀刘西瓜，也许还有西瓜刀刘冬瓜。小时候我叫西瓜，有人跟我作对，就偏要叫刘冬瓜，刘冬瓜啊刘冬瓜……"

大概是松了一口气，也暂时将肩上的压力放下了，少女声音轻柔，回忆起过往，调侃着自己。宁毅看着眼前流过的河水，道："还有刘南瓜……如果叫刘北瓜，大家就得想想北瓜到底是什么东西了。不过只要斩的人多了，不管叫什么刀什么瓜，人家都是笑不出来的。我虽然叫'血手人屠'，但没什么武艺，就算名字再响，大家也不见得会怕。"

"'血手人屠'那也没什么响亮的。"少女笑起来，随后看了看他，"不过，说你没什么武艺的，恐怕也是看走眼了。虽然你叫了个这么难听的外号，但我大名鼎鼎的霸刀刘西瓜觉得，总有一天，你会名满江湖的。"

"承西瓜吉言了。"

"嗯……西瓜吉言……"她点了点头，随后重复着宁毅这句话，渐渐笑了起来，虽然压抑着声音，但还是笑得用拳头在草地上捶了两下，好半响，忍不住咳嗽起来，才调整了呼吸，"其实呢，今晚本来想要找厉天佑麻烦的，不过先受了伤，后来还有架要打，就没办法去做了。如今你也杀了他们一个人，这件事情便就此作罢吧，好吗？"

"嗯，原本也没想过要怎么样，总不好咄咄逼人。"

"咄咄逼人……呵，"刘西瓜笑了笑，"没什么咄咄逼人的。当初方伯伯与爹爹他们策划起事，与百花姑姑、七伯伯这些人时常过来。我当时每日练武，帮着爹爹处理庄中事务，指手画脚。他们问我，将来有什么大志向，我便说，将来要当个女皇帝，管很多很多人，那时候大家便说定了，若起事真能成功，便封我一个女皇帝当，只要是我看见的事物，都可以管。"

少女平日待人接物，虽然也有故作豪迈的时候，但内里偏执冷漠，有些近似后世所谓"三无少女"的形象。宁毅想着她十一二岁时便对庄内各种事务指手画脚的情景，觉得好笑。至于女皇帝，倒也好理解，以她如今在方腊面前的地位，若起事真能成功，霸刀营统御一郡一县，让她当个女皇帝也不是什么大事。

"厉天佑仗着他兄长的威风，就以为我说的话是假的，老是伸手试探。他总以为跟那些人之间的钩心斗角可以拿到我面前来，他总以为我也跟其他人一样。若不是有齐叔叔的事情，今晚他身边的人就要死光，不过说到底……厉天闰在，我终究还是没办法杀掉他，所以……便这样算了吧……"

她说到最后，话语里带上了一丝讽刺。厉天佑各种试探寻衅，以为今夜的事情还在自己的掌握之中，却不知道其实已经超出少女的容忍程度了。可惜，即便少女在许多事情上可以蛮不讲理，她终究还是这江湖中的一员，许多事情是没办法随心所欲的。大概是想到了这一点，她才说出这有些意兴阑珊的话来。

"其实我也没什么区别，人在江湖，钩心斗角……不过，我觉得我是很厉害的，我很会管身边的事情，霸刀营的人，日子过得比他们好，过上好日子的人，比其他地方多。上下五百年，换了很多皇帝，其实差别就只是好一点点和坏一点点，你们读书人整天说什么千秋，什么大统，没一点儿用……宁立恒，你说是吧？"

宁毅点了点头："嗯，就是好一点点、差一点点、再好一点点、更差一点点的区别。"

见他点头，刘西瓜自得地笑了起来："再好的皇帝，也只能管在世的百年。听说那些皇帝都想着自家几百年的基业，其实如果儿子太傻，世道就又坏得不得了。我看见身边的人过得好，我就开心了。有时候我觉得自己就像个牧羊女呀，羊圈里的羊肥肥的，我就很高兴，它要是生了病，我就会急得哭出来，我小时候养过的。至于我死了以后，那是他们的事情，想要过得好，得自己给自己挣命，我只是看不过去他们过得太苦，所以才养着玩，才不是真为了他们，只是看不过去而已……"

宁毅听着这话，感叹道："这就是大英雄了。"他其实一早就知道，少女格局并不大，她整日里研究钩心斗角的法子，探究人心人性，与宁毅讨论如何管理一座寨子，为着用一些馒头米粮激起旁人的反抗心理而沾沾自喜，但她真正在意的，也不过是这座寨子与自家寨子周围的情况而已。看不过去别人过得太差，太不像人，所以才站出来做事，至少在宁毅看来，这种心情反而更显得真诚。

"我不是大英雄，身边没人哭，我就心安了。"少女摇摇头，沉默了半晌，"原本大家都是为了过得更好，让世道更加公道，所以才起事造反的，可不知道为什么，到了现在，大家都变得不一样了。以前那些当官的抢他们的东西，现在他们不光抢当官的，也抢所有人的东西，自己打来打去，就算方叔叔真的能成事，永乐朝跟武朝又有什么区别呢？我以前就吃得上饭，这起事跟我又有什么关系呢？百年之后，还会有人造反的……不过我也管不了那么多了，方叔叔起事了，我就能当我的女皇帝，管着我的寨子，寨子周围的人也都能过得好些，千百年来，这就是最好的结果了吧……宁立恒，你是读书的，千百年来都一样，不会有更好的结果了，对吧？"

宁毅点头："其实已经很好了。"

刘西瓜笑了起来："已经很好了，那就是说不够好，那你把话说清楚。"

星光寥落，河水呜咽，两人坐在这小河边，闲聊到这里，宁毅觉得有些好笑，摇了摇头："已经……差不多最好了，能当个牧羊人，也是挺好的。"

"你们读书人，说天地大同，整天想啊想，你就当闲聊，说一下啊……"

"天地大同。"宁毅笑了起来，"哪有这样的事情，就跟你说的一样，不过是好一点儿和差一点儿的区别而已。几千年前，一百个人中间，有九十个人是奴隶，十个人享福，一路过来，八十九个人当农民，十一个人享福，这世界的进步就是这个样子。所谓大同，是一百个人都享福。"

"那我们现在呢？"

"打个比方，就是外面三十个人享福，霸刀营四十个人享福。外面能让四十个人享福的，就是好皇帝；只让三十个人享福的，就是昏君。百分之三十的公平和百分之四十的公平，就是区别了。"

少女笑道："五十步笑百步。"

"这世上的事情，就是五十步笑百步啊，能好一点点就是好的，那些说自己做的事情不能让天地大同所以什么事都不做的人……"宁毅叹了口气，"都是蠢虫。"

少女沉默了许久："宁立恒，你心里有想法是吗？"随后，她笑了起来，"你是书生，书生都在想天地大同，你也想过，是吧？"

"没有。不过，确实有一个可能……"

"什么啊？"

"霸刀营里，有两个刘大彪会怎么样？"

"嗯？"

"你们两个人，谁让寨子里的人过得更开心，谁让寨子里的人过得更好，谁就能当寨主，让大家来选。"

"我会拉拢分化，然后杀了她……"

"如果每个人都可以当刘大彪呢？如果说我想当寨主，我就出来说，我可以比你做得好，我现在也做了一些事情了，大家都开始信我。接下来，天南总管也要出来当寨主，他也做了很多事……我们三个人，就让寨子里的人来选……"

"寨子是祖宗的基业，哪有让你们这样选的，如果这样做，就是要纠集人杀掉我了，我也会叫人干掉你们的。当初跟着爹爹的一帮老人都在，立恒你想当寨主也当不上。"

想过这个问题之后，少女仰了仰下巴，回答得颇为自得。

"可是是法平等，无有高下，大家一样是人，凭什么你能当寨主，我不能当？"

"寨子是我爹爹挣下的，大家都一样，这也是我家的东西啊。你总不能说无有高下，我家比较富就要抢我家的。"

"……"宁毅有点无语。

"你没话说了。"

"无有高下，是人都一样，现在寨子是你家的，寨子里的人不是啊，他们聚在一起，都是为了过得更好一点儿，他们创造的价值……呃，生产关系上的东西有些复杂……"原本是信口一说，宁毅现在却觉得有点头疼，接下来得扯一晚上《资本论》了，"可……说简单一点儿，把你家的寨子折现，你是大富翁，接下来，就只剩下大家在一起做事，一起平分赚来的钱，你是寨主，可以多分点。现在你是颗好西瓜，有良心，寨子里的人就有百分之四十的公道；你要是颗坏西瓜，你只知道贪墨，寨子里就只剩下百分之三十的公道了。"

刘西瓜抿着嘴笑。

"你要百分之五十的公道，那就得让大家都能说话。今年东西卖到哪里去，钱怎么分，不能你一个人说了算，得有人监督你。到头来大家都觉得钱分得公道，那就是真的公道了；如果大家觉得不公道，明年你就不是寨主了。"

"没用的啊。"少女说道，"现在我是坏西瓜，我当了寨主，说寨子以前选来选去不好，寨子是我家的，都是我说了算，不服的，全都赶走、杀掉，以后就都一样了。如果我是好西瓜，当了几年，下台了，只有几年的四十，而坏西瓜一上台，就几十年都是三十了。"

"所以要有监督，让寨主的权力不至于那么大。监督的机制，不能只有单独的一两层……最重要的，是要跟寨子里的人宣传。不宣传别的，就宣传'是法平等，无有高下'，让每个人都打心眼里去信。为什么是法平等？为什么无有高下？要有很多人研究，写一本一本书，要让这些理念一代一代地传，就跟现在的儒家想法一样……公平公道不是说让所有人都选，选了就什么都不管，当甩手掌柜……这五十步，不只是把权力从上往下分，同样分下来的，还有责任。如果人看到的只有权力，没有责任，五十步也是到不了的……

"达到百分之五十的公道，就有一个好处了。如果我想要造反，我能拉起来很多很多人，但我首先想的，不是造反，而是可以让大家选我当皇帝了。这样一来，就算过一千年，也不会再有人造反……"

声音嗡嗡呜呜的如耳边絮语。夜已经深了，不知什么时候，书生背起了少女，踏着黑暗朝家的方向走去，口中偶尔说起一些乱七八糟的想法。宁毅讲得并不晦涩，这些想法，后世满大街都可以看到，他只是简单地勾勒一遍。文化与精神，才是一切的根源。

他说到后来，少女就只是趴在他的背上听着，她的内伤并不致命，但也足以带来巨大的疲劳。宁毅身上也绑了绷带，沾了鲜血，两人一样狼狈，此时看来倒像是一对相濡以沫的江湖侠侣。宁毅的声音不大，他毕竟是随口一说，只是细柳街在望时，刘西瓜抬起了头，轻声说道："宁立恒，你想杀皇帝。"

宁毅沉默了一下，少女说道："你想杀……武朝的皇帝，想杀永乐朝的皇帝，想杀霸刀营的皇帝……你想杀所有的皇帝……"

"只是信口一说。"

刘西瓜趴了下去，随后便不说话了，到了霸刀营大门时，她趴在宁毅的背上，竟然沉沉地睡了过去。他背着少女一路进去，看到的霸刀营士兵都有些惊疑不定，不一会儿，刘天南也带着人出来了。一行人一路到了刘西瓜的睡房，宁毅将她放在床上，此时大夫也已经过来，宁毅想要离开时，少女抓住了他的手。

她睁开眼睛，看着床顶，目中有奇异的光彩，眼神平静而又坚定。

"宁立恒，我们明天就开始做吧。"

这话有些暧昧，但其中蕴含的坚决打消了大家往这方面想的念头。少女躺在床上，没有再说其他的话。由于医馆的老大夫过来了，不一会儿小婵也来了，看见宁毅的样子，她急得几乎要哭出来。

不过宁毅没什么大碍，他们在外面的院子里等了一会儿，待确定刘西瓜伤情稳定后，宁毅才带着小婵离开。出了那院子的院门后，宁毅回头看了看，目光有些锐利，也有些……悲悯。

一切都不可能实现。

现在一切只是空谈。

在儒家法则无比强大的现在，在人们做惯猪牛，习惯了什么时候都有"大人"来安排的此时，这些想法只能是想法。就像刘大彪说的，寨子是她家的，你凭什么选寨主，去问此时世上百分之九十九的人，他们都会这样子想。一个制度哪怕再好，没有文化也是撑不起来的，因为人们压根不信，他们只要好处，却不参与。这一百年的时间，还不包括其间的利益倾轧、刀枪箭雨，特别是在东方，要跟儒家抢地位，会受到的剧烈反扑，是所有人都难以想象的。

方腊没有这样的时间了，刘大彪也没有，甚至武朝都没有。当有人无比虔诚地往这个方向去做时，他们用力再大，到最后也只会变成两个字：内耗。

刘西瓜是个很好的女孩子，如果可能，他希望她能有一个很好的结果，但眼下并没有其他办法。方腊的造反不可能赢，按他所知的历史，这场造反甚至不如后世李自成、天平天国那般厉害。没有任何胜算的造反，当它越拖越长，只会令武朝的情况更加不堪，而在有秦嗣源、钱希文这样人物存在的情况下，已经做好了北上准备的宁毅，只能选择让方腊尽早倒台。

　　他不知道这件事情最后会变成怎样，或许第二天醒来，这个聪明的女子就会放弃那不切实际的想法，但无论如何，这件事情本身倒不会给他带来好的或是坏的结果，事到如今，且做闲笔看看吧。

　　星光落下，城市的动乱刚刚停歇，武景翰九年九月初七的这个夜晚就在一片肃杀与安谧混杂的气氛中悄然过去了。谁也不知道，有什么东西就在这样的夜与梦里孕育，最后会变成怎样恐怖的一个庞然大物……

　　凌晨起雾了，迷迷蒙蒙的大雾笼罩了杭州这座古城内外，水路城墙影影憧憧，原野之上，三两丈外便看不清动静，偶有驶过的马车，速度缓慢，如野兽般现身于行人的视野，片刻后又钻入视野另一头的白茫茫里，消失不见了。

　　这场雾气暂时抚平了自昨夜而来的肃杀，将城内森严凝重的气氛分割在一个个仅是目力所及的小小范围里。城墙上增加了兵丁，但四方迷茫，清晨露重，三三两两的兵丁也只是生起火盆，围坐一旁聊聊昨夜的动乱、家长里短，偶有将领巡过，他们才又抖擞一下精神站起来。

　　城内重重叠叠的院落间，鸡鸣狗吠之声尚未响起来。早起的人们并未急着出门，而是燃起炉火，点起灯盏，在家中静待着事态的变化。窸窸窣窣的动静，窃窃私语的声音，不多时便又淹没在滚滚的雾气中。

　　位于细柳街文烈书院后方的那座小院子中，微黄的灯火已经亮了起来，卧室的门打开，才起床穿戴还不算整齐的少女跨出了门槛。她回头看时，头上缠着绷带的年轻书生揉着眼睛，也要跟出来。书生气质成熟稳重，但年纪毕竟不算大，此时受了伤，又是一副没睡醒的样子，少女回过头去，嘟着嘴说了些什么，然后推啊推啊推啊地让书生回去继续睡。

　　暖黄的光影微微晃动，两人在门口僵持片刻。原本的身份是丫鬟，此时也身兼了侍妾的少女舞动手脚，理直气壮，表情却是颇为委屈。书生做了几个动作，表示自己身体很好，但理由似乎并不被对方所接受。过得片刻，书生有些无奈地拉住了少女的衣服，将她拉回房间里，少女微微愣了愣，原本有些"嚣张"的气焰陡然降了下去，缩了缩脖子："啊……"

　　门被关上了。

"姑、姑爷……天、天要亮了啊……嗯……"

无论偶尔出现的气场有多强，小羊终究还是小羊。落入大灰狼手中的小绵羊会有怎样的经历难以一一细述了，衣服大抵是得再穿一次。这个过程中，雾气又重重叠叠地遮盖起来。远处黑翎卫所在的官署当中，名叫安惜福的年轻男子正坐在桌前阅读一份份呈上来的文书，也不知是已经忙了一个晚上还是才起床，当"霸刀营""宁立恒"之类的名字映入眼帘时，他才伸手挑了挑油灯的灯芯，片刻之后，又将那文书放在一边了。

城市的另一处院落里，锻炼完毕的陈凡赤裸着上身，将一桶冰冷的井水倒在了身上，热气自肌肤上升腾而起，他长长地吐出一口气。作为宁毅口中的无业游民，每日里除了锻炼和串门，其实没太多事情可以做，他最近还在密切关注文烈书院那帮孩子。不多时，陈凡叼了个卷饼出门，经过隔壁院落的门口时，一片雾气之中看见院门大开，里面的人进进出出，似乎在焦急地忙着什么，他隐约记起半夜时他们家似乎有人来问，大概是昨夜走失了家人。杭州不太平，他翻了翻白眼，这是安惜福的事，跟他无关。

北面的城墙处，鲜血扬起在白雾中，挥出的刀光斩裂了兵丁的脖子，旁边，长枪在带出大蓬鲜血后破空飞掠，转眼间在城墙外消失了踪迹。

人影是忽然出现的，速度迅捷如同过境的飞蝗，冲刺之中各出刀枪，前方的士兵连声音都不及发出，便被取了性命。冲来的人影出刀之后速度未改，在身影交错时方才将脖子被斩开的兵丁尸体抱住，缓缓靠在女墙上，旁边的同伴绑系绳索然后扔出，一行人迅速地降落出城。

城市一侧，永乐朝的临时皇宫中，朝会已经持续了一段时间。实际上，永乐朝成立之后的朝会并不是经常进行，义军并没有那么多讲究，各个头领之间随时都能碰面、开会。不过，就冲着昨夜那场叛乱，今早的朝会显然是必要的。齐元康死后，空白怎么补，利益怎么分，这些早已决定好，但随之而来还有许多事情需要讨论需要确定。并不算冗长的议政此时已经到达尾声。退朝之后，方腊留下了几名大员共进早餐，皇后邵仙英也出来作陪，这就等同于家宴了。

"天下风云出我辈，一入江湖岁月催……我……朕听说，这是昨夜拿齐元康时，茜茜作的诗？真是好诗……"

登基已有一段时间，不过在面对一些老兄弟时，方腊还没有习惯"朕"这类的自称，此时说起那首《笑傲江湖》，笑容之中倒是有几分讶异。一旁的邵皇后笑道："我听了也觉得奇怪呢，这孩子平日里舞刀弄枪的最是厉害，想不到竟拿出了这样的诗词来。她有些倾慕有才之士我倒是知道……两位丞相，你们都是饱学之士，对茜茜也熟悉了，你们说，这诗会是她写出来的吗？"

在座几人当中，娄敏中、祖士远都是饱学之士，略一沉吟，娄敏中道："诗词之道博大精深，实在难以一看便知道为谁所作或不为谁所作。不过茜茜平时看起来胡闹，实则是有大智慧之人，我想她不至于在此事上作假。"

邵仙英并非文人，又只将刘西瓜当作晚辈，因此问得随意，但娄敏中是老成持重之人，文人于这方面也看得很重，在这个圈子里，若有人因抄袭坏了名誉，往后是很难混的。虽然刘西瓜不在这一行里混，但他这时也只是做了个模棱两可的答复，倒是一旁的祖士远，待他说完之后，便笑了出来。

"娄相说的大智慧，在下以为确实如此。老实说，诗作其实简单中正，用典并不多，也无太多晦涩词句，但当中的胸怀气魄却颇为惊人，若非豪迈不羁之人恐怕是做不出来的。我倒觉得，这首诗正合我们大彪姑娘的风格。霸刀营如今虽也招揽了几名饱学之辈，但正因饱学，这类诗作，恐怕反倒作不出来，让人代笔的可能性不大……"

这祖士远说完，旁人议论了一番，坐得稍远一点儿的一名男子皱了皱眉："不过，这句'宏图霸业谈笑中'……是不是有点儿僭越了……"这人名叫高玉，官拜侍郎，为人颇有能力，但在这批人中，资格并不算老。他话一说出来，方腊就在那边大手挥了挥。

"哈哈，有什么，'宏图霸业谈笑中'嘛，霸刀营这些年来干的难道不是宏图霸业？哪，仙英，回想当初，小姑娘可是颇有野心的，要当女皇帝呢，朕也允了她了。她虽不姓方，但我视之如嫡女，将来总得许她一城一地的。高卿家，你这话可不要让她听见了，否则她拿刀追杀你，我可也保不住哦……"

高玉唯唯诺诺。旁边的皇后邵仙英虽然笑了笑，随后却皱起了眉头，轻声道："若这诗作真是小西瓜所作，听来……岂不是有些颓废吗？什么'宏图霸业谈笑中，不胜人生一场醉'，'尘世如潮人如水'的……"

方腊愣了愣："这么几年，大概是……这孩子也觉得有些累了吧……"

他说到这里，不免想起一路起事的种种经过，从刘大彪的去世，到昨夜齐元康的反叛，身边见过的、死了的各种人。名叫西瓜的少女自然也是看着这一切过去，然后慢慢长大了。只是有些事情，男子想来，心境自然与女子不同。殿中熟悉刘西瓜的几人考虑了一下，倒是纷纷感叹："茜茜也是长大了。"

随后，祖士远便说道："说起来，咱们的刘家姑娘已经过了成亲的年纪了吧。"说这话时，他看了看一旁的娄敏中。

方腊也感叹道："总是打仗，打来打去的，给耽搁啦……也没见过什么合适的人呢。"

邵仙英道："哪里是没见过什么合适的人，不过这孩子心气高，也没见过什么属意的……说起来，咱们这些做长辈的也没怎么上心，大彪临死之时将孩子托付给我们……夫君，你说……是不是也该给孩子物色个人了？"

邵仙英本身便是女中豪杰，当初是与方百花同管军中事务的，此时虽然当了皇后，但对方腊还是原本的称呼。在她看来，年近二十的少女累了，自然是因为这么大了却还没有夫家。方腊点了点头："不过，该找谁啊？这么些年，你可曾见过她对什么男子假以辞色吗？特别是这种事情，咱们若找来一个，被她抽刀劈了，传出去可怎么说才好？"

当初娄静之差点儿被一刀劈死的事情，他记忆犹新。不是说劈几个人有什么了不起，但女孩子家，总还是要名誉的，要真把相亲的男人给劈了，以后还怎么找夫家？说到后面，方腊忍不住压低了声音。邵仙英小声说道："陈凡如何？"

"两个人见面就打，不对路，你说是欢喜冤家吧，要是成亲了还整天打，谁看得下去啊……"

他们正说着，那边祖士远笑眯眯地插进话来："娄公子如何？"

"谁？"

"哪个娄公子？"

"娄相的大公子啊。"

此时不算正式场合，娄敏中与祖士远交情又还不错，因此娄敏中只是叹了口气，瞥了他一眼："祖相，娄家与刘家虽是世交，我也属意茜茜为儿媳，但犬子差点儿被砍死的事情你又不是不知道，何必又提出来笑话……"

"这可不是笑话。"祖士远笑道，"当初两人来往不深，茜茜呢，又是那种脾气，闹出事情来，是颇为尴尬，但通过这些时间的接触，说不定已有了转机呢？我可是听说，茜茜昨夜遇袭，当时静之便在现场，有施以援手哦……"

娄敏中皱了皱眉："有这等事？"

"静之回去莫非没有细说？"

前一夜齐家三兄弟刺杀刘大彪的事情，各处报上去的情报其实都有些含糊，但主要过程还是出来了：刘大彪与娄静之并肩合作，与齐家齐新勇、齐新义、齐新翰率领的刺客厮杀。情报也有说明，事情乃刘大彪刻意安排，要以江湖规矩了却恩怨，娄静之适逢其会。无论是哪方面的情报，宁立恒自然是被略去了。

娄敏中昨夜便知道了儿子被刺杀的事情，只是消息来源不同——娄静之回家，自觉灰头土脸，当然绝口不提刘西瓜。娄敏中有大量事情要处理，知道儿子无恙松了一口气，暂时也就不再理会。倒是祖士远今早看见，脑中展开了一番遐想，英雄救美也好，美女救英雄也好，长街私会还并肩作战，小儿女之间，当然是有戏啦。祖士远有意做个善缘，这时候便说了出来，将娄敏中也吓了一跳，他毕竟是颇为中意这个一手撑起了霸刀营的少女，如果儿子真有希望，他当然也是乐见其成。

娄敏中态度暧昧，祖士远笑得开心，众人便也八卦起来，祖士远添油加醋地将昨晚的情况与自己的推测说了一番，大伙顿觉有戏，围绕此事你一言我一语地讨论了起来。

儿女是大了，真得成亲了，不是吗？

鸡鸣三遍，天亮了，但院落周围还是白蒙蒙的，隔壁的灯光照过来，像是夜晚浮在树冠下的萤火虫，周围安安静静的，唯有雾气缓缓浮动。

将木桶里的凉水倒进锅里，小婵往炉灶里放了柴火，拿着小蒲扇坐在旁边扇着。被宁毅拉进房之后又出来，她已经再度穿戴整齐，但清晨时发生了这等事情，还是让她感到有些羞涩，感觉偷偷摸摸的。不过，也只有在眼下杭州的这等情况下，她才能够感受到这等既害羞又温暖的滋味，若有一日离开了杭州，与小姐她们在一起，她是再也不可能与姑爷做出这等事情来了。

以她对苏檀儿的敬重，不至于因为自己与姑爷有了关系，便对小姐生出嫉妒的情绪来，但既然在这样的情况下，少女心中偶尔也不免想想，自己确实是在这里独占了姑爷，相依为命，相濡以沫。这种感觉让她觉得甜蜜，当然有些时候，也不免觉得忐忑。若是有的选择，恐怕连她自己也不清楚，她是想这种日子快点儿过去呢，还是永远持续下去。

纯以处境而言，眼下的一切看起来已经相当好，有别人的照顾和关心，小婵在医馆之中帮忙做事，也认识了这样那样的人，邻里乡亲对她也有着不错的印象，有事会关照她，相对那些被抓来的一直忐忑的人，她与姑爷的处境要好得多，几乎已经被对方当成了自己人。虽然一直恪守着丫鬟的本分，不去管太多事情，小婵却并不是一个肤浅到只能看到眼前的一点点好处，在幸福当中就什么都不去理会的女孩子。

姑爷过得很不轻松。

这不轻松不是那种时时压在肩上的担子，不是整天的劳累或每日里皱起的眉头，尽管在细柳街的这段时间里，姑爷对于身边的事情都表现得得心应手，几乎将日子变得悠闲自得，但只有小婵能够明白，隐藏在这表象后的，是怎样巨大的努力与谨慎，就像是在一片沼泽地上不断前行。

在以往她曾经看过类似的东西，但并没有如此清晰。她从小便被送入商贾之家，看见过许许多多东西，这些商贾之家看起来风光，但真正撑起它们的，是家中少数真正懂得努力的人，如苏老太公，如苏伯庸，如苏檀儿，他们并不是在某个时候发出一个天马行空般厉害巧妙的命令就能将事情做成，就能挽狂澜于既倒，而是靠一个个白天的奔走，一个个晚上的操劳，处理一件件小事情，思考，谋划，一个数一个数地看账本然后计算。

不过，这毕竟是一个崇拜文人的时代，她曾经看见过小姐这样的努力，但心中更加憧憬的，自然还是那些指点江山的名士，在话本中、戏文里，他们一句话就能挽狂澜于既倒，一个计谋就有回天之力，这样的人，是何其令人羡慕憧憬。姑爷进门时，她以为对方并非这样的人，有一段时间，她又觉得，姑爷便是这样的人。先时的尊敬与分寸变成后来的贴心与恋慕，但直到来到杭州的这段时间，特别是肌肤相亲之后，她才更加清楚地看到那之后蕴藏的是什么，也更加让她感受到其中的力量。

一般人努力，可以从荒山上开出一条道来，当有巨石拦路时，那些计谋与对策可以让人绕开巨石，但若前无去路，后有追兵，无从绕道，刚烈之人或许会像那钱家爷爷一般在巨石上撞死，只有一类人，能够在这里安静地、专注地，甚至是带着笑容将那巨石一寸寸凿开、挤开、不顾一切地推开，她不知道该如何形容，或许她以往曾听人挂在口中的"男人"就是那类人中的一个。

如今这两个字有着更深的意义，因为姑爷现在也是她的男人了。

从被抓回来，住在这里开始，姑爷脸上没有表现出焦躁的情绪，没有过激动，他平平淡淡地教书院中那些孩子，每日里早晚例行锻炼，敦亲睦邻，有时候坐在屋檐下看书，与她聊天，安慰她，云淡风轻地说笑话，有时候，他甚至劈柴、打扫院子。尽管一切都表现得自然，但她毕竟是姑爷的身边人，能够看清楚，在这背影后方，姑爷的手其实还是握得紧紧的。

每日里的锻炼，姑爷其实都是加重了负荷的，看起来是简单地跑来跑去，不出细柳街的范围，但距离算来比在江宁时长了几乎一倍。在监视松了一点儿之后，姑爷就在手脚之上绑了小小的沙袋。她知道这是锻炼身体，却并不知道这样的锻炼有什么用。最初的几天里，沙袋没有弄好，甚至将他的手脚都勒出血来，他却只是保持着那云淡风轻的样子面对所有人，只有回来之后，到浴室冲洗之时，她偶尔能看到他在其中做一些稍微舒缓的动作，呼吸急促，全身汗如雨下，那时姑爷苦苦支撑的目光，真的如同……老虎一样。当然那种目光她是不怕的，因为看见她了，他就会平和下来，她知道，姑爷就算真是老虎变的，也不会吃掉她。

这类画面她只看过几次，每一次都是四野无人的时候，在姑爷的脸上一闪即逝，两人也没有认真地谈过这些。她知道姑爷不会跟她多说这些，但她知道了，也就够了，她知道姑爷与这些人来往与那些人来往，教书、做事都只是为了让两人的处境更加宽松，她也知道，自己如果能得到霸刀庄更多人的认同，姑爷不管要做什么事，都会变得更方便些，她便一直这样做了。

在医馆的时候，她一直都很勤劳，表现得很开心、很讨喜，这固然也是因为她的本性如此，可其中的心情是不一样的。

有时候她想，姑爷或许也从她的眼睛里看到了她这样做的原因。姑爷最近与那楼家的小姐来往，若是以前，小婵会很不开心，也会很担心，但现在，她却没有这样的心情。当然，偶尔的抗议是有的，有时候絮絮叨叨地抱怨姑爷不该与楼家的小姐来往太密，可是她心中明白，姑爷并不会喜欢上楼家小姐，不管发生任何事情，姑爷心中都是保持着清醒的。

昨天晚上看见姑爷受伤，她就哇哇哇地哭出来了，姑爷劝了好久她才停下来。今天早上醒来，她希望姑爷能够稍稍休息一下，姑爷只说伤并不重，后来还将她拉进了房里……她的身子已经是姑爷的，任何时候姑爷要她做任何事她都会觉得开心，可是今天早上，当她赤身裸体躺在姑爷下方时，曾有一刻，她想要哭着让他停下来，可是在那一刻，她又觉得心中只有满满的幸福。

那真是不可思议的心情。因为她知道，即便在这样的时候，姑爷也只是想着跟她说"没事的"，想要安慰她。

离开房间后不久，姑爷就又开了门，出去跑步了。她在这边听着，却没有再出去看看，想着这些，少女陡然间用手背捂住了嘴，呜地哭出来了，眼泪簌簌而下。

除却昨晚，平日里只有在这种四周无人的情况下，她才能够哭出来，哭完之后出了门，她还得开心地做事。

杭州是海。

光芒晃动，她并拢双腿坐在灶前，火焰袭来，却让人感觉到思绪中的寒冷。温暖并不来自那火焰，它从身体内侧涌出来，由内而外温暖着身体，这温暖一边连接着她，一边连接着此时奔跑在那片晨雾中的书生，如同两团光芒，距离的远近挡不住那光芒，真正在船上的互相依靠，就只有他们两人而已。

片刻后，小婵擦了擦眼泪，挥着扇子微微露出一个可爱的笑脸，然后站起来去查看锅中的水了。

这一天才刚刚开始呢。

姑且不论小婵心中所想，对宁毅而言，发生的事情没有太多值得称道的，一切无非尽力而为，他的能力只到这里。任何时候都游走于危险之中轻松愉快游刃有余，或者一辈子任何时候都能算无遗策大杀四方……这种人也许是有的，只不过他不是。

昨夜他的伤势不算重，那是以武者的标准来判断，作为普通人，身上有各种刀伤剑伤，脑袋都开了口子，也是不轻的。他没办法做太剧烈的运动，只是适当跑跑，配上内功刺激身体，争取恢复而已。这场大雾看起来到上午都不会散，但跑上一阵、走一走，视野中的人也就多了，途中他遇上了霸刀营"八大金刚"——这外号是宁毅取的，乐观心态而已——之首的杜杀，这家伙平日里话不多，与宁毅虽有交往，但比较严肃，不过这次倒是主动朝他拱了拱手："宁先生，今天不休息一下？"

"哦，稍微动一下有助恢复。"

宁毅如此回答。那杜杀正与身边人寒暄，便介绍了一番："戚兄，这位是……人称'血手人屠'的宁立恒宁公子。立恒，这位是……"

那人的身份没什么好记的，令宁毅有几分惊奇的是，对方竟然介绍他"血手人屠"这个"匪号"，他心中好笑，随即拱手以江湖人的姿态应对，双方告辞时，杜杀又拱拱手："宁公子，昨晚的事情谢谢了，我等欠公子一个人情。"

又走得一阵，宁毅遇上刘天南与阿常、阿命，打过招呼，他问及刘大彪，刘天南点头道："庄主无恙，已经醒来了。"醒来了，便是说没有生命危险，但显然还下不得床，"待会儿用过早膳，宁先生再去看看吧。"

待他问及刘进时，阿常的脸色则明显有些不好："能不能好尚未可知，就算好起来，身手也废了大半了……当然，能好起来才是最重要的……"

一旁阿命则没什么表情。他真名叫郑七命，在平素的为人处世上，他的搭档阿常相对平和，他则颇为凶戾，习惯用刀说话，但对庄里的人是非常和气的，偶尔会板着脸去给小孩买糖吃，就是不怎么笑。刘进既然在阿常手下学刀，自然也受过他的指点。这时候他的脸色比平时竟然平和冷漠了许多，他只是看了看刘天南又看了看宁毅："什么时候去找厉天佑麻烦，记得叫上我，杀人的事情你不用动手，我都能做好，叫我去就行了。"

这话是对宁毅说的。他与阿常跟了宁毅一段时间，知道宁毅是有些本事的。只是话说完，宁毅看了看刘天南："这事不太容易吧……"

刘天南也皱起眉头："什么时候说过要去找厉天佑麻烦……"

阿命便也皱眉看他："管事的，刚才不是你说要与立恒商量找厉家麻烦的事？"

刘天南在霸刀营管的事情多，类似阿命这种熟人便都随意叫他"管事的"。方才阿常、阿命大概就是在与他谈这事。这一下，宁毅也望定了他，不知道他刚才说了什么。虽然说霸刀营平日里不吃亏，但在厉天闯要回来的现在，这边真硬气成这样，他得承认自己是有些意外的。

刘天南看了看两人："只是说跟立恒商量一下断厉家的几门生意，让他们吃几次亏而已，也免得让厉天佑觉得他哥哥要回来他们就可以在杭州城横着走……你们还真以为能杀他？"

阿命冷笑一声："那也不是很难。"

"不是说难不难。"刘天南稍稍提高声音，"这事情你收得了场啊？！"

阿命吸了一口气，片刻后又吐了出来："知道了。"随后拍拍宁毅的肩膀，"听说你昨晚杀了个叫汤寇的？不错。"

说到这事，阿常也微微露出了笑容："我听说过，是个疯子，武艺还是可以的。"

宁毅笑着谦逊了一番："呵呵，对方身手确实厉害，我也是打到那个程度，一时间收不住手，就杀了……"

他说到这里，阿常已经露出了沉思的神色："倒是不知道躲在房间里的那位兄弟是谁。一刀斩了汤寇的头倒不算什么难事，不过能在那么短的时间内离开房间又不被人看见，轻功真是出神入化……"

阿命也点头："我也听说了，房间封得严实，说是没有密道暗门，外面又有士兵围守，出去确实不易。不过下面防御的重点不在这里，机会估计还是有的……"

宁毅眨了眨眼睛，随后翻了个白眼："喂、喂喂，我还在这里！高手过招收不住手是很正常的事情！当时周围没有光，他又不清楚环境，我跟他性命相搏，蓄谋已久一刀就砍了他的脑袋，这叫勇猛机智，什么机关暗门……你们两个，有种过来单挑……"

阿命仍旧是一副淡然的表情："他不肯说。"

"那就算了。"阿常笑了笑，随后拍了拍宁毅的肩膀，"好好养伤，昨晚的事情谢了，有用得上我们的就出声。"

两人告辞转身，声音传来："一刀砍了头，听说还飞了出去，使的该是刚猛的刀法……"

"若是你我在里面，使的霸刀，可以出一招'斩却云山'，最是刚猛……说不定是庄主……"说话间，旁边一位名叫刘元芳的武者正好过来，两人拍了拍他的肩膀："元芳，此事你怎么看？"

"今早已经听说了，我觉得此事必有蹊跷……"那刘元芳回头看看宁毅，嘿嘿笑笑，虽然有善意，但显然也不信真是宁毅斩了那一刀。三人说着，在晨雾中走远了。

"我去……"宁毅望了那边片刻，待三人不见了，方才偏过头去盯着刘天南："你不会也这么想吧？"

刘天南笑眯眯的："庄中还有些事情，我先过去了。庄子里的生意，哪些可以跟厉家断了的，立恒且先想想，此事不急。上午无事，立恒去看看庄主便可回去休息了。"

他说完，拱手离开。宁毅在那儿站了片刻，哈地耸肩一笑，随后摇了摇头，朝家的方向走去。霸刀庄有意与厉家发生些摩擦，这算是好事一件了，在各种生意上下手，正好是自己的强项。只要让厉天佑吃几次小亏，对方兄长又即将回来，他肯定咽不下这口气，双方再起些摩擦，自己将小婵引入乱局，再拜托刘大夫帮几个忙保小婵周全，要将人送走，问题是不大了。

当然，这件事必须慎之又慎。若只是要制造表象，等到双方摩擦起来，自己做些操作让霸刀营内部也感受到厉天闰的压力，接着带小婵出去，自己把小婵打一顿，就说是遇上袭击，反正厉家百口莫辩，应该也是可以的。

想到要将小婵殴打一顿，他撇了撇嘴，一时间有些哭笑不得，不过这是目前最不冒险的一个手段，暂时也只能这样子定下了。

就在宁毅在街头完善逃跑计划的同一时刻，霸刀庄主院的宅子当中，名叫刘西瓜的少女已经醒了过来。她盖着白色面料上缀了淡红小花的被子，虚弱地倚靠在枕头上，呆呆地望着窗外的雾气已经很久了。她很少有这般虚弱的状态，也很少有人真正看见她的脸，此时在这敞开的窗口前，那因虚弱反倒显得更加白皙的脸上像是笼罩上了一层光芒，露出一重惊心动魄的美感来。

许久之后，她转头回望上方的屋顶，轻轻地……闭上了眼睛。

她又安静地睡去了。

也是同一时刻，一支举着"厉"字大旗的军队搅乱了杭州城北面的雾气，马蹄踏过田野河流，开始打破杭州城内这段时间的宁静。

方腊麾下四大天王，镇国大将军厉天闰，距离杭州十里！

第六章
行侠义大闹古桐观 遭报复反断退却心

　　四季斋这晚的事情过后,楼舒婉没有再主动去找宁毅——兄长楼书望所说的有关宁毅背景的那些话令她觉得如在梦中。原本只是身边认识的出色男子,她甚至还有种旁人不识得他的好只有她知道的感觉,忽然间却发现自己是大大地低估了对方,那个名叫宁毅的男人所接触的,其实根本不是她能够触及的领域。这种感觉,她也是第一次体会。

　　能够以一人之力在太平巷对上石宝等人不落下风,又在一路逃亡的情况下利用几千溃兵扭转乾坤,这样的人如果放到台面上到底是怎样的层次,楼舒婉很难做出定位。当然理智上来说,如果能够冷静下来,她其实也是认同兄长的说法的,人力有时而穷,便是英雄,其实也是被时势推着走。关于宁毅的那些传言,背后有着怎样的缘由水分很难说清楚,无论如何,在无法借势的情况下,四季斋的局面,的确是难解的死局。

　　大哥看来无法解决的问题,或许在他看来,是举手便能翻盘的易事——这样的想法,对仍旧保有一丝冷静的楼舒婉来说,即便会升起来,随后也被压在了内心的角落里。

　　这个夜里城中发生的事情大大小小桩桩件件,即便是回到家中,无法入眠的楼舒婉偶尔也能听到有些信息随着丫鬟小厮的走动传来。对于此时城内发生的各种变乱,归附不久的楼家必然会是最为敏感的一批人,但有关四季斋的信息自然不在其中,直到第二天早晨,弥漫四方的白雾之中,魏凌雪等人的耳语间才会散出一些消息。

自她被兄长接走之后，那宁毅与同伴二人面对厉天佑的咄咄逼人，竟悍然不退，最后名叫宁毅的书生在单对单的决斗中将对手当场斩杀——当她从特意想要弥补关系的魏凌雪、秦古来等人口中获知此事之后，心中真的是凌乱到无以复加的程度了。

苏檀儿的这个入赘夫婿到底是个什么人啊……

她原本以为已经看清了的人影，到得此时又模糊起来。事实上，魏凌雪与秦古来并非主动出去打听了有关宁毅的消息，这消息其实是大哥手下的人传过来的，说明大哥那边也正在关注事情的发展。她一路去到大哥的院子。雾气弥漫，但楼书望早已起来做事了，几个管事在书房听了话出去，大嫂身边的两个丫鬟端了装有热水的木盆自房檐下走过。楼书望正在处理随从报告上来的事情，大概是刚洗了脸，抬头看了她一眼。

"既然与齐家有关系，只好先把人辞了，事情要交割清楚……按规矩办吧，账房那边支二十两……"一边说，楼书望一边低头写了张条子。待下人拿了条子离开，他方才离开书桌前，右手轻轻捏着左手掌心，说道："起来了？厉天闳今天上午回来，局势又要紧张一段时间，你有个心理准备，加上齐家这些事，一些不该来往的就不要再来往了。"

楼舒婉看着他，对于厉天闳即将回城的消息她心里也有些警醒，口中却只是说道："昨晚没睡。"

楼书望并不意外，点了点头，伸手在鼻梁上捏了捏："嗯，我也没睡，父亲那边估计也忙了整夜，你二哥彻夜未归……是被邢方忠那边留宿了，倒是没什么大事。"

这算是没话找话，不过楼舒婉过来原本也没想好该说些什么，这时候在旁边的椅子上坐下，看着大哥，沉默了片刻："他还活着。"

"我知道，已经听说了。"楼书望的语气并不意外，对他来说，这毕竟不是什么大事，楼家如今与方腊朝廷关系密切，维系着杭州的运转，称得上根深叶繁，他每天处理大大小小的事情无数，关于宁立恒的，无非是自家弟妹的争风吃醋关系到一个看起来颇为出色的男子，他是站在上位者的角度来俯瞰这件事的，就算有些细节看错了，也没必要大惊小怪。

"形势所迫，厉天佑不得不答应与他单挑，最后由厉天佑身边的一位高手出战……在那样的情况下还能杀出一条路来，宁毅这人不简单。也有听说是霸刀营有人出面。不过……你二哥回来之后，也该知道他的下落了。"

"大哥你也说不简单了，还非得让二哥跟他杠上吗？"

"我不参与，这是你二哥的事情。不简单的人多了，如今在杭州的，带把刀在街上走的，十个里能找出八个不简单的来，就算是你身边的两位，也都有以一敌众的事迹……得看把他们放在什么地方……昨夜已经跟你说了，算了吧，舒婉，别再多想了，继续想下去也没有好处，接下来又不只是你二哥，厉天闰一回来，他们兄弟就谁也惹不起了……"

　　大哥说的自是正理，楼舒婉一时间也难以归纳出对宁毅的情绪，时而觉得近了时而又觉得远了，连不久前觉得两人或许可以在一起的想法也变了样子，时而清晰时而模糊地在心里飞，但短时间内是无法主动去找他了。厉天闰回城之后，杭州的局势就再度变得肃杀起来，对于倾向朝廷的招安派开始了大肆的清算与搜捕，同时也在抓捕朝廷安排在义军中的细作。童贯南下的压力已在北边不远，这是为了紧接而来的守城做准备。

　　这事虽然轻易波及不到楼家，但作为女子，接下来的日子里，楼舒婉也不再出门，只在家中处理一些手头的事务。事实上，战争的阴影与外界抓人的压力笼罩过来，市面上各种物资的流通变得更加僵硬，一切只是按部就班，反倒不需要太多运作空间，抛头露面的事情更多地压在了家中男性的头上，她变得越发清闲。就在这样的日子里，她偶尔看着院子里的枯叶落下，瞎想着宁毅那边又是怎样过着如今的生活。

　　宁毅其实蛮闲的。

　　四季斋的事情暂时没有太多后续。他受了伤，养伤期间，文烈书院的课便暂停了，他也因此得以清闲几日。厉天闰的回城是原就做好了心理准备的，倒也不至于对霸刀营这边造成太大冲击，唯一受到影响的或许是满城肃杀气氛下飞涨的物价。

　　秋粮已经收毕，纵然今年经受了战乱，此时也是这一年里粮食最为充足的时候。不过这些粮食已经被各个势力瓜分，在战争阴影将要降临的此刻，会放到外界流通的就越发少了。霸刀营内部至少还会有各种存粮贴补，短期内不至于对众人的生活造成太大影响，但在这些圈子之外，生活变得更加艰难。

　　宁毅在四季斋斩杀汤寇的事迹短期内在细柳街的小范围内形成了话题，但更加令人津津乐道的，还是刘大彪在那一日单刀战群雄的事迹。不了解内情的大抵只能听到霸刀刘大彪大败"索魂枪"齐元康，随后以江湖规矩一人一刀独抗前来复仇的齐家三兄弟且大获全胜的事情，据说这刘大彪乃胸毛凛凛的英雄好汉，身高八尺，腰围也是八尺……

　　而对真正知晓内情的人们来说，刘西瓜以女子之身做到这些事情，无疑也让人为之惊叹。对齐元康叛乱的镇压原本是可以等到厉天闰回城之后再做的，但一向低调的霸刀营连同己方其他势力提前发动，主要是为了在厉天闰回来之前展示一番自己的力量。不过这一番作为倒是引发了另一个让人始料未及的后果，并在此后几天悄然浮现了出来。

　　那个刘西瓜，该嫁人了吧……

没有人明确地说出这句话来，但有关"娄静之将要向刘西瓜提亲""娄静之与刘西瓜有私情"之类的传言又在方腊军系的高层中浮现了。虽然只是在一个极高的层次上口耳相传，但不久之后，被派来霸刀营这边联络、办事的青年才俊明显多了起来。这些人多是朝中高层人士的子侄辈，他们对于刘西瓜与娄静之之间的暧昧将信将疑，但刘西瓜确实该嫁人了似乎成了大家的共识，他们便都想来碰碰运气。一时间，在外界不断抓人的肃杀气息中，霸刀营这边倒是陷入了有关相亲的暧昧气氛中。

刘西瓜在内庭养病，一个人也没见，在总管刘天南的遮掩下，她倒是不知道外面变得那么恶心，若是知道了，少不得要顶着内伤去剁碎娄静之。其实娄静之在这件事上比较无辜，作为一个骄傲的人，他与刘西瓜之间的关系是没法跟外人说的，就算父亲问起来，顶多也是说"你不要管"。这一次娄敏中先入为主地觉得有戏，已经在考虑提亲的事情了。

少女心中或许已经在准备一场变革，或许已经下定决心，但眼下仍没有任何行动，事情毕竟太大了，需要更多斟酌，需要更多权衡，以确定这一时的热血不会没有丝毫价值。

宁毅去看了她两次，有关这事，两人都没有提起。他的伤势不重，好得比刘西瓜快得多，两三天之后，伤势对身体已经没有任何妨碍。厉天闰回城后开始的大搜捕已经在城里闹得沸沸扬扬，宁毅也已经在做准备，等待着厉家那边大举报复的到来，不过在这之前，倒是有另外一些事情意外地爆发开来。

这天凌晨天还未亮，急促的敲门声在院外响了起来，宁毅起床开门，出现在门外的是书院的一名学生。这少年名叫卓小封，不是由宁毅直接授课的学生，他是原本敌视宁毅的阵营的一员。少年的父亲乃方腊军中幕僚，他今年十四岁，为人聪颖，在那群孩子中也是被视为智囊般的人物。

对方原本每次见到宁毅都是剑拔弩张针锋相对的态度，但此时出现在门外，却是气喘吁吁、神情焦急，宁毅的第一反应还以为是卓家受这次清洗风波的影响，被抄了家。他看看门外没有追兵，连忙将人拉进来，但一番询问之后，才知道在他未去书院上课的几天时间里，两帮孩子仍旧在书院内外明争暗斗。争着当好人抓坏蛋这固然是一件好事，但到得这一次，他们终于遇到惹不起的存在了……

四更，凤凰山侧，古桐观。

微风起时，黑暗里隐约传来城市的犬吠之声，古老的城池间，偶尔划过的灯点幽魂般闪动。

后世或者说另一段时空中将成为南宋皇宫的这片山岭如今只在城市近郊，距离城墙不远，并不显得繁华。古桐观不是什么大的道观，军队入城之时经受了一次劫掠，道士跑的跑，死的死，后来便被由三教九流组成的义军占据，在一支支义军划分势力的过程中，这古桐观也有了新的主人，虽然外观和功能上看起来仍旧维持着原本道观的模样，但过来参拜的人自然是没有了。

古桐观所在的小山坡与有人居住的地方仅有一片小树林的间隔，但如今是闲人难近的禁地，常有军士把守，无意间接近的民众自从被杀了几个之后，敢随意过来的人便没有了。外界没什么关系的人大抵能打听到这边驻扎的是名为"淬火营"的一拨士兵，为首的是一个满脸疤痕、望之可怖的黑肤大汉，偶尔会有人知道，这人名叫"凶阎罗"陆陀。

而在这之上，即便在方腊军系内部，也没有多少人能够查到这淬火营的后台到底是谁。淬火营是新出的编制，在关系错综复杂山头林立的方腊军系中到底隶属于谁，不相干的人很难弄清楚，它本身颇有关系，平素只维护这一亩三分地，又没有什么高调的行动，会对它感兴趣的人便不怎么多。

只是偶尔风大的时候，会有些声音顺着山上的风被吹送出去，外界听来，如呜咽，如鬼哭，又如女子的呼喊。杭州城才经历过战乱的洗礼，死人无数，许多还属于尸骨未寒，周边住的人又不多，一时间竟没出现什么闹鬼的传闻。

此时还只是四更天。俗话说"一更人，二更锣，三更鬼，四更贼，五更鸡"，这个时辰正是天亮前最为黑暗的时间，人都乏了。古桐观里灯点不多，只隐约露出朦胧的光点来，安安静静的，仿佛也已经睡了过去。这边的小树林里，一道人影小心翼翼地避过了守卫设下的各种陷阱，悄然潜入那边的道观之中。

古桐观虽然不如那些真正的名山大观，但所辖范围相对于普通人家也算大了，前前后后八九座院子，三两层的建筑相连还是颇有规模的。这个时候里面巡逻的人不多，黑衣潜入者个子不算高，但身手灵敏矫健，巧妙地避过了不多的几名巡逻者，进到道观中央最大的建筑前。

或许是因为此时的杭州城没有多少人会打这里的主意，道观外围虽然有人巡逻，内部却并没有多少守卫，一名穿道袍的江湖人坐在门边低头沉睡，那大门开了一条缝，里面有暗淡的灯光透出来。黑衣人想了片刻，悄然前行，推开那门，潜了进去。一进去，他便呆住了。

女子的哭声如同潮水般涌来。声音都不大，但大概是因为哭泣者甚多，抽泣声重重叠叠地汇集在一起。这会儿还是四更天，白天不知道会变成怎样一种情景。门这边灯光暗淡。这里原本是一座大殿，但现在两侧都被做成了牢房般的隔间，有的有房门，有的则只有栅栏。

黑衣人沿着过道往里走，两侧的牢房里铺着稻草，一名名年轻女子被关在里面，手上锁着铁链，有的衣衫褴褛、披头散发，有的身上、头上染着鲜血，也不知道受了何等虐待，靠近门边的女子大多已睡去，也有睁着眼睛，目光呆滞，在深秋时节犹然光裸着半个身子茫然呻吟的，也有身体上下狼藉不堪，估计染了伤病，已在弥留之中的。空气中荡漾着血腥与淫靡的臭气，大殿尽头是已经被打烂半边的三清像，而神像后头隐约有男子的笑骂声与女子痛苦的呻吟声传过来。

黑衣人其实是只有十三四岁的少年，大概能够明白这些事情的含意，却并未经历过，一时间也有些茫然。片刻之后，他咬着牙关微微颤抖了一下，往里走的步伐停住，缓缓地开始后退，退得几步，却又停住了，看看那些牢房上的锁，有些不知所措。也就在这时，后方传来夜风灌入的声音。

他怔了一怔，门原本是关着的，这意味着……它现在已经打开了。

他回过头，破风声袭来，脑袋顿时嗡地一响。

"什么人？"

穿着夜行衣的少年身体从大门中飞出来，被撕裂的面罩在空中飞舞，鲜血已经从口鼻中喷了出来。

此时出现在他周围的，包括那原本在打盹的门外看守一共五人，由一名小头目带领，方才猝然出手，伤害最猛的是挥在少年头上的一记刀鞘。由于胜券在握，小头目的那句"什么人"就没有大喊出来。少年的身体掉落在地上，已然昏厥。有人拔刀，另一人说："是个孩子？要不要示警？"

"看……"

一道黑影突然从天而降！

五人都算得上江湖人士，将少年打出的瞬间就已经跟了出来，此时正在大门外的廊道上。那黑影陡然降落在五人中间，挥出的一记右拳犹如怒潮般破开风力，轰在了正面一人的太阳穴上。顷刻间，这人的整个面部都开始扭曲，波浪般的冲击纹路带着破皮碎骨的鲜血由头部瞬间扩散开来。

黑影的出手犹如咆哮的雷霆，挥舞，跨步，疾旋，大摔碑手，刀光飞舞，匹练如狂龙。他踩断了其中一个人的小腿，这人身形稍稍一矮，被那记刚猛到极点的摔碑手印在头上，脑袋直接被从颈椎处朝后方打折了，拖着身体皮球般在青石走廊上砸出去。走在旁边一人刀才拔出来，他就顺手夺了，转眼间挥出四刀，刚猛到极点的刀势劈脸、断颈、碎胸。那头目才将"看看"两个字说完，一时间还没能大声喊出来，人影已经欺至身前，一只手掌在头目眼前放大，随即便是沉闷的声响。

这大殿的外墙用的是坚硬的青石，那小头目被巨大的冲势推得退出两步，后脑砸在青石上，头骨恐怕都已经碎了。那手掌拧住他的口鼻，将他的身体推得离地。最后在这小头目眼中变得清晰的，是年轻男子凶狠冷冽如猛兽般的目光与那道算不得魁梧的身影，那目光死死地盯着他到最后一刻。

陈凡将钢刀刺进对方的肚子，看着对方的眼睛缓缓地绞过一百八十度，然后将人放开。屋檐下，两个人是被他的拳、掌打死的，两个是被刚猛无比的刀法劈开的，他此时全力出手，其中一个被劈中了头和颈，另一个被劈中了颈和胸，骨头都已经被劈裂了。除了这些人身体倒出去时的碰撞声，几乎没有别的声响。一将手上的尸体放开，他立刻回头，将那少年背起来，拿出布条，绑在背上，回头看了一眼，大步朝外走去。

那五人没能大声喊出来，但初时的动静还是惊动了附近的人，一道人影猛然冲来，大喊："什么人？！"手中钢鞭朝着陈凡当头砸下。这人身体矮胖，状如铁塔，力气极大，但陈凡只是单手抓住那钢鞭，身体仍在向前走。那胖子不断后退，由单手转双手，要将钢鞭夺回，口中啊啊啊啊啊啊地大喝起来，脸色已经涨得血红，但唰的一下，他虎口崩裂，陈凡一脚踢在他的心口上，钢鞭当头挥下。

血光飙射，那胖子捂住脑袋，踉跄后退倒地，陈凡走了过去。院落侧面又有两人的身影出现，他想了想，转身朝着胖子头上又砸了一下，接着再一下。当着两人的面连续几下将那胖子砸得不再动弹，陈凡这才转身出去。

这道观中的防御力量已经完全被惊醒，但道观本身不算大，陈凡径直杀出，直来直往，脚下看似行走，实际上速度快逾奔马，转眼间就已经抵达了正门。两个持刀的兵丁守在那大门处，陈凡几乎没有丝毫减速，朝着那已经有些残破的观门冲了过去。

古桐观外的树林侧面，一大一小两道身影正在那儿有些疑惑地看着里面的骚动，正是宁毅与通风报信的卓小封。原来学堂中反对宁毅的这帮学生也争着要做几件大好事，以示比宁毅教授的那帮孩子厉害。双方攀比之下，打听调查便没什么收敛。此时杭州城内乱七八糟的事情不是没有，而是太多，这一次卓小封等人无意间查到了一个他们不能惹的名字，内部一时间也发生了分歧。初生牛犊不怕虎，当中一个名叫陈腾的孩子艺高人胆大，不顾卓小封的劝阻决定夜探古桐观，卓小封思来想去，最终却是来向宁毅求援，希望他能有办法说服对方。

可惜卓小封终究是来晚了，他们赶来这边时没能截住对方，随后便发现道观之中骚动起来。他们这时候自然想不到陈凡从一开始就关注着书院两拨孩子的动静，看得片刻，只见那道观大门轰然碎裂，一道身影挟着两个卫兵从漫天碎木中冲了出来，其中一人胸口被钢刀贯穿，在地上滚了几圈；另一个人还没有死，被那身影单手拖着，转了几圈，随后那人将他的脖子挟在腋下，奔跑之中，如同拧小鸡一般拧断了。

碎门，奔跑，杀人，随手弃尸，这人没有丝毫停留，背后倒像是背了一个人。便在此时，一束烟火升上天空。

一支穿云箭，千军万马来相见。

这是观里人向同伴发出的示警信号。火光隐约照出那冲出来的身影的轮廓，双方其实已经接近了，宁毅看了看，反手一拉卓小封，同样试图朝山下逃逸而去。他们奔出了百余米，昏暗中陡然有人迎面而来："何方贼子，竟敢……"

"看刀！"

来人大概是看见烟火从附近回来的士兵。卓小封已经被吓得怔住，宁毅却是在第一时间低喝一声，用力挥手。前方刀光一斩，噗的一下，一包粉末状的东西劈头盖脸地罩上对方的上半身，那人疯狂挥刀："喀……噗……什么……"

"石灰粉。"

宁毅说完，已经贴近对方，一刀将他斩翻在杂草里。

陈凡距离这边也算不得远，这边声音一发出，他便察觉了。宁毅砍翻那人时，陈凡也听出了他的声音，只是微微迟疑，便朝着这边做了几个手势。宁毅指了指自己这边，陈凡一点头，引着追兵从另一边奔下。

"走。"

回头招呼卓小封一声，宁毅继续朝着原本的道路奔行。卓小封看到这位书院先生方才那干脆利落的杀人手法，呆了。无论他们因为宁毅逃亡时的事情对他如何不满，宁毅在书院的形象终究是个书生，而且是极其正统的书生——有学问，手无缚鸡之力，跟官府混的那种。"血手人屠"这一外号虽然被人提起过，但所有人都只认为是玩笑，这时候才看到他血腥的一面。不过他只是微微迟疑，很快便反应过来，连忙跟了上去。

不过……随身带着石灰包砸人，似乎有些卑鄙，但看这宁先生方才出手的随意率性，在他使来，又好像很是光明正大的样子……想起听到过的一些江湖说法，小小的迷惑在卓小封的心头闪过，但终究还是逃命要紧，片刻之后，这想法便被他抛诸脑后了……

喧闹、火光渐渐接近，又渐行渐远，随后在城市的一侧引起了小范围的骚动。黎明渐至，搅动一池春水……

卯时，太阳已经升起来了。一队队士兵聚集在古桐观外，而在道观内部，此时多出来的，是一些看起来相对正式的道士与道姑。观内的打斗现场还保持着原状，一名身着黄色道袍，看起来有几分仙风道骨的中年道人正在一面查看一面朝里走，他面容温润，微微带着笑容，倒不像是很生气的样子。他身后跟随的是几名样貌各异的江湖人士，其中最为引人注目的是左侧犹如黑铁塔一般的大汉，他的脸上、身上能看见的地方疤痕处处。这人便是"凶阎王"陆陀，他原本被委托驻守此处，只是昨晚被叫出去赴宴淫乱，未曾回来，想不到就出了这事。

"啊……好、好……夺鞭、杀人……一路干净利落……好、好、好……大摔碑手，还行……看看，刀法就差了点儿……除了力气大，厨子都劈得比他好……有力没处使……"

为首的那中年道人似乎正在品评这一路的战斗，时而赞叹时而调侃，津津有味。待到看完了正殿檐下的五具尸体，道士背对众人，退后几步，看着那半掩的大门，似乎思考着什么，伸手在右边的木柱上拍了一下，又收回来，握起拳头放在嘴边，感到有些寒冷般地呼了口气。

后方陆陀已经忍了许久，此时说道："天师，莫非你知道昨夜过来的是谁？这地方是我看的，我昨夜不在，是我失职，你告诉我他是谁，我去杀了他！"

道人转过身，浮尘一挥，仍旧笑道："到底是谁，那是不知道的，说话做事，要有证据，要有规矩，不过……"他伸手拍了拍对方的肩膀，"有机会的。"

说完这句话，他抬起头，站在檐下，微微眯起了眼睛，也不知道在想些什么，仙风道骨中有几许沧桑，似乎也有几许苦闷，片刻后，他苦笑着摇头。

如果宁毅在这里，也会认出他的身份，因为曾经是在百官宴上见过一面的人，也是如今在杭州，号称钱最多、家伙最多、兄弟最多，手下来者不拒，三教九流汇集，却也最为良莠不齐，任何人都无法忽视的一个人。

——护国天师，包道乙。

过了片刻，他皱了皱眉。

"不过……外面那个扔石灰的浑蛋是谁？嗯？"

宁毅穿过略显萧条的街市，买了早餐，一路回到家，文烈书院之中才刚刚开始上课。

卓小封已经在半途中与他分开，这个时候想必已经在书院中纠集几名可靠的同伴商量有关陈腾的事情了。说起来，对书院中的这帮孩子，宁毅并没有下很大功夫，顶多只能算是闲暇时的消遣。不过，只要有可以做的事情，一个个小团体就会出现。如今，原本倾向于宁毅的一群孩子给自己的团体取了个名字叫"永乐青年团"，如此现代化的名字自然归功于宁毅的引导；卓小封所在的那帮孩子则组织了"正气会"与对方抗衡。

两个小团体的形成，某种程度上来说无非也是黑帮结社的形式，"正气会"那边插香、斩鸡、烧黄纸、歃血为盟的形式一个不缺；"青年团"在宁毅的随口建议下没有这些形式，但内部反倒比对方更加亲密融洽，互相以"师兄弟""同门"来看待。

两边虽然针锋相对，但摩擦并不太大，这些学生家中又都是方腊系统的中上层人员，对于家中小孩能进行这样的结社，他们也是喜欢的。行侠仗义除暴安良，即便现在，方腊军中仍旧有这样的口号。如今两边都只是做了几件侠义之事，当进行调查、了解黑幕以及为几个苦主伸冤平反时，这些家长其实也都有顺手帮忙，若非如此，一帮孩子其实也干不出太大的事情来。

如今这件事，说理所当然是理所当然，说意外也是意外，宁毅一时间也不知道是好是坏。只是上午时分，又有两个孩子过来找他。这次却是他所教授的丙班中两个最出色的学生，一个叫杨志武，已经有十五岁，算是这帮孩子的领头；另一个叫陈细砣的才十一岁，还没有取大名，但人颇为聪明。两人过来跟他报告"正气会"恐怕遇上大麻烦了。

书院的大环境不怎么严肃，"青年团""正气会"互相恐怕都安插了间谍，对于那边调查的事情，这边自然也有察觉。这次的事情太大，他们便过来询问宁毅的意见。宁毅叮嘱了一番将他们送走，大概快到午时，有人在外面敲门，打开门，进来的是陈凡。

天光明媚，书院那边隐约有读书声传来。这时候小婵已经从前面医馆回来，准备烧火煮饭，跑来跑去，忙忙碌碌的。陈凡自己去厨房用木瓢取了碗水喝，随后去屋檐下在宁毅对面坐下。宁毅正在将磨细的石灰倒进一只装有古怪粉末的木碗里："怎么样了？"

"还活着，命能保下来，以后难说……你怎么到那儿的？"陈凡笑笑，倒还算开朗。

"卓小封过来找我，知道这事情扛不下，不过我们还是去晚了。"

"早知道我该拦住的。"

他这样说，宁毅便知道他是从头到尾一路跟着。相比宁毅，陈凡或许才是对书院这帮孩子最为看重的人。宁毅虽然只当是消遣，但意识形态不同，他给这帮孩子灌输的想法也不一样，如果仅仅是灌输迂腐的儒家思想或者简单的行侠仗义想法，陈凡恐怕不会对这帮孩子多看几眼。立意不同，最后人会停下来的地方、会到达的高度也不一样。为国为民，或者为身边的人，有时候说起来很简单，但人如果真心信了，最后的结果恐怕是很不简单的。

宁毅如今对这帮孩子做的，无非也就是这样——简单的知行合一，怎样的事情是对的，这样做那样做对国家对社会很好，说一点让人做一点，告诉他们这就是很伟大的事情，再以子曰诗云各种理论不断论证其正确性，以钱希文这类人的事迹来鼓舞他们。每一点其实都不出奇，只是按部就班，但是当所有的因素都恰到好处时，对人生观的形成造成的影响，会是很恐怖的。

当然，若非这世道对文人的尊重；若非这原本就是一帮纯朴的农村孩子，心中有着"城里先生便非常非常厉害，说的自然是对的"这种想法，也不会这么快出现效果。

在后世，这其实并不能算是严格的教书行为。讲课并不为了识字，不为了做文章，它唯一针对的就是思想，一切或高深或朴实的思想理论，最终都为了让人形成虔诚的信仰。它不需要门槛，只要稍有理解能力的人，都可以听，都可以学，所以它的最终目的，不是造就什么学究天人的当世大儒，而是造就一批真正敢于牺牲的士兵。

要让人敢于牺牲，需要给予的，说到底无非也就是一份对方真心认同的价值感与荣誉感而已，但要让人真心认同，又是何其艰难，这帮孩子不过是刚刚起步，在儒家以及江湖侠义思想的烘托下有了个雏形，之后会是怎样的结果，还是难说。

他在江宁时教的多是务实派的技术类学生，这时候则是单纯进行思想教育，算是当初无聊时想的"如何造反"这个课题的部分延续。陈凡当然想不到这么多，但他发现了其中可用的部分，因此一直在旁关注。宁毅想了想，将一碗水倒进生石灰里，看里面沸腾翻滚起来："那个古桐观，到底是……"

陈凡看着碗里的反应张了张嘴，随后笑了起来："可别告诉我你猜不到。当然是很坏的事情。"

"我能想到，只是看得不多。何况听说包天师无恶不作，我怎么知道古桐观到底是干吗的？"

"这帮孩子找对了地方。"陈凡微微压低了声音，神情稍稍严肃起来，"他们查的是城中一些妇人失踪的事情……包道乙这人好敛财聚产确实是出了名的，说是道士，实际上又贪花好色，正常的不愿意来，喜欢欺负良家女子。听说他年轻时曾与一富家千金定亲，后来家中出事，对方反悔了，嫁了人，他艺成之后回去杀了人全家，将那女子……嗯，反正他最喜欢侮辱良家女子，越是贞洁自持的就越喜欢，哭得越厉害越兴奋……这两年已经到了在街上看见一个喜欢的，晚上就叫人抓走的程度了。他是护国天师，谁能拿他怎么样？"

"哦……倒是一点儿无伤大雅的低级趣味……"宁毅大概也猜到了，这时候面无表情地点了点头，片刻后，才说道，"他每天晚上就算两个，这又能有多少，大家拼死拼活打江山，如今小小地享受一下，想必也不是什么大事，每次破城死的人，零头都不止这点，上面的人估计也是这么想的，这个没错吧。"

陈凡笑了笑，目光有些冷："还能怎么样，他就这几点嗜好，说是说不了的，难道翻脸吗？不过他有这种兴趣，下面的人当然也跟着沾光——他看上谁家老婆，明目张胆地绑走了，手下的人看上的也总有三四个吧，当然是顺道抓走……"

陈凡说到这里，顿了顿，想要继续说，张了张嘴似乎又说不出来了。他本是看似大大咧咧心肠却颇热的人，捏了捏拳头，想要转移情绪，便指着碗里的石灰道：

"用这个太卑鄙了,成不了高手……你不是逢人就说人送匪号'血手人屠'吗?"

宁毅挥手笑笑:"我跟厉天佑的梁子还没完,现在厉天闰回来了,我得小心点,所以随身带两个石灰包……对了,你是高手,我如果照着你打过去,怎么打最好?"

"呃……呵……哈哈哈哈……"陈凡愣了愣,随后忍不住大笑起来,摇了会儿头,"正面扔恐怕不行,我总能躲开,今天早上那招就不错。天黑,人家不认识你,你喊看刀,恐怕一般人都得中招。石灰要是进了眼睛,你又在旁边,那人就死定了。不过如果是一般情况,发暗器有几个要诀,我虽然没练过,但听师父说过,首先呢……你下午没事的话,我陪你练练……"

陈凡本身也是不拘小节之人,两人围绕怎么扔石灰说了一阵,随后庭院里安静下来,陈凡坐在那儿,看着枯黄的树叶落下。事实上,古桐观的事情是让人心中有些冷的,但事情牵涉包道乙,即便是陈凡,也没法说自己可以怎么样。

宁毅也并非什么天真之人,古桐观里发生的事情,并不是杭州这几个月里发生的事情里最坏的,更坏的还有很多,他只是没有亲眼看到,不会以为没有。城破的这段时间里,饿死的、烧死的、经受各种虐待屈辱而死的人不计其数,一旦没有了秩序束缚,人之残暴可以穷究想象;而即便是城未破之时,这些事情,其实也在许多黑暗的角落不断发生着。他此时也只能尽量安静冷漠地整理那些生石灰。

"最近周围的人都在猜,四季斋上是谁帮你杀掉汤寇的。"陈凡想到一个话题,偏头笑道,"前两天我说,为什么不能是你亲自出手,示敌以弱,躲在黑暗里暴起一刀就把人砍了。当时只是玩笑,不过今早我忽然想到……会不会是真的?"

宁毅微微愣了愣,随后笑着点了点头,拍拍对方的肩膀:"哈哈,太感动了,我每次这样说都没人信……"

"想过以后我还是觉得不太可能。"

"滚。"

陈凡哈哈笑起来,过得片刻,方才说道:"如今发生这事,那帮孩子怎么办?"

"能怎么办?人力有时而穷,要么一蹶不振,要么就该学到,做事情是要有分寸的。"

陈凡看着他好一会儿:"他们说你十步一算,王寅跟我师父都差点儿在你手里吃亏,你一点儿想法都没有?"

"有一天刘西瓜说你……她说陈凡不笨,只是聪明得不明显而已。"宁毅将小桌子上的东西收起来,"聪明得不明显也是聪明人,我能做什么?想法是有,能告诉你的,一个都没有。"

"刻薄的女人一辈子嫁不出去……"

陈凡嘟囔了一句。事实上,他是极有主见、有辨别力之人,方才那样问,也不过是问问而已。

当天下午，陈凡陪宁毅练了一下午用生石灰阴人的方法，古桐观的事情，暂时只好抛诸脑后。陈凡估计是在用莫大的隐忍克制着自己，宁毅如今备战厉天佑，他需要外部压力，但即便是这样，也不可能处处点烽烟。引导那帮孩子塑造的观念刚刚成形，唯一可虑的，恐怕是稍稍受到挫折时该如何引导他们了。

无论是陈凡还是他，都是这样想的。但世事总是难如所料。

只在第二天，报复就已经来了。

天阴着，秋风萧瑟，宁毅去霸刀营主宅院子里看过刘西瓜出来之后，有人找他。

从书院那边过来的人一共三个，由于宁毅今天还没去上课，他们是封永利领着过来的。这三人俱是身材健硕，看起来都是练家子。为首一人四十岁上下，眼神锐利且高傲，有一种居高临下的气势，像是黑心贪墨却往往能够破案的老练捕快。跟随的两人都是二十来岁的年轻武人，目光有些冷漠。

"御史台。你是宁立恒？"

拿出官牌，为首那人做了自我介绍，看了宁毅几眼之后，补充了一句："降过来的？"

方腊建立永乐朝，沿袭的是武朝的制度，御史台的作用是监控内部官员，但在先前，所谓御史台只是只有名字没有成员的空头衙门，这几日，厉天闰回来清算先前的招安派，才在表面上用了御史台的名字。几日以来，外界中下层官员已经到了谈御史则色变的程度，因为一旦有这类人找，接下来百分之九十的流程就是收监、下狱、拷打、行刑，虽然有一个看起来正式的名头，但实际上的审问过程根本是自由心证，是没处说理的。

眼下这三人找来，想来便是厉天佑的手笔。宁毅对此早已做好准备，不过他原以为对方会在霸刀营以外突然动手，这次倒有些先礼后兵的苗头，让人委实看不懂。

不过，片刻之后，他发现事情与想象的或许有些不同。

"你本是降过来的，我永乐朝觉得你有几分学识，许你在文烈书院教书，你当思国恩之重。可你在书院之中不好好教书，反而妖言惑众蛊惑人心，将钱希文这等朝廷走狗宣扬为大德之人，令书院中诸多学生结党营私，成立什么会什么团，如今影响极坏，你可知罪？"

他们就在附近找了个房间，为首那人说着这事，声色俱厉，另外两人以各种神情动作威吓暗示，俨然是审问的模样。但宁毅是何等样人，于人心用意，许多时候一看便知，他们这时候在这里做出这样子，显然只是虚言恫吓，并不打算抓人。在眼下，这样的警告或许可以吓到些真正不经世事的归附者，但哪里能对自己有用。厉天佑肯定也是知道这点的，那他打的又是什么主意？

他心中疑惑，表面上便也未做出太害怕的神情，说得一阵，对方似乎是觉得他毫无反应态度嚣张，其中一个年轻人便想要动手打人，但最后被那中年人喝止。对方大概也忌惮这里是霸刀营的地盘，不愿意把事情闹大，只是围绕他所教授的学生私自结党的事情加重了警告，言下之意，似乎是让他主动将学生的两个团队解散。

"这件事情，上面已经有人知道，影响极坏。上方的大人宽厚，只说看上一看，不与你计较。似你这等人，降过来的，猪狗一般，我本可打你一顿，要么废你手脚，也不会有人说话，但你毕竟是学堂先生，我给你留几分面子。若过段时间再过来，便必定是要拿你了，你好自为之。"

那人说完这些，跟随的两人骂骂咧咧了一番，随后走了。宁毅原本就打算在霸刀营营造一番自己被逼得走投无路的气氛，倒不在乎对方这等盛气凌人的态度，只是心中疑惑，从后面跟了一段路，隐约听得那边传来对话，似乎是年轻的在询问中年人为什么不打他一顿。

"这等读书人，总有几分傲气，就算心中害怕，表面上也喜欢撑着……"

"喊，降都降了，还什么傲气……"

"你知道他是怎么降的？你这样警告他一番，他心中肯定是有忌惮的，往后怕了也就是了……我教你们看人，他方才那神情，奇怪但有恃无恐，分明也是有些后台的。我们倒是不怕这个，但扯起皮来，两边找人，今天一天就又过去了，我今晚还有事，不想节外生枝……过几日再来问问，他若仍未收敛，那就真是放不过他……"

宁毅听了这些，折返回去，便见卓小封正从他方才被警告的院子里出来，气喘吁吁地正在找他。

"宁、宁先生，他们、他们没刁难你吧？"

"怎么回事？"

"包天师……包天师那边动手了，今天中午就将陈腾的家人全抓了，说他们串通朝廷。动手的全都是与包天师有关系的人，我听说有御史台的人过来找你，便担心他们要为难你……"

"我没事。"宁毅皱起了眉头，"消息怎么走漏得这么快？你们以往与我关系不算好，他们只是过来警告我，倒是没事。不过陈腾如今怎么样？还有你们，会不会受影响？"

他以前便听说过包道乙收手下生冷不忌，钱多兄弟多关系多，却是没想到对方会神通广大到这种程度，只是半天时间就已经找出目标来。卓小封显然也是被吓到了，但仍然摇了摇头。

"陈腾没事，陈凡大哥安排的地方，他们一时半会儿应该找不到。我今天中午回家问了爹爹，爹爹说我们一时半会儿不会被牵连，包天师也不会这样犯众怒，顶多只会拿陈家杀鸡儆猴……"他说完又有些犹豫，"宁先生，你说……你说是吗？"

"嗯，要动一片那就真的过分了，你们别再继续调查这件事，应该没有大碍……哦，透露消息的估计还是你们内部的孩子，估计你们家中也有跟包道乙有关系的。"

卓小封点头："我爹爹也是这么说的……宁先生你没事就行，我先回去了，跟他们……跟他们商量一下以后的事。"

少年说完，返回了书院。

宁毅皱起眉头将这事情想了一遍。包道乙也真是心狠手辣，一旦被惹，杀人全家，甚至连对方学堂的老师都要警告一遍。不过卓小封的父亲还算镇定，毕竟学堂里孩子的家人都是永乐朝中层官员，知道包道乙应该不会把事情再扩大，才会放孩子回学堂平息事态。

他如此想着，刘天南过来了，询问的是他方才被刁难的事情，大概了解事态后才挥了挥手："御史台的关系动不了你，如果再来找麻烦，不要跟他们啰唆，随便招呼几个人，打一顿扔出去就行。跑到这里来撂话了，人善被人欺……好了，我还有些事，先走了。"

宁毅说得含糊，刘天南还以为是厉天闰的人来挑衅，一时间深恨方才没有把人截住。老实说，作为霸刀营的总管，平日里刘天南基本还是走稳重路线的，但霸刀营之所以对齐家动手，目的就是在厉天闰回来之前展现自己的实力，甚至作为庄主的刘西瓜都为此受了伤。如果这个时候还会被人找上来挑衅，以霸刀营一贯的硬派风格，那就真的是要拔刀斩回去了，即便对手是厉天闰也是一样，否则还如何在永乐朝上层立足。

这时候已是下午，刘天南离开之后，宁毅回到小院。待到接近傍晚，杨志武与陈细砣来敲门时，宁毅心中猜到可能事情又进一步恶化了。果然，两个孩子说的是"正气会"那边的行动。

"方才看见卓小封他们十几个人聚在一起，往东门那边去了，听说是出了大事。宁先生，他们把事情闹大了，你可以跟我们去看看吗？"

杨志武与陈细砣并不知道宁毅与卓小封有联系，不过他们应该也预感到事态严重，知道即使自己的永乐青年团加入，恐怕也无能为力，因此才来找宁毅出山给点儿主意。宁毅点了点头："是陈腾家人的事？"

"不是……听说是陈腾本人……"

"嗯？"

"还听说陈凡大哥也去了……"

经过这些时日的接触，风格率性张扬的陈凡在这帮孩子中还是颇受欢迎的，不过真要处理事情，大家还是更相信宁毅的运筹。出了院门，这边已经等候了七八名青年团中的骨干，大家一路往东门去，途中又有人过来报信。原来那陈腾伤势颇重，陈凡救下人之后，安排在一名认识的大夫那边疗伤，并未告诉任何人位置，但下午时分包道乙的人找到了那名大夫。具体发生了什么没人知道，但结果是……大夫和那名叫陈腾的少年，如今都已经死了。

他们一路来到东门附近的市集，其中的一段，如今满是肃杀的气氛，医馆大开着门，里面陈着几具尸体，都由白布盖着。按照宁毅的猜测，包道乙的人找到陈腾，恐怕还不是直接一刀结果了，应该是骂啊打啊慢慢把原本重伤的少年打死。

十几名少年站在街头，一个个红了眼睛，有的正咬牙切齿说着话。一队黑翎卫隔断了两边的行人，医馆门口站的是安惜福与陈凡，但两人看起来已经吵过一架。安惜福拔出钢刀指着陈凡，陈凡冷笑着点点自己的胸口。

相识已有一段时间，虽然与安惜福之间的来往并没有与陈凡那样多，但宁毅大概知道，安惜福这人并不以武功见长，与自己的身手相仿，如果真的动手，在陈凡手底下是走不过多少招的。

宁毅等人过来时，安惜福望了过来，这时候陈凡大概也已经略略冷静下来，他看看那些红了眼睛的少年，再看看宁毅，最终摊了摊手，转身退去……

生命与骨气，到底什么更重要，这是一个难解的命题。宁毅一向不是一个极端论者，极端论解决不了任何问题，他一贯觉得人要有理想和坚持，但不至于为了坚持而失去生命，即便这样，仍然要有理想和坚持，没有这些东西的人，与虫子又有什么区别。

成熟的人可以为了他的理想卑贱地活着，不成熟的人愿意为他的理想英勇地死去——有一句话是这样说的。宁毅是务实派的人，如果订下什么目标，会不择手段地去完成，就算有挫折也没什么大不了的。当然，如果这个人的理想是一辈子都不弯腰，或者是像钱希文那样作为一个儒家的精神样板死给人看，那就另当别论。人生就是一路挣扎，弯腰、挫折、扭曲都没什么，只要有一口气，总是可以往前挤去。

当然这些东西他没办法与那帮孩子说，他们也不可能理解。看见那些孩子红着的眼睛宁毅就知道了，他们毕竟年轻，不会理解"形势比人强"的含意，而且这个年代里，他们父辈的手也是被鲜血染红的，拳头硬，有骨气，就什么都有，下跪的是孬种。

包道乙终究是逼得太过了，当卓小封因为陈家的事情想要置身事外时，这帮孩子其实就已经选择了退却，但耳光打到脸上来，他们恐怕是退不下去的。当然，包道乙那边恐怕也并未将这帮孩子当成一回事，或许在他来说，对孩子，就得一个一个地扇耳光扇到听话才行。

可能会出事。出事了对宁毅也有好处，不过对于眼前这事，宁毅并不打算插手引导——既不打算让他们冷静，也不打算真去煽动什么。他知道包道乙如今所在的道观叫作白鹿观，气势巍峨，守卫森严。当天晚上，他倒是梦见了一帮少年拿着刀枪杀上道观的情景。

第七章
救少年陈凡怒出手 见不平霸刀架梁子

第二天，杨志武与"青年团"的一帮少年过来找他。

"正气会那边准备动手，我们……打算帮他们……"少年这样说道。

"打算怎么做？如果是杀上白鹿观手刃包道乙，为师替你们叫好。"

"呃……我们合计了一下，有一个机会，今天下午可以动手……古桐观那边出事之后，包道乙应该是觉得地方不能用了，要将那些女子转移，我们打听到今天下午车队会经过平昌街……"

宁毅神情严肃起来，他点了点头："继续。"

"那边是闹市，我们打算想办法把路截住，只要砸烂其中一辆马车，让人看见马车里的女人，我们就闹事。那么多女人，上了台面，他们说不过去的。梁子反正已经结下了，我们干不过包道乙，但事情闹大，那些女人总算是被救下来了。先生以前就说做事情要有章法，不能蛮干，我们想来想去，恐怕也只有这个法子可以做些事情了。"

宁毅看了他好一阵，随后笑了起来，走到窗前，点了点头，好半晌，开口说道："你们两边加起来，四五十个人总是有的，家里都有关系，如果运作得好，不必怕包道乙的报复。这件事我之前不愿意说，是因为你们未必做得到。我现在告诉你们，这件事过后，不管你们家中大人打也好骂也好，你们这些当孩子的不能退，咬死了抱成一团。你们不退，你们家里的大人就无论如何都退不了，只要豁出去逼得他们抱成一团，包道乙就没办法对谁动手。既然你们不是蛮干，这事过后，我帮你们。"

"谢谢先生！"听得这话，杨志武高兴地朝他行了一礼。他们与宁毅打交道这么久，对于这位老师的过往自然了解得比较透，往日里那些事情只是口耳相传，他们大都认为老师很厉害，但从头到尾，"青年团"的事情是他们自己动手，宁毅并不参与，对于这件事，宁毅的态度又一直暧昧，直到此时才清晰起来，顿时让他们觉得真正有了主心骨。片刻后，杨志武又兴奋地问道："那……先生，你觉得我们这件事能成吗？"

"情报准确的话……"宁毅笑着点了点头，"应该能成。"

他是这样说的，但待到杨志武等人离开，他站在窗前皱起了眉头。成也好败也好，事情是不可能轻松的。原本他想的只是以厉天佑那边的压力来做文章，但如果真插手包道乙的事情，局面恐怕会更加复杂，也更加不可控了。

如此到得下午，"永乐青年团"一共过来了近三十人，一部分是班上的学生，有几人则是二十余岁的年轻人，有陈细砣的堂兄，也有"青年团"之前做好事的时候结识的市井游侠，对包道乙的势力并不在乎。有关这件事情，杨志武原本与卓小封等人商量过要一起干，但卓小封那边表示了拒绝——那边死的毕竟是自家兄弟，激愤之下，中午便前去埋伏，这边便在集合之后再往平昌街去。临行之前，宁毅给了每人两包生石灰粉，顺便发给一帮孩子每人一个小木桶。

"石灰用来防身，打一小桶水放在旁边……这东西如果不是情况紧急我是不赞成用的，容易结仇太深，但你们体力不行，如果起了冲突，撒石灰，再不行，就泼点水……"

如此叮嘱了一番，宁毅稍微化了个装，一行人去往平昌街的方向，到了位置方才分手。"青年团"的一帮孩子去了道路转角的茶楼上，"正气会"的那些孩子则早在道路对面酒楼里坐下了。看见对方过来，双方都有些感动，但并没有打招呼。宁毅去到稍远的街边，推了一辆小车，一边卖菜籽油，一边看着周围的动静。

大概到了原本探得的时间，有一名在前头盯梢的少年骑着马回来，表示信息无误。宁毅远远地看着那街口，不知不觉间，陈凡在旁边坐了下来。那支马车队伍出现时，他偏了偏头，朝宁毅笑了笑。

"他们搞错了情报。"

"嗯？"宁毅微微愣了愣。

"那些女人不是从这里运走的。昨天晚上，那些孩子得到消息之后，我去查了查，包道乙给他们设了套……不过也许是他们保密做得不好，所以被人反过来利用了。"

宁毅看了他一眼："怎么这个时候才说？"

"我昨晚想了想，过去警告他们，对他们的将来没有任何意义。如果不吃亏的原因只是有人在保护他们，他们很容易习惯。可如果事情失败了，他们被抓住，又理亏，家里再被打压，往后恐怕就什么事情都做不成了。我想了一夜，就只剩下一件事可以做了……"

陈凡的笑容中透着几分兴奋。

"我以前也跟他们一样,天不怕地不怕,我认得的很多人都是这样,天不怕地不怕,但后来慢慢被这世道教得知道怕了。其实怕没关系,但再后来他们就什么事情都不敢做了。他们不敢做以后,还想出各种理由来说服自己,然后又去说别人,好像他们的不敢是什么天大的光荣一样,还骂敢去做的是傻子。其实我也慢慢地怕了,不知道什么事情该做,总觉这世道,什么事情都是做不成的,因为大家都怕。"他顿了顿,"你教的这些孩子,心里面有很多想法,做事败了没关系,可以让他们学会做事的方法,但我不能让他们从一开始就怕,我得让他们看到有些大人是不怕的,有些事情,只要他们长大以后还记得,就没有别人说的那么难。"

马车渐近,陈凡站了起来,随后偏了偏头,疑惑地道:"你推辆车干吗,没用的话借我!"

宁毅看了他一眼:"这是菜籽油,我还让学生准备了石灰。有人被撒了之后,可以到这里来洗眼睛。"片刻后他补充了一句,"不伤和气。"

"那还有命?"陈凡愣了半晌,"你真阴险。"

说完这话,陈凡转过头。秋天的街景萧瑟阴晦,这条往日繁荣的街上也没有太多人。他吸了一口气,骨骼在空气中轻轻地响了起来。

那边的街角,"正气会"的一帮少年已经下意识地站了起来。然后他们看见街边的一道人影暴喝一声,朝着那边的马车冲了过去。

过来的马车一共有七辆,每辆都由两匹马拉着,速度不慢。那道身影像是疾箭一般,将整个气氛在瞬间化作了不断绷紧的弦。转眼间,那道人影冲到了第二辆马车前,蓄力至顶峰的一拳重重地轰在了那匹骏马的头上。

血光爆开,马长嘶,随着这一拳,那匹奔马几乎整个身躯都离开了地面,朝着旁边另一匹马撞去,整个车身也开始倾斜,车轮离开地面,轰然往侧面翻了过去。

隆隆的巨响,马车车身倒在地面上,却由于巨大的惯性还在朝前方推进,街道上的污水、垃圾一时间都被激起。马车前方,那道身影双手推着已经竖起的车辕,整个人被车体推得朝后方滑动,但最终还是停了下来。后方的一辆马车仓促间转向,几乎撞上路边一棵大树。只见那道身影推着车辕,开始使力。此时那辆马车的一根车辕已经断了,倒在地上的奔马也脱了缰,倾倒的车厢被那人推得开始朝侧后方滑动,而且滑得越来越快。随着轰隆巨响,那人大喝出声:"江湖恩怨,不想死的滚开——"路边几个摊贩闻声夺路而逃。

马车撞翻了一个小摊,那小摊原本是卖油炸小吃的,一锅滚油被打翻在地,柴火乱飞,马车从上方碾了过去,撞在道路那边的墙壁上,停了下来,下一刻,火焰在轰然间腾起。

马车车厢很大，此时七八人惨叫着从里面爬出来，都是埋伏的武林人士。那道身影抓住半根车辕，用力朝车厢上踢了一脚，将那根巨木抓在手上做武器，打爆了第一个爬出来的人的头。远处第五辆马车上，有人哗地撕裂了锦帘，站了出来："陈凡，你干什么？！"这人便是包道乙。

第三辆马车上，车夫挥舞长鞭，唰地朝陈凡这边挥过来，陈凡动也不动，伸手抓住鞭子用力一扯，那长鞭啪地碎成几截，连带着人影也成了滚地葫芦。与此同时，一辆辆马车上，一名名神色、兵器各异的江湖人士都出来了，七辆马车将长街前前后后堵了个严实。在一片惊乱之声中，陈凡拿着那车辕向前走。

"包道乙，你今天要死了！"

秋风萧瑟，气氛肃杀，火焰燃了起来，人影围了上去，随即又炮弹般被打出来，摔在地上，流出鲜血。七辆马车歪歪扭扭地堵住了街道前后，行人惊乱逃散，但又躲在远处的酒肆茶楼间朝这边望过来。

七辆马车，就算车厢颇大，每辆车里也不过能塞八九人，当这些服饰、兵刃各异的武林人士出现，乍看之下就像是如今在杭州街头每日里都会发生的火并，唯有"包道乙"这个名字意味着眼前的事态并非一般火并争斗可言，远远近近都有明白这个名字含意的人，但只有日后回观事态时，才会发现，这一次拦截了整支车队的，居然只是一个二十余岁的年轻人。

宁毅推着小车往回走时，陈凡已经拿着车辕向包道乙走过去，冲上来的人都被他一脚踢飞回去。这天下午发生在平昌街的这场战斗，从一开始，就没有太多的花哨可言。

陈凡不是一个笨人，但至少在战斗上，他并不需要太多花哨的策谋。包道乙这次虽然是亲自过来，但对付一帮孩子，未必需要精锐尽出，即便这样，包道乙麾下能够参与到这个层次的事情的，也都不是庸手，出现在这里的，都是武林中中小门派的掌门或是杀人越货的绿林豪匪，手底下真正有艺业，杀过许多人的那种，放在平常，一人便能单挑三五军士。不过，当附近两辆车上的人各持刀剑合围过来时，他们才真正感受到，眼前这独身一人悍然杀来的名叫陈凡的男子，有着怎样惊人的身手。

此次跟随包道乙过来的众人并没有多少人真正知道陈凡乃是佛帅弟子，即便知道，众人对眼前的年轻男子也不至于有太多忌惮。他们都是三四十岁的成名人物，刀口舔血摸爬滚打这么多年，往昔或许因为是武人不受重视，有的甚至沦落为街头卖艺，但手底下有硬功夫，于打架这种事无论如何都不会害怕。在他们看来，眼下这个以一人之力正面冲击车队的年轻人或许是有些身手的，但只有一个人就敢这么做，不是疯了便是绝望了，被热血冲昏了脑袋。

他们没想到，眼前这个年轻人从小天赋异禀，后来拜方七佛为师，练习各种武艺，参与了造反的全过程，于每一场战阵上最激烈处厮杀而出，幸存下来。方腊军系中，平素能与他过招的，只有刘西瓜那种同属天才的变态。

杭州城破之后，他心情放松，也因此变得有些怠懒，纵然接任了一段时间的执法官，看似处处用拳头解决问题，蛮不讲理，实际上不过是处理内部矛盾的态度而已，但此刻，他却已经摆出了战阵厮杀的姿态，要以性命相搏了！

首先围上去的是第三辆车上下来的八九人，眼见着车夫手上的长鞭被碎为几段，人也被拉翻，他们第一时间拔出武器直冲而上已经不算是轻敌，但陈凡手上车辕一转，为首那人被正中心坎的一脚踹飞出去。这人乃是南方武林一个名叫"神拳门"的门派的掌门，一身横练，硬桥硬马，却只挨了一脚就口喷鲜血，成了滚地葫芦。

没有人去理会那被踹飞的人影，齐攻向陈凡。左边那人一双鹰爪直扣陈凡的肩颈、脉门，这人是号称"镇川铁爪"的唐振川。与这攻击同时攻来的，还有刀、剑、枪，右面、后方同样杀机凛然，但下一刻，他们就被卷入了一场飓风之中！

这唐振川浸淫一手"鹰爪功"已有三十余年，在那一瞬间，陈凡与他连续交手两次，第一次是顺手的肘撞，随后手上一改。唐振川一瞬间只瞥见陈凡的手势似鹰爪又似虎爪，却又像是随意地抓来，毫无章法，心中闪过这是个外行人的想法。接下来就应该是两只手绞在一起，然后骨骼碎裂的声音在耳边响起，如同往昔一样，他直接抓裂了对方的骨头，但视线疯狂旋转。

车辕挥舞出一个巨大的半圆，呼啸如虎吼。陈凡抓住唐振川，拖着他直往人堆中心扎过去。一个头陀手持镔铁杖与车辕撞了一下，整个人如遭电击跟跄后退，空中爆开无数木屑。唐振川那具被旋动得几乎飞起来的身体为陈凡挡住了左边来的刀剑攻击，陈凡的身体则在疾冲中俯下去，像是贴在了唐振川的后背上，但在前方几人看来，这年轻人就像是老虎般猛扑而来！

几人几乎是下意识地后退。唐振川身体落地，还未站稳——事实上也根本不可能站稳，该说还未倒下——痛楚就从手臂上传来，擒拿对擒拿，他的小臂断了。陈凡还在他的身后，车辕在陈凡的手上呼啸着转了两个圈，迫开周围的众人，高高地扬起在空中。

力劈华山！

木屑、血肉飞舞在天空中，唐振川几乎是在背对着陈凡的情况下，用毫不设防的后脑勺结结实实地吃下了这记猛挥，他的尸体连同侧面冲来的一人一齐飞了出去。也在此刻，陈凡已经再度如猎豹般俯冲而出。前方是一对使刀剑的情侣武者，唰地织出一片刀光剑网，他们被陈凡这个照面的豪勇给夺了心神，一时间下意识地后退。

方才众人是一拥而上，但只过了片刻，包围圈就被撕开，不过侧面、后方仍有些有经验的武者疾追而来。陈凡在地上一个翻滚，直迫向前方那对使刀剑的男女。这两人也是二三十岁的样子，男的俊朗，女的艳丽，手上刀剑的配合却颇为凌厉，但陈凡从一开始走的就是下三路的路数，他先前拉了唐振川就躬身俯冲，此时仍是俯冲翻滚，随后直轰那男子的下盘，便弄得对方手忙脚乱起来。

绿林众人毕竟讲究面子，专攻下盘的地躺拳不是没有，却很难流行开来，双方无论比武还是仇杀，攻人腿脚下盘都显得有些猥琐，眼前这对情侣也不会钻研这类攻击的破法，但陈凡是从战场上活下来的，真到在战场上被冲散时，周围皆是敌军，地躺刀法或许才是最能保命的。他本身武艺高强，已近返璞归真，这时候杀手尽出毫不留情，这对男女第一时间就知道不可力敌，眼见他攻向男子，旁边的女人脚步一错，挥刀来救，下一刻，她的小腿就被陈凡抓住，身体飞了起来。

这女子上百斤的身体被陈凡抓住如同麻袋般挥舞了一圈，那些合围过来的人便又被迫开。有一人手中的刀刃不及错开，将女子的肩膀砍出血花来。持剑的男子大吼一声，伸手将妻子的身体抱住。那女子的右足仍被陈凡抓在手上，又是众目睽睽之下，她心中羞恼无比，左脚用力朝陈凡的头上踢去。

陈凡单手抓住那女子正挥过一圈，而女子的上半身被丈夫抱住，他顺手又抓住对方的左脚，双手一撕，朝着对方下体一脚踢了过去。对于其他，陈凡此时根本懒得去想。

女子的惨叫传遍长街，侧前方有人大吼："竖子尔敢！"那丈夫抱着妻子摔出几米之外。陈凡毫不留情，对女人来说，这一辈子应该已经毁在这一脚上了。那个丈夫不及看妻子，抓起手中长剑就再度冲了上去："我杀了你！"

陈凡的脚下没有丝毫停留，他挥手格开对方持剑的手臂，掌缘直接挥砍对方的肩颈。只听噼噼啪啪的声音不断地响起，陈凡进了五步，那男子则不断后退，头上、脸上、颈项上也不知吃了多少拳掌，每一下都打出血来。

"只有你的女人算人？！"

随着这声怒喝，陈凡一记"摔碑手"啪地劈在男子的面门上，一巴掌将他打出几米远，这人显然死定了。这时候他的身体已经越过后方地上的女子，那女子见丈夫死了，猛然间也是悲喝一声，抓起刀，奋力跃起，直刺向陈凡。陈凡在地上翻滚了一下，朝天脚踢在女人的肚子上。那女人身体落下时，陈凡已经站起来，跨步握拳由上而下一记猛挥，将那女人的头连着身体砸在地上，摔得不成人形。

他从尸体上踩过去，前方方才喊"竖子尔敢"的人已经冲过来了，是个五十来岁的道士，但陈凡一记猛烈的头槌在道士的脑袋上轰出漫天血花，这道士也踉踉跄跄地朝后方退去，倒在地上。

"我看你们都不算。"

开战不过短短片刻，他步伐未停，过了第三辆马车，走向包道乙的方向。他的头在方才那记头槌时已沾满鲜血，这时他拿手抹了抹，但手上鲜血更多，这样一擦，令得他的脸色更加狰狞。

那边包道乙已经下了车，满是怒容，轰的一掌拍在身边的马车上，车身动摇，马匹惊乱。

"陈凡！你当我真杀你不得？！"

"包道乙！你当我真杀你不得？！"

"呵呵——哈哈——"包道乙怒极反笑，片刻后，他暴喝出来，须发皆张，声音在长街之上响如雷霆，"陈凡，老虎不发威你当我是病猫！今日就算'佛帅'在此，你也死定了！"

"嘿嘿。"陈凡也笑了起来，只是满脸鲜血当中，那笑容委实有些诡异，"你这老虎不'发猫'，我就当你是病危了……怎么样——"最后那声同样响彻长街。

气氛凝固了一瞬，下一刻，包道乙拂尘一转一停，整个人轰然冲出！

眼见包道乙忽然出手，整条长街上的武者同时朝这边冲来。

陈凡昂起头，目光之中有着睥睨一切的轻蔑。

黑影如蚁群，在这深秋的下午遮蔽了天日。

罡风呼啸，两人中间相隔一辆马车，足有八九丈的距离，包道乙脚下如惊雷疾电，转眼间便拉近了距离，陈凡也毫不犹豫地迎了上去。

周围的人汹涌而来，却并没有立刻出手，只是围成一个巨大的圈子。对这些跟随者来说，包道乙悍然出手也是出乎众人意料。不过，能够在方腊这个全靠一拳一脚打下来的朝廷里爬到如此高位，包道乙的功夫肯定不弱，他年轻时便是凭着本身武艺闯下的莫大名头，这些年虽说性好渔色，但道门之中本也有颇多采补养生之术，因此虽然顾着享受权力，武艺也不见得就落下了，这时短短几步间几乎是缩地成寸的身法便足以证明他的厉害。只见他拂尘一挥，铁掌飞扑，刚猛无俦。

转眼间两人就撞在了一起，众人围上来时，两人已经噼噼啪啪地交手数招，速度既快，威势也相当惊人。旁边第四辆马车的车身在两人交手中轰地被撞了一下，随后木轮被直接踢断，车身倾斜下去，被拉车的两匹马拖着往前走了几米才倒下。

包道乙的掌力、拂尘功夫走的都是刚猛路子，身形却依然快得如闪电，只是这速度不是为了躲避，而是为了将破坏力提得更高，拂尘加腿踢，肘砸合膝撞，手掌挥斩时，掌缘锋利如刀，加上此时含怒出手，整个人就像是分出了三头六臂，每一下攻击都是刚猛惊人。前方的陈凡也在这一瞬间啊地暴喝一声，拳出如风，狂打猛砸，将包道乙的上半身卷入怒涛般的攻势中。

他方才在好几人的攻击里冲锋杀人，每一下佯攻取的都是对手的下盘，此时他却步伐沉稳，手上直拳如电，使的是江湖上极其常见的"炮锤"功夫。这门功夫后世太极拳中有，也孕育出过"三皇炮锤"这类拳法，但这时还只是简简单单的外家拳，拳风硬朗凶蛮，如炮如锤。

他们这类武者平时讲究修气,打斗时便是开口说话、换气也是极有章法,但陈凡的陡然开口已经不是换气,那声大喝中,口中呼吸如风箱鼓动,已经将力量推至巅峰,濒临爆发的边缘,手中炮锤连出,取的都是包道乙上身要害:太阳穴、眉心、颈项、喉结、腰肋、胸腹隔膜。一般人打人,取要害顶多取一处,但在这短短片刻,陈凡的攻击竟像是同时笼罩住了对方的整个上半身,无数直拳取最短路径轰出收回轰出收回轰出收回轰出轰出轰出轰出轰出,甚至在空气中激起了隆隆轰鸣。

旁观的众人都睁大了眼睛。这无数的直拳其实只是炮锤中一式简简单单的"冲天锤"的衍生,但能够将一式拳法在短短片刻间打到这个程度,没几个人做得到,打出来自然也没几个人受得了,那气势看起来就像是有根石柱摆在眼前都会被他生生打断。

然而,包道乙的武艺也确实了得,整个上半身陡然被卷进去,手脚竟是毫不相让的猛攻路数。他的上半身不断地前冲后避,陈凡的身体也会在对方施以狠手时朝后方一仰,但手上攻势丝毫不停。这样疯狂的攻守局面只维持了几个呼吸,包道乙猛然一喝:"去死——"一掌印在陈凡的胸口,陈凡毫不留情的一记挥拳直攻他的太阳穴,随后,拂尘劈在陈凡的胸口,包道乙的左肩被陈凡挥出的一记直拳轰中,他却一脚踢在陈凡身上。

拂尘带着衣服的碎屑与鲜血飞溅在空中,包道乙借着这一脚退出丈余,陈凡也连续退后几步。两人再要前冲,一道身影轰然飞至:"这家伙给我了!我要打死他!"说完便与陈凡硬碰硬地对了两拳。

包道乙伸手拍了拍被陈凡打中的肩膀,咬牙切齿地停了下来。方才那一刻,他一共打中陈凡三下,看似毫不吃亏,甚至占了上风,陈凡的胸口都被他的拂尘撕出血来,但包道乙心中只有惊骇,因为他明白,自己打中陈凡的三下并不算多重,最后那一脚也主要是为了将陈凡踢开,拉开距离而已,而陈凡打中自己的这一拳,眼下令他整条左臂都有点儿提不起来,痛入骨髓。

对于陈凡的身手,之前他算不得非常了解,他知道陈凡是方七佛的关门弟子,也知道陈凡颇为悍勇,战场之上斩将夺旗不落人后。不过,方七佛对这弟子虽然有教导,一直以来却并没有重用,这个应该是保护和磨炼他的意思,包道乙倒是明白。

能够与刘西瓜打来打去,又有方七佛的教导,自然也算是一流高手,但刘西瓜也好,陈凡也好,都是后辈,在他看来,自己真要斩杀对方也简简单单,不会有问题。前段时间陈凡在城内维持治安,打了他不少手下,他只当作是小辈闹事,给"佛帅"面子,不愿意跟陈凡一般见识,却怎么也没想到,这个被"佛帅"调教出来,一直藏锋至今的年轻人,身手竟然已经到了如斯境地,如果公平比试,恐怕已经压过自己一截了。

他这次过来,真正的一流高手也随行了,但与他身手相仿,能与陈凡争锋的五六人都与他一般在后面几辆车上，加上方才他一怒出手，这些人便不好再插手，免得落下以众凌寡的口实，眼下忽然出手的，是那身材魁梧、满身刀疤的"凶阎罗"陆陀。如果秦嗣源的次子秦绍谦在这里，必然能够认出他来。

当初几个辽国刺客刺杀秦嗣源，后来那为首的贵公子被救走，护送的众人中，武艺最高的便是这厮。当时若不是秦绍谦使计将他迫走，恐怕秦绍谦与身边的小将胥小虎两人都要面临苦战。他的通缉文告当时就被广发全国，秦嗣源复起之后，下面更是增加了追缉力度，他走投无路便来投了义军。虽然投靠的时机有些晚了，但他本身武艺惊人，因此颇受包道乙重视。不过他的性情也极是桀骜，先前驻守古桐观，被陈凡劫了，被他视为奇耻大辱，这时候恐怕也只有他敢在包道乙面前摆出这虎口夺食的架势来。

陆陀身材魁梧，比之陈凡高出一个多头来，力道极大，但陈凡平素也以力道见长。他眼见这人插手，只是冷哼一声，悍然迎上，短短片刻间就已经硬碰硬地交换了数拳。

"宰了他！"

"打死这小子，卸了他的手脚！"

陆陀不比包道乙，此时包围已成，有人便大喊起来。

陆陀与陈凡虽然硬碰硬，但交手腾挪极快，周围的人便在旁边施以手脚，作势要帮忙。事实上，这时的局势基本上已经定下来了，几十人对一人，陈凡武艺再高又如何。他被众人围住，与陆陀打斗完全不落下风，看来身手还在巅峰状态，纵然这样，众人也都知道，方才那短短片刻间几乎将众人正面压倒的气势不可能有了，悬念只在于这个年轻人会在何时倒下。

众人知道陆陀的力量与凶残，他身上满是刀疤，也是经过战阵无数的，陈凡与他顶多就是势均力敌，但在这种情况下，只可能是陈凡死在他的手上。周围的众人几乎都是如此观感，而远处一大批观看者恐怕也是同样的感受，至少两人在身材比例上，力量的对比近乎一目了然。"正气会"的一帮孩子正要冲出来，宁毅已经赶了过去，将人堵住。

"不想陈凡死的话，现在就不要去！这已经不是你们的战斗了……"

"为什么不许去？我们跟他们拼了！陈凡大哥这不是死定了？我们不去又能怎么样？"

"你们去了就死定了，不去……也许还有机会……"

宁毅皱了皱眉头，看了看四周。"正气会"毕竟不是倾向他的，其中一个少年仍旧想要冲出去，被他掐住脖子一把按回凳子上。

另一座楼上，"青年团"的一干孩子此时也在挣扎要不要去，他们已经准备好石灰粉包，提好小水桶，但还是被宁毅喝止了。

宁毅皱着眉头看着那边的打斗。

情况混乱，变化极快。类似眼下的情况，宁毅只看见过一次——陆红提刺杀宋宪时，被宋宪以二十多名武烈军精锐埋伏。相对而言，武烈军精锐的身手自然没有眼前这个黑高个这么厉害，但这些武林人士的配合算是一盘散沙，军队中的精锐在进攻配合上却可以发挥极其恐怖的力量。那时宋宪以为困住了陆红提，陆红提却反过来迎着这样的阻力硬生生将他杀掉，可谓真正的以力证道。

然而眼下，宁毅确实看不到多少希望，而他一时之间也只能看着。

长街一侧的某个角落里，闻人不二的一双眼睛也在看着长街上的这场打斗。宁毅是在今天中午时分去找他的，让他过来看看可能发生的事情有没有什么值得利用或是做文章的地方。他过来看到这事的发生也有些意外，不过显然，此时已经没有多少可插手的余地了。

忽然出手的陈凡武艺高强，方才这番打斗极其勇烈。闻人不二在想，既然是宁立恒叫自己过来，或许他有什么扭转战局的办法，但看那边宁毅的神情，显然也没办法。

打到五六十招上下时，陈凡陡然一矮，转变了打斗风格，步伐灵动快速，转眼间绕过半个圈，身形飞扑，双手隔开陆陀挥来的一拳，抱住对方的腰部陡然将他推出去。那陆陀稳住身形，一拳砸下，陈凡却抱住他的腿，两人一齐摔倒在地。陈凡立刻起身，陆陀挥拳，却已经失去目标，回过头时，一记刚猛到极点的拳头狠狠地印在了他的头上，将他整个打飞，摔在地上后还翻滚了好几圈。

两人拼了许久的拳头，陈凡与他都是满身鲜血，却未想到陈凡到此时还有留手拿出来。陆陀虎吼一声爬起来，陈凡已经冲了过来，两人几下交手，陈凡再次一掌砍在了他的颈项上，紧接着拳落如雨。

在这等情况下，陆陀竟还不是陈凡的敌手，旁人都有些不可置信。也在此时，一支长枪刺出人群，在陈凡的腿上割出一道血口。

陆陀与陈凡的战斗只能说是稍居下风，真要分出胜负还要打出许久，围观武者这一下出手显然令得陆陀很受伤，他一声大吼："不许插手！"陈凡受的那一下几乎连皮肉伤都不算，他只是冷笑一声，放开陆陀，朝旁边冲了过去。顿时一团混乱，刀枪剑戟纷纷刺出，乒乒乓乓的一阵，陈凡身上连中三下，鲜血飙出来时，陈凡抓住那使长枪的退出包围，按在地上打爆了他的喉结，口中长笑："哈哈，包道乙——"

那边包道乙怒极挥手："杀了他！"

情况再度变得混乱起来。陈凡抓起两把武器，在人群中左右奔突。他在战场上保命的经验是极其丰富的，但在这样的情况下，显然已经没有多少用处了，鲜血不断地从他身上流出来，他躲避着陆陀的追击，虽然趁机打断了几个人的腿脚或将其开膛破肚，但终究是英雄末路……

目睹这一幕的人心中或多或少生出如此感想，那边的孩子又骚动起来，准备冲出去。也在此时，有人从长街一端赶了过来。

二十余人，着黑衣，配刀剑，为首的正是安惜福。

"住手！"

"安惜福你管不了这事！"

几乎在安惜福说话的瞬间，包道乙已经声色俱厉地吼出声。安惜福拔出剑，举步前行："长公主令我署理城内治安，尔等城内斗殴，还不停手！"

"陈凡要刺杀本国师，就是闹到'佛帅'面前，你也保不了他！安惜福，你给我退下！"

"那也是闹到佛帅面前之后的事情。包天师，今日我黑翎卫在此，就归我黑翎卫拿人，请你吩咐手下退下！"

"没！有！可！能！"

安惜福站在那儿，咬紧牙关。那边战局还在进行，下一刻，只听得他说道："动手。"

"你们敢！"

包道乙喝了一句，那群黑翎卫便有些迟疑，安惜福冷冷地回头看了一眼："动手！"说完，他朝着前方冲了出去，二十余名黑翎卫跟着冲了上去。

"拦住他们！杀了陈凡！"

虽然现场一片混乱，但陈凡依旧被围困在人群中间，几乎变成一个血人，而在这边，黑翎卫根本冲不散十余名武林人士组成的防线。包道乙毕竟是护国天师，黑翎卫此时并无战意，安惜福的武功又有限，只杀进了外圈，身上就连中两刀。宁毅挥手，叫上一帮少年拿着石灰赶过去，也就在此时，大家都没想到的一幕发生了。

战况最为激烈的，还是以陈凡为中心的那一团。江湖人士配合性虽然不是顶好，陈凡左冲右突，将整个局势搅得极乱，但他想要冲出去，终究还是不太可能。他的身上满是鲜血，衣服破破烂烂，就算每一次都能躲过要害，但脚步已经缓慢下来，甚至有些跟跄。就在最为混乱，每个人都想要割他一刀的此时，有两个人的身体在他的前方飞了起来，惊人的鲜血喷上天空。

拳罡破风如虎吼！

"包——"

陈凡飞扑到数米之外，翻滚，起身，刀剑递来，他不停地奔驰，撞开了前方未来得及反应的一人，避开了如林的攻击。

"道——"

没有人料到事到如今他还有这等力量，那在人群中一边躲避一边硬冲的身形犹如天外飞来的一笔，混乱的战局被拉长，人影被撞开，他竟然在此时直扑战场最深处。包道乙的身边，三四个人一齐出手，有一剑递到了陈凡的肩膀上，也有一只手抓住了他的衣襟，后方还有数人围追堵截，此时的陈凡几乎是被一群人拉着、拖着、围着，但也在此时，陈凡杀出了重围，直奔目标！

"乙——！"

简简单单的一拳在这样的疯狂战况中朝着包道乙递了出去，包道乙眼中凶芒暴绽，挥掌迎上。

再怎么悍勇，他也是强弩之末了，这一拳不过是象征性的一拳，包道乙明白这一点。终于，拳掌相交，那一拳停在了空中……

砰——

漫天的石灰粉……

锵——

刀锋擦过刀鞘的声音响起，像是被延长了无数倍。这一刻，无数的人在他的身侧、身后刺出刀枪。陈凡浑身是血，身体保持着前进的姿势，睁开了被鲜血染红的双目。直到此时，他才从身体两侧拔出了从开战至今一直隐藏的双刀，露出了……

真正的獠牙！

石灰炸开。

长街之上的这场亡命搏杀，发展到此刻，才真正令所有人惊愕。就连赶过来的宁毅，此时都有些被陈凡的表现吓到，忍不住要为之喝彩。

在长街这边等待了许久，真心来说，对于这次的事情，宁毅并不是完全没有准备后手，但事情也的确是闹得太大了，有些东西，能不能奏效，能不能扳回一线生机，他自己也没有信心。陈凡的战斗表现过分悍勇，已经折尽了包道乙的面子，事情很难再有转圜的余地，但连他也没想到，这竟然还不是极限。

以一人之力在这种场合下光明正大地行刺包道乙，原本就是近似送死的事情。陈凡武艺高强，从一开始可谓打得轰轰烈烈，其后也是悲惨灿烂，所有人的风采都被他一个人压了下去，但无论是壮烈还是悲壮，结果都是一回事，没有人认为陈凡这次行刺真有成功的可能，特别是正面开战，对方又已经毫无顾忌地开始群殴，接下来的问题，不过是陈凡会如何被杀而已。

还有可能成功吗？几乎连这样的念头都不会再升起来。谁也没有想到，从一开始的正面出手，这个看起来并不聪明的陈凡就在考虑成功的可能，他竟然会在这样的情况下考虑那千分之一的成功可能，从一开始的出手，到随之而来的被围攻，到遍体鳞伤，竟然一直在为这一刻的后招做准备，当所有人都以为事情结束时，他才真正……开始拔刀。

石灰粉笼罩包道乙的瞬间，所有人都蒙了，但那些绿林高手，反应或快或慢，总不会全然失措。接下来的混乱发生得极为快速。陈凡拔刀便投入了那片石灰的粉尘中，周围人的大喝声、包道乙的嘶吼声同时响起，兵器交击，鲜血喷涌，笼罩在空中的白色粉尘疯狂摇动，就像是在片刻间被人切割了无数次，似刀痕又似乱鞭，甚至在周围的空气里都斩出一道道白色的圆环来，有些白色粉尘中沾染了红色。

在那一刻，使出最后杀招的陈凡不知道在那儿疯狂地挥斩了多少刀，血红的人影炮弹般被打飞出去。两个绿林人士正在跑过来，唰的一下，其中一个脑袋带着鲜血冲天飞起，那浑身鲜红还在飘血的人体撞入路边一间原本紧闭着木门的铺子。

"啊啊啊啊啊啊——"

石灰粉轰然散去，包道乙的惨叫之中夹杂着惊愕、心悸、痛苦。视线渐渐清晰，他正在踉跄后退，半个身体已经被染白，一只右手捂在眼前，另一只手上被斩出了好几道血口，肩膀上、胸口上几乎都中了刀，但此时看不出是否严重，最为惊人的是一头披散的乱发。他原本一身杏黄道袍，冠带飘飘，望之如神仙，但就在方才，陈凡的一刀几乎是擦着他的头皮过去，脑袋没被斩到，头发却被斩了大半，这时候看起来形象尽失，像个疯子。

"杀了他杀了他杀了他杀了他——"

疯狂的、歇斯底里的喊声从那嘴里发了出来，包道乙疯狂挥舞手臂，身体激烈地颤抖着，表情狰狞。没有人迟疑，就在他喊出来的这一刻，那边的绿林人士就转身朝着商铺破裂的门里扑了过去。

刀兵相交，清脆而疯乱的声音不断响起。

首先冲进去的是两个人，但下一刻，其中一个人的人头就飞了出来，另一个人则是化作两截——就在短短的交手间，这人竟被腰斩，由于斩的位置稍上一点儿，躯体掉在地上滚了几圈，他才死透。

"杀了他！杀了他！"

已经没有更多话可说，包道乙只是简单而激烈地表达着这一意图。

又是两个人冲进去，交手声响起。其中一人在店铺里被杀，另一人捂着胸口踉跄着退出来，然后倒在地上。

再想要冲进去的人陡然间停住了，他们忽然意识到这个人不可能是陈凡。先前两个人可以说是陈凡回光返照奋起神勇斩杀了他们，但紧接着还是这样，事情就有些诡异了。冲上来的人先后停住，看着那安安静静的店铺门口。深秋光线不强，里面黑黢黢的，看不清太多东西。包道乙嘶吼几声，望着那木门，陡然间也停了下来。这边宁毅伸手拦住准备奔跑的一群少年，站立了片刻。

"回去。"

"什么？"

"回去。"

一支烟火令箭飞上天空，爆开了。

打斗、嘶吼之声都停止了，黑翎卫的众人也惊疑不定地停了手，所有人都望向那店铺的门口。方才还是众人奔走的混乱场景，这时候虽然还有人在动，但给人的感觉俨然静谧得令人窒息。包道乙看着那木门的破口，眨了眨眼睛，石灰粉从他的眼皮上落下来。

谁也不知道来了什么人，但方才那一瞬间可能是包道乙这一辈子最为接近死亡的时候，他是不会放过陈凡的。

摔破了门，摔破了桌椅，黑暗之中，当意识回来后，他全身都传来痛楚。成功的刺杀，只要有一刀奏效就够了，但到得此时，他也是强弩之末，方才那一下，身上不知中了多少拳脚刀枪，小腹被洞穿，几乎是致命伤。

方才那一下刺杀，很可惜，并没有收到想要的效果。包道乙不愧是左道之中当年最为出类拔萃的高手，石灰粉或许确实让他蒙了一瞬间，但并不足以削弱他在生死关头的自保反应。就算绿林之中讲面子，包道乙手下下三烂的人也是最多的，包括包道乙自己，也不是没做过类似的事情。

他不死，自己就要死了，这是很合理的事情，无须怨尤。秋天的光从房门的破口处洒进来，空中漾着粉尘，树叶在落下。这片刻间，一切都显得很静，但在这个念头闪过的下一刻，他愣了一愣。

如果不是方才那一下的失神，他应该第一时间感受到背后的气息。如果对方是敌人，这一下迟疑，意味着他很可能已经死了。如果对方不是敌人，甚至是熟人，出现在这里，仍旧让他感到意外。

那人坐在椅子上，微微前倾了身子，语气很淡。

"我买你一条命，好吧？"

陈凡吸了一口气，然后将它呼出来。

"哦。"

长街上的气氛只窒息了短短片刻。

"什么人？"

"揪出来……"

没有人认为包道乙会善罢甘休，也没有多少人认为杭州城里真有多少人敢像陈凡这样捋包道乙的虎须。烟火令箭在天空中爆开，围在包道乙身边的两个人陡然朝着那木门冲了过去。房门上的口子轰然变大，两人冲进去后，随之而来的便是激烈的打斗声，人影不停地晃动。

这两人一人名叫熊高旭，外号"劈山手"；一人名叫万家俊，外号"生佛剑"，都是包道乙身边相对核心的一流高手，虽然比不上陆陀，但也不容小觑。然而片刻后，熊高旭大喝一声飞身撤出，半个身子都是鲜血，下一刻，万家俊整个人炮弹般被打飞出来，在地上还滚了好几个圈，他勉强站起来，却吐了一口鲜血。

那边，宁毅叫一帮少年回去，但众人都站在那儿，宁毅也在观望事情的发展。直到这一幕出现，他才不动声色地吐出一口气，转身道："回茶楼看，别往前了。"

"劈山手"熊高旭受的是外伤，相对轻些，应该是右边肩膀上中了一下，鲜血沿着手臂流下来，半个身子都在微微发抖。众人望着他们俩，熊高旭定了定心神，声音有些沙哑："袖里乾坤。"片刻后他补了一句，"天南霸刀。"

霸刀营在方腊军系当中是相对低调的，但在造反之前，天南武林的霸刀庄，至少在绿林当中，有着赫赫威名。造反之后，无数人加入了义军，泥沙俱下，在霸刀营低调的情况下，没有太多人去关心他们的事情，但在熊高旭这类早就熬出名头的武者心中，有些事情还是清楚的。天南霸刀，再加袖里乾坤，符合这个名字的，就只有一个人。

包道乙猛地甩动拂尘，哗的一下，他身上的石灰粉如同爆炸般朝周围散出去："拆了那房门！"然而，旁边的人还没有动手，那边的门口处，人影出现了。

出现在那里的，是个穿着长袍的中年人，笼着衣袖，峨冠高束。在他后方有好几道持刀的人影出现，另有两道身影出现在那间房屋的屋顶上。

认识这些人的武者不多，但只要认识的，都吸了一口气：霸刀庄庄主座下"参天刀"杜杀，"烬恶刀"罗炳仁，"渊明刀"方书常，"九死刀"郑七命，"鸳鸯刀"纪倩儿，"金背刀"郑回还，"羽刀"钱洛宁。这原本是"杀人偿命欠债还钱"的阵容。当年刘大彪刀法已臻化境，在女儿的要求下收下八人亲传，前四人授的是正宗的霸刀绝艺，后四人相对年轻，刘大彪于天下刀法无一不精，对他们则是因材施教。造反后连经大战，老六古再来在战场上去世，八人便缺了一人，但如今这七人无一不是可独当一面的高手。

至于那为首的，便是霸刀营的总管刘天南。虽然这些年来他一直是霸刀庄的总管，并不多涉江湖事务，但作为当初与刘大彪共战天下的老兄弟，"袖里乾坤"这个名字拿出来，懂行的人还真没几个敢不给面子。这名字真金白银，与他最近整日打交道的"血手人屠"意义是完全不一样的。

而此时，房间最里面，隐隐约约有一道人影在那里坐着，前方竖着一只长长的刀匣。

霸刀，刘大彪！

当着众人的面，刘天南朝着包道乙这边拱了拱手："见过包天师，冒犯了。"

"霸刀……"眼下这么多人出面，跟一个人的刺杀性质已经不一样了，包道乙稍稍按捺下歇斯底里的情绪,"你们要为陈凡出头?"

"天师言重了。"刘天南拱手,点头,"谈不上出头,我家庄主说,今天的事情,是天师不对在先,陈凡以下犯上在后。我家庄主要买下陈凡一条性命,既然双方都有错,今日之事,就此揭过可好?"

刘天南开口就是"天师不对在先",包道乙脸上几乎抽搐起来:"我不对在先?!"

"内中之事,此时光天化日,不便多说,反正你我两方心照不宣便好。今日我霸刀营救下一批女子,尚有诸多事情要处理……"

"你霸刀营是找死了!"砰的一声,包道乙一掌打在身边的马车上。眼下突然发生的事情其实是有些出乎众人意料的,刘天南有几分蛮不讲理,一出来就空口白话地说事情是包道乙不对,还摆出一副公允的态度来。如果让宁毅来说,这种首先指鹿为马的手段颇有几分自己的风格。不过,说到救下一批女子,包道乙也反应过来,但他今日已经怒至极点,是绝不会善罢甘休的,一掌拍下,打断对方话语:"没什么好说的了,今天陈凡一定要死!你们要维护他,别怪我不讲当年与刘大彪的情面。你们霸刀营在杭州有多少人?"

场面安静下来,刘天南看着那边,好半响,方才一字一顿地说道:"八!百!"

"你可知我在杭州有多少人?"包道乙说话声中,远远近近的,无数足音正在靠近,这是听见方才烟火令箭过来的包道乙手下。见他们近了,包道乙也放缓了语气:"我再说一遍,今日之事,没什么可说的,我一定要陈凡的命。不留下他,你们谁也走不了。你们莫非真要与我为敌?!"

刘天南没有说话,但一旁的杜杀等人冷笑了起来,杀气、凶戾之气隐隐现了出来,竟是做好了作战的准备。片刻后,房间里有声音发出来,那声音微带沙哑,声调不高却响彻全场:"包世叔,今日我一定要陈凡活着,你……莫非真要与我为敌吗?"

那声音在不熟悉的人听来,只像是一个二十出头的公子哥儿的声音,原本听说刘大彪成名已久,乃是胸毛凛凛的粗豪汉子,为什么说话的竟然是个年轻人?莫非是霸刀刘大彪的儿子?只有在熟悉这声音的人耳中,才能听出说话的人乃女子之身。

包道乙没有说话,也不想说话了。

侧面不远处的房间里,闻人不二看着这紧张肃杀一触即发的一幕,心中已经不由自主地翻腾起来。他不知道霸刀营为何会以如此坚决的态度接手陈凡,但包道乙显然已经无可退避,陈凡不死,包道乙再难维持自己的江湖地位,但霸刀营既然出手,自然也是举手无回。闻人不二望向远处街头那道身影,从头到尾,他似乎都没有参与到这件事里去,发光发热的是陈凡,接手局面的是霸刀营,他只是领着孩子仓促过来，又很没面子地把人拉回去。

但十步一算哪……

遇上这种局面，他怎么可能不在其中搅动风雨……

这件事情给人的感觉有些荒谬，主要是他对宁毅还不算非常了解。如今这时局，武朝正准备北伐，却不得不将目光收回到江南这片地方，童贯十五万大军南下要收复杭州；方七佛率领麾下精锐四处牵制，坚壁清野；方腊宣告称帝，要打响名头，熬出成绩；厉天闰回城肃整军队内部，与无数朝廷细作四处行动，想要在永乐朝这座堤坝上钻出一个个可用的小孔来。在这期间，他接到秦相的命令，要想办法救宁毅出城，不过只能算一段无比微小的插曲。

此时，没有多少人意识到，这个还在苦恼该怎么出城的书生借着时局的小事稍稍运作了一下。在闻人不二眼中，这事已经化作一只无形的手，搅动风云，撕开了一道所有人都没能撕开的口子，在这局势里狠狠地将了一军。这一军不是将在包道乙面前，而是将在方腊，将在整个永乐朝面前。

哈，十步一算……

他如此想着，远远望去，宁毅站在人群中，如所有旁观者一般闲闲地望着这一幕，那道身影还在隐约间捂着嘴巴打了个哈欠。

气氛凝固许久，包道乙的第一批人马已经到了附近的街道，房间里，刘大彪开了口："既然这样，包世叔，我送你一首诗吧。"

第一队人出现在那边街头，包道乙笑了起来："哈哈，贤侄女，你还会写诗了……女红会了吗？"

对方腊军系内部的众人而言，刘西瓜行事，向来是打着父亲的名号，大家习惯之后，也就心照不宣，都是以"刘大彪"称呼，但包道乙这时怒极，就拿这件事情来讽刺了，不过他也不好说得太过。那边沉默片刻，似乎有人摆开了纸笔，刘西瓜再开口时，语气之中已经有了几分愠怒，第一句诗一字一顿地念出来，以内力迫发，响彻整条街道。

"赵客……缦胡缨——"

与陈凡一样经历数十场战斗活下来，此时她含怒开口，声音如兵戈如雷霆，顿时令整条街道都充满了兵凶的肃杀之气，霸刀营的人开始在周围的巷道、屋顶上出现，大漠烽烟，铁马冰河，铁马冰河入梦来！众人的心弦瞬间绷紧，诗词反倒成了陪衬。

"结阵。"包道乙手掌挥下。

只有宁毅有些怠懒地捂住额头，吐了口气。

"你妹……这也太没有羞耻心了吧这女人……"

她当着"原作者"的面抄诗抄得如此光明正大，对宁毅来说，情况委实有几分喜感，不过，考虑到刘西瓜的性格，即使站在她面前的是李白，她恐怕也会面不改色地做出这种事来。

诗词是小事，能够让霸刀营在此时出手，才是真正巨大的收获。刘西瓜不是笨蛋，能够在方腊义军这个环境里让霸刀营一直处于超然的位置，几乎不露面就能维持住霸刀营内部的融洽，并且在霸刀营内始终拥有极高的人望，她的聪慧精明，其实是远超一般人的。

一般人都说，姜是老的辣，阅历多了，就算思考得少些，人也会变得精明起来，但刘西瓜的阅历并没有超出常人许多，一切就只能归结于聪颖的天资与敏锐的洞察力。她是极有主见的人，想要说服她为了什么事情冒与包道乙决裂的风险极不容易。宁毅只是大概跟她说了一些理念：要成非常之事必行非常之举，拥有"同志"的不容易，等等。

那些话他原本并不是为了陈凡准备的，这一后手只是希望能让这帮孩子活下来，当后来发现出手的是陈凡时，宁毅心中，对于刘西瓜的露面其实并没有太大把握。相对而言，这帮孩子背后的关系盘根错节，真救下之后，对霸刀营也是有帮助的，但若只是陈凡，显然没有这么大的价值。

如果是在几天以前，宁毅对此连希望都不会抱。刘西瓜这人强势、大气，看起来也没有失去太多天真，对许多事情心中仍旧颇有激愤，但并不代表她性格鲁莽。为了让霸刀营的人在厉天闰回城后不受到太大冲击，甚至连齐元康她都可以亲手杀掉。不管她平日里与陈凡有多大交情，陈凡对包道乙动手，她肯定是要置身事外的。

不过，有了那番话，有了那天晚上的决心，事情应该有一定的希望。由于一切发生得实在太快，宁毅叫上一帮学生，想要出手拖一下时间，也是为了让刘西瓜有更多思考的余地，并且将"学生"这一筹码尽量与陈凡捆绑。不过，刘西瓜的果决确实有些出乎宁毅的意料。

一旦下定了决心，她当即出手救下陈凡，随即以无比强势的态度做出了回击。原本以霸刀营的地位，后来未必不能推诿扯皮或者给包道乙一个台阶下，但那短短的话语中没有台阶，几句话之间就决定了开打，也成了包道乙完全退不了的原因之一。或许在某个侧面也证明了，几天的安静思考后，她已经为那件事下了不同寻常的决心。

"你若真有想法，就该知道，接下来要做的事情，与这天下格格不入，不仅仅是武朝，便是这杭州城、永乐朝，或许一时半会儿能够容你，但到最后也是格格不入的……我不想骗你，最坏的结果是，或许有一天，连半个霸刀营的人都会跟你决裂，那时候还站在你身边的人，会有几个……到时候你会后悔的……"

她做了决定，随即就对包道乙动手，这是进一步的立威，要为接下来霸刀营不被打扰做准备了。她这些年来没有真正做过这种大场面上蛮不讲理的事情，然而一旦决定要做，霸刀营的实力也是惊人的，当第一句"赵客缦胡缨，吴钩霜雪明"写完，街道那头，包道乙麾下首先出动的一两百人已经到了，而房顶上、巷道间的霸刀营成员也在朝这边聚集。

脚步交错，人影汇集，乍看起来有些混乱，但近看会发现，几乎每一个人都与周围人保持着相同的距离。这群人在七八十左右，一水儿的黑白劲装，背负长刀。刘天南挥了挥手，杜杀等人也从侧面走来，拔出了兵器，成为这队列的前锋。他们的步伐不是简单的直走，而是交错前行，盯准了前方由包道乙带来的那批绿林人士组成的第一列队伍。他们是高手，对方也是绿林豪客，气氛一时间就像是要一个个放对厮杀，但若是谁的心神被对方所夺，转眼间，他又会发现眼前已经换了一个人。

宁毅等人所在的长街这头，三十余名霸刀营男子站在街口，将这边的道路堵了起来。

包道乙那边的四十余名绿林人士结阵收缩，后方赶来的两百余人由一名小将带着，那将领还在向包道乙询问指示，他也能看出来，对面过来的人绝不一般，这不是普通的火并斗殴。包道乙也有几分后悔，他也没有想到，霸刀营那边会这样果断地动手，这根本不合理，但心中更多的还是愤怒：你这小辈吃错药了，当我碾不碎你吗？

街道中心，两拨人的前锋已经逼近了——霸刀营前进，包道乙手下的绿林群豪隐约在后退。

"银鞍……照白马！"

没有多的话，砰的一声，兵刃交击声响起，随后是无数的兵刃交击，锋线短兵相接。街道不算窄，但同时也不过二十人左右在交手。武林人士间的第一招总像是试探，然而这次不同，霸刀营中杜杀等人的分进合击相当娴熟。包道乙那边的一人与方书常才拼过两刀，面前的对手便陡然换成了罗炳仁。钱洛宁斩人中路，那人才想要封挡，纪惜儿的鸳鸯刀唰地自左侧冲过去，那人身体仓促间一侧，方书常已经挥起长刀由右侧将他卷入攻击里。

"飒沓如流星——"

那边刘西瓜低头写诗，清越的朗诵声中，霸刀营的队形轰轰地压过两步，锋面推上前方绿林群豪的第一列，有六个人被卷了进去，洒出去的只有鲜血。

这边的街口，响应包道乙烟火令箭的另一批一百多人也已经到了，看见封路的三十余人，他们直接冲了过去："让开！让开！"

"这里不能过。"

"天锐营办事，你们是什么人？"

"说了不能过！"

为首的霸刀营队正声色俱厉，那边却丝毫不惧，拥了过来，到霸刀营众人面前拔出刀枪："你们这么点儿人也敢闹事，知不知道我们跟谁的？还不滚开——"

街道那头，刘西瓜的声音响了起来。

"十步……杀一人！"

"让……"

"杀！"

为首的队正沉声一喝，反手拔刀，几乎所有人都在同时拔刀，三十余人组成的这道屏障上，刀光就像是割草机的巨轮，劈过一圈，这上百人拥成一片，但前方的十余人同时被劈倒在血光中。

三十余人垂下长刀，血从一柄柄刀锋上滴下来。

"霸刀营在此，说了不能过！再敢上前的……死！"

后方的人畏惧地朝后方退去，拉开一段距离，一时间，留在那三十多柄长刀下的十余具尸体越发刺眼。

当刘西瓜念到"千里不留行"时，整个场面已经完全动了起来，街道前方刀光汹涌。霸刀营的成员从第一辆马车边拥过去。这百余人即便在霸刀营中也是精锐，他们修习武艺，又熟识战阵，彼此配合密切，前方那帮绿林人士顶多是武艺高强些，这种情况下哪里是对手，被压得不断后退，时不时便有人中刀。路边有人想要跃上屋顶攻击，连续被三名霸刀营成员拦截，冲上屋顶又被迎面一刀斩了下去。屋顶上的人挽了个刀花，看着下方继续前行，有人跃上马车车顶，朝着前方放了一箭才跳下去。

宁毅已经看出来，刘西瓜在那里如此费力地写诗，很可能不只是为了装有文化，那声音清晰洪亮，如同鼓点一般，节奏感不仅能够激励士气，也有统一的节拍配合众人前进、出手，上百人的身形变换看起来混乱，但几乎每一个人的步伐都踏在了那《侠客行》的节奏上。前方战斗激烈，那声音也毫不留情地继续着。

"事了拂衣去，深藏身与名……闲过信陵饮，脱剑膝前横！将炙啖朱亥，持觞劝侯嬴——"

战斗、刀光、鲜血，最为奇异的自然还是这不断响起的诗句，如兵戈之声，激昂霸气。看着前方众人和着这节奏杀人犹如舞蹈，酒楼、茶楼上的观众瞪大了眼睛，呼吸都急促起来，就连宁毅都忍不住热血沸腾起来，想要为刘西瓜这番操作喝彩。那边包道乙又一群手下赶来了，但人挤人，到不了前方。街道另一侧也有了更多人，看见堵路的只有三十余人，喝道："杀过去！"众人拥上前，刀光激烈碰撞，人影不断倒下，鲜血汹涌，三十余人时而前进时而后退，但战线始终不乱，如同波浪一般将冲过来的人挡住。

接下来是"三杯吐然诺，五岳倒为轻"。短短的诗句中，街道后侧，面对那三十多人阵容的军队前锋再度后退，但有人开始放箭。不过，从屋顶上射下来的箭矢将更多人射翻，同样是霸刀营的弓箭手，此时出现在两侧屋顶上，而在与包道乙交锋的那边，出现的弓箭手同样盯死了局面。霸刀营出现的阵容大概两百人，恐怕已经不会再多，战斗局面混乱起来，包道乙那边的人开始拥上屋顶，伤亡开始扩大。

宁毅看着这一切，接下来已经等同于战争，这是他也没有预料到的。街道中央位置，安惜福与十几名黑翎卫已经身处霸刀营精锐的后方，也在看着，安惜福喊道："住手！快住手！"他想要直奔刘西瓜所在的房子，但被刘天南按住了肩膀，两人交手几招，他自然不是刘天南的对手，两人在街道上争吵起来。

那边还有包道乙的声音："我今天要让霸刀营除名，杀上去！杀上去……"

"眼花耳热后，意气素霓生！救赵挥金锤，邯郸先震惊！千秋二壮士，烜赫大梁城……"刘西瓜已经被这气氛给感染了，一字一字，慷慨激昂，毫不停留。

血光，混乱，无数的声音汇集在了一起，杭州城的这个下午，平昌街几乎不可抑制地沸腾了起来。

这一片疯狂之中，宁毅吸了一口气，朝着酒楼的一侧看去，陡然间，他看到了一道身影，令他怔在了那里。

杀戮还在继续……

第八章
包道乙哑巴吃黄连 苏檀儿千里寻夫君

　　让平昌街头的浴血场面冷静下来的，是忽如其来的号角声。
　　此时的杭州城内，当包道乙与霸刀营两方火并起来，能够插入其中的人并不多。不过，哪怕是置身一侧最希望杭州城内乱起来的闻人不二，也不会认为这场战斗能够一直打下去，对于这场已然涉及杭州安危的火并，真正有话语权的人都是极其敏感的。刘西瓜一首长诗还没念完，陡然响起的战号与介入者的第一面大旗就已经到了。
　　此时不仅仅是平昌街，就连平昌街附近的街道上，都已经聚集起看见包道乙烟火令箭而赶过来的兵将，各种声音嘈杂混乱，但最为惊人的，还是骑兵的马蹄声，和着那号角，虽然还没有到平昌街，却将周围的情况弄得越发混乱起来。他们大抵也被包道乙的人堵住了去路，但蹄声仍旧飞快地朝这边蔓延过来。
　　几名军中精锐举着大旗抄了近路而来，他们冲过侧面的廊院，冲上屋顶，直接扎进了霸刀营与包道乙手下火并的乱局当中，旗帜上是一个大大的"厉"字。
　　镇国大将军厉天闰，在这时的杭州或许是最能名正言顺介入此事的一人——在永乐朝他本身就是全国兵马大元帅一般的身份，这次又是为了肃清杭州局势而赶回来。看见这面旗帜，众人都不由自主地给了几分面子。那些越过墙壁、屋顶而来的掌旗者也是武艺超群之人，有人大喊起来："住手！厉帅有命，两方罢手！"又有人分别冲过战阵，去往刘西瓜以及包道乙那边："厉帅请两方暂且停手！"
　　包道乙与厉天闰在造反中本就是平起平坐的身份，他闻言，挥着手吼道："停不了了！"刘西瓜则是稍稍沉默。俄顷，一列四五十人的骑兵队破开街道后方封锁疾驰而来，为首那人骑一匹高大的黑马，身材魁梧，浑身着铁甲，手中一杆红缨大枪，气势凛然。他们冲向的是霸刀营阵型的后方，这边的霸刀营精锐转过头来，那将军冲到近处，一拉缰绳，马声长嘶中，人、马昂然立起，后方十几骑与这将军成一条线，停了下来。

这人显然便是厉天闰。马队的出现，配合那面"厉"字旗与开始收敛的号声，让平昌街上的交战双方都停了手，气氛再一次地肃杀起来。围观众人也都看着事态的发展。只有酒楼之上的宁毅，心神已经完全不在这上面，他站在窗前，与斜下方隐匿在巷道中的那名戴了斗篷的女子对望片刻，但很快，有人从后方过来，使得他不得不收敛心神。

"厉帅来得稍微早了些。"

此时上楼的，是过来查看他情况的刘天南，看到厉天闰出现，他其实是有些得意的。宁毅看了看局面："是我们这边派人通知他的吧？"

"嗯，太晚了也不好，事情就收不了了。"

"陈凡如何了？"

"他命硬，伤势无妨。"

宁毅点了点头，这时候，厉天闰的声音也从那边传了过来。

"包天师，刘大彪，今天这事过了吧？"

这声音同样是由惊人的内力迫发，响彻全场，不怒自威。片刻后，包道乙咬牙切齿地道："问问她！"厉天闰将目光落向刘西瓜那边，但那边只是沉默着，厉天闰再扫视一遍，朝侧面的黑翎卫说道："安惜福，今日之事，你给我说说这来龙去脉。"

这句话不再是针对全场。安惜福走上前去，与厉天闰说了事情的经过。他与陈凡颇有私交，但本身位置不高，也知道今天的事情靠隐瞒是没用的，便将陈凡刺杀包道乙的经过一五一十地说了。厉天闰望望霸刀营这边："如此说来，陈凡以下犯上，你霸刀营要替陈凡出头，但闹到这种程度，是否有些过了？包天师，你又是因何事与那陈凡闹得如此不可开交，此时大伙都在，你可愿说出来？"

"厉天闰。"包道乙看着这边，"你以何等身份来审问我？"

厉天闰低了低头："绝无此意，只是大家同在一条船上，不愿意彼此真伤了和气。"

"谁知道他发什么神经！他对我有何不满，便让他出来说啊！"包道乙瞪大了眼睛，咬牙切齿，"厉帅，我今天给你面子，可以和和气气地让他出来给我一个交代，但丑话说在前头，此事若不说清楚，今天霸刀营谁也走不出这里！"

眼下他们只是暂时停战，霸刀营如今在杭州可用之人不过八百，聚在这边的已经两百余人，也很难再有伏兵了，而在平昌街外，包道乙的手下还在源源不断地聚过来，因为事态严重，动员起来的人估计已超过两千，他是有说这种话的底气的。

不过，霸刀营这边也没有丝毫动摇。两百对两千，霸刀营的人如果固守平昌街，恐怕不多久就要被人海战术堆死，但若是从素质、士气方面来考虑，一旦刘西瓜真的不顾一切放手大杀，不管破坏的程度，霸刀营的两百多人恐怕只要几次冲杀，就能让两千乌合之众士气崩溃，到时候便是屠杀。只是事情一旦扩展到这个程度，那就真是不死不休，在逼方腊做选择了。

包道乙说完这些话，霸刀营的众人只是冷笑，俨然"有种再来"的感觉。刘西瓜也沉默着冷笑了许久，颇为轻蔑，直到包道乙准备发作，她才开了口："我送了包天师一首诗，方才还没说完呢，如今写完了，厉叔叔要看吗？"

这说话间，有人奉了那写有诗作的宣纸过来。字迹想必是不怎么好看的，但厉天闰不在乎这些，只是看完之后想不通跟这战斗有什么关系。刘西瓜说道："厉叔可知道，这首诗，我将它叫作《侠客行》？"

"那又怎么样？"

"陈凡为何要杀人……你问问咱们包天师做了什么事情！"

她声调不高，但语气之中已满是压抑的控诉。包道乙愣了片刻："你要说什么就说！有什么话，当着所有人说出来！老道……"

"你可知道陈凡隔壁家有个姑娘叫作翠花……"

事情发展到这个地步，包道乙也是满心愤懑与委屈。他当然隐约能猜到陈凡出手的理由——就是为了那帮孩子，但大家出来混，做事得讲规矩。如果说他今天真的让车队运了一群女人从这里过，被那帮孩子截住了，曝了光，他也只能认栽，放了那些女人。问题在于车上没女人，那帮不知天高地厚的孩子要来招惹，是你们那边理亏，这个时候就轮到我来教训你了。在他的世界里，这就是所谓的"做错了就要认，挨打了要立正"。

他今天要对付那帮孩子，只是教训对方一番，也不是想要杀人，但陈凡就这样杀出来了。没关系，既然他豁出去了，自己这边就接下了，杀不杀陈凡都是自己的事情。谁知道竟然还有霸刀营出来架这个梁子，还蛮不讲理地将事态扩展到这一步。在他来说，这确实是对方太过分了，欺负人欺负到了极点。然而，就在刘西瓜打断他的话的这一刻，包道乙陡然间感到连他自己都说不上来的怪异气氛。

"什么……什么乱七八糟的。"

"你可知道，陈凡与那翠花姑娘相亲相爱，已私定终身了。"

"关我什么事？"

"翠花姑娘前几日失踪，她家人已经找了数日！厉帅，我霸刀营今日在古桐观发现大批被掳的良家女子，那翠花姑娘便身在其中，受尽折辱……包天师，你说你做了什么好事！"

刘西瓜语气沉稳，步步紧逼，包道乙陡然喊起来："你含血喷人！"他其实已经心中忐忑：我最近有搞过一个叫翠花的吗？但气势上自然不能落在下风。

厉天闰也皱起了眉头。包道乙这人的陋习他是知道的，但这事本身不算大事，就像宁毅说的那样，相对义军做过的无数惨无人道的事情而言，包道乙的毛病顶多是上不得台面的低级趣味。而且包道乙还算比较注重内部团结，抓人还是挺谨慎的，譬如军中将领的妻子，就算看上了，也不会去碰。他这次恐怕是不知道，弄了陈凡的女人，要真是这样，年轻人脾气暴躁，要豁出命去干掉包道乙，就变得理直气壮了。

包道乙色厉内荏。刘西瓜一步也不退，逼了过来："不是要理由吗，要对质吗？包天师，匹夫一怒，血溅十步！你敢做下这事，我霸刀营看不下去，便让陈凡来与你对质又如何！"

这话说完，那边已经有人抬了担架出来，上面那人半个身子包着绷带，正是疗伤疗到一半的陈凡。老大夫还在旁边跟着，皱着眉头，颇为不爽："伤势还未处理好，为何要抬出来？太乱来了，太乱来了……"

陈凡此时还有意识，双眼通红地盯着包道乙，似乎努力地想要抬起身子，被老大夫用手压住了。他伸手指着包道乙："老贼……只要我未死，就不会放过你……翠花……噗——"话没说完，他一口血喷出，晕倒在担架上。

老大夫大吼着让人将担架抬回去，霸刀营的众人看着包道乙，刘西瓜看着包道乙，厉天闰看着包道乙，酒楼上的少年看着包道乙，满街的人看着包道乙，就连包道乙麾下的众人也交头接耳，没办法，老大是这样的人，大家都知道……

宁毅方才心思还在别处，此时也瞪大了眼睛，看到陈凡方才的表演，他嘴角微微抽搐，压抑着想笑的冲动："你妹的……影帝啊这是……"

战事初停。经过惨烈的搏杀，谁也没想到，事情会忽然间急转直下，变成眼前这副样子。

之前的事态扩大到几千人混战的规模，已经不是含含糊糊可以抹过去的事情了，但霸刀营陡然间祭出来的这个理由委实让人心情复杂。要说事情小，确实，一个人顶多一家人的事情，何至于变成眼下这种局面，但要说事情大，在场任谁都觉得陈凡确实有出手的理由，女人被人上了，闹到什么程度都是没话说的。

但即便如此，包道乙终究是平日里蛮横惯了，知道此时绝不能露出理亏的样子，一时间便有人喊起来："空口无凭。"

"就只有你们说啊……"

"有种别走……"

他们虽然吵吵嚷嚷，但是比起方才的理直气壮，气势显然弱多了。刘西瓜看他们说了一阵子，道："包天师，古桐观是你的地盘，你真以为撇得清吗？今日之事，我霸刀营管定了，我带陈凡走，看谁敢阻拦一下！"

她如此说完，就吩咐回营，包道乙吼道："你敢！"

"厉帅，告辞了。"

"此等事情，凭你说说就算吗？"

眼下没有证据，包道乙不可能用默认的态度让事情坐实，他这样一出声，其余喽啰又是纷纷吼了出来，阵线前方一人大喊："绝对是你们栽赃！"旁边一人小声问道："没这事吗？"

"不奇怪，我觉得肯定是真的。"那人努了努嘴，随后继续大喊，"绝无此事，含血喷人！"

厉天闰那边将战旗轰地扎在道路中央："谁也不许动手！"他强势起来毕竟还是有分量的，先前只是需要一个足够强势的理由而已，这话说完，他也朝包道乙拱了拱手："包天师，古桐观归你辖制，若真是在你那边出了这等事情，你是否也该管一管你下面的人呢？若真无此事，陈凡之罪自可到金殿之上再议……"

厉天闰这下子便是要向着霸刀营，将事情压下去，但厉天闰的态度一旦坚决起来，包道乙也知道，这架已经没办法再打下去，他作势吵嚷几句，又道："我回去必定彻查此事，若真是我手下犯下如此罪行，我决不轻饶，但若无此事，最终证实我这边是清白的，就算佛帅回来也别想保住陈凡的命！"

如此这般，霸刀营连同酒楼、茶楼上的孩子以及宁毅一块儿从平昌街出去了。包道乙带人散去，一直到回到马车上，他才砸掉身边的一把椅子，冲着手下大吼起来："谁干的好事？我平时就说过，你们要玩可以，别给我弄出这种首尾来！今天搞成这样，要查出是谁，我绝不放过他——"

要宁毅说，包道乙就算平均一晚玩一个女人，两个月的时间又能玩多少，只是他有这种习惯，他那群手下便也有恃无恐，打着他的名义抓人的事情并不出奇，他也是睁一只眼闭一只眼。方才当着众人的面他说事情肯定不是自己这边干的，这时候没了外人，要说不是身边这帮人做的，他才不信呢。一个两个都不是什么好鸟，这次真是无妄之灾，他被这帮牲口害死了……

一个人，坏到自己都能对自己失去信心，确实是件很夸张的事情。不过这一次，可怜的包道乙确实是冤枉的。

有关陈凡家隔壁的情况，宁毅前两天就听他说起过，走丢了人，闹得很大。陈凡感叹过一次，宁毅当时问起，他说道："肯定被包道乙手下的人抓走了，这事不奇怪……"无论如何，那位翠花姑娘都不可能跟他有什么私定终身的事情。

回到霸刀营，宁毅去看陈凡时，陈凡正躺在床上整理绷带。他久历生死，体质好得惊人，见宁毅进来，笑道："如何？"

"太棒了，谁想出来的？"

"我啊。"

"包道乙还真是哑巴吃黄连……不过话说回来，嫂子长得怎么样？"

按照目前的身体年龄，陈凡比宁毅还要大上几岁，他一问，陈凡却将脸皱成了包子。

"你说那个翠花？小身板小脑袋，嘴巴还尖尖的，像只鸡。"

"就这样也会有人抓？"

"其实还不错啦……不过她被人弄过很多次了，我是不可能要的。理由光明正大，嘿，你少来看我笑话。对了，刘家老大要干吗？"

"嗯？"

"我跟她认识很久了，她若有事，找我帮忙，我是会帮的，但她说要买我一条命，这就不是小事了……"

宁毅点了点头。在这种情况下，陈凡依旧保持着敏锐的思维。应该也正是因为他拥有如此出众的能力，刘西瓜才会付出这么高的代价去救他。不过宁毅这时自然也不好跟陈凡说刘西瓜的想法，再聊得几句，有人来叫他，是刘西瓜召他过去。

今天发生了这些事情，接下来应该就要进入正题了，刘西瓜下了决心，他也已经准备好了初步的应对。

他去到刘西瓜的书房时，少女坐在窗边皱眉沉思着什么，片刻后方才说道："包道乙一定要死。今天那种状况不能杀他，但在这之后，就有由头了。"

这自然是正理，今天在平昌街上，霸刀营再霸道，也不能当场杀掉包道乙，那确实太过突兀，但接下来就会发展成两股势力的对抗，之后弄垮对方就算是有了名正言顺的理由。

宁毅点了点头："嗯。"少女转过头来："不过那个不算是最重要的事情，现在还是要先想最重要的。"

她这是要进入正题，跟宁毅谈论"革命"之类的事情了。宁毅从身上拿出一沓草稿来，只听刘西瓜说道："今天晚上，我要去参加一个诗会。"

"嗯？"

少女皱着眉头："你给我的两首诗用完了，我觉得挺不错，待会儿再写几首好的给我，我觉得身边应该多几首备用的。哦，之前不是还有那些你写了给我但是我觉得没用的吗？忘了扔哪儿了，我现在觉得那些也不错，诗会上可以用，好像有什么寒蝉凄切，什么门畅通无阻的……"

宁毅嘴角抽了抽："寒蝉凄切，对长亭晚，骤雨初歇。都门帐饮无绪？"

"啊，就是这个就是这个，写下来写下来……不是'畅通无阻'吗？我觉得你之前给我的那几首也不错，很适合我，都写下来吧，今天晚上可以用。你以前好像说这首是死了相公的吧，以后我要杀谁，就送这首诗给他们家娘子……"

"呃，死了相公的是另外一首，叫作《声声慢》……"

两人颇为可耻地在房间里研究了一番诗文，随后，少女将写满了诗词的纸张视若珍宝又理所当然地收进怀里："这些以后是我的了，你不能再写了哦。"待宁毅点头，她坐在那儿，面上才显出一抹明亮的笑容来。那笑容只是一闪即逝，有如幻觉，但宁毅的确是第一次在对方脸上看见这样的神情。片刻之后，她坐在那儿看着宁毅，深吸了一口气，又过了一会儿，低下头，再抬起来。

"然后……是真正的正事。"

驾车驶出细柳街，宁毅回头看了看后方属于霸刀营的这片宅子，黄昏已至，家家户户亮起了灯光。

刘西瓜终于下定决心，要为了那从未见过的，据说更好的精神与理念将霸刀营的运作方式做一番革新。以牧羊人自居的她，或许是找到了更好的牧羊方法。宁毅算是倡导者，但即便是他，也不知道今后的霸刀营会变成什么样子。杭州城迟早还是会被朝廷攻破的，但霸刀营将会如何，他此时已经无从去想了。

他在给刘西瓜的草稿里做了第一步抛砖引玉式的思考和发问，有的对，有的错，但大而化之，并不介入和处理实质问题。公平原则、契约精神、互相监督、三权分立的终极设想首先要干些什么，需要刘西瓜自己去想，宁毅并不打算将正确答案从一开始就兜出来。目前几天还只是她想法的孕育期，重要的是，她得觉得这些想法都是她自己的，宁毅便只做甩手掌柜。

反正幕僚就是这么好当。

眼下他有更为重要、更为迫切的事情需要处理。他离开霸刀营的范围，回到平昌街，由于白日里的那番打斗，眼下这边还是一片狼藉，灯火暗淡。宁毅在街角停了马车，穿过街头，随后折入一条小巷子，他谨慎地观察了周围，然后在其中一扇院门前准备敲门，手才举起，门便开了。

女子不知道在门边靠了多久，听见脚步声过来，她就转身将门开了。对望了两秒，宁毅左右看了看，女子便伸出手将他拉了进来。

按捺住心头的波动，两人一道沉默又快速地关上门，女子拉着他朝正对面的房间走去。院子不大，两个房间已经有了幽幽的灯火，屋檐下还有另一道熟悉的、娇小的身影。他们进了房间，宁毅反手将门关上，女子转过身来，将他抱住了。她咬紧牙关，脸上满是泪水，但没有哭声。

宁毅吸了一口气,将女子抱住,闭上眼睛时,心中也尽是暖暖的感觉。他早知道女子性格中的坚忍与刚强,虽然平日那份坚忍与这个时代的特质融合在一起,让她表现得像一个温柔安静的妻子,但当真正考验人的事态出现,那些特质还是会流露出来,让她做出那些无比惊人又令他无比暖心的事情。

当初从杭州一路辗转回到湖州,九死一生才获得安宁,然而在宁毅被俘近三个月后的今天,苏檀儿竟然又带了鬟娟儿等人生生杀回了戒备森严的杭州。她一贯是有这个能力的,不过闻人不二那边没有传来消息,霸刀营那边也没有丝毫端倪,这说明她成功瞒天过海,同时避开了身边的所有耳目,这才是连宁毅也不得不惊叹的事情。

他靠着房门,想着这些东西。苏檀儿身材本就高挑,此时微微踮着脚,搂着他,静静地流泪,那哭泣不像是因为羊入虎口、水深火热,更像是煎熬日久苦尽甘来。两个身体贴在一起,宁毅揽住她的腰肢,感受着她稍稍隆起的肚子,心头才泛起一股明悟来:是啊,她怀孕了……怀孕后的女人才是最凶狠可怕的。

不过,这样的评价只是针对她的行事能力,此时的苏檀儿只像一只归了家的羊,安静地贴着他。宁毅将她搂起来,自己坐上房间里的凳子,让妻子坐在自己的腿上,两人又如此在黑暗的房间里相拥了一阵,宁毅方才开了口,语气温和,如闲话家常。

"怎么过来的?"

"这边起事之后,朝廷管得严,但很多东西还是会有人偷偷运了卖过来。相公被抓之后,妾身就一直在暗中打听这些事情,原本就已经准备了一批布料。后来……应该是相公托人转告的消息吧,妾身也不知道是不是,那人含糊其词,又说妾身身边有奸细在,妾身便查了身边的人……那人自称是杏儿的爹爹……"

房间仍旧黑暗,语音轻柔,苏檀儿已经恢复冷静,一五一十地说起她这些日子的经历、回到杭州前后发生的事情。听到这里时,宁毅皱了皱眉头。他知道杏儿从小并没有家人在身边,可能因为幼时被拐卖,也可能因为是女儿身,便彻底被家人扔了,卖入苏家之后她便将苏家当成了唯一的归宿:"有可能是真的吗?"

"不知道。"苏檀儿摇了摇头,"逃难途中有一次杏儿的衣袖破了,手上有块小胎记被那人看到,后来一对夫妻哭着喊着来认亲。当时刚到湖州有一堆事情,又担心相公的安危,我也没有太上心。杏儿本不打算认他们,但那边缠了半个月,看他们心诚,杏儿也就心软了。相公派人通知以后,妾身查了一遍,他们跟这边的人确实有联系,后头也还有人。我又听他们说起相公,却是说相公已经投了他们,当时看来竟不像有恶意的样子,朝廷那边来传话的人又含含糊糊……"

她此时稍稍恢复常态,擦掉眼泪,点起油灯,倒上茶水,在宁毅身边坐下,倒是越发小声了,听起来竟有几分忐忑之意。宁毅虽然也从那些话语中大概拼凑出事情的经过——闻人不二接手他的事情是直接对秦嗣源负责,派去湖州给苏檀儿通风报信的人自然也不会有太高的权限，当时宁毅也没有太过在意，只觉得告诉了苏檀儿自己平安的消息，再确认苏檀儿也平安就无妨了，但以苏檀儿当时的情绪，自然想要知道更多，询问无果之后，免不了还是担心。

此后她调查了身边的奸细，希望通过反向调查间接知道宁毅的情况。她若没有这个能力也就罢了，偏偏商场运筹掌局也总是在揣摩人心，探知方腊那边竟似对她没有太大恶意，她便知道宁毅在方腊那边多半已经安全，这就说明自家相公暂时取得了对方的信任，他要么是虚与委蛇，要么就是真心实意。

放下一颗心的同时，她回想起湖州逃亡路上的事情。对方追杀难民是正常行为，但后来听说要专门抓住自家相公是某个大人物制订的计划，这样一来，相公想要逃走便不太可能了。她又怀了孕，不免多心，若是最坏的情况，说不定是朝廷想要通过自己将湖州这边的乱军奸细一网打尽。相公一时半会儿看来是回不来了，乱军那边又似乎已经成了气候，若是日后僵持不下，成了两个朝廷对峙的情况，那这战乱分离，真不知道要持续到何时。

当然，有些细节宁毅是以后才从丫鬟等人口中知道的。自战乱中分开之后，苏檀儿回到湖州，得不到他的情况，几乎万念俱灰，那段时间咬着牙拼命找关系打听他的下落，对腹中胎儿都有些忽视。后来得知宁毅未死，放下一颗心的同时，苏檀儿也仿佛活了过来，在那种状态下，又有腹中胎儿，她只觉得夫妻之间再也不该分开。

奸细那边看起来并无恶意，朝廷的态度却是暧昧不清，宁毅又回不去，唯一的办法，只能是她过来。以她当时的心思，是绝不肯坐在那儿等的，但此时与宁毅重逢，她才有些担心自己是否太过鲁莽，或者是宁毅觉得她太过鲁莽，因此声音越发低了。

"妾身换了个身份，用其他途径故意与那奸细背后的人联系上，湖州那边让杏儿维持妾身还在的假象，提早两天过来，应该是谁也没惊动。走的关系是这边吏部闵台章闵大人，他们要一批好布料做官服……相公，我想过了，若你走不了，我也不走了……"

宁毅握住她的手，将她搂进怀里，好半响，方才低声说道："走还是要走……"片刻后他又道，"你能过来，我很开心。"

苏檀儿抬起头："那相公你……"

"我不会有事。"宁毅笑了笑，"你能运布料过来，肯定也可以拿到放行的路条出去吧？"

怀中的妻子点头，目光殷切："后天还有一批布料到，然后会将出城的路条给我们，相公，到时候我们可以一起……"

"我不行，你可以带小婵走。"宁毅摇了摇头道，"我这样走了，出城可以，但眼下杭州这一片都是他们的地方，我一旦消失，到不了安全的地方就会被他们追上。你还有身孕，不能冒险，只要我留下来，你们一定可以走掉。"

他如今在刘西瓜心中已经有了不小的分量，才刚刚将对方心中的火焰挑起来，这个时候要是敢撂挑子走人，既然怀孕的苏檀儿能从湖州杀回杭州来，被触了逆鳞的刘西瓜就可以追杀他到天涯海角。这类女子是比男人更执着难缠的动物。相反，只要他不走，送走小婵就只是一件小事，对方不至于生太大的气，甚至如果出了意外，刘西瓜还可能出手将檀儿、小婵保下来。

这件事情基本上可以就此说定，苏檀儿已经见到了他，确定他安然无恙，便也不再坚持，只是神色有几分黯然："相公打算在这里做什么？"

宁毅此时没办法跟她详细说出霸刀营的情况，只是大概说了自己的处境，是被人逼着当了幕僚，又将闻人不二的情况说了，免得她再猜疑对方。

"秦老手下的人还是可信的，跟朝廷官兵不一样，你们回去的路上，我也会让他们派人照拂。我现在骑虎难下，真要从这里逃走，他们恐怕会有很多追踪的办法。我在杭州这么久，也看到了一些东西，秦老是想要做些事情的，我将来也许会上京帮帮他，眼下既然就可以插手，不如趁机做点儿事。问题不大，方腊这边事了，我有把握安全脱身。你在湖州安胎养身，或者干脆回江宁，等我回去。"

"我在湖州。"苏檀儿看着他，好一会儿才低下头，"你们男人，总是要为国为民。我只是小女人，你要做事，我不管了，还是那句话，你若回不来……我也活不下去了……"这样说着，眼泪流了下来，她拿手擦着。不过她终究是坚强的女子，只是哽咽片刻，便擦干眼泪，恢复了常态。两人又说得几句，说起让小婵随她离开的细节，苏檀儿想起一件事。

"哦，对了，这次过来，我捡了个武林高手。"

"啊？"

"就像相公你以前说的故事里那样，是个女侠。我们南下途中，她好像是被仇家追杀，躲到了我们这里，后来一路过来，她对我们颇多照顾，昨天我们准备交货时，有个人还想故意刁难，被她三两下打倒了。相公你没见过吧？"

说起这个，苏檀儿笑了起来。宁毅也笑笑。无非是自家妻子与另一个会武功的女子有了点儿交情，如果是两年前，他还是颇为好奇的，但这些天在杭州，武林高手见得不少，霸刀营一把一把的。至于女侠，听上去很美，看了就让人心情比较复杂了，除去刘西瓜，"灵山仙子"魏凌雪长着一张"国"字脸，"鸳鸯刀"纪倩儿也不过是村姑形象，而且已经嫁人，嫁的还是霸刀营中与宁毅相熟的师爷刘志章，平日里拿荤话开玩笑不比男人差，其余的也大抵是这等形象。当然，对方一路护送妻子过来，他还是心存感激的。

"武艺很高强吗？"他问。苏檀儿想了想，点头："我觉得是吧，应该很厉害。

她有自己的事情，不过这两天在院子里一起住，我觉得……呃，相公待会儿出去的时候，最好还是避开一下。"

宁毅点了点头："她没说来这里干什么？"

"没有，人倒是挺好的，跟娟儿和我都聊得来。"

"既然这样，她的名字和外号告诉我一下，说不定我还听过。既然有交情，往后若听到她在杭州城，说不定我还可以帮帮忙。"

"嗯。"苏檀儿笑着点了点头，"外号嘛……没怎么听她说，好像是没有……"

那就是无名小卒了，日后可以尽量帮帮忙，宁毅心中想着，然后听得妻子继续说道："姓陆，闺名红提。"

宁毅张了张嘴唇，呆在了那里。一旁，妻子伸出手指，在空气中写字，以加深他的印象："陆是壹贰叁肆伍陆的那个陆，红色的红，提东西的提……陆红提。长得不怎么漂亮，脸色有点儿黄，听说是年轻时受过伤，大概三十岁……相公？"

"她现在住在这里？"

"嗯。"

"我觉得，还是见一见吧，当面道个谢。"

"相公……认识她？"

"旧相识了。"宁毅站起来，看着妻子，叹了口气，随后道，"'河山铁剑'陆红提，嗯，她的外号叫'河山铁剑'……"

宁毅背过手，做往事沧桑、高手寂寞状，俨然他这个"血手人屠"曾经打败过"河山铁剑"一般。

他心中却有强烈的错位感：哈，这算是什么神展开？

不久之后，宁毅便在侧面房间里见到了陆红提。她此时的脸形显得有些长，脸色蜡黄，看起来只是三十来岁的村姑模样。不过宁毅第一眼便认出了她，虽然她易了容，但一双眼睛仍旧带着令人安静的气息，正是当初教了他破六道的内功又口口声声说是二流功法的女子。

见过之后，苏檀儿也未拐弯抹角，问起两人是否是旧相识。宁毅拱手行礼，笑着道："师父。"这下倒是将苏檀儿吓了一跳，微微一愣之后敛起裙裾就要下跪。陆红提眨了眨眼睛，随后将她托住了："别瞎说，我可收不了你当弟子。"

陆红提虽然年纪上与宁毅、西瓜等人相仿，但性子温和，看起来便显得沉稳许多，打扮成三十岁的样子也没什么人会疑心。三人聊了几句，苏檀儿大概知道这女侠虽然不承认她与宁毅是师徒关系，但相公的功夫确实是她教的，这就得以长辈待之了。两人若要深谈，她便不好在旁边，奉了茶之后就离开了，留给两人单独说话的机会。

待到妻子离开，宁毅方才问道："你这次过来是要跟方腊结盟还是什么？另外……檀儿说你被人追杀？"

陆红提看了他一阵："我专程过来找你的。"

"嗯？"

宁毅愣了愣，这个理由的确出乎他的意料，毕竟从吕梁过来千里迢迢，只是联系一个人，怎么也不值得她这样跑一趟。随后他才听陆红提说起理由。

"嗯……这一年时间，照你说的那样，寨子经营得很不错。按照你之前说的那样，我们跟两边的商户联系，让他们可以从吕梁山借道，除了跟打仗有关的物资，其余的都可以过。今年要打仗了，各种货物更加紧俏，我们按照市价抽成，报酬换成盐、铁、粮食，让熟悉的商户事先带着。我们也跟附近的几座寨子打了招呼，他们让我们过，我们出人出力，分些东西给他们，呵呵，说服他们还真费了些力气……"

宁毅之前给她设想的这部分东西，其实是纯粹的商业运作，说起来其实很简单：陆红提的寨子提供一条龙的吕梁山过路服务，由这边出人，全程跟随，保证安全，也由这边出人与一路上的几股势力协调，给他们一定的分成。吕梁山以往的情况其实是相当混乱的，穷山恶水小路难行，商贩们冒着生命危险过山，路上被抢，遇上讲点儿规矩的，交个保护费也许能过，遇上哪个寨子饿得急了，杀了人抢走所有货也是常有的事情。

问题在于，这样的情况下，各寨也未必能得到他们想要的东西——没什么商户会走这条路就为贩点儿粮食。你抢了一车布，想要跟外界换成粮食，就一定会被狠宰一刀，到头来，收益其实相当有限，加上心不齐，被逼上山的人自觉再无前途，又往往得过且过好逸恶劳，本着逍遥一天是一天的态度，大家反倒都过得窘迫。

现代的商业运作并不会直接优化生产，但它首先会协调分配往良性发展。以前敢进山的粮商一定会赚好大一笔，如今陆红提只是按照市价，让想过的熟悉商户捎带上足够充当过路费的盐、铁、粮食，一条龙的安全服务也让商户更乐意帮助陆红提。至于其他的寨子，他们不出人不出力，当然不能拿大头，但即便分的是小头，也比以往的收获要大，大部分人还是觉得这边挺厚道的。

一个混乱的体系只要形成了系统，有了规矩，就一定会有利润。当然，这样的事情不是没人眼红，但一年的时间在这种生意里不过是个开端，警醒的人还不多。即便别人想做，一时半会儿也做不了，如前面说的，上了山的人，不是什么勤奋努力的人，他们往日里努力也没有方向，不过是得过且过罢了。要维持一条走私的通道，协调各方面的人、物，花大力气掌控山里的动静，其实不是一件容易的事。对参与到事情里的人而言，等同于朝九晚五上班甚至还加班，对平日毫无拘束逍遥惯了的这些山匪来说，谁愿意每天上班啊。

能真正把事情运作起来，还得依靠陆红提在寨子里做的各种思想工作，忆苦思甜啦，讲故事啦，甚至还"救"了一家唱戏的人，每七天固定在寨子里表演一出戏。宁毅当初说这些，不过是将商场运作、公司文化、制度指标这些东西化用其中，陆红提一开始动手，其实还蛮艰难的，但一切结合起来之后达到的效果超乎了她的想象。

当然，其中重要的保障自然是武力一项。想要让一路上所有寨子的人都齐心，不起幺蛾子，单靠利益和协调也不可能，这期间必然是打过架见过血的，但无论如何，这项事业听起来还是在陆红提手底下基本成形了。

"田虎那边一直对我们伸手。三月里他请寨主们议事，去的有七个寨主被杀了，那些寨子大半投了田虎，好在我们这一路暂时还未被波及，反倒有些不服的人过来投了我。这几个月来，寨子越来越大了，田虎暂时应该没有对我这边动手的意思，我听说，他觉得我们这边只是些做生意的人，反倒有点儿看不起。不过你以前也说过，寨子如果一下子变得太大，那个……思想工作跟不上，也会非常麻烦。梁爷爷也说是这样，然后让我南下江宁来找你。"陆红提说到这里，看着宁毅笑了起来，"原本是想要抓你回吕梁的。"

原来是组织发展遇到了瓶颈，他们接下来没把握了，宁毅明白过来，便也笑了起来："逼上梁山啊这是……"

"不是逼你上梁山，是上吕梁。"这时候"逼上梁山"自然还没什么特殊意义，陆红提一本正经地纠正他，"不过我去到江宁，听说下面方腊当皇帝了。你不在苏家，我就去了你那个红颜知己聂云竹的家中——你之前叫我传过信，我还记得地方。看她当时的状况，我还以为你死了，后来现身询问，知道你被困在杭州音信全无，我才继续南下。"

宁毅想了想："她怎么样了？"

"就是担心你。还有那个元锦儿元姑娘，挺有意思的。"陆红提笑了笑，"我说了会护你周全，差点儿把河对面一棵树打倒，她们才放下心来。我到了湖州之后，又听到了你的消息，当时暗中找到了你家娘子，盯了一段时间，看见她准备南下，我便在路上故作被人追杀，请她帮了个忙……跟她一起，总是更容易找到你一点儿。另外，原本也是打算让你欠点儿人情的。"

宁毅点头："感激不尽。"

陆红提只是笑："杭州这边，你涉入如此之深，什么时候能走？"

"我也说不清，不过你别劫我啊。"宁毅交叉了双手，"我给你做一个详细的五年计划吧。吕梁山我暂时大概去不了，杭州这边事情一了，我就得上京。如今武朝局势水深火热，我与右相认识，大概要去帮帮忙。"

"你……要去当官？"陆红提皱了皱眉头。

"当幕僚吧，也许帮忙做点儿后勤工作。"

"如今金、辽在打仗，武朝哪有水深火热之说，朝廷……真的想趁机破辽，收燕云十六州了？"

虽然是个山匪，但陆红提对武朝的情况其实还是挺关心的。宁毅只是笑着摇了摇头："没可能的，金灭辽灭定了，辽国是已经老了的狼，金国是一头老虎，我们现在怕的，是这头老虎把狼杀了以后，发现下面还有一只羊，继续杀下来。武朝没有实力，又老想做空手套白狼的纵横家，怕是最后国都要亡……"

"嗯。"陆红提理解了这话，点了点头，"那……你说的五年计划是……"

"有空的时候，给我讲讲吕梁的情况，你们周边的……所有详细情况，到时候我们两个再做一套或者几套计划，看往后怎么办。不过，大致的方向，目前倒是可以想象。"宁毅斟酌着，笑了起来，伸手随意比画了一下，"加强自身对周边的控制，依托吕梁山，做走私，把你们那边发展成一个走私的中转站或者说自由港……呃，就是让走私的商人可以在那里住，在那里做出一个市场来，提供保护，提供秩序。

"允许北面的铁器、战马往南边运，同时把南边的奢侈品运去北边。咱们实力稍微发展一点儿之后，就劫辽人那边的东西，杀辽人商贩，将东西在吕梁山拍卖，可以跟田虎做生意，卖武朝、辽国的东西给他们，同时跟武朝做生意，如果有什么辽人的首级啊，军队的铠甲啊，卖给武朝这边的军队。你们之前不也跟辽人打过吗？人头估计是浪费了，这个肯定很赚。最后如果能建成一座中立的三不管小城是最好的，目前基本可以往这个方向发展……"

他从巷道里出来时，天还不算很晚，但毕竟是要回去了。苏檀儿送他到了路口。

远远的屋顶上，陆红提站在那片黑暗里，看着那道身影远去。

如果说对方本就在江宁享福，把人劫去吕梁受苦这种事情很不厚道，但生存是第一原则，看见有本领的人，或威逼利诱，或设计陷害，令人入伙，加强自身，这样的事情在如今各个造反或落草的势力中屡见不鲜，无论是这边的方腊、梁山宋江、河北田虎还是淮西的王庆，都干过这类事情。吕梁山的寨子太小，目前来说，已经到了可以考虑扩大的时候了。

纵然如此，陆红提离开吕梁之时，也没有认真地考虑这件事的可行性。以她的性子，对于自己有善意者，还是光明磊落的一面居多。吕梁如今过得是比以前好了些，但比之江宁，依旧只是个吃糠咽菜的小山沟，把人劫来，那就是害人，太过分了。不过在下山之时，梁爷爷跟她说过一些话，或正面直言或旁敲侧击，她理解了那些话的意思，然后……虽然表面上并不承认，但在某些时候，午夜梦回之时，会经意或不经意地想起来。

"吕梁山这边,大家都过得不好,你师父过世得早,你身边没有亲人,又顾着这个寨子,好些事情都耽搁了……"

"你从小聪明,跟着你师父见了些世面,眼界也高,过往几年,附近没什么好人家,爷爷也知道你瞧不上,像附近寨子来提亲的你也推了……他们确实算不得好,但女人一辈子,总得有个男人护着,你武艺再高,也是一样……"

"原本呢,想说你年纪大了,找个人将就,但你这次下山,有件事情爷爷要问问你的想法,你自己也考虑一下……这几年山上山下能得你夸奖的男人没有几个,唯有你说的那个姓宁的书生,看得出来,虽然他很多方面好像不着调,但你还是挺佩服他的,你……是不是……"

"嗯,爷爷也是想啊,若直接去让人过来落草入伙,恐怕不太可能。听说他乃商贾之家的入赘女婿,胸有这等韬略之人,到底是为何人的赘,爷爷想不通,但男子汉大丈夫,总要建功立业。你可以如此劝劝他,他若真有本领,能过来,咱们山寨唯他马首是瞻又如何?另外,你若是对他有意……呃,这些事……"

梁爷爷说到这些时总有点儿吞吞吐吐,但意思还是明显的:你年岁大了总得找个男人嫁,那边虽然说成了亲,但毕竟是入赘,他若也有意来吕梁,破家出户,你又何妨嫁了他。

听到这些话,当时她只是红了脸,不做反驳,也未必真的上了心,一路上想起来只是觉得有些荒谬,慌慌张张地又把心思收到了最深处,但随着一路南下,时间渐渐过去,最令她难堪的,是这些心思就像杂草的种子一样落了下来,甚至还有生根发芽的趋势,每每想起都令她面红耳赤,只得又慌慌张张地将其收起来。

或许……并不是不可以。她的年纪其实要比宁毅大上一两岁,一般女子到了这个年纪,基本上会被人说嫁不出去。混江湖的女人也确实难有归宿,她早些年还是少女时就是在刀枪剑戟、尸山血海中来去,那时就已经耽搁了。师父死时也是独身,自己可能是学了她的样,但老实说,作为女子,能有个夫君的渴望,她也是有的。如今想来,师父或许也是这样,只是被生活逼得喘不过气,又未曾遇上动心的人,心思便被掩埋了。

吕梁山上附近的寨子也有人家提过几次亲,自家寨子的人不敢提,但也旁敲侧击地问过,她都回绝了。她是个女山大王,未必还要找个山大王,自家寨子的虽然有人会让她感到未必不能将就,但她最终还是没答应。若是宁立恒出了户,去了吕梁落了草,她想她是可以嫁的,反正也大了不是吗。好在这些年行走在刀剑之中,她没有受伤破相,样子还是能看的,他若愿意,身子也可以给了他。

想法有些突兀,令人脸红,但对一路上的她而言,更多时候心情还是平静的。

不过在湖州见到苏檀儿之后，一些想法就开始改变了，待来到杭州，她心中便知道，有些想法没有什么可能性了。

无论如何，这些念头心中是想过了。此时她在屋顶上看着宁毅远去，缓缓放下这些的同时，那些想法的余波，也如同叶子落在水面上一般，在心湖泛起点点缱绻的涟漪。算了，别去想它了吧，也不是没人要，也不是非要嫁人，在杭州保护他一阵子，尽量详细地与他合计，记下他的意见，回到吕梁之后，专心去弄好那个什么五年计划，只要寨子里的人过得好了，她也就……开心了吧……

随后的两天，宁毅开始忙起来了。

人人平等之类的思想如何去建立推广并且形成制度，目前还属于酝酿期，只要为思考中的刘西瓜不断答疑便可。不过刘西瓜将对付包道乙的前期工作扔在了他身上，对此，陈凡也好，刘天南等人也好，都相信宁毅有这方面的才干，而在宁毅来说，这个时候他也很愿意让霸刀营跟包道乙真的对上。

如今在杭州城里，霸刀营一方也好，包道乙一方也好，都算得上义军中的一方大佬。起义军不比朝堂，到了这个地步，彼此之间都是相熟的，人情大于道理。这种破坏内部平衡的事情，很多人都会出来劝阻，想要做，就得有两方面的准备。

第一，要让所有人知道，我跟包道乙确实翻脸了，没得劝架调和的余地，不是他干掉我就是我干掉他。这种气氛铺垫到一定程度，大家才会真正接受这件事。如果在翻脸那天就直接过去把人砍了，那上层的人是绝对受不了的，不分青红皂白，不跟大家商量，没有默契就杀包道乙这种大员，那不是私人恩怨，简直就是要造反夺权了。

要做到这一点无非是各种找碴，交给刘天南、杜杀等人就行。第二点才是最重要的：你非得杀包道乙，我也许可以接受，但不能在干掉包道乙之后城里就乱了，他的生意要有人能接，势力得有人能补上，他的手下得有人安抚。只有满足第二点，刘西瓜干掉包道乙之后，才有可能不引起太大反弹，也只有满足这点，刘西瓜才可能下决心出手，因此，这件事才是最为务实的一件。

调查包道乙手下的情况，调查他负责的各种生意、手上的各种权力，大大小小每一项都要考虑安排人准备接手，调查他手下有多少人可以分化，可以拉拢，有多少铁杆、死党，多少人可以说服，多少人需要控制。每一项都得有一个预案，这些预案不需要完全有效，但有效的部分必须在一定的比例以上，才能保证将来局势不至于崩盘，让人感觉到，霸刀营在干掉包道乙之后不会引起太大的波澜，这样周围的各个势力就只需要考虑自己对包道乙的好恶。

以往若是要做这样的事情，从上面往下的，顶多是一个个笼统的命令，最后会变成什么样子，基本上是不可控的，但这一次，霸刀营中出现的情况就不同起来。在接到刘西瓜的委托之后，仅仅半天时间，宁毅就在霸刀营中纠集各人组织成一个战略小组，就每一项怎么去做、怎么去分，需要打听的事情有多少，等等，开始进行整理。

这类事情不需要刘天南、杜杀之类的高手去做，只要让霸刀营内部的消息灵通人士搜集情报就行。对于包道乙那边的情况，霸刀营原本就有不少了解的，即便不了解，当天让人出去打听就会有结果，毕竟不是什么机密。例如谁管盐啊，谁管兵器啊，谁负责收保护费管着一帮混混啊，所有与安定有关的消息都被搜集、归档，然后战略小组考虑附近有关系的人，谁能在之后作为替补，压下局面，有想法的做预案，有问题的立刻拿出来讨论。

在古桐观中被救下来的一帮女子只是社会底层，用她们做文章没什么大的意义，能煽动的舆论也有限。不过，书院中的一帮孩子却掌握着很大一股助力，他们的家人都是方腊阵营的中层，有的人亲霸刀营，有的则相对疏离，但第一天宁毅就做了分类，并且写下书信，找了人过去与这些家长联系，说的倒也简单：你家孩子与包道乙有了过节，我们也不要你做太多，只是若有一天出了双方翻脸的事情，希望你能站在我们这边，接收包道乙在某个方面的地盘……

一件件小事整理归档，当数量到达一定程度的时候，整个规模就变得可怕了。

流水般的模式，机械化的流程，这是宁毅来到武朝之后第一次在务实性事务上真正出力。特别是来到杭州之后，形势比人强，有力无处使，到得此时，他终于找到机会，按动手中的巨大杠杆，开始搅动风雨。

这时的武朝，不是没有手上能管许多账还能井井有条的师爷，不是没有手头管着无数事情的务实性官员，然而将一个关于"夺权"的有机问题细分到这个程度，组织十几数十甚至扩展到上百个人，让他们每一个都找到自己要做的事情，让他们拥有这么高的效率，多线并行的，恐怕不会有第二个人。在这方面，无论刘西瓜还是刘天南，甚至是远在京城的务实派秦嗣源，一时间恐怕也只能将一条或者几条线作为重点，其余的便只能忽略了。

如同蜘蛛一般在霸刀营中吐出丝，借着一个一个人之间的联系迅速扩张出去，只用了几天时间，便在杭州城里结成了一张巨网，并持续扩散开去……

第九章
救妇孺火烧白鹿观 绑人妻楼家惹大祸

"怂恿了霸刀营对包道乙动手,但规矩还是要守一守,更何况,最主要的目标也不是包道乙……"

在四季斋与一名学生的父亲见了面,送走人之后,宁毅与闻人不二在房间里碰了碰头。作为如今城里的特务头子之一,得知了霸刀营将对包道乙动手,闻人不二也觉得兴奋,但听得宁毅说起主要目标不是包道乙,一时之间他有些反应不过来。

"为何?童枢密的大军将到杭州,以杭州如今的架势,怕是铁了心要拖时间了,这时若能以此为契机,扩大影响,引致他们内讧,岂不是最好的机会?"

"刘大彪不是笨蛋,这个机会唯一的结果就是我死,而霸刀营跟包道乙和解,大家什么好处都没有。"打开窗户朝外面看了看,宁毅给自己倒了一杯茶,"朝廷的军队下来还有一段时间,这个时候搞事,方腊一定会亲自出手压住局面,刘大彪也不会让这件事真的发展到内讧的程度。在朝廷的压力就要压死杭州的这个时候,杀包道乙这样的大员,只要稍微有理智的人,都不会去做的。"

他喝了口茶,咂咂嘴巴:"所以我尽量做好善后,就是要让刘大彪下这个决心。善后充分也是做给其他人看,告诉他们,包道乙就算死了,影响也不会太大……只要不撼动大局,要考虑的就只是对这个人的好恶了。我觉得在杭州城里,对包道乙有私人好感的人不会多,方腊以前也许能忍受他做的各种事情,但如今建国了,想当皇帝,他免不了就会想,包道乙这家伙整天抢女人、坏我永乐朝的名声,不影响大局的话，死了也就死了……"

闻人不二皱起眉头："那于我们又有什么好处？"

"塞人啊。"宁毅看了他一眼，"若包道乙死了，乱上一场又能有什么好处？在朝廷大军到杭州之前，其他人就能把局面稳定下来。决定胜负的不是这些事情，杀包道乙再杀他的手下，让杭州城乱上一场，看他们内讧，说起来激动人心，实际上没用，但……风物长宜放眼量，包道乙死后，小乱也是乱，最重要的是，话事人不同，能上位的人也不同，把握这个机会，你就可以把手头上的资源放到关键位置上去。等到大军围城，能帮忙递情报的可以顺利传递情报，能帮忙开城门的，趁机让他去守城门……我过来找你，就是要你手头上的名单。别告诉我经营了这么久，你们没有在方腊军队里插钉子。"

闻人不二的眼睛亮了起来："虽然不多，但可用的人还是有的……"

"不多啊。"宁毅沉默片刻，还是点了点头，"也行了。"他本来以为会很多的，方腊起义毕竟是来者不拒，如果有心安排内应，本来是很容易的事情，不过想来在方腊攻下杭州之前朝廷并未将这事看得太重，有能用的也就将就了。

"那现在就看怎么弄死包道乙了。这边光有善后还不行，筹码还要加。你这边要帮忙散些谣言，我不管你怎么做，但……包道乙手下龙蛇混杂，肯定会有招安派，这几天内，你要安排这样一个人，他拜访过包道乙，然后被厉天闰抓了，然后从他的口中透露出包道乙有招安的心思……理由随便编，就说朝廷觉得他是一个可以晓之以利的人，许了什么官职，或者因为与霸刀营冲突，又受'佛帅'弟子折辱，因此疑心'佛帅'，然后有了投降的想法。"

闻人不二笑了起来："不管方腊这些人信不信，能听到就成了。这个没问题。"

"嗯，总之，务必让他们觉得包道乙死了也好，能少很多麻烦……另外，我家娘子那边还请照看一下。"

说到这个，闻人不二登时肃容，拱了拱手："这个是我们的疏忽，不过弟妹的手段也真是了得，竟能在这个时候进杭州……哦，她身边那位女侠，似乎也不简单。"

宁毅压低了声音："有些私交，但……她的身份是有些见不得光的，最好不要去查，若是知道什么，也希望当作没有看见。"

"了解，我们不是六扇门的人，这些事情还是可以做主的。"

向闻人不二交代完这些，宁毅出了包厢，在酒楼中坐了一会儿。他等的是到附近街上买东西的小婵。此时杭州城气氛诡异，小婵一般不出门，但今天上街的不只是她，霸刀营的几个主妇，以"鸳鸯刀"纪倩儿为首，也一同出来买东西，还有几个男人跟随，小婵便跟了出来。

宁毅虽然打的是跟人谈正事的旗号，但也要低调，大家就带了小婵一块儿去逛，这时候再把人送回来，吃了些糕点，又呼呼喝喝地走了，留下宁毅与小婵在这里过二人世界。现在霸刀营与包道乙虽有不睦，但还不到当街杀人的程度。

退一步说，以霸刀营那种一点就着的作风，包道乙要杀也是杀刘西瓜、刘天南等人，不会对上宁毅这种小人物。更何况宁毅自号"血手人屠"，霸刀营内部多半知道他手段厉害花样百出，当日他是如何斩杀汤寇的，至今无人知晓。刘西瓜身边七把刀中，纪倩儿的鸳鸯刀最是凌厉狠辣，但若非必要，纪倩儿本人恐怕也不愿对上这个看起来手段百出深浅难测又老是扮猪吃老虎的家伙。

杭州一行，他原本就是想将与小婵的事情办了，可惜未及举办过门仪式，便遇上天灾人祸，如今虽然在一起，却是在这样窘迫、遍地危局的情况下。宁毅本人或许不在意身边有几个女子，但在对待的方式上，他还是属于现代人的思想——既然承诺了，还是要尽力让她过好一点儿。两人在这样的环境里相依为命，感情也有了加深，偏偏马上就要送她离开，对小婵，宁毅是有内疚的。

在二楼靠窗的地方找了个最好的位置，两人看着风景，吃着糕点聊着天，算是忙里偷闲的私人约会。小婵自然不知道宁毅的心事，笑着跟宁毅比画方才在街上看见的有趣东西。整日里不出门，她也闷得慌，随即觉得自己有些不顾形象，努力端正面孔吃点心，不一会儿又被宁毅逗得兴奋地比画起来。

小婵今年十七岁快十八岁了，若在一般人家，恐怕孩子都已经生下两个。她这些日子也放下了丫髻，但在宁毅眼中还是个青涩少女，放在千年后，恐怕还在背着书包上高中。小婵或许不能当那种强势的女班长，但多半可以当劳动委员，由于长相可人，会深受大家喜欢……宁毅幻想着这些，看到这个看起来青涩却又已带了些许居家气息的少女笑得开心，心中也稍稍安宁下来。

无论如何让她离开这片地方是必要的，来日方长……

如此想着，眼见快到中午时分，宁毅便点了几份菜肴。此时正是四季斋生意的高峰期，上菜的时候，闻人不二从旁边走过，悄然说了声："包道乙也在这儿宴客。"随后他指了指三楼那边一个房间的窗户。

四季斋内部是环状，二楼也可以斜斜地看见三楼，坐在房间稍里面位置的，隐约便是包道乙。不过宁毅不打算走——他认识包道乙，包道乙不认识他，问题不大。他转头，继续专心与小婵吃饭说笑，待到快要吃完的时候，包道乙等一群人从楼上下来，宁毅竟在其中发现了一个认识的。

混在人群中的那人是楼书望，宁毅早已知道楼家找了包道乙做庇护伞。不过楼家还算是相对纯粹的生意人，当初方七佛让楼家投靠，并不是将它算作一个大的政治势力，就算两边走得近，但只是些许钱权交易，跟交保护费性质差不多，包道乙在，他们给这边交保护费；包道乙倒了，他们自然找其他人，倒是无须在意。楼书望朝这边看过来时，宁毅随意地点了点头，对方便也敷衍地一点头，沉默地离开了。

下楼之时，包道乙也扭头朝这边看了一眼，大概是注意到楼书望方才的点头吧，宁毅正伸手擦小婵嘴角上沾的酱汁，感受到目光看过去时，包道乙已经扭头下楼了。

这只是发生在滔滔大势中的小小插曲，宁毅并未在意。回到霸刀营，他便被刘西瓜拉去讨论想法。他知道刘西瓜在这两天里连续参加了两场诗会，李清照的几首词已经被她用掉了，像什么"常记溪亭日暮，沉醉不知归路，兴尽晚回舟，误入藕花深处"云云，以她平日的作风，居然去表现这种小女人的愁思，委实让人错愕，别人恐怕会以为她在藕花深处遇上仇家埋伏，因此写了首词……

除了李清照的，她还抄了《登金陵凤凰台》：

凤凰台上凤凰游，凤去台空江自流。
吴宫花草埋幽径，晋代衣冠成古丘。
三山半落青天外，二水中分白鹭洲。
总为浮云能蔽日，长安不见使人愁。

金陵就是江宁，她一辈子没去过，也顺手乱抄，还说是在慨叹包道乙这种人蒙蔽了方腊，她为之痛心疾首……事实上这些诗词乱扔出来，大伙就已经明白她背后有枪手，但能够随手写这种诗词的枪手还是把许多懂诗文的人吓得一愣一愣的。当然，诗词好不好对刘西瓜这种游戏般的态度没什么影响，哪怕扔出去的是打油诗也没人敢说什么，但好到这个程度，就有些吓人了。

此时北面的战事不知道成什么样了，但朝廷应该是认真起来了，因为宁毅知道方腊的战线已经全面收缩了，伤兵一直在被运回来，厉天闰则抓了一批又一批人，总数虽然不多，但令得气氛更加凝固肃杀。

宁毅操纵着霸刀营的全盘关系，在杭州城内布成为杀包道乙而设的巨网，看起来是要令杀包道乙对杭州的影响降到最低，实际上没有多少人知道，他的最终目的，是要令朝廷的间谍力量在方腊军系中得到合理安插。这已经不是在对付包道乙这个简单层面上看问题，而是在战略高度上直面方腊和永乐朝，从某种意义上来说，童贯的十五万军队在北面面对方七佛，他则是在这里以闻人不二的力量面对方腊，要为日后尽快结束这场战争这种影响历史的事件中做出关键的推动。

不过，在日后的历史记载上，最为人浓墨重彩书写的并不是这件事，而是在与包道乙发生冲突的三天之后，霸刀营进行了一次选举。这次的选举相当儿戏，是在宁毅与刘西瓜的随意讨论中发生的闹剧之一——在当时看起来确实是很随意的举动。这场选举让霸刀营内所有人投票选了几个原有的官员，此事让大家一头雾水，而选了之后，票数统计的过程未被公开，每人的得票也未公开，只有结果显示，选举后，所有的小头目全部维持原状。

在这之前，刘西瓜在考虑宁毅的想法该如何开始，从什么方向入手，第二天，宁毅随口扔出了一个说法——"让他们选一次"。这种选举不公平、不公正、不公开，但就是让人有这样一个印象——"有这么一回事"，往后也将进行几次，口头上要对他们说"这个你们自己做主"，实际上不理他们的想法，几次之后，也许会有人因为利益考虑这件事，只要有第一个人出来抗议，上面就会让步："你觉得有问题？这次我们公开一点儿。""你觉得还有问题？这次我们再公正一点儿。""还有问题？你说怎么办？"久而久之，对于这件事以及如何争取，"自己确实可以说话"的观念就会形成。

在这之前，一件事大家无法决定，举手表决这样的选举一直是存在的，但唯有这一次简单如儿戏的选举，连同霸刀营、刘西瓜等人接下来数年间进行的一系列事情，确实在后世被认为是民主制第一次有意识的萌芽。

尽管这萌芽最初诞生于一片大家都未能看清的混乱中，在最初的几年里，那小小的光点饱受各种风吹雨打，经历了各种颠沛流离以及兵凶战危的肆虐，甚至一度被它的创始者扔在无人理会的荒野，它时亮时灭，看不清未来，但在几年之后，这颗种子还是坚强地发出芽来，顶开了头上的巨石。在后世看来，它最终得以存活，无疑是一场包含了无数侥幸的奇迹。当然，这是后话了。

宁毅此时其实已经有了要扭转这一次大局的自觉。已经出了手，下了决心，就不能再回头了，如果他出手，确实有这样的可能性，能够在一定程度上决定此后杭州的战局，将之肆虐的程度、持续的时间尽量降低、缩短。从某种意义上来说，他已经走到决定部分历史的位置上，当然，这是属于这个世界的历史，与原本的世界已然不同了。

相比这方面的郑重，对刘西瓜的想法和作为，他暂时不抱期待，如果有可能持续下去，他也想看看日后这东西会变成什么样子，但眼下无须太过上心。既然有了机会，立刻把握住，在方腊体系的防洪堤上钻下几个最为关键的洞才是最实际的。与此同时，他也在关心妻子那边的事情，希望能够让妻子与小婵最终顺利离开。

一天、两天、三天、四天、五天……过去了，矛盾尖锐之后，对包道乙方面第一次明确动手就要发生了，宁毅严密而紧张地控制着局面，试图让闻人不二安排的人手能够更合理地参与到这场大事中来，同时，苏檀儿要与小婵会合，离开杭州的时间也要到了。就在这样的气氛下，有一件事情毫无征兆地插了进来，证明了凡事总会有一点儿小小的波折与意外，不可能尽如人意，一帆风顺。

后世看来，这仅仅是一件小事。不过在当时，当它忽然插到宁毅面前时，作为他来说，委实有一种错愕以及哭笑不得的感觉；当时他其实也仅仅是将这件事作为一件鸡毛蒜皮的小事来应对的……

相对于最近杭州城内发生的各种大事——齐元康的死、厉天闰的回归、平昌街的冲突，作为商人的楼家，应该算是并未涉入其中的另一个系统了。

虽然已经是城内最大的商贾势力之一，但在真正涉及权力的台面上，楼家还只是偏于一隅，不被太多人关注。不过，对杭州城内中层势力而言，它如今又是一个触手涉及各个方面的庞然大物。当然，由于最近才渗入整个系统里，各个方面的权力角力倒也不用给它太多位置，这个看似庞大的势力，对方腊朝堂的众人来说，实际上还是疏离的。

这倒也不足为奇，古往今来，这就是商人阶级的状态，武朝如此，永乐朝也如此。相对以前，楼家如今在永乐朝至少已经算是最大的皇商之一。当然，永乐朝如今的前景，就是最让人担心的问题，到头来楼家是赚是赔，还是得归结到这一问题上。

作为楼家来说，当初会留在杭州投靠方腊，有一半以上是因为迫不得已，但也有部分是出于楼近临的理性考量。当时楼家已经与钱希文等人有了些许嫌隙，商人之家本就敏感，离开了杭州，钱希文等人有官场的关系，无论是之后到其他地方还是再回到杭州，他们都可以东山再起，楼家的家产却都在杭州，离开这里，这些年来攒下的基业就没了。

楼近临是无论如何都不愿意接受这种结果的——经营了半辈子的基业就此毁于一旦。更何况当时楼家已经被方七佛盯上，想走也不现实。杭州被占之后，楼近临曾经有过一段时间的迷惘，但很快，他展露出枭雄本性，试图在以后的日子里为楼家杀出一条更宽阔稳妥的路来。

安分守己或者坐以待毙都不是他的性格，单纯让楼家成为永乐朝的第一大商家或者等着朝廷南下打破杭州后被抓都不是楼近临要选择的未来。这位五十多岁的老人，身上仍旧有着抓住一切机会并将现实层面的利益不断扩大的眼光与能力，开拓的火焰仍旧在他的身体里燃烧。

单纯当商人，依附他人，这是不行的，即便此后永乐朝能够承受住朝廷的攻势，开拓出一个大的局面，他也不再满足于成为第一大商家这样的目标了。时势动乱混沌，楼家有钱，在方七佛的支持下，也有着不被大多数势力束缚的权力，在这时的杭州城，最为切实的一条路摆在了他们面前。

一个多月以来，楼家开始招兵买马，试图扩展自己的力量。

方腊本身就是起义造反的性质，杭州城虽然已经被立为首都，但龙蛇混杂，军队聚集，兵戎不禁，想要在这里拉一批人，拥有自己的势力，大的原则上来说，是被允许的。不过，城内的各种势力已经趋于饱和，真想要在各种好处上分一杯羹，与人抢食，终究抢不过那些从一开始就跟在方腊身边混饭吃的人。

楼家并不属于这一例，他们有钱有粮，有诸多生意要做，家里要请护院，生意上要请打手，都是合情合理的，自己也养得起，而到得如今，人数上已经没有限制了。如果说这场战争教给了楼家什么，或许就是兵器一定要抓在自己手上。当然，即便他有了这样的觉悟和便利，一切也不能做得太过火，如果从一开始就表露出自己也要掌兵权的野心，方腊绝对会将他打死在半途中。

楼近临是沉稳之人，走的路上有困难，但这些困难对他来说，其实是不大的。一批揭竿而起的泥腿子虽然不是傻子，但在各种微操上无论如何都比不过他这样的老狐狸。决定了要做的事之后，他购入了大量精良的兵器和少量军马，招募家丁，延请护院，同时招揽了一些有真材实料却被人漏了的武林人士，在一个多月的时间里，既维持了城内各种物资的运转，又将本身力量的触手伸了出去。

在这期间当然也会有一些问题，例如楼家养得起人，但要养成军队终究不可能。杭州眼下灾民也多，他可以招募一千两千吃不起饭的人，但没有营房，没有训练场地，又有何用？在这样的情况下，楼近临更加着意的是扶持一些小型的街头势力，例如一二十人的小团体，二三十人的小帮派，在楼家附近街头混饭吃的各种混混。在一个多月的时间里，楼家招募了近两百名护院，在外掌控的力量则数倍于这样的数目，真要拿出去炫耀，人数上已经不输于方腊军中一些中层将领的班底。

当然，这些人并没有多少真实的战斗力，可以说这已经算是一个大帮派，但要说是军队还早得很。即便是这样，到得如今，一些以往并不将楼家当一回事的义军头目也已经不敢再轻易招惹楼家了。

往日里，作为方七佛指定的商人之一，在杭州城里虽然不会被刁难太过，但依旧有许多人如水蛭一般叮在楼家身上混饭吃。身边只有百十人的将领都敢到楼家来要吃要喝收保护费，哪怕楼家托庇于包道乙之后也未有收敛，因为大家都知道，包道乙也不可能为这种事替楼家出头，大家都是兄弟，你家大业大，人家过来分点儿，又没有砸了你家，有什么好说的，不过是个商人。

往日里对这些人，楼家都是好好招待，绝不失礼数，如今也是这样，但随着时间的推移，虽然楼家并未在外面做过什么立威的事情，这类人的登门却越发少了。对上层例如包道乙这样的人来说，楼家什么变化都没有，不过是正常地发展，但对一些中下层的头目而言，他们还是能敏锐地感觉到楼家不断扩张的力量与气势。

"那个楼家，现在不好惹了……"

茶余饭后，这些原本并未将楼家的商户身份放在眼里的将领免不了发出这样的感叹。这也证明，楼家的实力已经悄然膨胀到足以与这些人相提并论的地步了。

　　不过，商人的身份还是会让人不由自主地低估其实力。当别人以为楼家的力量只是刚到达中下层的水平时，楼家其实已经在悄然分化、拉拢一些手下有数十人乃至百人的头目了。

　　别的且不说，楼家的经济能力足以让它在自身拥有力量之后掌控部分稍逊于己的势力。在楼近临的轮番运作下，如今已经有两拨这样的势力，在其间头目与他人争权失利后，愿意投靠楼家以获得庇护。这样的情况对楼近临而言，意味着势力发展前期的几步已经稳稳当当地踏了出去。

　　"要想在这些人中说上话，还得一段时间。接下来探探那个唐炳章的口风，他在齐元康手下做事，这次虽然没有出事，但受到的波及肯定也很大……"

　　上午时分，楼家主宅的书房里，楼近临与长子楼书望说着有关扩张的事。楼家的护院没必要再招了，他手下没有多少有经验的老兵将，笼络这一类势力算是最实惠的选择。再有几拨人投靠，楼家就真正上得了台面，成为杭州城内的中层势力之一。由于方七佛当初的庇护，楼近临也有把握令楼家的上位不至于太被排斥，顶多让人觉得有些投机取巧而已。不过，一旦有了实力，谁又能真正让自家不爽？

　　"杭州这片，暂时按部就班，就这样发展下去。倒是西面南面的后路要早做准备，几个月后……"转了转手上的扳指，楼近临说到这里又沉默下来。他头上白发参差，但梳理得整整齐齐，眼神锐利，精神也依旧充沛，依旧充满了狮子一般的气势。虽然几个月后的杭州会变成什么样也让他感到焦虑，但后路仍然是有的，不久之后想到的另一件事才让他感到些许沉闷。

　　"对了，你弟弟最近怎么样了？"

　　相对于长子楼书望，楼近临心中更为疼爱的其实还是小儿子楼书恒。早些时日，杭州城破，楼书恒显得很颓废，楼近临身边反正有大儿子做帮手，对小儿子心中受到的冲击也可以理解，就暂时让他休息一下。不过，若是一直无所事事，那就实在是过分了。楼近临是希望小儿子对家里的事情多多了解的，特别是在楼家经历如此变局的时候能够发挥出他的才干，将来这份家业也可以更安心地交一部分到他手里。

　　他心中倒并没有将家业全交给楼书恒这种偏倚的想法，两个儿子的关系其实还不错，但长子才华出众，即使将来每人分得一半家产，长子这份越来越大，次子家中也难免生出嫌隙来——这自然是恨铁不成钢的心情。

　　楼书望闻言拱了拱手："小弟最近出门走访还是挺勤快的，只是他找错了一些人，想要探知的情况便一直未能打听清楚。不过他认识的人也是越来越多了，相信很快就能把想做的事情做完，收回心来。"

楼近临叹了口气："他的那些事情，你心中有数吧？"

"孩儿知道的，他对那苏家小姐有些念念不忘，但最在意的，恐怕还是宁毅当初对他的折辱。那宁毅的状况孩儿知道，先前与父亲说过的。这次孩儿并未主动去帮小弟，是希望他能主动办成这件事，对他来说，也有着特殊的意义。"

楼近临不以为然地挥了挥手，皱眉沉默片刻，终于说道："大丈夫要报仇无妨，但眼界要广。那宁毅为父也记得，但在如今这等情况下，还有什么好念念不忘的？我楼家遇上此等变局，一旦过去，整个杭州……永乐朝与武朝的争锋，都有我楼家的参与。当初的些许小事，遇上了如虫子般捏死就行……唉，罢了，此事你看着吧。事情做完，让书恒收心回到正事上来。另外，舒婉呢，她最近如何？"

听父亲问起妹子，楼书望表情有些复杂："其实……小妹与那宁毅倒是有些关系……"

"嗯？"

楼书望将小妹大概是对宁毅有了好感的事情说了一遍："依我看来，这宁毅有些本领，也是极懂借势之人。当初身为赘婿，极是低调，与文人来往则文质彬彬，待到身在那霸刀营，又故作豪迈慷慨。以我楼家如今的地位，他在这边故意接近小妹是有好处的，但小妹其实驾驭不住他……"他将自己的看法说完。

事实上，楼书望最近事务繁忙，对宁毅虽然有些上心，但终究是带着俯瞰的心情——一个人这样子落在匪营里，厉天佑又对他有敌意，他使尽手段挣扎求存，做得再好，在楼书望眼中，也不过是一场好点儿的表演而已。

楼书望并不在意宁毅，弟弟妹妹跟宁毅有牵连，他在意的也只是弟弟妹妹而已，这样的一个外人，死了活着或者生不如死他都无所谓。从某种意义上来说，假如小妹跟了宁毅真能过得好或者能够像以前一样开心，最后把人甩掉，他也可以去说服小弟高抬贵手，但小妹肯定驾驭不住这样的一个人，而小弟又心心念念地想要发泄，那宁毅就只有死了。

楼近临自然也明白他的意思，想了片刻，朝他说道："这事你要看好。"楼书望点了点头，表示知道了。

与父亲说完话，中午楼书望去了四季斋，同包道乙等人一块儿吃饭。他只是个陪衬，其实不怎么说得上话，最近几天，他也听说了包道乙与霸刀营国女子之事有了冲突，此后几天一直都有摩擦。对这件事他并不在意，楼家托庇于包道乙，但根基是方七佛，城内的各种物资还是需要楼家来周转，别人打不到楼家头上来，楼家反倒可以静观其变。再过些时日，他们也可以在这样的政治斗争中捞到利益了。

倒是无意间，楼书望看到了坐在楼下吃饭的宁毅与丫鬟小婵。

大家吃饭时，严肃的话题总是只有一点点，其他时候多是开起各种玩笑。楼书望知道包道乙是喜欢各种女人的，便将话题引了上去，包道乙也笑着对各类女子的好处侃侃而谈，宾主尽欢之时，楼书望指了指楼下的小婵问包道乙的看法。包道乙倒也真有些本事，捻着胡须看了一眼，便笑着道那是大户人家调教得极好的丫鬟，最近被旁边的男子收了房，正是最有韵味的时候。

有这样一问，楼书望的目的也就达到了，他知道包道乙的爱好，小婵这样的女子正是投其所好，此时他这样一问，说不定待会儿便会有人将小婵掳走。这也是他随手给宁毅出的一道难题了。

倒是包道乙最近忙着打架，家中又有许多姑娘玩得开心，前几日与霸刀营杠上之后，在当街随便抓姑娘的事情上，他还是收敛了几分，这次终于没对小婵动手。

这事在楼书望也只是随手为之，未有太多在意，后来包道乙到底抓不抓，他当然也是无所谓的。若事情发生，他可以在小弟对宁毅动手前看看对方的应对，即便没看到，宁毅的性命也是丢定了，他接下来要办的事情多的是，这类小问题不会占用他太多时间。

过了两天，他听下人说起楼书恒最近在某个诗会上见到了一名女子，对其诗文风度倾心不已，楼书望心想既然有了新的寄托，也该让小弟早些了结宁毅的事情，就此收心，结果，在这天中午找到自家小弟时，楼书恒的进展让他吓了一跳。

那是在平昌街附近的一家小酒楼上，楼书恒带着几名家丁坐着。他这些日子在城内到处寻找宁毅的踪迹，但找错了关系，一直没有得到太多情报，此时脸上胡子都出来了，不修边幅的样子。兄长上来时，他竖着两根手指晃啊晃，极是兴奋。

"你知道我找到了谁？大哥，你知道我找到了谁？"

"谁？"

"你一定猜不到……嘿嘿，你肯定猜不到……"

"……"

楼书望疑惑地看着楼下，不明所以。楼书恒笑了很久，站起来走来走去，双手合十兴奋地摩擦着，神经质地压低了声音："是苏檀儿……是苏檀儿……我前天找到了宁毅，然后……然后我请人想办法监视他，昨天发现他居然往这边来，你知道我看到了什么……哈哈，是苏檀儿。她真厉害，宁毅陷在这里，她竟然带着一批布料悄悄地潜回了杭州。是不是？太厉害了，哈哈……她回来了，她居然为了那个宁毅跑回来了，太厉害了……这女人……"

楼书恒笑得几乎流出眼泪来。楼书望皱着眉头看着有些兴奋过头的弟弟，片刻后，楼书恒在兄长的目光中停止了他的手舞足蹈，吸了一口气，表情像是被老师盯着的学生般收敛起来。

"我要留下她。"他举起右手食指，强调了一下，过了一会儿，手指又用力地晃了晃，露出一个笑容，"她今晚要走，但是……我要留下她……哈哈……哈——"

娟儿赶到霸刀营时，大概是申时二刻，下午四点多，秋天黑得早，这时已经接近傍晚了。霸刀营中精英尽出，由不同方向悄然去往之前预定的包道乙分布在城中的一个个据点。作为事情的主导人之一，宁毅、刘西瓜、刘天南等人也刚刚离开细柳街。接到娟儿的是刚刚知道自己要被送走的小婵，她的眼眶还是红通通的，正一个人躲在厨房里哭。得知消息，她连忙拉着娟儿，一路追了过去……

夕阳斜挂在天际发出光芒，秋风吹过仅剩最后枯叶的枝丫，从城市街道的上空拂过。街市间行人来去，马车穿梭。

骑马而来的霸刀营成员赶上前方的马车时，宁毅正在车厢里看着刘西瓜、刘天南等人商议今天行动的一些细节，伤势并未痊愈的陈凡也在其中凑热闹。

今天动手的目标主要是包道乙的白鹿观。几日以来，旁人大都以为包道乙、刘西瓜这种高层终究还是会保持理性，大规模的冲突并不会出现，但刘西瓜是明白包道乙睚眦必报的性格的，眼下这场冲突不会等到晚上，而是要在天黑之前破了包道乙的老巢，在所有人的围观之下救出被关在这边的诸多女子。

打仗，对外得有个名分，既然霸刀营已经占了制高点，接下来自然要宣扬出来。相对而言，古桐观那边要么是包道乙玩腻了的女人，要么是一群手下私自抓的人，只有白鹿观这里，才真是属于包道乙的后宫，一旦碰了，等于在他心中挖出一块肉来。这件事情一做，霸刀营与包道乙就已经全面宣战，旁人也就不用考虑过来调停，只能站队了。

下了决心动手，当然不能只攻一处做做样子，霸刀营以白鹿观为主要目标，其余属于包道乙的许多据点也都针对性地派出了人手。无论如何，这个傍晚都会是最热闹的一次狂欢。对宁毅而言，给闻人不二那边订下的计划，日后杭州的局势，当朝廷军队来攻时能够起到作用的一些关键布置，都将在这个傍晚启动。也是因此，当传信人从后面追上来，随后看见娟儿的身影时，宁毅委实是有些错愕的。

杭州城里不太平，娟儿一身男装打扮，身上也弄得脏兮兮的。她有些焦急地与宁毅说了不久前小院被围的状况，陆红提将她送出来让她报信的事情。事实上，有陆红提在，未必不能护着苏檀儿离开或者反杀掉围困小院的几十人，但想要同时做到两点，甚至保全所有人，那就很困难了。

退一步说，就算她能做到，以苏檀儿一行人此时的处境，杀死几十人之后，出城就成为泡影了。这样的情况下，苏檀儿便拜托陆红提出来报信，但陆红提坚持留在苏檀儿身边，只送了娟儿出来，将事情的选择权交到宁毅手上。

"楼家的人？"听到这里，宁毅愣了片刻。

"婢子看到楼家的二少爷了，大少爷好像也在……姑爷，你知道那个楼书恒一直觊觎小姐的，可能是因为这个……"

"哈，这真的是……"实在有点儿找不到适合对应的心情，宁毅抬头张了张嘴。这个时候竟然会插进来这样一件事，但不管如何荒谬，事情毕竟已经发生了。吸了一口气，他拍拍娟儿的肩膀："我知道了。娟儿你随小婵回细柳街，晚上等我跟你家小姐回来，没事了。"

话说完，宁毅转身朝等在街边的马车走去。娟儿看宁毅决定做得如此之快，安心之余又担心起来，对小婵道："那……本来说今晚走的，怎么办啊……"小婵摇了摇头，拉着她："咱们先回去吧。"她害怕马车那儿的刘西瓜等人看出什么端倪来。

实际上，那边的众人早已看得津津有味。不知道这忽然过来的女扮男装的少女与宁毅有什么关系，刘西瓜倒是一副若有所思的样子。宁毅走过去，夕阳之下，人来人往的街头，这一身长袍的书生说了几句话，众人的表情才精彩起来。过了片刻，刘西瓜开了口："两百人够不够？"

"有五十人就行了，路上我去找锐锋营，你们先走。"

"给你一百，阿常陪你过去。"

这简单而快速的对话，以最快的速度对这忽如其来的事态做出了决定。说完这话之后，方书常跳下车，宁毅转身便要走，刘西瓜探出头来，脸上带着俏皮的笑容。

"晚上设宴，我给嫂子接风洗尘。"

"知道了。"宁毅有些没好气地接了一句。那边马车驶出，帘子一掀，又是一道人影跳了下来，是身上仍旧打着绷带的陈凡，他笑着拍了拍宁毅的肩膀："一块儿，我也去见见弟妹。"

此时，数百霸刀营精锐正从不同方向悄然散往城市的几个主要区域，刘西瓜的马车去往白鹿观，宁毅、方书常以及陈凡等人朝着反方向赶往楼府，散出的几名传令兵让这边的近百人在奔袭中靠拢过来，同时，一名传令兵正在去往附近锐锋营的所在地。这是一小拨倾向霸刀营的军队，其中头目的长子正是在宁毅手下读书的永乐青年团的骨干。接到消息之后，数百余人拔营而起。

与此同时，楼府正准备吃晚饭。

天还未黑，大大的灯笼已经一盏盏点了起来。楼家家大业大，最近更是不差这点儿钱。正厅一共摆了五桌，其中三桌坐的是楼家的本家、亲属，两桌坐的是近来招募的幕僚、客卿。

入席之时，楼书恒还带着些兴奋，楼近临没好气地看了他一眼。楼书望则叫来管家，让他加强府内府外的防御，避免有人闹事。他是谨慎之人，知道宁毅在霸刀营或多或少有些关系，对方如果铤而走险，己方总得有一番应对。

如今的楼家不同往昔，要发展，亲人的力量不能忽视，招收的幕僚客卿也不容怠慢，每日大家坐在一块儿吃饭，正是巩固关系的好时候。楼书恒刚刚将苏檀儿等人抓进府中，但吃饭的时间他还是不敢缺席。只是以往这类时间里他多半心不在焉，今天则明显活跃许多，不住地找人说话，一时间颇为引人注目。

与这个二哥一样，楼舒婉最近的情绪也有些复杂，见他这样，心中有些疑惑，这疑惑随后又变成了猜测。过得片刻，她大概听到了大哥对管家的吩咐，过去询问："大哥，你跟二哥干了些什么？"

楼书望正在吃饭，停了一停："什么干了什么？"

"你们对……对宁毅动手了？"

"没有。"楼书望摇头否认，"不过迟早会，你不要管。"

"你们……"楼舒婉瞪大了眼睛，正要再说，一旁主位上的楼近临皱起了眉头："舒婉，吃饭的时候，不要说那些上不了台面的事情！"

他隐约听到女儿说起"宁毅"这个名字，心头不悦。对这个父亲，楼舒婉终究是怕的，沉默下来。楼近临向楼书望问道："书望，唐炳章那边如何了？"

"意愿还未定下……"

"明日为父亲自与他谈一次，将事情定下来。"

楼近临说起这个，旁边便有一名客卿眼睛亮了亮，道："东翁想要收服唐炳章？这可不容易……"

楼家这样子招揽人和势力，至少在内部，大家都明白这意味着什么——明显已经不满足于商贾的地位，而往大家族、大军阀的位置发展了。众人于是说起最近一段时间外界对楼家印象的改观，没有多少人敢欺到头上来，等等，情绪热烈，与有荣焉。楼近临对楼舒婉、楼书恒说道："往后收收心，关心一下家里的这些事情，咱们不再是以前的那个楼家了，格局要大。"

他们谈论着这些事情时，距离楼家大宅不远的地方，上百名霸刀营的成员正走在路上，遇上宁毅时，有的过去询问："宁先生，听说被掳的是弟妹？"他们有三五成群的，有十余人一拨的，并没有会集成完整的阵型，因为按照之前的计划，他们是要伪装成行人去偷袭的。此时人群之中消息来回传递，也有各种窃窃私语。

"听说宁先生的娘子被劫了……"

"往日没见过啊……"

"谁干的……"

"不知道天高地厚……"

"你们还慢吞吞的干什么？快啊……"

"扒了他们的皮……"

宁毅在霸刀营中算不得大口吃肉大碗喝酒的粗豪汉子，但他的定位本身就是文人书生，大家与他虽然不算打成了一片，但眼下都已经知道了宁毅的本领，而且配合刘天南将霸刀营安排得井井有条，对这帮人来说，这记耳光等于是落在自己的脸上了。

一拨拨持刀者带着杀气汹涌而去……

申时过去，天渐黑，大红灯笼高高挂。

宴席间的气氛越发热烈起来，不知什么时候，院落一边的天际出现了一道烟柱，看起来像是城市的那端起了火，于是大家看了看。

"什么地方？"

"城东头那边。"

"像是白鹿观。"

"不会吧，不像啊……"

正说话间，外面陡然传来混乱的声音，众人还在想着是不是真的白鹿观起火，一名护院从大门那边冲了过来："报……禀禀禀、禀报……外面有军队、军队……"

"出事了。"楼近临皱了皱眉，"过路的？"

"不不不……不是……"

那人平素并不结巴，但此时话音未落，院落那边的正门陡然间被人踢开，紧跟着，一道道人影冲了进来。楼家自然是有护院的，原本想要上去阻上一阻，但随即停了下来，没人敢上前，因为院落周围的围墙上，也有一拨一拨持着弓箭的人出现。主宅侧面的街道那边，隐约传来"冲进去！"这类简短的命令。没有激昂的喊杀声，但一时之间，所有的方向都传来动静，后方不知道哪座院落里偶尔会传来"啊"的一声惨叫，许是死了人。

前庭后院的局面都被迅速控制，院子里有人想要过去交涉，被一刀剁翻在地。冲进来的人分好几拨，但全都不说话，只握着染血或未染血的刀剑盯着院子里、房间里的人。正厅里的五桌人中有一部分站了起来，有一部分坐在那儿不敢动。楼近临坐着，对这忽如其来的事态，老人保持着冷静，只是沉声低问："什么人？"

楼书望站在旁边，想着什么，随即摇了摇头："不可能。"

"什么？"

"可能……可能是宁毅……但怎么可能……"

"嗯？"楼近临抬起头看着身边的长子，楼书望道："一个时辰前小弟抓到了苏檀儿，目前就在家中。"

楼近临抿着嘴想了想，目光锐利："就算是'佛帅'，也不可能轻易动我楼家。"他摇了摇头，"不可能是因为那个宁毅，只是巧合……待会儿人来了看看他们要什么。"

然而，就在片刻之后，宁毅带着陈凡、方书常等人出现在院门口。他没什么表情，伸手卷了卷书生袍的衣袖，径直朝厅堂这边走来。楼近临微微抬起头，看着这一幕。楼书望皱着眉，摇了摇头，轻声说了一句："怎么……这不可能……"但随即，他朝着厅堂门口走过去，做出了迎接的姿态，只在心中不断想着这荒谬的状况算怎么回事，这个投靠方腊军不过些许时日的入赘之人怎么可能做到这点。

所有人都在看着，他们基本都不认识宁毅，但看这状况，也知道来的是主事之人。当宁毅微微皱着眉头踏上台阶时，楼书望拱起手："宁兄弟，今日之事……"宁毅有些冷然，但更多可能是无趣的目光只在他的身上停留了一瞬，随后转回房间里的楼近临身上。一面走，他一面从身边一个人手中接过弩弓，下一刻，他将弩弓对准楼书望的喉咙，扣下扳机。

噗——

"啊——"

有人尖叫，满堂震动。宁毅踏入正厅，楼书望的身体倒在两米之外，那根弩箭刺穿了他的喉咙。他伸手试图去捂流出的血，但鲜血同时从喉咙和口中冒出来，他望着天花板，脑袋里依然不明白这是怎么一回事，那个是宁毅，为什么为什么为什么为什么……他明明还有很多事情要去做，那个是宁毅，第一次见时，不过是个入赘的夫婿的宁毅，他明明还有很多事情要做而且正在做，明天安排好的事情该怎么办？他不过是绑架了一个无足轻重的苏檀儿而已，明明是无足轻重，随随便便杀掉也无所谓的……

楼舒婉尖叫着朝兄长冲了过去，但他的喉咙被弩箭刺穿，已经回天乏术。这一瞬间的冲击令得坐在最上首位置的楼近临陡然绷紧了身子，老人仍旧坐在那儿，牙关紧咬，看着长子忽然倒下，随即盯紧了宁毅。恐怕没有多少人想到来人会如此干脆地对楼书望出手，有人过来："你们干什么？"

这人是楼家的亲族之一，或许只是下意识地迎了上去。方书常反手拔刀、收刀，那具尸体带着鲜血飙射出去，血浸了满地，被撞到的人跳着避开，有的因此摔倒，有的惊呼起来，于是又是一片混乱。不过，这一幕之后，厅堂内几近鸦雀无声了。宁毅的脚步却是从头到尾都没有停下来，他只是随手扔回弩弓，穿过靠门的两张圆桌，径直走向最里面主家席的那张桌子。

坐在楼近临对面的一名楼家人起了身，下意识地想要避开，却被椅子绊了一下，哗的一声跟跟跄跄退出好几步。一时间，周围的人几乎都是如此混乱地散开。宁毅跨过两把椅子之间的空隙，抓住圆桌的桌沿，顺手朝一边掀了出去。

轰然一声响，巨大的圆桌连同上面的十余种菜肴翻向厅堂侧面，旁边的桌子边坐的是楼家招揽的一批客卿，都是武林人士，也不乏高手，但此时只是狼狈地躲避开去，有的被汤菜淋了一身也不敢说话。事实上，这批人中武艺最高的一人之前被陈凡暴打过，这时候看着站在那边的陈凡，双手都在发抖。

圆桌飞开，下方支撑的架子也被掀开砸在一边。原本的主家席此时就只有楼近临一个人还坐在那里。这位老人是真正有气势的，他全身微微颤抖，如同死了孩子的狮子般死死地盯住宁毅。方腊军系中的中层将领如果来抄家等遇上这等眼神，恐怕都会有些骇然。宁毅抓起身边的椅子，径直过去放在楼近临面前。随后，他在老人面前坐下，双手握拳压在膝盖上，端坐如松，有些冷淡地看着老人的眼睛。

如此对望了两秒钟，他神情冷淡地开口说了话，声调不高，也没什么抑扬顿挫，只是做着简单而平和的陈述："我是过来接人的，今天如果有人说一个'不'字，我杀你全家。"

楼近临盯着他，嘴唇微微抖了抖，最终也没有说话。再过得几秒钟，宁毅伸手在老人的掌背上缓慢而用力地拍了两下，起身走开，懒得再看他。

控制场面的、搜索的人都已经进去了，他走到屋檐下，等待着妻子一行人出来。

尚未完全隐去的天光、远处混乱的城市间升起的烟柱、屋檐下微微晃动的大红灯笼、四散的血腥气与那走到屋檐下的书生背影混合在一起，灯笼的光芒越发明亮起来，在此时的楼家主宅中凝成一股近乎妖异的氛围，沉默和压力袭来，令人几欲窒息。

正厅外的院子里和院墙上，持刀、持枪、持弓箭者在冷漠的走动间发出窸窸窣窣的声音，楼家后方的家宅早已被锐锋营的数百士兵控制住，但偶尔仍会传来一两声哭泣与惨叫，随即就被打断了。

没有人知道事件会发展成什么样子，甚至连认识这忽然进来杀人的书生的人都不多，楼书望已经成为一具尸体，但血还在流；楼近临坐在那儿看着书生，沉默得可怕；被菜汤浇了的人发际挂着滴落的油渍，油渍渐渐干了，只偶尔滴下一滴。

相对于跪倒在兄长身边哭泣的楼舒婉，人群中的楼书恒像是已经失了魂魄，目睹了长兄的死、父亲的无能为力，在他的精神深处，有些东西已经无法再转动。他想着自己恐怕也要死了，但从头到尾，宁毅并没有看过他一眼——或许是看过的，只是他没有注意。

宁毅站在屋檐下，皱眉眺望着远处那道烟柱。随后，陈凡走了过来，跟他一起看："白鹿观动手了。"

"其他地方应该也一起动手了……"宁毅想了想，叹了口气，"我们这边错过了。"原本与闻人不二商量好了，这边有个相对关键的位置，今天如果霸刀营动手顺利，拿下这个位置十拿九稳。

陈凡自然不清楚这些："关系不大。你不担心一下弟妹的情况？"

"应该没事。"楼家后宅已经被控制住，更何况有陆红提在，宁毅不怎么担心。

陈凡笑了笑："这个楼家……这些人到底在想些什么呢……"

"谁知道……二逼青年欢乐多，精神病人精神好……"

"对联？"

"对联。"宁毅点头。

虽然局面早已控制住，但要将苏檀儿等人带出来还要一段时间，在此期间，宁毅与陈凡在屋檐下说话，方书常随后也去聊了几句。他们的音量不高，旁人听不清楚，但随着时间流逝，初时压抑的氛围总会渐渐减少，给人以思考的空间。

也是因为宁毅进门时的那一系列作为实在太过惊人——挽了袖子步伐轻快地上台阶，举手就杀掉楼书望，然后走过去掀桌，坐到楼近临面前，在当场杀了人家儿子之后说出杀人全家的话来，这种干净利落毫不留情的做法任谁都会被吓到。然而，一旦有了缓冲的时间，一些人就会想到，他说的是过来接人，有人说个"不"字就杀光楼家，这种话语的潜台词或许就是，他并非为了杀人全家而来的。

其他一些人不知道他的身份，也不知道他要接谁，只能祈祷他能将人顺利接到。之后楼家怎样，这人惹不惹得起，并不是他们这些旁观者需要考虑的事情。

无论如何，以楼家如今的地位，这人过来直接杀了楼书望恐怕已经是极限了，不可能赶尽杀绝。一帮人或许不敢乱动，但随着时间流逝，都下意识地这样想着，或是望向正中央的楼近临。老人一生英雄，一手将楼家推上如今的位置，就算是兵凶战危，也未让楼家倒下，是可以与方七佛说上话的人。这样的一个家族，要说会被眼前不知来头的书生直接杀光，实在是不太可能。

屋檐下的三个人看起来已经在商量其他事情了。如此过得片刻，侧面传来一些声音，有人过来报告，要接的人已经接来。正厅朝向大门，旁边通往后宅，情况门口自然看不到，但脚步声已经传过来。屋檐之下，手中正随意摆弄一样器物的书生与方书常低声说了几句话，方书常点头，朝着正厅前的小广场挥了挥手，众人收起刀，转身走向外面。

直到这一刻，大厅里的众人才终于松了一口气。宁毅还背对着大厅这边，双手垂在身边，斜斜地望向侧门。大厅里的人群一直浑浑噩噩没敢乱动，担心会死的楼书恒知道是苏檀儿从那边过来了。他将苏檀儿掳来才不过一个时辰，从方才军队的忽然杀人，宁毅进门后雷霆般的手段，到此后沉默造成的压抑，几乎超出了他一辈子所能经受的恐惧的总和，但终于，到得这一刻，一切还是要过去了，一切终究是要过去了……

那边方书常走下台阶，陈凡望着远处天际的烟柱，宁毅斜望着侧门。楼近临咬了咬牙，参差的白发飘舞着，像是根根竖起，他从座位上站了起来："就这样？！"

那声音低沉如狮虎，不怒而威，饱含着老人心中的压抑与体内的血性。仿佛是被他提醒了，宁毅回过头来，举起手中把玩了一会儿的火铳，随意地对准了他："当然不止。"就像是在要离开之前随手做完本就要做的事情。

时间凝固了一瞬。

他举起枪，随意地摇头，一面说话，一面扣动了扳机。

砰——

黑色的头发，白色的头发，红色的血、肉、骨骼、黑色的子弹、铁砂飞起在空中……

"不要——"

这一枪掀飞了老人的头骨。宁毅方才只是简单地回答了一句"当然不止"，便举枪扣下扳机，看着那尸体倒下去之后，他转身走开。楼舒婉奔向父亲的尸体，半途之中身体晃了晃，晕倒在地上。

苏檀儿过来了，陆红提也混杂在人群中，朝宁毅点头示意。苏檀儿身边自然不只有陆红提，几名同行的护院也在朝正厅中看。宁毅拉着苏檀儿准备离开，屋檐下，陈凡倒是说了一句："喂，他家还有个儿子，找你报仇怎么办？我帮你干掉他吧。"说着他朝楼书恒走了过去。

宁毅回头看了一眼："只要肯豁出全家，你总得给人一个机会，随便他。走了，还有正事。"

陈凡耸了耸肩，小跑着赶上去，又低声道："刚才那女人说了个'不'字，现在不杀光她全家就走，以后说出去会很没面子啊。"宁毅以好笑的目光看着他："你怎么这么残忍？我开玩笑的。做人要豁达，你不能老是想着报仇跟杀人全家。"

陈凡也笑了起来，随后朝苏檀儿拱手："是弟妹吧。我叫陈凡，以后在杭州城被人欺负，可以报我的名字。"

一行人离开楼家，又在方书常的指挥中飞速散去，有的却还跟着宁毅这边进行护送。锐锋营的头目也过来，与宁毅聊了几句。不一会儿，宁毅、苏檀儿、陈凡等人都上了马车，看看城里的情况，让马车往白鹿观那边赶："也许还能凑个热闹。"陈凡这样说着。马车奔驰中，他朝楼家的方向看了看，虽然只死了两个人，但楼家已经完了。

"说真的，为什么不把那小子杀掉，别告诉我你真的悲天悯人啊。"到得此时，陈凡才认真地朝宁毅问出这个问题来，宁毅笑道："人杀光了，楼家一垮，怎么跟你老师交代？"

"留下一个姓楼的就可以了。"

"女人比男人狠，留下一个女人，她真豁出去了过来报仇怎么办？家里还有个哥哥，她就豁不出去。楼家真正厉害的只有楼近临跟楼书望。楼书恒，有小聪明没大担当，他敢豁出命过来报仇，我把头摘给你。"

其实还有个理由宁毅没说——楼书恒能围住苏檀儿，是因为有心算无心，如今托庇霸刀营，又有了提防，几个月内楼书恒就算真能豁出去也干不成任何事，而在这之后，一旦杭州城破，楼家就是乱党了，他没有父亲兄长的能力，到那时候很可能是受尽折磨，生不如死。

他那一箭一枪，看似随意，实际上是完全针对要害而去的致命手段，楼近临、楼书望一倒，整个楼家也完全崩塌了，只是方七佛要求楼家存在和维持商业上的运转，因此保留了这个躯壳而已。当然，这对宁毅来说也确实是件随意的事情，今夜要做的事情原本就太多了，如果没有楼家这样的跳梁小丑出来，他宁愿从头到尾都不需要做这件事情。

不过事到如今，已经没有选择了。将这话说完，陈凡跳下车去，将空间留给苏檀儿与宁毅当二人世界。苏檀儿对整个局势还不算了解，将选择权交给宁毅，本来是希望还能保留出城的可能性，但事到如今，这可能性终是没有了。与刘西瓜在这件事上摊了牌，很长一段时间里，夫妻俩恐怕都要在霸刀营中住下，苏檀儿要在杭州安胎，甚至在乱军中生下他们的第一个孩子了。

宁毅将这些跟她简单地交代了一番，苏檀儿沉默片刻，嫣然一笑，握住夫君的手："相公在的地方，妾身原本就是不想走的。那……我们现在是去哪里呢？"

"凑个热闹。"宁毅想了想，掀开了车帘，远处烟柱升腾，街景飞驰而过，"带你看烟火。"

白鹿观。

火焰燃烧，刀兵掠地。

砰的一声，少女手中的霸刀巨刃将一名敌人斩入熊熊火焰当中。

周围皆在打斗，整个局势却是霸刀营这边一面倒，有一名武功较高的中年男子在前方喊："刘大彪，你霸刀营背信弃义，竟敢内讧……"

"太过分了。"刘西瓜一面往前走，一面对身边的霸刀营成员说话，"你去告诉他，他们白鹿观着火了，我们霸刀营出手帮忙救火，他们却不分青红皂白拔刀相向，没有礼貌！"她一面说话，一面将手中的火把扔进旁边并未着火的房子。她话音未落，也有一道人影出现在前方那中年男子身后，袍袖飘飘，砰的一掌打在那人的后脑上，将那人打得脑浆迸裂，正是飞速奔来的刘天南。

"没必要去说了。"刘西瓜偏头说了一句。刘天南过来之后，她问道："那些女人怎么样了？"

"救出大半了。"

"包道乙估计在往回赶，不过时间也来不及了。"

周围的战局其实大都定了下来，两人开始沿着既定的路线撤离，途中聊了会儿战局，又说起之前的一个话题："庄主真觉得，宁公子是想留在这里的？"

"他是想送走妻子丫鬟的，这个肯定是。他自己走不掉他也知道，不过我现在觉得，真给他机会，他也会选择留下来。"

"因为……胸中抱负？"

"嗯，因为抱负。"刘西瓜笑了笑，说起宁毅，表情中竟然还有几分感慨，"我一开始在想，这样的人会入赘一商贾之家真是奇怪，后来才慢慢想到原因。南叔，他不比常人，他满脑子都是离经叛道的想法。他说的那些东西，若不是心中真的一直在想，怎么可能说到那个程度？我觉得他才是真心想做那些事情的。真心想，又害怕，若是身在太平时节，他忍不住将心中所想表露出来，只有死路一条。想清楚之后，他就只能去入赘了。"

目光所及，漫山遍野都是鲜血与火焰，少女顿了一顿。

"我们抓他过来，他一开始跟我说那些东西的时候还有戒心，没有戒心了说得就越来越多了，最近一段时间的想法越来越具体。我没有他想得透彻，但要到这么透彻的程度，他必然是五年十年一直都在心中想着。最后能不能做到，他也不知道，但想了这么多，他心中一定想要试试，而想要试试，想要看到结果，只有我这里能让他做这些。"

"他不看好永乐朝，是的，但他还是打算送走了妻子和丫鬟，自己留下来，今晚他原本打的就是这个主意。"说着宁毅，少女抚了抚头发，在火光中灿烂地笑了起来，"南叔，我跟你打赌，事到如今，就算我放他走，他也未必肯走。我们是一道的人，永乐朝有一天也许会输会败，但宁立恒还是会跟我们霸刀营在一起，若不是这样，他怎么有可能实现那样疯狂的抱负。"

夜风呜咽，火焰摇摆，仿佛因为少女的自信发出光来。这个热闹的夜晚才刚刚开始……

第十章
无力攘外累死千军 急于安内再起大战

这一次霸刀营与包道乙发生的冲突，在城内打了小半晚，霸刀营烧了白鹿观，救出来各种女子上百名，虽然并未对外展示太久，但也算得上是结结实实地打了包道乙的脸。

当天晚上霸刀营撤回细柳街后，包道乙指挥五千余人将细柳街围得水泄不通，但霸刀营这边也早有准备，围栏、拒马、刀手、弓箭，已然摆出了火并的架势。八百精锐加上霸刀营中的一干家属，已经使得包道乙投鼠忌器不敢真攻进来。

女人，或者说不讲道理的女人的优势在这里发挥得淋漓尽致。江湖上都说"光脚的不怕穿鞋的"，包道乙以前也算是光脚的，但最近上岸了。退一步来说，即便光着脚的时候，刘西瓜这种女人，也是最让他头疼的对手。她并非无牵无挂，方腊军系高层都明白这女人对霸刀营的一干手下还是极为看重的，但也因为如此，有人惹到的时候，她豁得出去。这或许是因为当初刘大彪的教导——退让是没有幸福可言的，混江湖的，无论什么时候都只能拼命，刘西瓜平素聪明，但在这方面有点儿一根筋，老爹说什么，她就记住了。

往日霸刀营与世无争，虽然也跟周围发生过几次冲突，但即便是上次齐元康那类事情，大家也都知道她到底想要干吗。只有这一次，让包道乙觉得自己倒了个大霉，杀人放火奸淫妇女的事情这一路上也不是第一次了，何至于这一次她忽然插一脚进来。

几千人雷声大雨点小地将细柳街围了一个多时辰，其间几次刀兵相见，都是做做样子的佯攻。包道乙终究还是有理智的，他的手下的确有些良莠不齐，但精锐并不是没有，在庞大基数的支持下，要是真扑上战场，霸刀营不可能有胜算，但打到这一步，杭州肯定会乱。不过，被打脸到这种程度，包道乙也不可能将这口气真吞下去，街道被围困不到半个时辰，包道乙手下最为精锐的一批人也已经潜入细柳街，随后爆发了好几次短暂但激烈的火并。

霸刀营原本的名声就是在绿林中打响的，已近全民皆兵的状态，而这次能够潜进来的，也都是江湖上的成名高手，他们的目标是类似刘天南这种霸刀营中的关键人物，方式是联手刺杀，一触即走。

或许因为要对付的霸刀营在武林中名气太大，包道乙手下这批武林人士也收起了傲气，十多人一齐行动、出手，一击不中立刻退走。霸刀营的人手屯于外围，一时之间无法集中，在此后近一个时辰里，竟让他们将细柳街弄得沸沸扬扬，刘天南与杜杀等人联手追杀，但几次接触也只是互有胜负，细柳街上两处起火。

"走的时候这样，回来的时候也是这样……倒是跟在太平巷时有些相像了呢。"

人声喧嚣，沸沸扬扬，细柳街的范围——至少霸刀营占领的范围——其实要比太平巷大得多，数千人围困的气息远远地传来，火把映红了街道远处的天空，院外不时有人跑过，互相喊话。三个月前，起义的军队是围了杭州城，此时敌人则是围困了整条街道，但即便如今敌人清晰可见，带来的紧张感却并不如三个月以前那般令人不安，这或许是已经明白了霸刀营实力的缘故。火光躁动，倒显得这边院子越发安静，光芒打在四周的院墙上，照上褪了树叶的梧桐，夜晚的天空中有很好的月亮。

宁毅与苏檀儿回到小院之中已经有一阵了，先前做好的计划此时已经被悉数推翻，对于接下来会如何，夫妻俩心里其实都有难以言述的情绪。回想之前在江宁的生活，如今的苏檀儿已有四个月的身孕，又被卷入这样的事情当中，接下来很长一段时间恐怕都会被困在这造反的队伍里，不能脱身，不过……至少他们还是在一起了。

相对于先前杭州被困时的惶惶不安，细柳街这些人如今总还是抱有善意的。宁毅一路过去看完了霸刀营与包道乙的第一轮冲突，回到细柳街的时候已经是备战的状态，刘西瓜之前说的"给嫂子接风洗尘"之类的事情自然是没空了，但陆陆续续上门的人仍是不少，多是平素过来串门、打谷子的七大姑八大姨之类的，听说宁毅妻子来了，便都好奇地过来看看。

她们先是看似随意地串门，但随着细柳街中局势的渐渐紧张，这些妇人一个两个也都背上了刀枪，而方书常、纪倩儿等人随后也过来看了几次，宁毅心中明白，他们是担心自己这边被火并波及，又或是担心苏檀儿受到惊吓，特意过来照看。

纵然是一路从兵凶战危中走过来，但对于自己人，这些人还是有着一贯延续的善意与淳朴。他们既然过来了，宁毅倒也不客气，叫上一些人帮忙搬东西，将小院的几个房间重新布置了一番。院子本身不大，这次随着苏檀儿过来的几名家丁护院就得住到隔壁书院去，除了妻子与丫鬟娟儿，就只有陆红提能够安排在这边了。外面剑拔弩张之时，小院之中人们热火朝天地搬床搬柜子，一时间给人的感觉倒是颇为有趣。

整理几个房间而已，用的时间并不多，宁毅让小婵与娟儿去准备了吃的作为招待。偶尔也有人过来，说说外面的战况，或是说起刘天南掌毙了两名刺客，或是说起谁谁谁受了重伤，便有人匆忙来去。院子里虽然热闹，其实并没有多少人真能放松下来，只是事到临头，即便心急如焚也于事无补。过来的人多是妇人，也有几个孩子跟着，一方面自然是因为担心宁毅的安危，另一方面则是因为这边已经靠近霸刀营的主宅，人最多，大伙聚在一块儿，就是一股力量。

外面对峙了一个多时辰，最终出来调停的是从皇宫中赶来的方腊。包道乙派出的一众高手此时已经杀出了细柳街，仅就这一番交手来说，谁也没占到多少便宜。那边谈判会是怎样的结果不得而知，但事态稍定，街头巷尾也已经是一片善后的声响，小院里安静下来，外面不时有火把闪过，有交谈的人声传来，脚步攒动，夫妻俩也才终于有了些相处的空间。

"比太平巷要好些，人都还算好相处。往后的一段时间就真要住下来了……"

站在屋檐下感受着外面的动静，宁毅牵着妻子的手，有些感慨。苏檀儿的肚子虽然已经微微隆起来，但裹在黑色的冬季衣裙里还看不出来太多，她拉着宁毅的手笑了笑。

"在湖州的那段时间，我总是想，相公如今怎么样了。回想起来，咱们也不是什么大人物，在江宁时，相公当着先生，说说故事下下棋，妾身想着家里生意上的小事，过一天就算一天，不过是来了一趟杭州，何至于卷进这些事情里来呢？这样想想，就觉得像是在做梦，可醒过来的时候，又是一个人在湖州……"

她摇着宁毅的手，对于眼前这些事情有些安之若素的感觉，只是有些心情确实太私密了些，说着话，她的双颊也有些绯红："相公或许不知道那时候的感觉，可这次决定过来，虽然有些冲动，但来之前，妾身还是仔仔细细地想过了。想过了一些事情，但还是要过来……如今已经是很好的结果了。"

说完这些，她看着宁毅，片刻之后，深吸了一口气，仰起头来，稍稍恢复了她平时作为领导者的冷淡神情，与宁毅靠在一起的手臂翻了翻，手掌上翻出一样东西来。宁毅看看，发现是一把银鞘的匕首。

两人站在屋檐下，周围还有人能看到，苏檀儿望着宁毅，没有再说话，宁毅接过那匕首，片刻之后微微笑了出来，心底倒是五味杂陈。苏檀儿的性格与他是有几分类似的，但不管她平素有多么理智冷静，这个已然成为自己妻子的女人终究还只是个十九岁的少女，爱憎都是同样强烈。

沉默半晌，宁毅说了声"放心吧"，便没有再说话。不远处的房子里，陆红提正在研究擂子与风车，小婵与娟儿在厨房里窃窃私语，该是叙旧，娟儿倒是偶尔冒出头来往这边看，随后又紧张地跟小婵说些什么，小婵皱眉摇头。过了一阵，刘天南敲了敲院子的门，过来看看宁毅这边的状况。再过一会儿，陈凡也来瞧了瞧。他是陪着刘西瓜去见了方腊，外面的对峙应该已经散了。说起见方腊的过程，他耸了耸肩。

"老大出面了，还能怎么样，今天就只能各回各家各找各妈了。不过要说调停，那就一点儿用都没有，包道乙也疯了，那个叫大彪的小女人也失去理智了，一个扬言要在霸刀营的水里放毒，杀光所有人；一个拔刀乱砍，也不知道她是装的还是真的。圣公夺了她的刀她还一个劲冲上去，要不是厉帅也在，今天晚上又可以看到她的小金刚连拳……"

"怎么搞成这样？"宁毅笑了起来，"装的吧？"

陈凡嘿嘿地笑："连骂了她一百句'大西瓜'什么的，她就气疯了，谁知道是不是真的，反正也无所谓……哦，时间不早了，你跟弟妹早点儿休息吧。接风洗尘之类的，只能等到明天了。"

时间确实已经不早，但要立刻休息自然是不可能的。宁毅与陆红提聊了一阵霸刀营的局势，苏檀儿则与久别的小婵聊了好一阵子。待到夜再深些，一家人在房间里会合时，小婵在特意点起的红烛前给苏檀儿敬了茶。宁毅并不喜欢一家人跪来拜去的习俗，但小婵看起来是挺喜欢的，她与苏檀儿原本就情同姐妹。因为时间不早了，这场简单的仪式参与的几人都是轻言细语的。小婵原本是叫"姐姐"，然后改叫"檀儿姐姐"，觉得稍微自然些，起身之后又叫回了"小姐"，一直别扭地改来改去。娟儿则是这场仪式的唯一见证人。

纳妾仪式之后，小婵终于与她敬爱已久的小姐成为……姐妹了……

这天晚上，小婵与苏檀儿睡在一起，宁毅则独守空房，想到这其中的恶趣味，他有些想笑。

半夜他醒过来时，外面细柳街的巷道间还有火把在巡游。月光洒下来，像是要将一切映成白昼。光芒从窗户洒进来，房中的物品历历可见。拿起茶杯喝水的时候，他记起这茶杯是不久前楼舒婉送过来的，这短暂的认知让他有些许失神，但随即又抛诸脑后了……

短短几个月发生了许许多多事情，从三个月前的地震到后来的义军围城，一路逃亡，争取一线生机，最后被抓，如今又是朝廷的大军要压下来，生活一直充满了山雨压城、剑拔弩张的气息，杭州内外这许许多多人汇成的洪流往后大概是要变成历史的一部分。檀儿回到了这里，无法离开。不过，问题应该不大，能动的棋子已经落下，往后就只是等待结果了，除了在霸刀营内部得过且过，需要他去参与的事情应该不多了。

　　这天晚上站在窗前短暂思考的时间里，他是这样想的……

　　十月初，汴梁。

　　小雪过后，天气迅速地冷了下来，以汴梁的繁华，也掩不住空气中弥漫的丝丝寒意。从左相府邸中出来，秦桧搓了搓手，呵出一口寒气，端方的眉宇间尽是森然之气。

　　"鼠辈无能，奸臣误国……"咬牙切齿地低语了一声，随从驾了马车过来请他上车时，他用力挥了挥袍袖，"不上，我要走走。"

　　离开相府的巷子，拐角出去便是闹市，街道两旁各种小吃茶点，雾气升腾，一片热闹欢欣的景象。马车与一众随从跟在身后，秦桧径直前行，回想起方才在李纲府上听到的消息，仍然一腔愤懑。

　　九月下旬，王禀、杨可世终于在北面对辽开战，十万军队在拒马河一带对辽国一万人展开攻击……大败。

　　这真是扯淡。

　　如今北地的局势瞬息万变，金国自上半年对辽宣战，这半年的时间里连战连捷，已经下了辽国近半数的郡县。这样百年难有的机遇下，只要武朝展示出自己的实力，幽燕一地举手可回。王禀、杨可世率领军队耽搁了几个月的时间，见辽军仅有万人方才出手，谁知道到最后竟是这样一个战果，若是放在金人眼里，对方会是怎样的想法。朝中无数主战臣子数年以来的无数努力，几乎可以说就此付诸一炬了。

　　鼠辈无能，奸臣误国！

　　在李纲府上听到这战报时，他几乎眼前一黑，到得最后，心情也只能化为这八个字而已。

　　当然，这其中的许多事情，作为他来说，其实还是清楚的。这一次伐辽，朝中的主战一方，始终是站在强势的位置上的，这中间，有秦嗣源数年前的准备，有圣上的决心，有李纲的主导，有童贯的支持，他在其中，也是尽最大力量做出了推动，虽然最后的目的一致，各人的用心却不一样。

　　枢密使童贯想要拿下平辽、复幽燕的功劳，留下千古美名的野心，他是清楚的。在王禀、杨可世出兵之时，他就曾经给过警告。当然，童贯那边给出的理由是，十五万精锐禁军正南下平方腊之患，北上虽有十余万大军，仍恐有不足，因此暗中给王禀、杨可世的意思只是尽量做好出征准备，待童贯平叛后北上，合三十万大军，方能一举底定局面，万无一失。

　　童贯的私心谁都知道，左相李纲则等不了那么多，他是个急性子。圣上用他为相之后，他专心筹备军事，将所有的资源都倾斜了过去，朝廷内外对此早已怨声载道——坏人财路就是这等结果。从某种意义上来说，若是秦嗣源能够早些起复，这个为人精明面面俱到的老人或许能在各方面做好平衡。事到如今，若是平辽之事不能早日奏效，李纲在位越久，遇上的压力也会越大。

因此，对于王禀、杨可世，李纲这边采取了高压政策，逼着他们早日动手取得一场胜仗，但这样的高压并没有太大效果，伐辽是大事，既然出兵，就不可能轻易换将，更何况王禀、杨可世是对枢密使童贯负责的，得罪童贯卖李纲面子的事情谁也不肯做。

最后还是秦嗣源背后出手才有了效果。秦桧掌管御史台，暗地里流传的一些消息表明，自从王禀、杨可世领兵开始，倾向秦嗣源的一干御史就在做准备，搜集各种证据，要在他们不作为之时狠狠参上一本。这位本家老人的狠辣，秦桧也是最近才清楚的，一旦他真的动手，目的不仅仅是砍对方一颗头，甚至可能让王禀、杨可世抄家灭族。正是这种"你不作为我一定杀你全家"的狠辣起了作用，这才令得北伐军考虑出兵。

当然，北伐的军队中，除了王禀、杨可世，其实还有童贯安插的各枚棋子，真打起来，制约肯定还是有的，但无论这中间有多少理由，十万人对上一万，打败了，这真的是再荒谬不过的一件事。

庸人误国！奸臣误国！

从明天开始，御史台要开始参人了，王禀、杨可世、北上军队中所有听命于童贯的副将，乃至童贯本人，连同李纲这种总理此事却对局势毫无掌控力的无能左相，朝中一大堆参与此事、钩心斗角的大臣，一个都不要想跑掉！

百年大计，无数谋划，尽毁于此类鼠辈之手。

走在寒风凛冽的大街上，秦桧做出了这个决定。

当然，不久之后，当理智回到身体后，秦桧还是反应过来，一次要参倒这么多人终究不可能，重点还是放在王禀、杨可世等一干军队将领的身上吧……

与此同时，右相府邸。

"这个……不算是我见过的最扯淡的事情……"

拿着卷宗的手微微颤抖着，在空中晃了晃，最终砰的一下摔在桌子上，秦嗣源皱着眉头，压抑着怒气，深吸了一口气。

"完颜部护步达冈两万军队破八十万，临潢府之战半日破城……与之相比，十万人对上一万人败了，还真不算是最奇怪的事！"

此时房间里，正与秦嗣源待在一起的是最近回京的秦家长子秦绍和，他也被这传来的消息震撼到,皱了皱眉走过去想要说点儿什么:"爹……"老人已经一巴掌拍在了桌子上。

"金人可以用两万人克辽人八十万,而辽人可以用一万人破我武朝十万大军,相形之下,我武朝军队算什么!这些人……做的好事……"

气归气,有些事情已经发生,再气也已经于事无补,这类事情秦嗣源也并非第一次见,片刻之后,他从初时的愤怒中平复过来,叹了口气:"终究是我低估了北上军队中的钩心斗角,童贯啊童贯,他未必能做成什么事情,但想要让人做不成事,那你就真的做不了。十万对一万啊……绍和,北上之时,我记得立恒曾说过一句话,没有实力,便是再想运筹帷幄,都是空谈。不过,十万对一万,你觉得这真就是没有实力吗?"

"有人想打,有人想逃,有人做事,有人作梗时,便有百万人也是打不过的。"

秦绍和说完这些,秦嗣源沉默了许久,终于在书桌后坐下:"二十九王禀、杨可世在拒马河兵败,三十童贯围杭州,到如今还是僵持不下。方七佛是个人才啊,在嘉兴一带硬生生把童贯拖到了立冬,从闻人不二的情报来看,杭州短期内大概是下不了了。几个月来,唯一能看的消息就是立恒在杭州城里的一番作为,可惜……童贯围杭州还是稍微早了些……"

"若是童枢密的军队再晚点儿才围杭州,事情或许会更好一些。"

成国公主驸马府书房里,康贤拿着一份情报,叹了口气。

"三个月内,从阶下囚到座上宾,挑动杭州城内局势变幻,这等手段,真是令人佩服。可惜,那霸刀营与包道乙之间的冲突开始不久,杭州城就再度被围,只要稍有理智,双方就不可能再打起来。若真能按照原本的计划,诛杀了包道乙,令他的手下空出关键位置,军队破城有可能就在反掌之间。不过,即便不能如此,以一人之力使其内耗,也已在这战局中起到极大的作用了……"

康贤说着这话,此时在书房中听着的,却是两名女子,正是聂云竹与元锦儿。当初得知宁毅被困的消息,聂云竹曾经来求康贤帮忙,康贤虽然点头做了承诺,但总是难以令人信服。聂云竹担心宁毅安危,心想无论如何总该南下打听一番,她与元锦儿出了城,随后却被康贤安排的人手拦住。为了安抚两人,康贤向她们承诺,会将收到的有关宁毅的情报转告给她们,此后每隔一段时间,聂云竹与元锦儿便会过来打听一番。

成国公主周萱富可敌国,秦嗣源当初创立的独立于六扇门之外的情报组织,实际上是由这边在支持运作。毕竟若非皇家的关系,朝廷也不可能让这样一个组织存在。闻人不二还是出自康贤门下,康贤自然也可以拿到杭州的消息。直到杭州再度被大军围困，康贤才向两人和盘托出了宁毅在杭州经历的事情。

对宁毅，闻人不二已经颇为佩服，对付包道乙的行动虽然没有使大军攻城变得易如反掌，但也极大地左右了局势，他在情报之中自不免褒扬了一番。康贤说给聂云竹、元锦儿听的版本略去了许多细节，却在另一些方面添油加醋，将宁毅在敌营当中翻手为云覆手为雨的气势表露得淋漓尽致，俨如话本小说一般，实际上是他看了情报之后心情畅快所致。

聂云竹与元锦儿——特别是元锦儿——倒是有些目瞪口呆了。宁毅很厉害她们多少是知道的，但被说得厉害到这个程度，在造反的军队当中与一群说来都是凶神恶煞能止婴儿夜啼的家伙周旋完全不落下风，这真的是她们认识的宁毅吗？

"如今杭州已经被团团围住，何时破城还很难说，但消息已经无法进出了，因此这些事情才能零零散散地跟你们说说。不过，即便在江宁，想要他平平安安，你们也切记保密。叛乱众人都已回到杭州，方匪当中也不乏出色之人，如方七佛更是用'天纵之才'来形容也不为过，立恒会如何与他们周旋很难说，但自保应该无虞……"康贤笑着道，"总之，你们青睐的这小子，他绝非等闲之辈，就算对上方七佛，我看也未必会输，你们放心吧……"

微微迟疑后，一身白色衣裙的聂云竹脸上漾起一团红晕，低下了头："我、我只盼他平安就是了……"

元锦儿原本听得有些呆了，此时反应过来，眼睛咻地圆了："我我我……我才没有青睐他，是云竹姐，是云竹姐……呜，驸马爷爷你干吗把我拉进去……"

康贤只是呵呵地笑。过得一阵子，聂云竹与元锦儿离开了，康贤也离开书房，关上了门。书房隔壁的房间里，一对姐弟微微张着嘴，将耳朵从覆在墙上的碗状窃听器上收回来，神情还在震撼当中。

"师父……"周君武咂了咂嘴，"师父真厉害……"

周佩眨着眼睛，想了好一会儿，才瞪了弟弟一下："知道他厉害，你还不向他学，成天……"

"我学的也是师父教的格物啊！"最近老被姐姐念叨，周君武嚷了起来，举着手上的窃听器，"要不是这个，你怎么能听到这些话？格物才是最厉害的，这话师父说过……"

"男儿大丈夫，自当……"

"啊啊啊啊啊啊——"周君武捂着耳朵拼命摇头，"姐，你不能因为被爹爹逼着嫁人就老拿我来训话，我就喜欢格物就喜欢格物就喜欢格物，姐你就安安心心嫁人啦啦啦啦啦啦——"

周佩站在那儿，脸色一阵红一阵白的，待周君武叫完了，她猛地拉开弟弟捂住耳朵的双手，大吼一声："我才不嫁呢！"这一声吓得周君武猛地耸起肩膀，龇牙咧嘴。吼完这句，已经亭亭玉立，到了嫁人年纪的少女跑了出去。过了好半晌，周君武才回过气来，双手叉腰，对着门外大吼："女——人！哼！"

这话喊完，猛然间，姐姐的身影又出现在门口，应该是想起了很重要的事情，所以跑回来的，她瞪着弟弟："我知道你觉得你师父很厉害，但刚才听到的事，出去了千万不能说给别人听，知不知道？"

周君武愣了愣，点头："哦，知道了。"恭恭敬敬地回答之后他才反应过来，"姐，我又不是笨蛋！"

此时此刻，仍在乱军之中的宁毅如何了呢？

让我们将目光再度投回杭州……

晨雾环绕着杭州附近的高岭低丘以及漫山遍野的连营。

凌晨的低温冻结了不久之前还在弥漫的烽烟与血腥气，延续了数日的战争狂热已经沉寂下来。在围城的军营和杭州城墙之间，无数尸体、鲜血、插在地上或尸身上的箭矢、被破坏的攻城器械形成了一片鲜红与苍白交织，热烈又死寂的景观，有的地面上倒下了尸体，红色的鲜血浸润了大地，火焰又将附近点燃了，扑出黑色的灰烬。整个战场之上，红色、白色、黑色交织着延绵开去，一直延伸到飘散的雾气里，被覆盖在一夜过后的薄薄冰层之下。

偶尔会有三三两两的战马从军营中出去，去往战场的方向。死寂的景色里偶尔也有一两点黑影出现，那是拥有一定出营权力的军人们在安全范围内翻找友人的尸体，又或是小部分军队中的投机者偷偷出来翻找死尸身上的财物。这样的寻找大都是徒劳，但偶有小小收获也是能令人动心的。

对面的城墙上，火把燃烧的光点浮动着，仿佛笼罩在云山雾海中的幽魅。

公元一千年左右，小冰河时期的无常气候短暂地阻止了这场战斗，在持续了五天的轮番攻城之后，童贯终于暂时中断了一鼓作气拿下杭州的想法，让围城的士兵稍作休息，再图后计。

围城的军队虽然是五天以来第一次沉寂，但守城的一方仍旧无法松懈。童贯在用兵上并非庸手，五天的时间里，大军从杭州的三个方向发起攻击，攻势如怒涛般连绵不绝，但每一波攻势时强时弱时虚时实。这南下的十五万禁军至少在此时的武朝堪称天下精锐，战斗力还是要远胜城里一帮起义农民的。若非方腊阵营在杭州也算是精锐齐集，人力充分，又有不断变冷的天气相帮，城墙上恐怕好几次就会被童贯找到机会，撕开裂口。

也是因此，即便围城军队已经停下攻击，城池上的防守仍旧未有丝毫松懈，谁也不知道童贯会不会忽然发起新一波的攻击。

又是兵凶战危，才热闹了一点儿的杭州城又陷入了一片紧绷的苍白气氛中。不过，相对于上次方腊军队攻城时城内的慌乱，这时的杭州城内有半数已经成了造反者，眼下这里又是另一种生态环境了。

细柳街附近属于霸刀营的外围已经被围了起来，布满了长长的栅栏、高高的箭塔。此时这里更像是远在数百里外的霸刀庄，已经变成一座山寨的模样。要说这样的戒备是为了防城外的童贯大军，肯定是没人信的，自从与包道乙彻底决裂之后，刘大彪就下令在外面弄了这样一层东西，主要还是因为与包道乙的冲突日趋白热化，方腊等人也拉不了架。不过，没有多少人知道的真实原因是，在细柳街中进行的一些事情，刘西瓜不愿意受到打扰，因此才借题发挥，将霸刀营如此独立出来。

方七佛、王寅、司行方、邓元觉、石宝这些军中大员回来之后，童贯的大军已经逼近杭州，因此他们也没空调停霸刀营与包道乙之间的矛盾。不过围城之后，双方暂时放下了向对方寻仇的心思，各自选了一段城墙参与守城。

这段时间里，方七佛牵制童贯大军令得随行的霸刀营精锐损失惨重，这几天的守城战里，属于霸刀营的人就没有被分派太多任务，而是尽量在安全点儿的地方查漏补缺。另一方面，不管刘西瓜多么任性，霸刀营的人终究还是方腊内部最坚定的支持者，不管将来城是有可能破还是有可能乱，霸刀营这样的力量都是属于方腊需要保全的核心武力。只要霸刀营有空闲，城内就不至于乱得太厉害，就算有人钩心斗角想取代方腊当皇帝或是想出卖方腊博前程，也会忌惮霸刀营的存在不敢出手。

当初方七佛攻嘉兴，参与的霸刀营主力一共有三千余人，后来刘大彪中途折回，留在方七佛手边的仍旧有两千多人。为了实现将童贯的攻城时间拖过秋天的战略思想，方七佛带领一干兵将硬生生地拖住了童贯这十五万大军的步伐，但手下的损失也是颇为惨重的，霸刀营那批人一路上也已经死伤大半，仅余数百得以生还。

死伤如此惨重，才终于给杭州城赢得了大量构筑防御的时间。当初刘西瓜对细柳街的众人瞒下了一部分战况，这次军队回城之后，细柳街中的气氛自然也无法高涨起来。不过围城数日之后，由于童贯的罢手，街道上的人们在这个清晨终于得以休憩。不算浓密的雾气当中，偶有上街的行人，说话也都是轻声细语。在霸刀营的主宅之中，有一扇窗户，从凌晨便亮起了灯光，此时房间里的两人正在就一些事情进行对话。

"民贵，社稷次之，君轻……当初说的时候，就说过人人平等这个意思，从孔子解很难，最好从孟子解。刘希扬在这方面是大家，他这篇文章虽然解得随意了些，没什么诚意，但浅显易懂，还是不错的，往后可以拿来当入门读物……我觉得值一斗……"

"既然毫无诚意，为何给他一斗？我只准五升。"

"不算是毫无，诚意还是有的……"

"浅的解法谁都会，随便到街上拉一群人来，都能写一堆这种文章。他既然是大儒，当然要逼着他做几篇值得推敲的。而且他学问深，却写篇浅白的来糊弄人，明显心中有抵触，拿了一斗米，不吃完就不会解第二篇了……只给五升。"

"好的，刘希扬五升……郭季良的这篇就深一点儿，既然要敲打刘希扬一下，郭季良的这篇就给七升了。另外韩方均这篇有点儿力有未逮……"

灯点微微晃动，房间里说话的两人正是拿着一篇篇文章在看的宁毅与刘西瓜。虽然两人都说得认真，但一升一斗的听起来就让人觉得有些古怪。刘西瓜最近这段时间也在城头，昨天稍稍休息了一下，今天起得早，便找来宁毅议事，拿着一篇篇文章聊了一阵子，又说起摩尼教来。

"吴云英那个女人没脑子，忠心是忠心，但她不是霸刀庄的人，跟咱们不是一伙的，你要注意她一点儿。"方腊借摩尼教"吃菜事魔"起事，军中教众颇多，只是霸刀营本就强势，又不缺物资，就不怎么信仰这种讲究同甘共苦团结农民力量的教派。这吴云英便是摩尼教在霸刀营的分舵舵主，刘西瓜并不怎么将她当回事，因为她只是摩尼教在这边挂名的圣女。

"她倒还好，最近也在听课，我问她的时候，她倒是说这说法与教义颇有共通之处。"

"哦……善。"

"不过她们平时传教，舵主也没怎么研究典籍，吴云英连《下部赞》都没有通读，这样一来，要她帮忙改改教义她也很难说得头头是道。"

"其他舵主还是很懂的，就是吴云英笨了点儿……不过在乡下传教其实也不用懂太多，方叔叔说，'有难同当'四个字足矣……"

"这倒是大实话。另外就没什么事情了——哦，最近拿到的几篇文章……"

"如果我要改个名，你觉得叫什么比较好？"

"给那帮孩子看了之后……什么？"宁毅愣了愣。

"呃……改名。"一身朴素单衣却披了件大斗篷的名叫刘西瓜的少女轻描淡写地挥了挥手，"先说你的事情吧……呃，我只是问问，不是真要你帮忙取……不过你还是比较有学问的，看看你怎么想。"

"有个孩子看了，问了些问题，写了两篇短文，我觉得他还算有潜力——改名字，还姓刘？"

"当然了……那孩子是哪个啊？"

"姓常，叫作常青。我打算奖励他一点儿东西。当然，他家里不缺米，到时候我弄张奖状，你帮忙写个字……呃，还是盖个印吧，可以裱起来的那种——姓刘，刘亦菲怎么样？"

"哦，你自己盖吧，我都放桌子上，我不在你就跟天南叔说——你说什么？"

"刘亦菲。"宁毅开始将桌子上的文章收起来，这话是随口说的，他心中想着其他事情，没把少女说要改名当一回正事来看，说着还自顾自地笑了笑。

"刘亦菲……不好，街上十个姓刘的九个叫刘亦菲……算了，我也只是问着玩玩。你先回去吧，下午如果有空……"

"十个有九个，是这样吗？"

"是啊，隔壁刘阿华表姑妈的舅奶奶就叫亦菲来着。还有温克让外甥家二夫人养的一只猫，也叫亦菲。温克让当初想杀你，有空叫人把那只猫炖来吃……你有正事，先走吧，我只是随便问问。"

宁毅离开之后，刘西瓜从抽屉里拿出一张写满名字的纸来，将新的名字写了上去，然后收好，继续处理正事……

与包道乙正式决裂之后，宁毅便没有再密切参与到这件事里，刘西瓜让他负责一些更加务实或者又可以说务虚的工作，那就是改变整个霸刀营的制度基础。在当时看来，这一举动有点儿儿戏。

霸刀营已经进行了第一次所谓的选举，虎头蛇尾地停下来似乎不好，但童贯大军南下，压力迫在眉睫，在霸刀营前途未卜的情况下，真要以整个霸刀营的力量去配合一些形同儿戏的"改革"，自然也有些荒谬，但无论如何，既然打仗，就要做好输的准备，也得做好赢的准备，如果说方腊这边真能坚持下来，日后的刘西瓜要做一郡一县之主，分一块地给她瞎折腾，那是绝无问题的，往后要做的事情，该怎么做，现在就可以开始布置了。

有了行动的权力之后，宁毅首先拿文烈书院的一批文人开刀了。

他每天会开一个短暂的课堂，收拢书院内外的许多文人，讲解生产与分配的关系，让他们意识到，国家的本质是大家集合在一起互相帮助获取利益的集团，在这个本质上，任何人都没有高下之分，而社会的进步就是让分配不断达到公平。然后让人将这些基本的合作关系用别人能接受的语言做出解释，写成文章。用孔子的理论可以，孟子的也可以，墨子的也可以，韩非、老子的也无所谓，若有质量，也可以收货。

这时候杭州已经转为战时状态了。

方腊占领杭州时正好是秋收，虽然聚敛了大量资源用以备战童贯，但杭州城的资源还是充足的，不过，战时状态各种物资已经很难流通，有钱有粮的人也很难将它再拿出来。文烈书院的这帮儒生文人再度变成了闲人，宁毅便如此给人开价：有文章，有吃的。

宁毅将各种现代理论说得尽量浅显，好在这些读过书的人一般还是能够听懂的。无论是否认同，宁毅都逼着他们瞎掰，往孔孟之道圣人之道上牵强附会，对与错都无所谓，这些儒生文章写多了，一百篇垃圾里总能拣出一两篇有意思的，将来就可以拿这些文章给孩子们做启蒙，将谎话说一千遍变成真话，再让人在生活中逐步验证改良，给别人看，总有些叛逆之人能看出一些好像有道理的东西。

宁毅从主宅中出来时，遇上了几日未见的陈凡。他又挂了彩，身上带着浓浓的药味，但仍旧显得龙精虎猛，打过招呼之后，说这几天上了战场。

"打仗这种事情，第一靠的不是武功高，最靠得住的还是运气……你虽然是高手，但运气不好，不上城头也好。你刚从那边出来？西瓜那小妞怎么样了？她有没有挂彩？"

"看起来她的运气比你好。"宁毅笑了起来，"听天南总管说你早几天差点儿又跟她动手了，怎么了？"

"开玩笑的，没动手。当时在城墙上，她忽然说，如果她改个名字，我觉得改什么比较好……最近她老是问人这个，神秘兮兮的，我就说，她老爹叫刘大彪，她一边叫刘大彪，一边叫刘西瓜也不太好，最好是把两个结合一下……"

说到这里，陈凡已经忍不住笑了出来，甚至俯下了身子。宁毅嘴角抽搐了一下："呃，叫什么？"

"呵呵，结合一下嘛，当然是……哈哈，呼呼……叫刘……刘大西瓜喽，也可以叫刘大西瓜彪，哈哈哈哈……"陈凡捧腹笑个不停，非常欠扁，"然后，然后她就崩溃了，拔刀要砍我，但是战场上，下不了手，我笑死了，哈哈哈哈……"

他笑得停不下来，宁毅的嘴角也抽搐了许久，终于拍拍他的肩膀："我觉得你最近一段时间最好别让她看到你。"

"当然、当然。哦，等等，有事、有事找你……"宁毅走过去时，陈凡拉住他，又笑得一阵，方才肃容直起身，尽量保持住国字脸，"是这样，童贯攻了五天了，天气越来越冷，真下了雪，他就打不了仗了，城应该守得住。不过师父说，以童贯的性格，加上北方战局紧张，他可能会不死心，接下来应该还会强攻一到两次。不管怎么样，闲下来有空了，他想见你一面，我先告诉你一下，可能就是最近。如果童贯闲得住，可能就是今天下午……"

宁毅想想，点了点头，两人又聊了几句，待到陈凡离开，他在那儿站了一阵子，方才吐出一口气来，笑了笑。

"方七佛……"

方七佛想要见他的事情，虽然得了陈凡的友情通知，但由于当天下午朝廷大军再度开始攻城，事情就没有了进一步的后续。

童贯攻杭州，对方腊的起事，对初立的永乐朝来说，是眼下最大的一个挑战。若能过去，此后什么事情就都有了着落；若是过不了这道坎，那就一切皆是虚幻。方七佛等人正为此殚精竭虑，会忽然间提到自己，宁毅觉得有几分意外，但肯定不会是什么大事。这种关键的时间点，他如果觉得自己这种小虾米有问题，那自己早就没了活路，必然是说起刘西瓜时顺口提到，随后被陈凡记下来而已。

十月上旬过后，天气越发冷了。宁毅的看法与陈凡、方七佛类似，城或许暂时攻不下，但童贯肯定是不会死心的，趁着下雪之前组织的几次攻击都是猛烈非常。有两次据说是城内奸细接应，朝廷兵士骤然间突入城内，但随后城墙还是被反夺了回来。

这两次战斗中，突入城内的两支先锋反倒被切断了联系，苦战之后死伤殆尽，也有少数士兵打散后混入城内各处的，但绝大部分还是被揪了出来。此时的杭州城不比四个月前，当时杭州城内有平民、商户、豪绅、官员，律法还在，方腊的精锐入了城，想要揪出来反倒束手束脚，此时诸多义军混杂城内，士兵可以肆无忌惮地搜，居民又怕事，进入城内的士兵一旦被揪出来，就没什么好下场了。

宁毅不知道这些事情闻人不二是否有参与。从霸刀营与包道乙正式反目开始，他与闻人不二就没有太多联系了，那段时间双方的小规模冲突乃至仇杀已经趋于白热化，宁毅就算要出细柳街，也得有一群人跟着才能保证安全。后来进入战时状态，他出细柳街就更少了。

此时闻人不二要做的事情，他已经参与不进去，也不好再继续参与，方七佛、王寅这些人都已经回来，他如今不过是霸刀营的一个师爷，搞风搞雨搞过了，就真成取死之道了。这时的杭州又不是什么法制社会，别人真开始忌惮你，杀人那是不需要证据的。

文烈书院已经不再正式上课，但老师和学生都还在，除了组织那帮文人探讨他所说的资本运作、社会运作细节，写出一篇篇道理牵强但又文采斐然的文章来，对于一帮愿意来上课的学生，他也在组织他们做各种事情。最多的是让这些学生去城墙附近帮助治疗伤员，让他们学习各种基本的救治手法，另外也探讨各种野外行军、生存、设陷阱机关乃至播种、建造的技巧。

这些学生都是农家出身，放在野外，也多有生存甚至杀人的能力，加上他们家中的长辈多是军中将领，一些战场上或野外可以用的手段技巧，私下也都有传授，宁毅所做的便是让他们将这些技巧集合起来，互通有无，他一一做了记录。随着天气越来越冷，他一次次组织学生们进行模拟演练，对这些少年来说，这些还是颇为有趣的事情。

陈凡跟安惜福时常会过来，两人当初在对包道乙动手的时候虽然有一定的分歧，但私下里的交情仍旧很好。对于宁毅训练这些学生的事情，陈凡在某些方面有几分不爽："你这个样子，就是觉得我们守不住杭州啦。"

"不是没有守住的可能，但总得做最坏的打算才行。何况就算真守住了，才是个开始呢。"

"这还差不多。放心吧，有我在，城破不了。"陈凡每每这样说。只是有一次过得一阵又道："喂，要是城真破了，你打算怎么办？"

"娘子总得想办法送回去，我的话再说吧……"

"在情在理。"

陈凡笑着拍拍宁毅的肩膀。

于是他每次过来，便教这帮少年使刀打拳，不是摆摆花架子，而是直接让他们或赤手或用钝器对打，有他看着，倒也不至于出什么事情，只是每次都将书院弄得乱七八糟如同野战战场，一帮孩子打得鼻青脸肿，又成了彼此练习包扎的工具。

开战之后，城内的治安已经不需要安惜福来管了，黑翎卫在城墙上又成了军法官。相对于陈凡的亲和，安惜福一贯冷漠，这或许是常常杀自己人养成的表情，配上出了名的帅气面孔，在一帮未婚女子和已婚妇人间一直都极受欢迎。他从陈凡那边隐约知道了霸刀营要做的事情，据说两人曾经辩论争吵数次。

对于霸刀营弄选举建大同社会的理想，安惜福持着悲观态度，但常常还是会过来看看，向一帮孩子教授野外求生、包扎保命的小手段，也会讲一些农耕方面的事。据陈凡说，这家伙在务农上是一把好手，插秧和收稻子的时候很拼命。

"小的时候家境很不错，我爹是杀猪的，我娘长得很漂亮，是十里八乡都知道的大美人，知书达理。"有一次大家坐在一块儿吃火锅的时候，安惜福大概说了自己的身世，"外公原本是秀才，身体差死得早，算是家道中落了，我爹有钱，就娶到了我娘。大家都说一朵鲜花插在牛粪上，不过我爹算是很不错的，脾气好性子好。以前家里也穷，后来慢慢好了，有了我之后，给我取了这个名，意思是，要惜福。"

"后来我娘被县令看上了，爹吃了官司，在县衙吃了板子，娘几乎把全副家当都送了，又典当田产四处找大夫。我爹死的时候说，人要本分，如今家虽然败了，但慢慢来还是会起来的，做人要惜福，不要乱来……不过我娘死了以后，也就没什么福可惜的了，然后……那县官当然就死了，呵呵……"

或许是时间过得久了，他说起这类事情也没什么修饰渲染，只是平铺直述，表情中有些无所谓，倒是最后笑起来的时候，有几分温暖的感觉，形成了难言的反差。

众人也只好跟着笑笑。事实上，若不是悲苦到极点，谁愿意拿命出来拼，如今的杭州城，有这类过往的人并不少见。

冬天降临，大伙儿最好的消遣之一自然还是聚在一块儿吃吃火锅聊聊天，有时候主宅的书房里也会开上一桌，刘西瓜也参与其中，宁毅、刘天南、杜杀等人作陪，一边吃一边说几句话。跟陈凡等人聚在一起便热闹得多了，方书常这些人也会过来参与。他更多时间自然还是在家中陪着妻子、小婵，陆红提如今也算是他们的一员，大家坐在一起下五子棋，说话闲聊。

苏檀儿的身孕已经有四个多月，虽然没到妨碍走路的地步，但平素便只在小院附近行动。宁毅怕她无聊，便让她偶尔帮忙装订一下各种文章，或是在孩子们之中整理收集起来的野外生存、医疗资料。苏檀儿毕竟也是商人出身，对夹杂在文章中的生产关系、资本运作原理是颇为敏感的，偶尔就跟宁毅讨论几句。

不过在她而言，恐怕更多的是觉得这些道理是很简单的东西，自家相公……想用圣人之言解释商道，莫非是想成为陶朱、范蠡这类大商，还想将经商之道流传于世？虽然以前没什么人做过这类事情，但总让人觉得有些古怪。

商家之道毕竟不登大雅之堂，虽然可以用这些道理解释一些人与人相处的关系，但……就像是收集一万个青楼姑娘的裹脚布，不仅很难做到，就算有人去做，也只会让人觉得无聊甚至是变态。反倒是那些野外生存的手段，她觉得很有价值。

苏檀儿对经商过于熟悉了，对人心颇有认知，反倒不清楚这类分析人性的东西有多大用，毕竟"事情不是明摆在那里的吗"。反倒是陆红提，同样作为一个山寨的领导人，她对霸刀营中的诸多事情就更加敏感一些，特别是先前那几场看似无聊的选举。

"你想在这里干什么？"

"推行民主制。"

她问了，宁毅也就无所谓地坦白交代了，并且拿各种现代词汇来忽悠她。虽然许多深层的东西她是听不懂的，但简单的运作方式她完全可以理解，宁毅说得也很浅："放在山寨里，其实看不出什么用处来，不过假如这个国家是这样子运作的……你们还用上山吗？不过也别多想了，在吕梁暂时不要考虑这个。"

相对于秋天里的颠沛流离，无数事情扎堆似的赶到一起，这个冬天，时间就仿佛被骤降的寒潮冻住了一般。日子一天天过去，城外战声隆隆，苏檀儿与小婵暗中做好了城破的准备，但城最终没有被攻破。战争时节，霸刀营中的各种关系都是异常单纯的，没有什么不必要的虚伪应酬。

宁毅白日里教教孩子，与一些相熟之人打打招呼，夜里的院落燃起暖黄的灯烛，与妻子、与小婵、与娟儿等人说笑聊天，听远远的城外传来的声音。月光在天空中亮了又灭，掉光了叶子的梧桐树静静地立在窗外，风吹雨打也岿然不动，有时候恍然间觉得比在江宁时更像世外桃源。

十一月初，初雪降下，城外童贯停止了攻城的尝试，整个杭州城越发显得安静。可能要等到明年开春之后才会有更多事情要做了，宁毅已经做好了这样的心理准备并且在这样的预测之中做了一些之后的规划，然而到得十一月初八这天，或许算得上是这趟杭州之行最后一次意外还是在不经意间找上门来。

就像是冥冥中有头有尾的安排，这一天，他终于还是杀死了包道乙。

第十一章
恐泄密怒斩包道乙 为救人金殿陈心意

那件事情发生时，宁毅一度认为是中了他人的算计，但后来确认，只是一场阴错阳差的意外。

十一月初八这天，宁毅第一次去见了方七佛。

虽然早在一个月前陈凡就已经知会了他方七佛有见他的意思，但拖到这时并不是什么意外的情况。毕竟对方七佛来说，宁毅并非需要极度留心的大人物。虽然他是被俘之后投降的，但从方腊起事开始，降过来的官员将领数十上百，降过来了，就是自家兄弟，就算从太平巷开始，宁毅的事迹亮眼，方七佛也不至于对宁毅投以太过特殊的目光。

十月初方七佛与陈凡稍稍提了这事，此后童贯连番攻城，又有各种琐事，到得十一月，他才终于有了些许闲暇。初七这天他让人去霸刀营传达了与宁毅见面的意思，到得初八这天上午，宁毅便离开了细柳街，朝着方七佛办事的府邸去了。同行的还有小婵与陆红提。

对于这一天出门要办的事情，宁毅还是有一番打算的。除了与方七佛的见面，他还计划与闻人不二碰一次头，探探城内的情况以及城破后对苏檀儿等人的保护与转移计划，再做简单的商量。

此时在城内，霸刀营与包道乙虽然还是对峙状态，但当初那种会当街血战的气氛已经停了，彼此都有所收敛。方书常等人有事，宁毅出门又有陆红提这个幌子，不再带人，大家也没什么异议。住在这里的这段时间里，陆红提虽然没有出手，但对于她武林人的身份，大家也都是了解的，加上宁毅在霸刀营已经被完全信任，他既然觉得有陆红提就能保护自己的安全，大家也就没有过多坚持。

方七佛如今在城内办事的地方在原本的杭州府衙附近，本是常家的宅邸，距离闻人不二所在的四季斋不算太远。快要抵达时，宁毅让陆红提陪着小婵去四周逛逛，之后再去四季斋碰头。随后他一个人去往那边的常府。这里现在已经相当于后世的总理衙门，处理着杭州城内绝大部分事务，人来人往，络绎不绝。通报了自己的名字之后，宁毅还在厅堂里等了一阵子，随后，他还见到了石宝。

当初太平巷一战，石宝连连吃瘪，他们结下的梁子不小。对于在这里忽然见面，宁毅是没有太多准备的。石宝领着几个人从正厅外走过，厅堂内的人都有些骚动，议论着对方的身份，有的还鞠躬行礼。石宝大概是有事，朝里面瞥了瞥，微微愣了愣，走出几步之后，又看了一眼，才朝宁毅这边过来。这一下，全大厅的人都要拱手行礼了。

"石帅。"

"石大元帅。"

"见过石帅。"

如此的拜见声中，石宝皱着眉头走到宁毅身前方才停下，宁毅也只好拱手行了一礼。众人猜测着他的身份，石宝只是朝旁边摆了摆手，一字一顿地说道："宁立恒，我还记得你。"

"当初太平巷那一战，你打得很好，我肩膀上被炸了一下，现在还记得。听说你如今在霸刀营做事？"他说着顿了一顿，随后笑着朝宁毅的肩膀上拍了拍，指着宁毅说道，"你很好，很厉害，是有本事的人。我老石最欣赏你这种的，以后大家站在一边，便是一家人，好好干，若有人刁难你，便来找我。"

相对于厉天佑等人念念不忘要报仇，石宝如此豁达，真有些出乎宁毅意料。随后问起宁毅过来的目的，听到他是来见方七佛的，石宝又笑道："佛帅最是知人善用，见你必是好事，不必担心。我还有事，先走了，往后有空，到我那边去坐坐。你那火药用得很好，一直想要向你讨教一番，哈哈……"

石宝笑着去了。之后便有人领着宁毅去方七佛处。路上宁毅看见包道乙也在这里，但大家都有自己的事情，倒也不以为意。一路进去，宁毅见到方七佛时，这位支撑起半个方腊军系干练睿智的中年人正在烹茶，他正是年富力强的年纪，看起来精神饱满。不过宁毅当初也是从这种状态过来的，从中年人的笑容深处，宁毅还是能看出些许疲惫来。

茶烹得并不好。

虽然为人聪敏，在外人的评价中堪称智深如海，但方七佛终究是农民出身，读过书，但并没有许多富贵之家的积累。他的茶与秦嗣源、钱希文这些人的茶并不一样，就像是老农精心泡出的龙井，虽然不甚完美，但也颇能给人以亲切感。当然，与这人运筹帷幄的能力一比，就颇为耐人寻味了。

"立恒大才，当初破城之时便颇有耳闻了。能够过来我们这边，实在是生民之福。你家寨主是胡闹了些，怕是让立恒为难了吧，呵呵。有'人世如潮人如水，空叹江湖几人回'，又有'十步杀一人，千里不留行'，我最喜欢的是'吴宫花草埋幽径，晋代衣冠成古丘。三山半落青天外，二水中分白鹭洲'。我虽不精于诗词，但也知道这些词句非有大胸怀之人不能作出啊。"

"呃，这个是……"

"心照便是。"方七佛笑着按了按手，随后点了点桌子上的一沓纸张，肃容道，"早想与立恒见上一面，后来看了立恒近日作的这些东西，觉得委实博大精深，便决定看过之后再与立恒见面。我心中颇有些疑问，不知立恒可否答我。"

方七佛随后说起的是宁毅在霸刀营中做的一系列事情，包括让那些文人写的文章，两人聊了大概一个时辰，宁毅方才离开。从某种意义上来说，这其实是一次极为到位的安抚与示好，说明宁毅在方七佛心目中是一个极有价值的人才，但方七佛最近毕竟太忙了，宁毅的那些东西，他虽然都已看过，也有不少认知与疑问，但并没有真正去深究，他的问题只在一些管理、操纵上，并没有真正涉及核心。

谈话之中，对于宁毅先前参与霸刀营对包道乙的事情，方七佛也有简单提及，但也只是随意敲打一下。他调查过宁毅，自然也知道，宁毅后来并没有参与到对包道乙的各种行动中去。

并没有多少人知道的是，此时，就在与这边相隔了几个房间的隔壁院落里，包道乙随口向人问及了方七佛正在接待的年轻人的背景。因为包道乙记起来，当初在四季斋上，那个现在已经死掉了的名叫楼书望的年轻人曾经有些刻意地与自己提起过这个年轻人与他那名漂亮小妾。当然，那时因为与霸刀营的敏感关系，他并没有选择对那名漂亮的小妾动手，大家轻擦而过……

离开方七佛这边之后，宁毅去了四季斋。虽然城内都是管制状态，商业流通绝大部分已经停下，但总还有一小部分有背景的产业还在运作，四季斋便是其中之一。此时还是白天，店内没什么生意，宁毅与闻人不二在三楼的包厢中见了面，聊了一会儿城内城外的局势。

"短期内破城怕是不可能了，一旦再次下雪，想要破城，就得等到明年开春后。到时候北方的局面也不知道会变成怎样，唉……"

从闻人不二这里，宁毅证实了自己的推测——城外无能为力，城内的间谍系统也坦承无能为力时，再有转机的可能性便不大。随后他与闻人不二说起一旦破城，如何转移自己的家人。正在说话,外面陡然传来一声轻响,像是石子打在门框上。

随后,守在外面的闻人不二的手下发出"什么……"的声音,砰的一下,人影撞破房门,摔了进来。

"两条奸狗,在这里密谋造反,我看刘西瓜这下怎么跟我交代!"

从门外走进来的,是包道乙与一名身材高大的光头和尚。他们不知道是怎么进来的,但显然是在外面被闻人不二的手下发现,然后直接出手了。在这件事情上被抓了个现行,连宁毅一时间都愣住了。

片刻之后,宁毅吸了一口气,拔出刀跟火铳,转身走向后面的窗户:"还能怎么样,杀了他们,然后看看下面有多少人,按照原计划做吧。"

他所谓的"原计划"是骗包道乙与那和尚的,事实上,此刻他心中真有些疑惑会不会是闻人不二故意给自己布的局,想要拉自己下水破开杭州城这僵持的局面,但包道乙与那和尚微微一愕的同时,闻人不二也有几分疑惑地欲言又止,大概是想说:"我们哪有什么计划……"

人影忽然从上方降下!

包道乙与那和尚几乎是在第一时间反应过来,和尚啊的一声狂吼,猛拳挥出,包道乙在同时出手,顷刻间,三道人影旋在一起。周围两张桌子、旁边的圆凳都像是陡然一震,一张凳子飞出去,砸在包厢侧面一个摆放古玩的架子上,一张桌子被和尚重手轰碎。

事情忽如其来,就连闻人不二也没有反应过来发生了什么,忽然降下的刺客已经在包道乙与那和尚的攻势中狂舞数下,唰地拔剑。

"去挡住下面的人……"

楼下的骚动也已经传来。包道乙与这和尚是高手,他毕竟还是有江湖习气的,想要偷听,有两人便上来了,一些跟班还在楼下,此时恐怕也已经被那和尚的大吼给惊动。宁毅说完这句,闻人不二的身影唰地朝门外冲去,那和尚一拳挥来,只扫中了他身体的残影,与此同时,刺客已经拔剑挥出。

和尚的人头噗地飞起在空中。

宁毅举起了手中的枪。

"一下就好。"

他的话到此时才说完。从上方落下的刺客身影迅捷如电,但宁毅还是在第一时间认出了这道身影,正是陆红提。他此时也还没太弄清楚事态发展的全部,也没有时间可以多想将来会如何发展,但眼下已经是狭路相逢,他只能凭着直觉出手了。

包道乙也从未想过世上会有如此可怕的刺客。

跟随他过来的和尚的脑袋飞起的同时,他的拂尘挥出,却被那道旋转的身影反手夺了过去，随后，那身影陡然回奔，从背后与他贴在了一起。那剑锋竟从他的肋下绕过，直刺他的面门。

是个女人。

他只能在片刻间反应过来这一点，脑袋里陡然闪过一个个绿林中成名的女性高手的名字：自己这边的方百花，青楼出身的崔小绿，当年的摩尼教圣女司空南……身体不断腾挪，但后方的人影如附骨之疽，剑影从后方不断袭来，仿佛将他陷在一片刀山剑海之中……

闻人不二冲下二楼楼梯，看见人时，脚步陡然变慢，化作仓促的模样，与此同时，砰的一声枪响从楼上传来。

陆红提一个转身，收剑归鞘。包道乙的脑袋开花，尸体像是从她背上飞出去的一样。她扔掉拂尘："我跟在你后面，看见他们跟着你。其他人还没上来，现在快走。"

她走到宁毅身边，拉住宁毅的手，但宁毅的身体僵了僵，他吸了一口气："等等。"

"嗯？"

"下面的人已经看见我来这里了，也知道包道乙在跟踪我。"

他从未想过包道乙这类高手会如此容易杀死，但眼下不是考虑这个的时候，宁毅在脑子里急速思考着事情的对策。

"那又怎么样？包道乙死了，事情压不下来，赶快回去接你娘子，让这些朝廷的人帮忙藏住你，这是唯一的办法了。"

"不，你陪小婵回去。"宁毅吸了一口气，将火铳放在桌子上，过去顺手捡起拂尘递给陆红提，"从现在开始，听我说，你赶快带着小婵回霸刀营，接下来的事情……"

片刻后，原本在楼下等待的包道乙的随员冲上三楼走廊，与一手提刀一手持枪的宁毅打了个照面。宁毅手上的刀锋在滴血，身上也是鲜血淋淋，衣服被拂尘劈开了数处，露出的棉絮与血液混在一起，他的脸上也有伤痕，双眼充血，看起来凶戾无比。眼见众人上来，他转身便跑。

包道乙的随员不多，也未必都是高手，其中一个人冲上去试图缠住宁毅，交手仅仅几招，宁毅猛地斩出一刀，破风声凌厉异常，这人手上的钢刀竟被一刀斩断，连同他的胸口也被斩裂，倒在地上，鲜血不断涌出。

破六道的内劲使到极致，配上霸刀营一式"斩却云山"的发力方法，人群中的闻人不二这时才明白，那天晚上宁毅到底是如何杀了汤宬。所有人都以为智者会运用各种手段破局的时候，却忽略了最为简单的那个选项。他竟然真的能够将自己的力量逼到这一步，用书生的表象瞒住了所有人，也不知道是怎样苦练的成果。

不过，此时不是探讨这些事情的时候。

宁毅转身冲进一个房间，开始放火。当包道乙的这些跟班目睹了包道乙的尸体，想要没命地追杀宁毅的时候，三楼小半的房间都已经燃烧起来。宁毅在这样的情况中冲下二楼，继续纵火。这个时候他必须不断拖延时间，无论被谁抓住，也绝不能落在包道乙的人手中。闻人不二也开始让手下销毁自己一方在四季斋中进行活动的所有证据。

与朝廷奸细有勾连这是最严重的一件事情，只要这件事不被查出来，接下来的事情，或许还能有一丝丝转机……

得知包道乙的死讯与宁毅所做的事情时，刘西瓜正在北门附近看着一群工匠加固城门。童贯的攻势已经停下，但明年开春还会继续，城门附近的各种防御措施被列为重中之重，没有停下来的道理。霸刀营是方腊最信得过的势力之一，有着不少监工任务，她每天都会四处看看。

太阳出来了，惨白惨白的，城门附近冷风逼人，她穿着披风，坐在一块大石头上发呆，刘天南跟在一边。真正知道她身份的外人不多，一旁倒是就有一个，那是娄静之。这位宰相家的公子哥被冷风吹红了脸跟鼻头，仍旧在旁边聒噪地跟她指点周围的拒马和围栏。娄家也有监工的任务，最近两人常常被发配在一起——百花姑姑干的好事。娄静之已经说了很久了，还在继续说，刘西瓜懒得理他，继续发呆。

对于无聊的人，要么砍了他，要么不理他。最近一段时间颇为麻烦，跟她提亲的人很多，都是百花姑姑那边牵的线。方百花的目的很明显：要么是这帮人，要么是娄静之，你自己总得选选啊。这段时间她毕竟不可能真的拔刀砍死娄静之，而娄静之大概受了方百花的怂恿，颇有些不怕死的精神了，整日里在她耳边聒噪。

她其实是可以选择立刻掉头走人的，但这样一来，倒显得是被对方逼走一般，对她来说不能接受，因此只好选择无视对方。不多时，几匹战马飞快地驶来，过来找她的是安惜福。刘西瓜跟他的交情不怎么够，但他是陈凡的好友，虽然没有拔刀对劈几次的友谊，总还算是自己一伙的。他过来时，有些犹豫地看了看娄静之，刘西瓜便转身从石头上下来，朝一边走去。

见安惜福跟上去，娄静之一时间颇为不爽，但他被刘天南挡住了，还没来得及生气，陡然听那边刘西瓜说了一句："什么？！"

"包道乙死了，立恒杀了他，听说今天在'佛帅'那边……如今在四季斋已经是……"

"立恒落在了谁手上？"

"应该是'佛帅'那边的人……陈凡已经过去了，让我过来通知你……"

安惜福将事情说完，刘西瓜点了点头，转身飞快地朝一旁的战马走了过去："知道了……南叔。"

刘天南过来，她低头飞快地说了几句，刘天南的脸色也变了，随后他点了点头。

刘西瓜跨上战马，猛地一勒缰绳，朝着城里飞驰而去。刘天南、安惜福等人紧跟而上。娄静之还在懵懵懂懂，但不久之后，他也知道了：当初在四季斋看见的那名书生，刘西瓜亲自现身保下的名叫宁立恒的男子，杀了包道乙。

虽然霸刀营与包道乙不睦，但打起仗来的时候，双方还是罢了手。这个时候杀掉了包道乙，意义是完全不一样的，哪怕霸刀营，也未必扛得起这么做的责任。

回忆起方才刘西瓜等人走时的决然，娄静之想了半晌："不是吧……你不会还想保住他吧……开什么玩笑。"如此想了想，他也坐上马车，赶快朝着皇宫的方向驶去……

刘西瓜赶到永乐朝皇宫的时候，半个杭州城都已经炸开锅了。

大军围城的情况下，包道乙这类大员忽然死去，加上四季斋的大火，后来涉入事情的势力也不止一方，消息在方腊军系的各个将领间根本就压不住。包道乙的死毕竟太过突兀了，谁也看不懂这事到底意味着什么。要说意外，没人会信，这世上从来就不缺有心人。

大火之后，第一时间到场控制住局面的，乃是方七佛的直系力量。为了避免原本属于包道乙的人在城内哗变，这边又第一时间派出人开始全城戒严，压制可能的骚动。这些应变措施放出去之后，要想无人知道城里发生的事情，那纯粹是痴人说梦。

霸刀营终于还是杀了包道乙，对大部分人来说，得到的便是这类认知。至于动手的是谁，没多少人会关心。包道乙手下的人或许会要求交出凶手、严惩凶手，但那也不过是一个寻衅的由头。众人只会在意霸刀营如此强势的态度所蕴含的意义，至于那个凶手，就算有人说起，观感无非也是：死定了。

从城门那边飞驰而来，目睹了城里的变化，刘西瓜已经清醒过来，首先安排的就是各种应变以及探听事情的来龙去脉。霸刀营效率很高，再加上陈凡的介入，抵达皇宫之前，一个简单的事件轮廓已经在她的脑海中成形。包道乙已经死了，纵然这是个帮亲不帮理的年月，坏了一些规矩，霸刀营也会受到冲击，不过，这并不是她所关心的事情的全部。

此时的永乐皇宫位于杭州城南端，原本是一位武朝王爷的行宫。刘西瓜从城北过来，途中在霸刀营的几个联络点下了命令，接了情报，抵达宫门时，许多人已经到了。赶过来的这些人官位有高有低，都是因为城中情况的骤然变化而聚集过来，有的打听情况，有的接受命令，他们能够见到的人也不同。当刘西瓜领着霸刀营的几骑在宫门前停住，翻身下马时，众人都将目光投了过来。

少女容色冷漠，大步朝皇宫里走去。这座行宫的守卫并不森严，她径直穿过前方的广场，沿着正殿的阶梯拾级而上。途中，她顺手解开身上的披风，扔给一名过来迎接的内宫侍卫，反手将身旁一人拿着的长木盒拉了过来，手一翻，轰地背在了背上，随后挥手让众人散去。

上正殿见方腊，理论上来说就是拜见皇帝，不允许带兵器，不过看她此时的模样，实在没人敢劝。

她一路去到了上方正殿，人已经到齐了，以圣公方腊为首，皇后邵仙英，长公主方百花，皇子方杰，接下来方七佛、厉天闰、邓元觉、石宝、娄敏中等军中高层齐聚殿内，王寅、司行方、祖士远等没来的，大抵都是在着手压住杭州局势，或者是在赶来的途中。殿内还有些不怎么有地位的列席人员，有人争吵，有人哭诉，气氛紧张。

若放在后世，包道乙已经是接近政治局常委的位置，他死了，没有人能不受波及。此刻在殿内愤然说话的乃是包道乙的弟子郑彪，以地位而言，他算是包道乙麾下的二把手，官拜殿前太尉，一身武艺有青出于蓝的趋势，人称"郑魔王"。包道乙一出事，他便带了一名包道乙的私生子进殿哭诉，这时候正义愤填膺地说着白鹿观那边一干人的伤心，见到刘西瓜走进来，郑彪双目通红，目眦欲裂。

"陛下，霸刀营今日如此行凶，张扬跋扈，实在已到令人发指的程度。若不处置，实在难平滔滔民愤！家师对永乐朝之功绩，众所周知。若是如此功高劳苦之人都让她霸刀营说杀就杀，往后还有谁敢为我永乐朝效死力……"

往日里郑彪是不敢这样子盯着刘西瓜看的，但这一次作为包道乙势力中的人，是真觉得自己这边被霸刀营欺负得过分了，同时也知道，若这时候还不能硬一点儿，往后就真站不住脚了。他慷慨陈词之时，殿内众人也都在交头接耳窃窃私语。刘西瓜对那目光只是淡淡地瞥了一眼，上前拜见了方腊、皇后。方腊举了举手，皱着眉头。

"你这是……唉，坐吧，先坐吧……"

少女走到旁边的椅子上坐下，又砰的一声将装霸刀的长盒子摆在一边，双手在身前握着，目光斜斜地望着前方的地面。她的脸色也不好，但是有几分恍惚和疏离，一副心不在焉的样子。

郑彪便继续慷慨陈词。刘西瓜看也不看他，毫无动静。大家也有些无奈了，往日里交道毕竟打得多，殿内众人也明白过来，这事并非刘西瓜指使，但说出去没人信，处理方式总得按照场面上的规矩来。以少女的性格，或许是在想自己干吗要为这场"意外"顶缸，生着闷气，否则按照平素的性格，霸刀营一向是挺光棍的，有理没理都得争上三分。

"今天的事情……"众人议论了一阵,首先开口定调的是方百花,"终究是大彪这边过分了,影响很坏,接下来要怎么善后,大家说一说吧。"她这话其实是在给刘西瓜解围:霸刀营不对那是肯定的了,你们就说怎么办吧,人家这边接下就是了。

方百花这样说了,旁人便不再在给事情定性上说什么,就算厉天闰等人跟霸刀营有嫌隙,也不可能说霸刀营此举是想要造反。一旁右相祖士远这时已经到了,他算是比较亲近霸刀营的,清了清嗓子,首先道:"包天师的家人还是要好好安抚的,下葬要隆重,霸刀营应该对此负责到底。此事虽然是场意外,但霸刀营不对在先,若是要消弭这场误会……"

此时包道乙的那名私生子正跪着,闻言哭着嚷道:"哪里是意外!他们霸刀营原本就针对我们,分明就是故意的……"

没人理他,一旁的石宝皱着眉:"这误会怎么消,难道让大彪给人打一顿?"

"杀人偿命,她刘西瓜……"

"住口!"

娄敏中对郑彪摆了摆手:"不依不饶就不对了……"

"这事坏了规矩,责任还是要负的。霸刀营如今的一切职衔先得停了吧……"

"如今内忧外患,霸刀营的监察之责不能下,其他职衔,可酌情削减。"

"若是霸刀营再凭着监察之责张扬跋扈呢?"

"我为刘家妹子担保。"

"身为太子,金殿议事,不要再有这种儿戏徇私之言!"

由于之前的些许嫌隙,厉天闰算是比较针对霸刀营的,在他看来,单骂一顿没什么意义,眼下削去实权,到了以后,政治声望自然就低了。娄敏中、邓元觉基本都是居中或者偏赞成的态度。尽管娄静之对刘西瓜追求已久,但娄敏中应该是觉得没戏了,同时也感到霸刀营的超然地位有些太过。

石宝平时对包道乙就没什么好感,但他也犯不着为霸刀营出头太多,倒是皇子方杰为刘西瓜说了句颇有义气的担保话,然后就被邵仙英和方百花一齐骂了。一时间殿内各种或轻或重的言语飞来飞去——这是在战时,霸刀营负责城内监察,地位超然——说到后来,还是方七佛开了口:"监察之职要去,但正是用人之际,改为暂代吧。大彪,你可有话说?"

事情发展到这个程度,刘西瓜一点儿表态都没有,未免太瞧不起人了,方七佛这才主动发问。他的面子终究不能不给,刘西瓜看了他一眼,片刻之后,像是做了决定:"佛帅,宁毅宁立恒……可是在你手里?"

方七佛眯起了眼睛,殿内其他人都皱起眉:"是又如何?"

"我要保他。"

"开什么玩笑！"方七佛的目光冷了下来，上方的方腊都严肃了面容，提醒道："大彪，有些过分了。"

郑彪嚷道："你置我师父于何地，欺人太甚！"

"我为何不能保他？"刘西瓜站了起来，"今日之事，本就是包道乙想要杀人在先！"

厉天闰望了过来："包天师想要杀人，结果在四季斋被反杀了？"

"有问题吗？当时在'佛帅'府邸，包道乙曾向人询问宁毅的底细，据他的随人交代，由于'佛帅'手下一人透露宁毅曾参与对付白鹿观，包道乙才一时兴起，暗中跟随。是他想要杀人在先！"

郑彪嚷了起来："含血喷人！家师修为高深，武艺已臻化境，在场诸位都清清楚楚。随他过去的'普陀'赵金刚也是绿林中一等一的好手，他想要杀那叫宁毅的家伙，反会被杀？圣公明鉴，她口中所言，恰好证实此事乃是霸刀营刻意设局！"

"包道乙去'佛帅'那边乃是一时兴起，'佛帅'那名手下透露消息也是意外，我如何能对此事设局？当初白鹿观关押大量女子，此事我看不过去，设局救援，立恒居中策划，后来我便是担心包道乙睚眦必报对他不利，因此一直隐瞒此事。包道乙陡然得知，一时兴起便想杀人。至于为何被立恒翻盘……当初太平巷的事情，石帅你来说，立恒是否有翻盘的可能。"

石宝摸了摸下巴："别人或许不可能，但若是那宁立恒，我觉得他还是有这个能力的。"

方腊向方七佛问道："大彪说的……可有此事？包天师乃是听了你府上之人的言辞，才一时兴起跟上去的？"

方七佛欲言又止，最终还是说道："抓到人时我曾询问包天师的随人，然后第一时间查了，确有此事……"

眼下殿内众人都是匆匆赶来，对整个事态的了解其实不多，霸刀营又跟包道乙起了冲突，倒霉的包天师死了，当然是霸刀营占了上风或者使了诈。坐在殿里的大伙并不怎么讲究证据，反正该发生的事情已经发生了，只是想不到刘西瓜会把这种事情拿出来纠缠。片刻间，大家有些无言。

方百花道："这事就别说了，来龙去脉怎么样，七哥去查吧。无论如何，包天师死了，得有个交代。"

"我要保宁立恒。"

"刘西瓜你欺人太甚！圣公，诸位，你们看到她的跋扈了吗？"

祖士远有些犹豫："杀人偿命是肯定的……"

"包天师不是一般人，此事总得有个交代……"

"不可理喻！"

"开什么玩笑……"

言语纷纷，皇子方杰叹了口气，在不远处轻声道："总得让一步啊。"

刘西瓜缓缓地摇了摇头。

"真厉害，真厉害，你霸刀营真厉害，我师父被你杀了，你所有人都要保，你霸刀营真是一点儿错都没了！"郑彪冷笑着大声说话，"那什么宁立恒，他是你姘头不成……"

话说到这里，殿内的气氛陡然一冷，邵仙英指向郑彪："你住口……"

传来咔的一声响。长长的盒子打开了，巨大的霸刀落在少女手上，她的足尖轻轻一踢。那边，石宝、方七佛、方百花已经站了起来。

霸刀刀尖升到空中，然后朝另一边落下，在刘西瓜的身前如同指针般划出一个圆，在它变为横挥的瞬间，少女已经跨出一个弓步，仿佛一根绷到极致的弦，转身回头。

在凌厉到极点的目光中，她横跃，挥斩！

"死！"

"你找死！"

"住手——"

众人的喝声中，郑彪在仓促间试图招架，石宝的轰然一脚已经踹在他的身上，将他踢飞出去。跟着，一张桌子和一张茶几飞了过来，伸过来的还有一杆铁矛，木头的碎屑飞舞在殿堂当中。铁矛被砸飞，差点儿砸烂正门的门沿，掉在地上时已经是弯曲状态。郑彪站起来，吐出一口鲜血。这边方七佛按住了刘西瓜的肩膀，方百花则直接将少女抱住了，邵仙英从上方跑下来抢她手上的大刀，拼命拍刘西瓜握住刀柄的手。

方腊一巴掌拍在了龙椅上，正殿中的众人也炸开了锅。

"放肆！"

"成何体统——"

"都不把我放在眼里了是不是——"

"当场行凶，说不过就用打的吗……"

"郑彪你口不择言……"

"想清楚……"

"皇家威仪何在，法度何在……"

"今天这事没别的办法……"

"你再这样也救不了人……"

"我与他有私情……"

"他死……呃？"

片刻之后，像是听到了什么可怕的东西，殿内被一阵奇怪的安静气氛笼罩了。祖士远本来在说话，闻言嘴角抽了一下，然后跟身边的人确认着。方腊举起准备拍下的手掌，就这样愣在了那儿。皇子方杰抓了抓头发。就连方七佛的表情也有些古怪。方百花看了看旁边，似乎是要确定方才是不是别人说了一句什么奇怪的话。

刘西瓜已经放开了霸刀，她看看殿内众人："我喜欢他。"她如此说着。少女平素一直都坚持以刘大彪的身份待人，声音也带着刻意的粗犷或沙哑，这或许是她第一次在这样的场合下，在这些人面前，以原本的属于少女的那种轻柔嗓音说话。随后她又说了一句："我喜欢他。"她吐出一口气来，像是在做确认。

殿内还是一阵安静。方七佛偏了偏头，眨着眼睛斜望向地面，像是在咀嚼整件事的含意。石宝一根手指举起在空中，愣了愣，随后又朝郑彪指了两下，他大概也不知道自己要表达什么意思，就坐下了。方腊放下手，左手食指在扶手上轻轻敲了好一阵，随后抬起手在扶手上一拍，站了起来。

"今天就到这里……"他一挥手，转身往侧门走，"此事……再议。"

原本是国事政事，因为一句"我喜欢他"，陡然间性质变成了家事。这种事情忽然发生在刘西瓜身上，对熟悉她的人来说，心中恐怕都是五味杂陈。

刘家的霸刀营，对方腊来说，始终是最为忠于他的一支队伍。刘西瓜本人因为是女孩子，或许会有些古怪、任性，会有种种胡思乱想，但在根本上，她始终是站在自己身边的最坚定的一股力量。只要在这个前提下，刘西瓜对方腊而言，便始终都是女儿一般的存在。

当初刘西瓜不想成亲，方腊由得她去，可女儿大了，这种事情终究是免不了的。方百花、邵仙英等人热心起来时，方腊也表示了支持的态度。义军第二代也算得上是满堂俊彦，这其中娄静之与她算是最般配的，郎才女貌，陈凡跟她也算得上是欢喜冤家。可惜自家几个儿子成亲的成亲了，没成亲的年龄还不够，给不了她正妻的位置，若是让刘西瓜嫁过来当小妾，军队中的其他元老都会看不过去，加上方杰等人也没有这方面的意愿，他也就没在这方面费事。

谁知道事情揭晓之后，真相出乎所有人的意料。

"甚至当初陈凡跟包老道磕上时，她都没拿这个理由来帮人脱罪！"

入了夜，皇宫的偏殿之中燃起点点灯烛，正在用这种郁闷的口气说话的正是方腊。下午那场会议节外生枝之后，大家各回各家，再次考虑事态发展的脉络，在心中重新选择立场。晚上过来的，是方腊最初起事时一些最核心的老臣子，家人如方七佛，战友如邓元觉、娄敏中、祖士远等，都是认识以前的"霸刀"刘大彪，在刘西瓜的婚事上说得上话的。

"那不是因为……这次就这个理由能帮人开罪了嘛。"

"有拿这种理由给人开罪的吗？！给一个男人！她一个姑娘家……"方腊挥着手嚷了起来，"她以前不想成亲也就算了，越来越不像话！她不考虑，长辈总得给她考虑，总有考虑的一天！女儿家坏了名节……还有那个什么宁立恒，甚至还是投降过来的……小白脸一个，茜茜怎么可能喜欢上他，扯淡！"

方腊发了顿脾气之后，在座中便有人往娄敏中这边瞧："不是说……静之最近跟茜茜在……"

娄敏中连忙摆手："八字没一撇，别说这个，静之那是剃头挑子……一头热。"

"我觉得茜茜在其他事情上虽然有些不知轻重，但……大事还是很有分寸的。"

"怕她没把这个当大事。"

"她压根就没把这个当大事。"方腊咬牙切齿地表示附和，"大彪去世得太早了，茜茜她娘去世得更早。话说回来，虽然我跟大彪是过命的交情，但早就说过他教女儿教得不靠谱，让她整天舞刀弄枪，还教她胸毛凛凛的就是大英雄。看他起的什么名字，西瓜西瓜的，害得那丫头整天想改名……话又说回来，我后来给她改的茜茜不是很好吗，怎么不见她用？"

"阿弥陀佛。"邓元觉瞥了方腊一眼，"以前人家叫她'西瓜'，她拔刀砍人，后来叫茜茜'西西'的，在有心人眼中，不是一个意思吗……"

"那不是……多了个草字头嘛……"方腊挥手强调，终于嘴角抽搐了一下，在这个问题上作罢了，"反正就是没娘惹的事。我也是大意了，大彪去世后，我让仙英看着她点儿，但仙英根本管不住她，当时她都大了，贤良淑德怎么教啊？早知道该交给百花的……不过我也就是因为百花整天舞刀弄棒，怕带坏了大彪才不这样做……不管怎么样，现在最大的问题，她说喜欢这个宁立恒到底是不是真的，然后……这个宁立恒到底可不可靠。"

说起这个，众人对望了几眼，娄敏中捏着嘴巴看着其他地方。窃窃私语一番之后，还是方七佛说了话："圣公，她既然对别人都不用这种理由，唯独对这个人用，这事对女孩子家到底意味什么，我觉得茜茜肯定还是知道的。"

方腊看了他好一阵，终于叹了口气。他也知道这种想法有点儿自欺欺人，只是对于西瓜这个女儿忽然选了个古怪的对象来喜欢，他有些难以接受而已："反正……仙英跟百花她们都在问了。那宁立恒呢？你们都查过了吧？他是降过来的，前段时间，参与到霸刀营与老道的内讧里去，这次又忽然杀了老道，会不会有问题？"

"事情还得继续查。"方七佛回答道,"不过……整件事确实发生得仓促了一些,老道去我那边是一时兴起,忽然问及宁立恒的底细也是巧合,我府中那名管事之所以知道宁立恒的底细,是前几天我让他去查的,种种巧合汇集在一起,刻意安排的可能性不大。事实上,霸刀与老道彻底撕破脸之后,我知道茜茜那边确实在尽量隐瞒宁立恒参与过对付老道的事情,说明她重视这个宁立恒,怕他在此后的事情里被波及。"

"不过,以茜茜的性格,怎会喜欢一个需要保护的书生?这点会不会有问题?"众人之中有人发言。

祖士远摇了摇头:"这个宁立恒还是很厉害的,虽然不是什么超一流高手,但听说江湖人称'血手人屠'……"

方七佛笑了起来,摇手道:"'血手人屠'那是笑话,不过真打起来,这个宁立恒豁得出去。其实当初的太平巷一战大家多少都听说过,石宝与茜茜当时都算得上是败在他的手上,苟正是被他亲手杀的。"

"这么说,茜茜算是被他打败过?"

方七佛点头:"是啊,以茜茜的性子,恐怕也是因为这样,才会喜欢上那宁立恒。他跟一般的书生不同,小事豁得出去,大事也做得来,湖州那几仗,我们太轻敌,也是在他手上吃的亏,但他当时生了病,被茜茜追上去抓住了,此后又将霸刀营经营得井井有条。他心中应该是有大志向的人,但以前束手束脚,只有在我们这边,才能真正发挥出来,朝廷是不会给入赘之人这等机会的。"

"是啊。"方腊拍了拍大腿,"这样一说不就明白了,虽然他文才武功配得上茜茜,但他已经成了亲,还是一介赘婿,这种事情,成何体统。"

"圣公……"方七佛有些没好气地看着皇帝。

"佛帅。"方腊笑着看了回去,随后朝众人指指,"大家说,大家说。"

"确实不成体统,我永乐朝的公主,怎能嫁一入赘之人……"

"茜茜是公主身份,那人也该是入赘,不是娶……"

"让他休妻?"

"听说他的娘子正在这里。"

"杀了吧。"

"人家娘子已经怀孕了,这时候杀了不是结仇吗……"

"事情怎么这么复杂……意外怎么样?"

"猪都能看出来……这个时候出意外。"

"看出来又能怎样,我永乐朝公主愿意下嫁……"

"逼一逼吧,两边来——让他妻子走人,放人家一条生路,再让他在这里成家。古时候不也有薛平贵的故事嘛……"

"薛平贵一开始也不是入赘的。让一介赘婿休了自家娘子再入赘到我们永乐朝这边来,我觉得有点儿不讲究……"

"要不然两头大?"

"那宁立恒是个赘婿啊……"

"咯,这入赘两家的赘婿,不知道有没有先例……"

殿内你一言我一语,围绕这事热烈地讨论了起来。方腊皱了皱眉头,他原本是想要大家都反对的,怎么忽然间变成怎么处理这场婚事了……

"你们杀不了她的……我下午回去时,那边霸刀营已经戒严了,就是为了保护她,现在要杀她比杀我还难。"

偏殿里讨论得热火朝天的时候,后方的宫殿内,刘西瓜也在对方百花、邵仙英为首的几名妇人说着这种话。对她们来说,一开始接到方腊的命令时,自然也是希望刘西瓜承认这是她一时冲动说的胡话,娄静之、陈凡这些也就算了,宁毅毕竟一个外来人,身份上不可靠,但讨论得一阵之后,话题的中心就成了喜事怎么办。

宁毅已经有家室的问题,自然是绕不过去的。

邵仙英如今身为皇后,性情或许温和了一点儿,但她之前随着方腊起义造反,关键时刻也是杀伐果断之人。方百花就更加不用说了,在方腊阵营中向来以军法严苛出名,安惜福就是她一手带出来的军法官,首先想到的办法就是杀人。谁知道刘西瓜料敌先机,此时已经将苏檀儿等人保护了起来。

"你、你这样怎么嫁得了人……他本身就是入赘的……"邵仙英皱着眉头。

刘西瓜低着头:"我本来就没想过一定要嫁!"

"你、你这傻孩子,既然喜欢他,当然要嫁啦……"

"他……我喜欢他而已,他早有家室,现在孩子都有了,我没想过其他的……"

方百花早就铁青了脸:"你已经在金殿上说出来了,说出来了,就一定要嫁!他宁立恒也一定要娶!否则你身为我永乐朝公主,喜欢别人在金殿上都说出来了,却没法嫁给他,别人怎么看咱们!你贵为公主,怎能与人共侍一夫,他要么休妻,要么我帮你杀了他妻子……"

"他妻子都已经怀孕五个月了,怎么可能休妻!我也绝不许百花姑姑你杀她,否则我们就只有反目成仇了!"

方百花看看邵仙英,再盯着少女看了一阵,吐出一口气来:"好,茜茜,姑姑也告诉你底线,其他的怎么处理是你的事情,嫁一定要嫁。你在满朝文武面前说出来了,这事你推不过去。你想要推过去,他就死定了,他杀了包老道就一定要死。你以为厉天闰他们会就这样让你糊弄过去?那以后你不是说杀谁就杀谁,说救谁就救谁……你知道这一点,然后咱们再来商量怎么嫁。"

邵仙英点头道:"小姑说得有道理。"

旁边有人说道:"他本身是入赘的,这是最麻烦的。他不能休妻,我们逼他妻子休他吧……"

刘西瓜瞪着眼睛,摇头:"不行,我爹说过,宁拆十座庙,不毁一桩亲。"

"那总不能两头大吧。"

"成何体统!民间商贾之家才有两头大的习俗,从来就上不得台面的。而且就算两头大,这个算什么,一个入赘的夫婿,进两家门?他算是苏家人还是我们刘家人啊……"

"反正……让圣公先赐婚再说?"

"婚是赐定了,但婚怎么赐总得先弄清楚,还是先逼他娘子休夫吧……"

"总觉得不太好听……"

有些事情已经被定下,一群妇人叽叽喳喳地商议着。其实,对于之后的事情刘西瓜还来不及头疼,原本是宁毅惹的祸,她只是为了救人,可是发生任何事情都不及这件事情来得麻烦,道理在这里面讲不清楚了。她甚至还没跟宁毅说这个呢,要是宁毅觉得她对他爱慕已久,甚至不惜拆散他一家,她该怎么办啊,这不是板着个脸就可以应付过去的事情啊。于是少女坐在那儿,鼓着腮帮瞪着眼睛,顽强而又徒劳地做着最后的抵抗……

与此同时,被各方势力重重围困的方七佛府邸前门灯火通明,当宁毅在陈凡的陪同下大摇大摆地走出门口时,他心中的感觉颇为奇妙,就和以刘天南为首过来迎接的霸刀营成员挤眉弄眼的表情一般古怪。

有些事情,虽然按照逻辑思考会觉得非这样处理不可,但真想到时,总会免不了避开这一可能,而当它真正发生时,会让人一次又一次地产生疑问,觉得有些乱来,就像对面街头那些被霸刀营成员隔开的正在义愤填膺的应该是包道乙手下的人那样。宁毅能够大概猜到他们在说些什么。

"你知道他们在说些什么吗?"陈凡怪模怪样地靠过来,"我知道,他们肯定在说,大家过来看啊,那就是在霸刀营里吃软饭的那个家伙哦,呼呼呼呼呼呼……"他很没节操地捂着嘴巴憨笑。

当然不是这样……宁毅没好气地瞥了他一眼,但随后还是无力地叹了口气,翻了个白眼,望向天空。

他不过是意外干掉了一个包道乙而已。

事情怎么会变成这样呢?

"唉——"

战时戒严,马车经过街道时,四下都显得安谧,火光与灯光在视野之中朝着四面八方稀稀疏疏地扩散,有的亮起来,随后又沉没在静谧的夜的海洋之中。

"回去以后……怎么跟你家娘子交代这事啊?"

"跪搓衣板呗。"

"什么?"

"哦,我有办法交代……"

回细柳街的过程中,陈凡与宁毅有一搭没一搭地说着话。对于刚发生的这件事,眼前这没心没肺的家伙显得颇为幸灾乐祸且真心感到有趣,且看不出半点儿其他的情绪来,这是令宁毅觉得奇怪的。

"话说回来,你干吗这么高兴?跟大彪打了这么多架,就没有一点儿那个什么……什么的?"

"什么啊?"陈凡偏头看着他,随后还是笑着摇了摇手,"所有人都觉得我们该有点儿什么是吧?"

"你到细柳街上随便找人打听一下,说'是'的,比街上叫刘亦菲的女人还多。"

"什么刘亦菲的女人……"陈凡皱起眉头,随后大概知道了意思,"呃,其实这个嘛……打了这么久,要说完全没点儿感情那也不对,不过我确实只把她当妹妹看,她性格太别扭了。我以前就有喜欢的,但跟她不一样。"

"隔壁家翠花……"

"会武功的,而且现在已经成亲了。"

"不会是什么官宦人家的大小姐,会武功,小时候跟你一拍即合,她父亲不同意,你就造反了之类的吧……"

"都不对。"陈凡皱眉,随后招了招手,"告诉你就告诉你,你过来我跟你说,不要说出去……"他小声说着这话,车帘那边已经隆起一团,陈凡一脚朝这霸刀营的车夫背上踢了过去:"再敢偷听我们单挑!"

这话说完,他附在宁毅耳边,声音聚成一线,小声道:"倩儿姐……敢说出去就杀了你。"

宁毅愣了半响:"哪个啊?"

陈凡又靠过来:"鸳鸯刀,倩儿姐。"

宁毅这才反应过来他说的是"鸳鸯刀"纪倩儿,有些意外。那女人虽说在"杀人偿命欠债还钱"几人中算是年轻的,但也已经快三十了,而且一向是村姑模样,虽然在霸刀营中很有亲和力,但开各种玩笑、说荤段子不比男人差,他想不到陈凡口味这么重。陈凡倒是又靠过来,小声地做了解释,神情颇为自得。

"刚跟师父学艺的时候嘛，我还小，倩儿姐也年轻，英姿飒爽，我去霸刀庄的时候，她很热心地教我武艺。她的刀法，啧啧啧……又快又狠又厉害，女人就应该这样嘛。而且没过几年，她就打不过我了，不过那个时候她也已经成亲啦，但是……你不明白，她本来是很厉害的，一开始我在她的刀下两招都过不了，打败她的那个时候真的是……啧，那一下，我一辈子都记得那种感觉。"

他压低声音，兴奋不已地比画："而且你有没有注意，倩儿姐是瓜子脸，下巴很尖的。要娶就娶这样的。西瓜是圆下巴，也不是说她是什么包子大饼脸，但不够尖。而且倩儿姐使两把快刀，这才是女人用的刀。刘西瓜一把那么大的什么刀，砸过来是很吓人，当女人看是一点儿感觉都没有了，我把她当妹妹，或者当弟弟看……"

这话说完，他捏了捏嘴巴："不过话说回来，如果不看她身边那把刀，你也不是一定要喜欢尖下巴的话，西瓜长得还是很不错的。打了这么些年，我对她清清楚楚，她要不是真对你喜欢，我觉得不可能这样子在金殿上救你。我以前就觉得她要是嫁给娄静之太可惜了，如今既然跟你，兄弟一场，这肥水也不算流了外人田，但是你家里那些事情……嘿嘿，你就自己摆平，自求多福吧。哈哈……"

陈凡说完这些，宁毅不由得叹了一口气。

他一路回到细柳街，这边已经隐隐充满了肃杀的气氛，虽然看不见多少人，但明岗暗哨的，其实已经紧张起来。

这是为了保护苏檀儿以及小婵等人的安全，宁毅心中明白。尽管只是少女的年纪，在金殿上说出那种话来时，或许也是心绪紊乱的状态，但回过头来，刘西瓜还是在第一时间料到了可能发生的事情，做出了应对措施。

在小院门口下车时，长街四周都显得很安静，他推开院门进去时，正坐在梧桐树下石凳上的苏檀儿站了起来，目光中闪出神采来，随后又微微露出几分焦虑之色，望着进来的宁毅。月光孤冷，树影婆娑，那身影也显出几分茕茕孑立的感觉来，随即她看清了宁毅身上的伤势，赶了过来。

"别跑，我没事。"

苏檀儿的身孕已经有五个月，纵然掩在冬衣之下，也隐约能够看到肚子。她过来扶宁毅，宁毅也顺手扶住她，关了房门，碰碰她的脸颊："干吗在院子里坐着？"

苏檀儿检查着他身上已经包扎好或者涂了药的伤，有些复杂地笑了笑，随后又低下头。宁毅环顾四周，那边的屋檐下，陆红提也出现在了房门口，朝着四周指了指，示意周围都有人看着。

宁毅身上的伤是被陆红提后来补上的，虽然不轻，但都不会伤筋动骨。夫妻俩没有说话，回到房间，婵儿与娟儿端来热水与热茶等物，虽然眉宇中有不安与疑虑，但都是安静地退走了。苏檀儿替宁毅擦了擦脸，才轻声说道："明明说过没有其他事情了，怎么又弄成这样啊……"

"运气差……也不是，其实运气还算好了。就是后续……有些意外。"

"不过也没其他办法了吧。"

"算是……没有了吧，没有更好的……"

事实上，稍差一点儿的应对措施宁毅也是有的，但这时候不好再说出来。杀掉包道乙之后，他决定将应对交给刘西瓜去做，因为在当时那种情况下，或许只有她死保，自己才有可能全身而退，但完全坐以待毙也不是他的作风，虽然仓促之下只能想到一个候补的应对措施。

那就是在西瓜的努力不能完全保下自己的情况下，由陆红提以真实身份拜访方腊，冒充田虎势力的一员。在宁毅想来，陆红提虽然一直在北面，但她的师父既然那么厉害，南方武林中，未必没有知道对方名声的人，加上陆红提本身的身手，只要展示一番，她的出面，是有一定分量的。

此时杭州被围，各种消息无法进出，方腊军系内部也不可能再去详细确认陆红提与田虎的关系，再加上霸刀营的强势，自己一定能够被保出来。拖到破城之后，其他的也就没有意义了。

这一考量他当然不好告诉妻子。苏檀儿是心思极为细腻的人，事实上，金殿上刘西瓜保宁毅的消息传来，很多关联她都已经能够考虑清楚，虽然知道有些事情是不得已，但不得已未必真能让她心中舒坦，可这件事情又不能算是自家男人的错，到得此时，她的心情已经颇为复杂了。

"其实……他们可能会过来逼我与相公分开吧……"

沉默许久，苏檀儿才说起些细枝末节的事情，检查伤势，重又上药，直到快要上床睡觉的时候，她才蹲在宁毅身前，轻声说出这件事来。孕妇不适合保持这种姿势，宁毅看到她仰起的目光，连忙将她扶起来。

"先别多想，这时候城都被围了，我们分不开的。"

苏檀儿不是傻女人，敷衍的回答是不行的，如果此时并没有大军围城，方腊那边很可能有人逼着苏檀儿写休书然后将她们送出城去，但大军围城的状态下，这类事情就没有太大意义，顶多做做样子，但那边恐怕是很难满足的。苏檀儿点了点头，在床上睡下："我……就算是假的，我也不想有那种事，可是……"

说到这里，她没有说下去，将头掩在宁毅的肩颈上，不再说话。如此安静了许久，到宁毅觉得她可能睡着之时，她又轻声道："相公，你……我们往后不要你这个入赘身份了吧……"

"嗯？"

她恍恍惚惚地轻声说话："反正……反正我们以前也商量了……如果事情真的没

办法，我们就……我们就现在先把这个婚退了……不管这时候作不作得数，等回到江宁，相公再娶我一次……若事情真没办法，就只能这样了吧。"

要说出这些话来，对苏檀儿来说，肯定是艰难的。宁毅毕竟是入赘苏家的，虽说两人如今感情颇深，但真要改变宁毅的入赘身份，苏檀儿心头未必没有一丝丝异样，这是人之常情。"为什么就不能像现在这样呢？""现在这样也许也很好呢。""他一直是入赘，我也一直敬他爱他，没什么不行啊……"到得此时，说出这些话来，也算是说服自己的一个方式了。宁毅拍了拍她的后背："事情不见得会到这一步。我现在倒很好奇，明天刘西瓜会怎么跟我说这件事……其他的到时候再说吧。"

不过，刘西瓜跟他的摊牌并没有等到第二天，当天晚上他睡下不久，便有人来敲门了："庄主从皇宫回来了，邀宁先生过去议事。"

此时已近午夜，但宁毅还是穿上衣服起来了，去到大宅那边时，路上的灯火已经暗了下来。主宅的院子里，只有刘西瓜的书房隐约亮着灯。他走进去，少女穿一身月白衣裙坐在书桌前，摆出一副正在处理公务的样子，低着头不看他，随后毫无抑扬顿挫地开了口，只是并没有用那种刻意的沙哑声，而是不经意的清冷女声。

"坐吧。今天突然发生那样的事情，大家忙了一天了，估计都很累，我就长话短说。事情不是你的错，金殿上的事，我也没有办法。你负责那么多事情，尽心尽力，大家既然是……同志了，我就一定会保你。你的妻子、家人，我也一定会尽量保护她们的安全，但麻烦的事情很多，你也是知道的。三天之内，我们……我们要成亲了……"

尽管一直板着脸一眼都没看宁毅，但说到这里时，少女还是停了下来，在那儿像是定格一般坐了好久，将手中用来做样子的毛笔啪地放下。

"这件事情，我也没有办法。你家里……你家娘子，可能会……喀，反正那些事情你就自己处理好，我、我去处理其他的，没有问题吧？"

宁毅看了她好久，点头："哦。"

刘西瓜也是猛地一点头："那就行了，有关成亲的事情让南叔处理就行，时间不早了你先回去吧。"

"哦。"

宁毅忍住心底几分想要笑但又有些耐人寻味的古怪心思，转身朝门外走去，一直走到门边时，后方又传来了柔和的女声。

"哪，宁立恒。"

"嗯？"

他回过头时，少女已经从那边书桌后抬头看着他了，眉宇深处其实也有几分茫然无措："你……我知道这件事情其实很乱来……你、你有什么想说的吗？"

宁毅看着她："成亲……尽量简单一点儿。"

"嗯。"

"不过……霸刀营里还是要热闹一下吧……"

"嗯。"

"以后会怎么样，看着办吧。"

"嗯。"

"这件事情，其实……"说到这里，宁毅其实也绞尽脑汁了，随后顿了顿，道，"谢谢你，还有……有些对不起。"

"呵呵。"少女笑了起来，随后在身前摆了摆手，仿佛一下子放下了什么东西，"没事。"然后她低头看向桌子上的东西，"你先回去吧。"

宁毅离开之后好久，少女才又在书桌后抬起头，随即，脑袋朝前方缓缓倒下去，额头敲在桌面上，啊地轻叹出声来，大大的眼睛眨啊眨啊……

这天晚上，一直到爬到床上抱着被子时，少女的眼神都很复杂，她望着窗外淡淡的星光，像是要哭出来了。

"爹爹，女儿要成亲了……怎么办啊？"

到得第二天，这场复杂的婚事就在霸刀营中大张旗鼓地操办起来了……

第十二章
收杭州保全霸刀营 知真相捉放宁立恒

　　第一天说好，第二天就开始操办婚事，事实上，这并不是皇宫之中方腊等人想要看到的结果，纯粹是刘西瓜独断专行的决定而已。

　　霸刀营在行事上从来都颇为光棍，这与上一代刘大彪的作风是分不开的，虽然很少被人拿住把柄，然而一旦有这样的事情，应对的就是"做错就认挨打立正"的风格。这一次，刘西瓜已经确定事情推不过去，成亲是避不了了，其他方面，她便不想被别人找乐子。

　　另一方面，还是因为她与宁毅之间并没有太多感情基础。一开始的时候，与宁毅的来往，刘西瓜是将自己放在类似"主公"的位置上的，虽然她不是什么全能式的人物，但贵在虚心学习，脑子又好用，每每能将别人思维中的闪光点学过来。不过宁毅不算什么狗头军师，当他的那些理念、想法、思维体系逐渐凌驾于刘西瓜的吸收能力之上时，就成了诸葛亮这类的左膀右臂，再后来，就真的只能称作"同志"了。

　　到得这一步，两人每每议论不休，或指点江山，或说说家长里短、别人的坏话，又或者开开玩笑。热络是热络，以刘西瓜的性子，能够将宁毅的诗词毫不犹豫地拿去充自己的，就说明她已经完全信任宁毅，算是自家兄弟，但要说成为夫妻的感情，特别是心理准备，确切来说是没有的。

　　要是让他看见自己很享受很认真地在办这件事，以后可怎么面对他啊？这是最让刘西瓜困扰的问题。

　　不过，她并不是不懂事的人，对于各种人情世事，少女想的其实比一般人还要多。事情一确定下来，纵然仓促，她心中还是免不了去想以后真的跟宁毅在一起的事情。这个时代，再豁达的女子也摆脱不了婚姻的束缚，一旦成了亲，可能一辈子就真的跟宁毅绑在一块儿了。对这一点，她稍稍想过之后，有一个即便以她的率直性子也不愿直视的结论在心中沉淀下来：或许……她并不是不能接受。

很多事情再想下去，就真的很羞人了。

可现实矛盾也摆在面前：这事算是真的呢还是假的？现在是假的，若以后成了真的，自己会不会为此时的儿戏觉得遗憾？作为女子，若真找到归宿，她当然也希望能够好好出一次嫁的，偏偏眼下又不可能好好地办……

当天晚上从皇宫回来时，她心里也是乱糟糟的，倒是宁毅那句"霸刀营里还是热闹一下"给了她一条出路。她后来想起，也不知道当时宁毅真是随口乱说，还是在心中下意识地算计了所有方面的情况，这个恐怕宁毅本人也说不清楚。

外面就不管了，霸刀营内部，至少还是可以好好弄一下的。大家热闹一番嘛，堂堂正正，反正宁毅也这样要求了，自己就大发慈悲地答应他……于是婚礼交给了刘天南，刘西瓜出面挡住外面的所有人，抗议也好劝说也罢全都不管。老娘要成亲了，至于南叔要弄得很正式，反正她也没办法，对不对？

这期间，几个相对敏感的问题就被带过了。宁毅跟苏檀儿的关系怎么办？他还是已婚赘婿的身份，如何好再婚？刘西瓜又是以怎样的身份跟他成亲？当然，无论刘西瓜算公主还是庄主，宁毅都等同入赘。他还是赘婿，又如何能入这个赘？不真成了一个赘婿两个妻子，两头大的情况了？

不是没有人在关心这个情况，方百花和邵仙英等一干妇人是相当关心的，但刘西瓜不管。这个时候，杀掉苏檀儿是不可能了，送也送不出去。一干妇人担心的时候，方腊也在抗议，还把刘西瓜叫上金殿骂了一顿，但刘西瓜坚持"我要成亲了，请圣公和皇后到时候去当我的爹爹和娘亲……"，其余的一概闷着头听着。

方腊也没办法，一边想办法让西瓜改主意，一边往霸刀营里赐各种东西，譬如西瓜作为公主的各种正式身份、嫁妆、赏赐，另外也有给宁毅的官爵、赏赐等，一天五六趟地往霸刀营里送。外面又在考虑假如西瓜真的一意孤行，城里要不要先做好庆祝的准备，等等。

宁毅这边也是有些混乱的。严格来说，这算是他来到这边后第一次成亲。作为新郎官，也有很多人来问他的意见。事情是有点儿仓促和儿戏了，但刘天南等人能够看出来，西瓜对宁毅多少是有些好感的，成亲的事情还是得好好办，可宁毅的正牌娘子还在这边，问他婚礼的事情，不是给人家穿小鞋滴眼药吗？宁毅对任何跑到家里来谈这件事情的人都没有好脸色，至于那位每天过来传旨、给封赏五六次的宫中内侍，宁毅熟悉了以后，见他过来也是直接将圣旨接过去，然后拍拍对方的手："知道了、知道了，别念了……"

以他的性子，当然不会真觉得有多麻烦，这副样子只是在苏檀儿、小婵面前做做，外面遇上一帮学生时，谁敢好奇地问亲事，则一律用竹片打手板二十下。苏檀儿原本担心方腊这边会有人逼着自己这样那样，后来发现没人来烦自己，整件事情在霸刀营里都成闹剧了，外面整天忙碌，可宁毅的身份还没定呢，见到宁毅不爽的样子，她便会忍不住笑出来，想看看事情会怎么发展。就连陆红提也觉得事态的发展颇有意思。

到得农历十一月十二这天，婚礼如期进行，从上午到下午，整条细柳街都沸腾起来。

婚事的流程其实很简单，但细柳街这边张灯结彩，热闹得跟过年一样。这个婚礼苏檀儿等人自然参与不了了，不过，就连新郎官的袍子都是苏檀儿替宁毅穿上的。到得此时，她也免不了感叹几句："一趟杭州下来，都成公主驸马了，这算怎么回事啊……"

这三天里，她目睹了霸刀营张罗的全过程，刘西瓜本人也过来找她说过两次话，她也知道这次的亲事是假的，可是要将自家相公送出去跟另一个女人拜天地，还得睡一晚，苏檀儿心中也免不了五味杂陈。

之后接亲、游街，范围定在细柳街的霸刀营势力内。霸刀营本身比较有凝聚力，每家每户都准备了一点儿酒菜，准备了几句吉祥话，一路下来，待他们回到霸刀营主宅，要在方腊、邵仙英等人面前拜天地的时候，已经接近傍晚了。这时候城里各处都开始点起灯笼或是燃放爆竹，光芒映红了整个天空。

杭州城外，围城十里的军营当中都能够看到城里的动静，正准备吃饭的童贯从营中出来，远远地望着这一切："怎么回事啊？"

"好像是……在办喜事？"

"喊。"

随着天空越发黑下来，细柳街那边烟花爆竹升上天空，一片火树银花当中，城市越发热闹起来。城市一端，原本是楼家的宅子里，穿着黑色衣裙的楼舒婉从房中走出来，看了一阵子，然后问身边的人："那儿怎么了？"

楼近临与楼书望死后，楼家的局面一落千丈。虽然说瘦死的骆驼比马大，但自从进入战时状态，城内物资的流通已经脱离楼家能够涉及的范围了。人走茶凉，自守孝以来，楼舒婉能够感受到的，也是这个家里逐渐开始弥漫死气的衰败与冰冷。二哥楼书恒已经完全颓废了，整日里酗酒玩女人以度日，楼舒婉努力保持着清醒，但周围的一切如同要将她不断拉下去的沼泽，她也不知道自己该做些什么，只能任由这黑暗将自己一点点吞噬……

那件事情之后，"杀虎头陀"秦古来走了，倒是"灵山仙子"魏凌雪还待在这边，相对于主家的颓废，作为武林人士，她还保持着对各种信息的打探。此时魏凌雪犹豫了一下，还是说道："霸刀营办亲事，听说……宁立恒与那位护国公主刘茜茜成亲了……"方腊军系中，方百花为镇国长公主，刘西瓜则被封为护国公主。

听到"宁立恒"这个名字，楼舒婉的手陡然颤了一下，目光闪动，神情却是愣了半响，她方才抬起头来："哦。"远处照耀过来的光芒在她的脸上交错闪耀着，不知道她在想些什么，又或者能想些什么，过得半响，她终于呆呆地转身，回到那冰冷的房间里去了……

热闹继续着，小院之中，苏檀儿等人也在看烟花，吃东西，聊天，下五子棋，偶尔娟儿也会问问："小姐、小婵，你们说姑爷现在在干吗呢？"小婵就会委屈地看看苏檀儿，苏檀儿也只得翻个白眼："不想它！"

至于宁毅在干吗，山寨里的成亲，其实模式都差不多，拜堂之后大家大碗喝酒大块吃肉，咋咋呼呼的瞎热闹，方腊等大佬离开之后就更加无法无天了。有人脱了衣服互相打架，有人一边喝酒一边大骂，陈凡拿了宁毅的火铳要打摆在郑七命头上的苹果，最终打到了屋顶上的瓦片，等等等等。

宁毅倒是及时脱了身，至少没有喝醉。毕竟霸刀营中尊卑还是有的，刘西瓜成亲，没人敢把她的新郎官灌得一塌糊涂，刘天南等人也会尽量避免这种事情出现，但他脱身之时，天色也不早了，一路穿过后堂，来到新房所在的院子里，这边安安静静的，空无一人。

他推开房门，大红灯烛将新房照得温暖馨红。盖着红盖头，穿着大红衣裙、红色绣鞋的少女安安静静地坐在床边，双手在膝前交握着，也不知道已经这样子坐了多久，至少宁毅清楚，从拜完天地她被引进来，到他在外面应付完众人，可不是一段很短的时间。

关上房门，宁毅站在那儿看了片刻，然后走过去拿起桌上的金秤杆挑起盖头。盖头后戴着大大凤冠的少女眨了眨眼睛，看了他几眼，微微地将头低下了。虽然看不出太多含羞的感觉，但此时的她也绝不是那个会挥着大刀叱咤风云的霸刀庄庄主刘大彪了，与三天前那个晚上类似，此时的她，看起来就只是一个美丽、好奇而又比较懂事的文静少女而已。

原本定下的想法是自己要豁达一些，说几个简单而自然的话题来冲淡这件事情的刻意与尴尬，但片刻之间，宁毅发现自己也不知道该说些什么才好。

烟火的声音远远地传来，尽管洞房之夜的象征意义令得平素豁达的两人都有着一定的异样情绪，但宁毅是因为对少女的欣赏以及由此而来的一系列复杂心情，却并非因为爱情或色欲的心动；而刘西瓜，某种意义上也在心中保持着一定作为"主公"的自觉，面子还是要顾的。因此，片刻的沉默之后，两人就恢复了以往人中龙凤、长袖善舞的姿态，开始按照自己的习惯，将气氛变得自然。

至少在一开始的这段时间里，整个相处模式看起来蛮自然的，虽然……跟洞房的气氛一比，就显得有些格格不入了。

先说话的还是刘西瓜："他们灌了立恒很多酒吧？"

"还好，南叔、陈凡、杜先生他们都给挡下来了，只喝了几口。"

"我叫他们准备了解酒汤，就在桌上。"

口称"立恒"，言语之中，西瓜隐约是带着上位者的姿态的。往日里她与宁毅来往，大都有这等感觉，不过，自从被宁毅影响，准备在霸刀营进行公平、自由之类的改制，这种姿态就渐渐没有了，于是此时显得有些刻意。

况且她平素要么戴着面纱，要么与宁毅商议公事，此时穿着新娘子的衣服，戴着凤冠，精心打扮之后，整个人顿时显得小了些，像是个率直的美少女。考虑到她陷入这等局面中的复杂心情，无论她表面上装出什么样子，宁毅都觉得自己像是在欺负人，于是主动替对方缓和起气氛来。

"进来之后坐了很久吧？"

"嗯，一直坐着……不过没事，跟平时打坐差不多。"

"解酒汤的话……"宁毅拿起桌上的解酒汤抿了一小口，放在一边，随后指了指一些东西，"那……这些……"

"啊……"

西瓜愣了愣。宁毅指的是桌上那些早已准备好的东西，饺子、交杯酒、枣子、桂圆、花生等物。这些东西算是洞房前的手续，但他们这个婚礼说起来是假婚，这些程序到底要不要走，西瓜是不好意思问的，方才她指那碗解酒汤时神情就有些复杂，宁毅这样一问，她不知道该怎么说："什么……"

"反正……就当过家家吧……"

以西瓜的性子，她今天成亲，敢来听墙脚的肯定是没有的，宁毅倒也不担心自己的话被人听去，说了这句，还要再说，少女已经点了点头，走过来，一副无所谓的样子。

"哦，那好……什么过家家？"

"小孩子玩的游戏，一帮男孩子女孩子啊，这样那样……"

"娶媳妇儿嘛，我们叫这个……不过我没玩过，那时候玩这个的小孩子也不多，会被人笑的，谁敢跟我玩估计我会砍他，呵呵……先吃什么呢……"

"随便吧……花生？"

一人吃了一粒花生。

"床上也有很多，核桃、枣子什么的，待会儿还得找出来……"

"嗯，说是不能抖……"

吃饺子的时候，两人一人咬了一半，西瓜对此表现得倒也豁达，说了一句"生的"，然后不看宁毅，咀嚼了几下就咽了下去。显然她一早就知道是生的，也知道这是要说的吉利话。

能够将自己心中的害羞压抑到这种程度，言语之间甚至刻意安抚他这个男方的情绪，看着少女不动声色、白里透红的侧脸，宁毅心中颇有几分感动。随后喝交杯酒的时候，她倒是说了一句："过来之前，嫂子怎么样？"

"没什么，回去的时候负荆请罪呗，还能怎么样。"

"是我连累你了，不过这事我不管。"

两人的手腕已经钩在一起，西瓜举着酒杯，说完这话，她爽朗地笑了起来，然后一仰头，与宁毅一道将酒喝了下去，当她伸长白皙的颈项时，就像一只美丽的天鹅。

能用来消磨时间的事情还是很多的，吃喝完毕，洗了手洗了脸，两人趴在床上找被子里的核桃等东西。在两人一同努力的过程里，西瓜道："立恒你不是成过一次亲吗？怎么也不清楚顺序？"

"这种事情不是做过一次就能变专家的。"宁毅找出一颗核桃，掰开吃了，"而且上次成亲让人打了，脑袋上挨了一板砖，后来失忆了。"

"有这种事？"西瓜瞪着眼睛，好奇无比。

"当初在江宁，我本来是入赘的，我家娘子那时候呢……"烛光微闪，一张大床两人各占一边，停了找东西的心思说起过往来，"后来就失忆了，变成现在这副样子了。"

"失忆了，真的一点儿事情都记不起来了吗？"

"嗯，好像忽然变成现在的我了。"

"这样说起来，你跟嫂子之间，一开始也不怎么好嘛。"

"大家都是懂道理的人，相敬如宾吧。不过她可是成亲当天就跑掉了，后来大家才有相处时间……"

"那后来你们是怎么……"

"说来话长……"

横竖无事，宁毅从开始的事情一直讲一直讲，讲皇商的事情，讲到苏檀儿烧楼，有选择地一路讲下来。两人捡完了被子上的东西，随后在房间里坐下，宁毅偶尔走动一下，西瓜一会儿坐在床边，一会儿趴在圆桌上，表情颇为好奇。两人将桌上的花生、枣子、桂圆等都吃掉了，酒也一杯接一杯地喝完了。西瓜偶尔也讲自己的事情。

"我跟你说啊，我爹爹以前啊，很厉害的……"

"别以为你是'血手人屠'就了不起，要是我爹爹还在……"

"我爹是被官府害死的，他们车轮战……要不是中了埋伏……"

"其实我有些想我娘亲……不过样子记不清了……"

时间就在这样的气氛里一分一秒地过去，两人其实都很清醒，可时间毕竟不早了。如果真的绞尽脑汁，话题是可以讲到天亮的，但在一次短暂的沉默之后，西瓜笑了笑："算了，晚了，睡吧。"

"要不然你睡床上……"

"没事，我睡里面，大家江湖儿女，事急从权。"西瓜已经适应了宁毅的风格，头一偏，笑着抱拳，样子颇为可爱。她表现得很自然，脱了大红外袍，褪去绣鞋，上了床。

或许是天气冷，又或许是早料到会有这一刻，少女婚服的里面还有一件绣着淡雅莲荷的月白色外衣，在比较亲近的人面前穿着也没什么问题。待到宁毅也上了床，她自然地躺在床铺里侧，被子盖到肩膀处，双手交叠放在身前，看着床顶的蚊帐想事情。

"这一仗我们应该能胜吧？"

"谁知道呢……"

"要是胜了，咱们想做的事情就好做得多了……"

"胜了怕也没那么容易。"

"怎么说也是成亲，宁立恒你也不说点儿好话？"

"一定能行！"

"呵呵……"

两人有一搭没一搭地说着话，不久之后，宁毅吹熄了蜡烛。两人并排躺在床上的时候，少女看起来才拘谨了一点儿。真是奇怪的一晚，宁毅想着。不过，作为这个时代的女性，能够自然到这个程度，已经是很厉害了，宁毅都忍不住有点儿佩服。睡在身边的少女，她的自然并不会给人随便的感觉，只是让人觉得分外可爱。不久，在刘西瓜均匀轻柔的呼吸中，宁毅带着这样的心情缓缓睡去。

状况发生在大概一个时辰之后。

宁毅从迷迷糊糊中醒来，隐约间觉得旁边有什么不妥，但这只是他下意识的感觉，因此也只是轻声问了一句："怎么了？"

一切都像是幻觉。他微微挺起身子，朝旁边看了看，黑暗中少女的睡姿依旧自然，双手交叠在身前，呼吸均匀自然，看了一眼后，宁毅躺下来，重又睡去。

不知道又过了多久，宁毅再度醒来，这一次，旁边传来有些艰难的呼吸声，他看了看，少女还是那样睡着，但呼吸不知道为什么急促了几倍，双手依然交叠在身前，但脑袋痛苦地左右挪动着。宁毅皱起眉头："你怎么了，茜茜？"

"没事。"宁毅将手伸过去时，少女微微睁开眼睛，抬手将他的手挡开，然后裹着被子朝里面翻了翻，"做噩梦了，睡吧。"

宁毅将信将疑地再度躺下，黑暗中，外面隐隐传来一些动静，但他眼下还不及分辨那些，只是过得片刻，终于又将上半身撑起来，朝少女那边伸出手。少女裹着被子背对着宁毅，他的手才伸过去，啪地被她的一只手在半空中抓住。这一下应该是下意识的，因为自己的手掌被抓住之后，宁毅才感到西瓜并没有用多大力气，再细细一摸，发现西瓜的手一片冰冷，满是水渍，他正疑惑，那只手忽然变得滚烫起来。

宁毅将手掌放下去，覆在她的额头上，发现上面全都是汗，她的身体甚至在微微颤抖。这次真将宁毅吓了一跳，他起身下床点起灯烛，刘西瓜已经从床上坐了起来，不只是头上、手上，看起来她浑身都在冒汗，甚至隐约有白雾腾起。她的面色有些苍白，嘴唇或许被她咬了许久，苍白中带着殷红，眼中布满了血丝。少女目光复杂地望了他一眼，眼神中隐隐带着屈辱，随即盘坐起来，看起来是开始练功。

"到底怎么了？"宁毅没有头绪，走到床前。刘西瓜低着头，微微睁开眼："没事。"她翻起手掌往下压，过得片刻，一口鲜血吐在了被子上。宁毅脑海中闪出一个名词，想要伸手，伸到一半又停住："走火入魔？内功走火入魔？"

少女练的本身就是上乘的内家功，说起来神奇，实际上就是经过长期的锻炼能够自己控制自己的气血运行。至于走火入魔要么是受了重伤，要么是心神紊乱导致气血走岔了，这种伤势其实相当严重，但宁毅也想不出来到底是什么原因让她走火入魔的，想要转身出门找人，手却被拉住了："我没事……不要走，不用叫人……"

她明显是在硬撑，宁毅想了想，一时间也只能劝说道："我明白的，不会惊动很多人，我叫南叔、倩儿姐、刘老大夫他们过来……"虽然他还不清楚状况为何，但霸刀营中，刘天南算是内力最好的人之一，纪倩儿是女儿身，可以给刘西瓜做推宫过血之类的按摩，老大夫自然也是要叫过来的。他说完，少女还是有些欲言又止，但最终还是让宁毅出去了。

一出门，宁毅便感到有些不对劲，远远的，夜空中传来嗡嗡声，听起来像是大军攻城时的声音。他找到刘天南时，才发现霸刀营已经动了起来，刘天南以为他是被攻城的动静惊醒跑出来的，第一时间道："没事，童贯趁夜攻城，大概是看到我们里面在庆祝。不过这次只是做做样子，只要不失了警惕，他是不会真的把兵力耗在今晚的，纯粹想让咱们睡不了觉而已，你干吗要出来？"

宁毅附在他耳边说了几句，这时候纪倩儿也来了，两人都有些吃惊："走火入魔，怎么会……"说着，两人都拿奇怪的目光打量宁毅。就算在床上太激动，也从来没听说过武林高手出这类事情啊……

不过，眼下不是深究的时候，不一会儿，能够帮上手的几个人进了新房。宁毅没有进去帮倒忙，他爬上院落一旁的屋顶，吹着夜风，听着看着远处城墙上的动静，想着事情：这个女孩到底为什么会走火入魔呢？不一会儿，有一道人影攀了上来，却是陆红提。宁毅知道她的内力修为最是精湛，询问了一下，陆红提皱着眉头："怎么可能？你们怎么洞的房？"

"本来就没有啊……"宁毅将自己与西瓜之间的事情大概说了一下——上了床她睡里面自己睡外面，自己根本没碰她……说着说着，宁毅想到了什么，渐渐停了下来。陆红提大概也想到了，面上表情复杂，最后看了他一眼，失笑着走开了："这种事情也有……真服了你了……"

宁毅有些哭笑不得。到得此时，他基本能够将那个看似豁达的少女的心思重组起来了。尽管从一开始就表现自然，但西瓜本身就是个爱多想的女孩子，毕竟是成亲，上了床之后，她睡在里面，估计一个晚上都在胡思乱想，这些胡思乱想中有"他要是过来干点儿什么我怎么办""他要是没睡怎么办""他要是知道我没睡怎么办""这事到底是真的还是假的呢""我该怎么样做呢""拒绝他还是半推半就呢"，虽然有些事情很过分，但估计她是想过的。

为了掩饰复杂的心思，她想要装出很自然的睡觉姿态，于是一个晚上动也不敢动，迷迷糊糊间功行全身，最后自己把自己弄到走火入魔的地步……

这种事情，他真是第一次遇到，闻所未闻，委实是……太可爱了……

想着这些，宁毅坐在屋顶上，忍不住失笑。

遇上这样的女孩子，即便是他，也会感到很奇妙。

远远近近的，城内的兵力已经发动起来，城墙上火光连绵，墙外，无数军队正在发起进攻。或许是做做样子的佯攻，但阵势相当惊人。童贯也颇为有趣，看见城内热闹，他干脆就在热闹过后的凌晨发起一次这样的攻城，让所有人都睡不着觉。当然，只要不失去警惕，这样的天气里，童贯也不可能真将兵力搭上来，今晚应该不会有问题。

下方院落间灯火闪动，知道这边出事的一些人被拦在了院外，新房里，刘天南出来了一下，对着宁毅做了个"一切安好"的手势，但宁毅知道，自己如果现在进去，恐怕少女只会更加尴尬，他只能在屋顶上坐着。

他想着这场战争，想着这场婚事，又想起新房里与刘西瓜聊天时说的那些事，想到从自己来到这个时代开始，陆续发生的一切。秦嗣源应该在汴京努力，北方在打仗，无数人冲杀在一起，金国、辽国、武朝，胜仗、败仗。这座城也在打，千千万万的兵士朝着四四方方的城墙拥过来，城内的兵将又朝着那边拥过去，杀在一起，而他也在经历许许多多奇妙的事情，好人、坏人、信仰、坚持，杀掉席君煜，杀掉苟正，杀掉逃亡路上那个士兵，杀掉楼近临，杀掉楼书望……他闭上眼睛吸了一口气。有时候他真觉得，这千千万万的世事人物，只是组成某段历史的开端或一部分。

"以山为舡，载一千年出海……"

睁开眼睛后，宁毅抬起头看着天上的星光，在屋顶上轻轻哼唱起来。陈凡从下面爬上来："怎么了？不下去？"

"没事，坐一坐。"宁毅抬头示意了一下远处那片城墙。

陈凡不以为意，在旁边坐下："刚才在说什么呢？"

"唱歌。"

"哦？什么歌？你写的啊？"

宁毅笑了笑。不多时，陈凡听见他轻轻哼唱起来，下方的人也隐约能听到那古怪的歌声，连同正在新房里的刘天南、刘西瓜等人，由于内力深厚，也能够听到那隐约传来的声音。

"以山为舡，载一千年出海，燃那时的人烟，用一朵花开的时间……"

刘西瓜睁开眼睛，安静地看了窗外一阵，旋即又闭上眼。城外，士兵呐喊着如潮水般涌来；城墙上，弓弩机石蓄势待发，无数的生命在这片大地上交会，星光在天空中蔓延……

"以海为泉，立天地为庭院，望满壁的诗篇，用千江月的光线……"

古怪的歌声在夜里的屋顶上唱响，多年后看起来仿佛一个时代的起航……

武朝景翰九年，在江南发生的各种聚义起事，乃至随后攻下杭州、危及嘉兴的"永乐之患"，震动了整个天南大地。要说这场起义撼动了整个国家的根基或许有些言过其实，但这场起义确实在某些关键的地方引起了一系列耐人寻味的连锁反应，这一连串多米诺骨牌的倒下，到底是导致整个武朝覆灭的主因还是副因，是偶然还是必然，是充分不必要条件还是必要不充分条件，成为后世史学家时常研究的主题。

其实，这些东西在当时已经有人做出了思考，但身在局中，并没有后人考虑得那样长远。方七佛定下拖延童贯大军北上时间，最后拖垮武朝的容忍底线，取一线生机的战略，便是看清楚了武朝此时南北尴尬的局面，但最后能做到什么程度，当时的方七佛恐怕也是看不清楚的。

至少义军起兵之初，仿佛借天下大势席卷南方，特别是在杭州这样的大城都被攻下之后，真给人一种承天命而来，武朝已然垂危的感觉。然而，当武朝真的正视起这场叛乱，要在平辽之战前全力剿灭时，那时他感受到的，才是正面武朝的真正压力，一个经过两百年积累的国家真的反扑过来，能不能挺过去，无论是方腊还是方七佛，都是怀着侥幸的心理在作战。

而在汴京这个权贵聚集的政治中心，对于方腊之祸，没有人真的将它当成一场可能覆国的大危机。即便是秦嗣源、李纲乃至景翰帝周喆这些人，也没有真正将方腊的造反当作一场灭顶的危机，只是他占领杭州，已然干扰到这个国家最为富庶的一片区域，众多富绅权贵的利益都遭到损害，武朝不得不首先令童贯剿平此患。当然，后来花的时间其实是有些久的。

最大的麻烦和机遇自然还是在辽国。在众多人眼中，其实机遇是大于麻烦的。然而，正要北上进军，童贯却不得不南下，燕云十六州就像是一块摆在眼前的肥肉，却因为喉中的一块小鲠而吃不下去，何其令人焦急。此时的众人还看不见这块肥肉吃不下可能引发的坏事。顶多燕云十六州收不回来，自己国家也没有太大损失——很多人在此时遇上的阻碍面前都是这样想的。

只有少部分人隐约感到了由此而来的后果。李纲自然是其中之一，但即便是秦嗣源，虽然有想过这一次事行不畅可能带来的隐患，但也并没有将之作为正式的危机来思考。毕竟，未来真是太远了，看不见也摸不着。

这场北伐因为束手束脚无法施展开来，李纲的焦虑、秦嗣源的焦虑、皇帝的焦虑、百官的焦虑都混杂其中。在这样的情况下，能够在多如蛛网的利益牵扯中杀出一条血路，推动北伐的进展，秦嗣源这些人真的是极其有魄力，可惜他们也没想到，在这种错综复杂的情况下，国家本身会无力到这种程度。

十余万人对上辽国万余军队却打败了，王禀与杨可世也察觉不妙，收拢溃兵，重整旗鼓，然而此后竟是连战连败，士兵已吓破胆，畏辽人如虎，稍有激烈的战斗，逃跑的比留下的还多，反而是一些百人以下的小规模战斗，偶尔能取得胜利，作为捷报传回汴京，但秦嗣源等人是有自己的一套情报系统的，大局上的溃散，这样的军心素质，令得秦嗣源等人也傻了眼。

像是一个拳手，他坚持梦想，拼命努力，排除万难上了拳台，自信满满地挥出第一拳，才发现他拳头的力量连五岁的小孩子都不如。这样子无论要争什么，都成了一句空话。

当然，谁都知道，两支军队之间其实差不了那么多，百人以下小型交战的胜绩就能表明这一点，有血性的人还是有的，可是当范围扩大到整支北伐军队时，一旦一处出问题，恐惧就如同雪球一般越滚越大，所有人都在想"反正是打不赢的，我就算再拼命，大家不拼也是个死"，整支军队就被裹挟着一败涂地了。

什么样的氛围出什么样的人。在秦嗣源近乎徒劳地想要弭平北伐军中各种钩心斗角的时候，他其实也选择了另外一条路。此时此刻，北上的使者以及原本安排好的一些人物正在不断接触辽国境内的"怨军"统帅郭药师，试图对他进行招安。郭药师本是汉人，原本见辽国局势变化，是很有想法投靠武朝的，但王禀、杨可世的败绩延长了他的考虑时间。

虽然后来证明，秦嗣源下的每一着都是狠棋，只可惜，周围的阻力太大了。虽然理论上来说，一个好棋手可以考虑到一切情况，但这类阻力已经非常理可计。无论李纲、秦嗣源还是朝堂上的名臣宿老，研究儒家数十年，最终也只能被这在儒家基础上结成的巨大蜘蛛网粘在其中，甚至有时候使力成了彼此的阻力。虽然每一着都是在适当的时候以超前的眼光下的，然而当它们到位时，却已经滞后了……

在王禀、杨可世的大胜、郭药师这类人的投诚这些事情以外，能够期待的，就只有南方战局的破冰了。就是在这样的拖延当中，有一些东西，在所有人都没有察觉的情况下，在北方开始发酵。

开战之初，女真人其实是相当倾慕汉人的。

虽然他们一路起兵，此时已经将大辽国打得跟狗一样，但说到底，女真一族，还是刚从白山黑水里走出来的乡下人。在这之前，他们甚至没有自己的文字，在契丹的欺压下，只能偶尔听到南方的一些消息，看见南方传来的各种珍玩器物，对南面这个汉人组成的大国，充满了天朝上国一般的想象。

类似完颜希尹这类处在重要位置的文臣，无不受到汉人文化的熏陶，毕竟这个时候，以文明开化而言，武朝才是最强的。早两年完颜希尹才以汉字、契丹字为基础，创造了女真族的文字。开战之初，他们的兵力本就不够，要做出以两万对八十万这样的举动，对南方这个盟友，其实也是颇为看重的。然而，他们在上半年起兵，南方却一点儿动静都没有，到得冬天，武朝的北伐军终于有了第一战，结果十万多人居然输给了一万人，接下来，一切就真的急转直下了。

金国打了近一年，下了辽国国土近半，人多了，眼界也广了，但看见武朝的动静，还是傻眼了。当然，女真人员有限，要说他们这时候就觉得自己可以连武朝一块儿拿下，那是不可能的，他们眼前的敌人还是辽国，能把辽国打完就不错了，但有些心情，已经开始萌芽、酝酿……

南面这个武朝，恐怕算不得什么天朝上国……一群垃圾而已。

童贯在翌年二月拿下了杭州。

此时已经是武朝景翰十年的春天。大军在二月初八开始正式攻城，二月十六，北门守将之一的冷恭中流矢身亡，由一位名叫董方越的偏将补上他的职位。方腊军中并不知道，董方越已经由城内以闻人不二等人为首的奸细组织安排在这个位置上近半年了。十一月包道乙之事时已经是围城状态，方腊等人对内部权力的转换极其关注，仅仅是将董方越推到这个"可能上位"的位置上，就已经花了闻人不二极大的力气，中间也有宁毅的少许参谋，到了这个时候，这颗棋子终于起到了他的作用。

二月十七，董方越打开杭州北门，童贯禁军如潮水般涌入。虽然先前也有数次城墙被破外兵攻入的情况，但这一次没有任何侥幸的余地，方七佛直系精锐与之在城内展开巷战，而方腊等人携军队自一片混乱中杀出城去，但童贯率领的十五万禁军已经形成包围状态，一番殊死鏖战后，永乐朝残部由西面、南面退走。

虽然方腊称帝立国是因为拿下了杭州，但这次起义，席卷的范围是很大的。杭州被围之后，外面的地盘也会压缩，但一来这些地方还有石生、陆行儿、吕师囊等人在参与抵抗，二来童贯也没空去理会那些旁枝末节，因此，冲出城后，方腊这边还是有一定腾挪的空间的。不过，童贯自然不可能就此放过他，他想要立刻北上，首先就是要将方腊彻底打垮，于是杭州一下，他立刻率兵衔尾追杀，一路死咬。

方腊的根基在青溪县一带，从杭州到青溪两百余里，一路上伏尸上万，然后从各处围来的朝廷军士才再度与方腊残部展开对峙。

二月二十四，清明节，以霸刀营为主的一支溃败队伍，在距离青溪西北数百里的一处地方，正在越过山岭。

破城之时，由南面出城的霸刀营原本是一支殿后的队伍，他们也确实完成了自己的使命，拖住了大量追兵，令得许多永乐朝的残部得以逃脱。然而，当大战稍停，他们想要朝西赶上方腊的大部队时，那里已经是被童贯衔尾追杀得最厉害的方向了，要是霸刀营追过去，就会直面朝廷大军军阵的尾部。

此时四处追杀永乐残部的军队有很多，霸刀营杀出城时，甚至还是拖家带口的状态。这个时候赶去青溪已经是找死，他们绕了一下，在杭州附近折向西北，大概与方腊逃亡的路线形成一个"8"字。如果能从后方绕回青溪当然是最好的，要是不行，就只能另作考虑，当然，目前大部分人考虑的还是前者。

"他们回青溪就死定了……"

骑在马上，宁毅望着远处的夕阳叹了口气。话是对旁边一匹马上的陆红提说的。

清明时节雨纷纷，昨天就开始下的春雨在今天下午才停下来。春天的雨就是这样，虽然不大，但又冷又黏人，淋得久了，那冰冷像是要浸入骨髓一般。此时虽然出了太阳，但脚下仍旧泥泞，旁边的队伍深一脚浅一脚地往前走。

又是逃亡。

苏檀儿等人并没有跟着这支逃亡的队伍。她的身孕已经八个月了，在城破的那段时间里，至少在霸刀营众人眼中，宁毅费了很大力气找关系做布置送走妻子及家人，让她们可以在城内留下。那时情况混乱，宁毅未必不能脱身，但最后他还是随着霸刀营一路过来了，从某种意义上来说，这应该是让刘西瓜、陈凡等人觉得颇为温暖的一个举动。

只有陆红提，仍然做她那三十岁妇人的打扮跟了上来。

"那他们能如何？"长途逃亡，对陆红提来说，并不存在任何问题，她看了宁毅一眼，说道。

"除了继续落草为寇，还能如何……"宁毅笑笑，"方腊完了。"

在随着方腊造反的过程中，霸刀营是付出了巨大代价的。起兵之时，霸刀营中可用精兵有四千人往上，其中有许多是弟子、门客之类的孤家寡人，加上家属过万。嘉兴一战，剩下可为士兵的就只有一千五百余人。到得城破殿后的此时，能够战斗的人，只剩下八百多了，而需要保护的亲属则有两千多人，再加上永乐朝其余的亲人、残部，这支逃亡队伍，在五千人左右。

当然，比起其他全军覆没的起义势力来说，这已经是很好的状态了。杭州立国之时，霸刀庄那边的家属其实没有全都过来，既然杭州城破，那边应该已经按照先前的计划开始转移。可以庆幸的是，短时间内，周围许多地方还是方腊残部控制的区域，在绝大部分火力被方腊吸引的情况下，霸刀营还有最后一次腾挪的本钱和机会。

陈凡骑着马，从后面奔了过来，跟他一起的是"羽刀"钱洛宁："立恒。"两人跟宁毅打了个招呼，宁毅笑着："后面如何了？"

"没什么动静，看起来他们也不敢打，就那样跟着。我们过去告诉你家娘子庄主。"

纵然已是兵败状态，陈凡仍旧保持着相当乐观开朗的状态。前方不远处的队伍中，刘西瓜正在探看一名担架上的伤者。她戴着面纱，一身劲装已经是风尘仆仆的状态，但一双大眼睛极为有神。她有时候会笑出来，但多以保持冷艳高傲的强大气场为主。见众人朝这边看过来，她偏着头摆了摆手。作为霸刀庄的庄主，这位在假成亲时会胡思乱想到走火入魔的少女无时无刻不在以一种成熟的姿态给周围的人打气，力图给人一种"我在这里"的安心感。只有宁毅知道，这一路下来，她也受了伤，而且很累了。

宁毅与陈凡等人骑马向她奔过去。

杭州城破之后，虽然童贯大军的主力奔赴青溪县，但其余的军队还是四处散开，追杀方腊残部。不过，由于霸刀营的悍勇与凶残，除了一开始在城下的战斗之外，逃亡路上敢于真正跟霸刀营交战的部队却是不多。这两天有一支军队悄悄跟了过来，但看来也不敢动手，只是畏畏缩缩地缀着。陈凡跟"杀人偿命"中最年轻的钱洛宁方才便是过去探听情况的。

"一千二百人出头，不是东京来的禁军，应该是知道我们名号的，不敢出手，但是我怕对方合围。我们要不要先动一次手，赶跑他们，然后赶快走？"

"动手就不必了，别杀红了眼。朝廷在这一带的军队不多，这一次大家都是拿功劳的时候，他们肯定也不想落于人后，但也不可能拿命拼，估计稍微跟一阵也就走了。要是打得太厉害，引得周围的朝廷军队不得不追，我们才真的麻烦了。"

说话的是一个名叫吕将的谋士。他本是方腊麾下的正统谋士之一，但破城之时被卷进了霸刀营这边，其人本领还是有的。听他说完，西瓜点了点头，翻身上马，与宁毅并列而行:"吕军师说得对,暂时不要动手。再翻过两座山,便是林昆吾的地盘。林昆吾虽然只有几百人,但如今与我们还是一道的,后面的军队应该就不敢跟了。"

既然不用打仗,众人便说笑了几句,也表示了一番自家八百对后面一千二完全是屠杀一般,敢来就让他们死光的气势。钱洛宁道:"其实咱们霸刀营的名气还是挺大的,怕的是朝廷真的点名要追杀我们。庄主,这几天要不要尽量快些走?"

"跟着这么多人,快不了啊。"

"让他们来就是了……"陈凡也笑了起来,"要不然就改个名,叫……大彪盟,挂上新旗号,他们就认不出我们来了,哈哈。"他明显是在恶搞,随后探过头来小声跟宁毅道:"西瓜盟也可以……"

刘西瓜的眼睛里闪着危险的光芒,宁毅笑着赶快打圆场:"其实叫作八百虎我觉得不错。"

他这样一说,旁边的钱洛宁想了想,道:"这名字不错啊。"

刘西瓜没好气地瞥了宁毅一眼:"不改。"

她对宁毅的语气听起来虽然也冷,但态度明显不一样。

成亲后的三个多月里,两人之间的关系进展不小。当然,要说是情侣之间的那种进展,其实不对。除了成亲第一晚出了走火入魔那种糗事以外,在其他方面,刘西瓜颇懂分寸,苏檀儿在霸刀营的时间里她也时常过去看看,说一说话,但并非对一家人的态度。

在许多事情上,刘西瓜是非常豁达的女子,只偶尔在小事上出些糗,平素则与宁毅谈论霸刀营的各种问题,有时候还让苏檀儿介入。晚上在宁毅住的小院子的房间里争论不休,宁毅也算是重温了一遍企业构架和改制的过程。到得破城之时,霸刀营内部运作半数都是宁毅在插手了,两人之间的关系也越发像是为着共同理想奋斗的同志。当然,这期间有没有什么额外的暧昧,那就只有两人心中明白了。

在城破前先安排好苏檀儿的时候,苏檀儿还跟宁毅提了一下:"那个刘姑娘,其实是个很孤单的女孩子,你……尽量别伤了她……"

此时看着宁毅与刘西瓜的状态,那吕将的目光带着点儿不豫。他三十岁出头,相貌英俊,与霸刀营一路同行之后时常向刘西瓜进言献策,刘西瓜对他的话也是有几分认同的。众人说笑一阵之后,他脸上堆着笑容,道:"听说宁公子以前是有名的才子,不知道最近可有什么新作啊?"

"现在?"宁毅皱了皱眉,其余人也微微皱了皱眉。这一路逃亡狼狈不已,大家的开心也不过苦中作乐而已,哪来的工夫谈这些风花雪月。其实是吕将对宁毅的认知不够,想要让众人心中生出宁毅是个没用的书生这一观点。宁毅叹了口气:"要是现在这种状况，倒是有一句。"

刘西瓜扭头看着他，目光好奇："什么，说啊。"

"雄关漫道真如铁，而今迈步从头越。从头越，苍山如海……残阳如血。"

宁毅是恰好想起这首词，念出来也没特意加什么感情，但这首词的气势，在能听懂的人面前，是压都压不住的。众人都忍不住将那句"雄关漫道真如铁"喃喃念了两遍。一名霸刀营的师爷走过去，道："雄关漫道真如铁，而今迈步从头越。宁姑爷的词真是，真是……"

人潮在山间蔓延，夕阳的光照射过来，这个师爷连说了几个"真是"都没能找到形容词，明明大家都是逃亡之人，但放眼望去，周围的景物仿佛都染上了一层雄奇的血红。

陈凡等人嚷着要将词句写下来，那吕将道："只有一段，还有呢？"宁毅摇摇头，没有搭理他。

对于吕将的小小心思，众人都不为所动。不一会儿，众人策马分开，宁毅奔上山头时，陈凡正坐在草地上朝下面的人潮看。风很大，刮得人瑟瑟发抖，只有夕阳在正前方将壮丽而温暖的光投射下来。宁毅下了马，草地上都是水渍，陈凡揪了一棵青草站起来，看着前方。

"雄关漫道……迈步从头越……立恒，我们起兵之时也是这样的太阳，我以为那就是起头了，可还是要从头越吗……"他握紧了双拳，站在那儿抬头又低下来，闭上了眼睛，"立恒，我们为什么会打败呢……"

喃喃的低语声转眼间消失在风中。

宁毅没有说话。他想起城破的那一天，陈凡出去杀敌，再看到对方时，是在一片火光之中，陈凡提着一把关刀，骑着马，如同魔神般缓缓走来，人和马身上都是血，关刀的锋口都杀卷了，人也杀到脱力，过来时，鲜红的脸上只有那对眼睛还显得灵动清澈，宁毅不知道陈凡是不是哭过。

"立恒，我们为什么会败呢……"

那时他说完这句话就掉下了战马，晕了过去。

这几天里，透过那开朗的表象，宁毅看到的，都是那道魔神般强大却又虚弱的身影。

他没有说话，伸手拍了拍陈凡的肩膀。

太阳落下，月亮渐渐升了上来，逃亡的队伍扎好营，火焰燃起，一顶顶帐篷排列有序。

吕将拦住正在各处巡视的刘西瓜，说了些什么，片刻后，两人进入旁边的帐篷，吕将拿出一个小本子，跟少女陈说利害。陡然间，少女伸出手，直接钳住对方的脖子，吕将拼命挣扎，但毫无用处。好半响，直到他将要窒息而死时，少女才放开了手。

帐篷里，吕将倒在地上拼命地呼吸："我说的……都是真的……我说的都是真的……"

他连声说着，将小本子递过去，刘西瓜拿着看了几页。

吕将声音颤抖，他艰难地爬起来："破城那天的事情……董方越的升迁过程，我一直在查，一直在查……我问了队伍里的人……有些人是知道的……包道乙死前，他的位置有过调动，有一次有宁立恒的参与，那是因为你们霸刀营的木材生意跟冷恭那边的一些关系运作得很巧妙……后来，包道乙的死进一步推动董方越到了能够顶替冷恭的位置，我都有查过，要不是宁立恒杀了包道乙……"

砰。刘西瓜一掌拍在旁边的桌子上，整个小本子尽成齑粉。

"胡乱攀扯，立恒杀死包道乙全是意外！城内的间谍何尝不是在借我们的势做事，拐了十八个弯的关系你也要赖上人，你可知道宁立恒是我的相公！你这种小人，在我霸刀营就是三刀六洞，没的商量！"

唰的一下，她反手抽出一把钢刀，揪住了对方的衣襟。

吕将大叫道："他送走了他的妻子，他送走了他的妻子，他为什么要这时候送走他的妻子？！"

"因为他的妻子怀孕八个月了！"

刘西瓜说完，一刀就要劈下，吕将哗地从怀里拿出一样东西："我有证据我有确凿证据我有确凿证据……"

刀锋缓缓停在他的脖子上。吕将恐怕也没想到眼前的女子这么狠这么干脆，牙关都在打战，裤裆内一阵温热："我有确凿证据……你相信，我才敢拿出来……"

透过帐篷上的剪影可以看到，吕将踉跄地退开，倒在了地上，身材看起来有些单薄的女子站在那儿，低头看着那些东西，沉默了许久，然后缓缓地放下了刀……

宁毅所在的帐篷今天扎在了营地靠西的地方，名叫西瓜的少女神情木然地走过来，伸手要去掀那帐帘时，她微微停了一下，但随后还是掀开帘子进去了。

帐篷不大但也不算小，宁毅在里面用几块板子草草地扎了张桌子，还有几张板凳大概是从别人车上拿下来的。逃亡的这几天里，西瓜几乎每天晚上都会过来与宁毅商议以后的计划，有时两人也会一边巡营一边商量。

今天宁毅正在一个本子上写东西，低着头，写得颇为专注，西瓜进来时，他只是说了一声："坐。"

西瓜坐下，看着他写字，过了大约半刻钟，宁毅才微微抬了抬头，转了几下手腕做放松："还有一点儿就写完了，你先等等，要不然待会儿我去找你？"

刘西瓜看着他："我等等吧。"

宁毅点头，继续书写着。又过得片刻，西瓜欲言又止，最终从怀里拿出一个小包来，看看旁边一个小炉子，站了起来，从宁毅的包裹里翻了一下，揪出一个小壶。

"我、我有些茶叶，帮你泡杯茶吧。"

声音微微颤了一下，缓缓地，她如此说道。

火在小炉子里燃烧，水滚时，淡淡的茶香也随着热气飘了出来。或许是因为烹茶的少女并非什么雅人，茶是直接放在壶里煮的，并没有太多讲究。

两人相处已久，早已不在意所谓的身份了。刘西瓜蹲在那儿煮茶时，宁毅继续低头书写着那些东西，少女会偶尔回头看他一眼。烹煮好之后，她将茶水倒进杯子里，递给宁毅，宁毅却将之放在一边，任热气蒸腾。

"我还是坚持，这一程之后，不管局势怎么发展，不能再去青溪了。"西瓜坐回椅子上发呆之后，宁毅有些突兀地开了口，少女回过头来，看见宁毅正将毛笔放在砚台里蘸墨汁，并未朝她这边看。

"嗯。"西瓜看着他。

"一群人拖家带口的，要照顾的人真的太多了，我们这边只有八百人了，没有再输一次的本钱。我跟你的方叔叔没有交情，这些问题可以直白一点儿，主要是谁都看得出来，过去没有意义了。这些话他们不敢说，我可以跟你说。"他一边说，一边低下头，继续书写。

西瓜抬头看着帐篷顶："早几天怎么不说？"

"刚刚破城，你在也考虑，你考虑得差不多了，我也可以跟你说了。"

"陈凡他们是要回去的。"

"以救人、劝说为主，如果大家要留在青溪死战，最后只有一个结果。我这几天也跟陈凡说了，就算回青溪，要让人离开，只跟少数几个人说一下就行了，不然有人会要他们的命……像方七佛乃至吕将这种人，未必看不清楚局势，但你的方叔叔他们，就不见得了……"

西瓜沉默半晌："青溪还有很多兵将，拖下去未必受不住。"

"第一阶段肯定可以守住。"宁毅一边写一边说话，"杭州已破，童贯没有时间了，反正你们也没有更多机会，顶多半个月，他就要挥师北上。接下来围青溪的，是从四面八方过来的普通官兵，时间也许能拖得长一些，但结果不会变。当初你们是凭借他们的贪生怕死一鼓作气拿下了杭州，但也只有一鼓作气的能力，灾民形成的队伍，一旦在最高点被打下去，以后就没戏唱了。这里很多人还有家人、孩子，别把这最后的八百人投进去。"

他说着，拿起茶杯吹了吹，喝了一口旋又放下。西瓜看了他一会儿："知不知道你这些话听在别人耳中会怎么样？"

"他们只是不愿意正视现实而已，有的人不敢说，但该看到的还是能看到。"宁毅抬头看着她笑了笑，随后摇了摇头，继续做事，"按照之前说的，三个地方你自己挑。趁现在所有人的注意力都放在方腊身上，走远一点儿是没错的，苗疆、湘西那边的生活反正大家也过得了，你们原本就靠近那边，先进山再说其他。"

他手中的毛笔顿了顿："一旦……大家冷静下来，之前参与永乐起义的人都会被清算，现在这一片遭过匪患的地方会被扫荡干净，我们霸刀营肯定榜上有名，所以躲好是必须的。进了山，我不知道你们以前会怎么过，但需要注意一下卫生，尽量喝烧开过的热水，不要吃冷食，还有很多事情，跟寨子的初期规划都有关系，我最近一直在想，都写下来了，有主有次，以后……"宁毅点了点那正在写的本子，"可以一起研究。"

"你……"听着这话，西瓜隐约觉得有些不对劲，皱起了眉头。宁毅已经伸出了手："等等，我想到很多东西，先别打断，我怕待会儿忘了。"

帐篷里，西瓜已经站了起来。宁毅喝了一口茶，还在低着头继续写。他的话语不紧不慢，没有一个明确的中心，但主要还是围绕如何改变霸刀营的制度，如何吞并和容纳更多投靠者。其实这是后世公司文化的变体，霸刀营终究是以仁义撑起来的小团体，相对来说还是排外的，如果要扩大，家、兄弟一般的氛围就会被冲淡，宁毅所说的，主要是在下层开出许多端口，如何制约、考评甚至定业绩，规矩一旦定好，刘西瓜就不用像之前那样累了。

往日里两人也时常谈起这些，从"人治"到"法治"的转变，半年来宁毅都在做，但他并没有急躁，甚至霸刀营的核心，他没有妄加改动，一座能用人情维系到这个程度的寨子，单纯的法治其实并不适合。他所建议的一些看似无用的规章，此时只是给刘西瓜看看，没有发出去，之后有一天，若是霸刀营想要扩大规模，它就能派上用场了。

只是之前两人都是有来有往，你一言我一语，有时候也会开个玩笑，但今天，少女发现并没有自己插嘴的余地，宁毅只是随意又跳跃地说着，有一些想法最终的目的是什么，以往他没有说的，这时候都会提一下。

在这样的气氛中，西瓜走了过去，看着他，手轻轻抬了一下，按在了他正在书写的纸张上："你……说这些……"

她没有来得及组织好言语，因为宁毅抬起头，笑着看向她的眼睛，片刻的沉默之后，他想了想，终于放下毛笔，拍了拍少女的手背，站了起来："其实该写的也快写完了。"他拿起茶杯，喝了一口，从桌子那边绕过来。

"你……你……"西瓜睁着眼睛，盯了他很久，待到眼眶几乎湿润时，终于舒了一口气："呵呵，你知道了，你知道……我今晚过来要问你什么了。"她退后两步，"你是朝廷的奸细？！"

这句话说出来后，少女眼中蓄满了晶莹，已经是声色俱厉。宁毅看了她一眼，表情复杂地笑了笑，朝着帐篷门口走去。少女猛地一挥，扫飞了桌上的砚台和毛笔："你走得了吗！是男人就在这里说清楚！"

"反正我走不了，出来吧。"

宁毅掀开帐篷，走了出去，片刻后，西瓜近乎木然地跟了出来。五千余人的营地，点点火光沿着前方的谷地蔓延——眼下是清明节，有些人还在祭奠他们死去的家人。宁毅看着这一切，不远处的黑暗中，方书常的身影轮廓隐隐地透出来，其余几人则隐没在黑暗里。西瓜走了几步，在众人面前，她还是保持着强撑的冷艳："你可以说了吧，宁立恒！"

宁毅拿着茶杯，低头看着里面的茶水，没有说话。

"你来了这么久，我霸刀营可有亏待过你？！"

"我刘茜茜可曾对你所有欺瞒？！"

"你之前说的那些，都是假的？！"

少女大概是被他的态度伤透心了，话语句句冷厉，但宁毅看着营地，没有回答，当他终于开口时，说出的却是另一番似乎风马牛不相及的话："五千多人，洗干净之后进山，也算是有一份基础了。不管怎么样，先求自保总是没错的。也许你们将来真的能干出一番事情来，你想做的事情，也许真有一天能够成功，但接下来才是你们最难的一段时间……"

这样的话语声中，他喝了口茶。黑暗中，少女身后不远处，刘天南拿着放霸刀的长箱子出来了，钱洛宁的身影、郑七命的声音也开始出现。宁毅环顾了一下四周，笑了一笑："我还有几句话，不用这么急。"

众人都皱着眉，神色各异，方书常开口道："我信你有苦衷，你若有能证明自己清白或者是迫不得已的办法，可以说出来。"

宁毅只是向他举了举杯，顿了一顿："在我们后面跟上来的一千二百人，不是童贯禁军，而是康芳亭的武骠营精锐。半个时辰后，他们会从东南方向发起突袭，南叔最好先做准备。打仗我不太懂，不过有个建议，杜先生跟七命率一队一百五十人的队伍，东行十里，可以看见他们扎的军营。虽然他们每个人都随身携带了军粮，但军营后侧也有一支小队专管粮草。一百多人以火箭骚扰伴攻，他们会以为你们打的是粮草的主意，军阵就会收缩回撤。西瓜带上五百人，在两里外的净风岗吃掉来偷袭的前阵，他们以后就不会再跟了。"

他说起这个，众人都为之一愕，就连刘西瓜也有些惊疑不定，随后只是偏了偏头，有些艰难地说："南叔，去确认……"刘天南点头去了。正当众人以为宁毅有苦衷时，他再度开了口。

"大家要做的事情不同，我在这里这么久，有些事情，你们不知道。我跟朝廷的关系不算密切，只是有个叫秦嗣源的老头最近当了右丞相，当初在江宁，我跟他下过几盘棋。有些事情是现在必须做的，离开这里之后，我会上京，尽自己的一份力……"他笑着拱了拱手，"'血手人屠'宁立恒，虽然道不同，但各位幸会……"

"你走得了……"

"你们旁边有火药。"

两支火箭从远处唰地射了过来！

宁毅当初在太平巷使用火药的那番战绩，霸刀营里所有人都知道。他刚入霸刀营时，大家自然都有提防，不会允许他接触太多这类东西，但到得后来，大家逐渐信任了他，自然就减少了对他的监视。宁毅在出城前是做了一些准备的，到底有没有火药，大家并不清楚，这一片虽然相对空旷，但几辆堆放杂物的小车还是有的，见火箭钉在两个木桶上，方书常等人连忙打算避开。

宁毅方才出了帐篷，自然而然地与刘西瓜拉开了几米的距离，刘西瓜感觉他跑不了，又心神不宁，就没有过分在意。其中一只木桶眼下就在那帐篷旁边，她若要追杀宁毅，往前就是在靠近那火药桶。宁毅已经在后退，但是望过去时，少女的目光还是让他愣了愣。

从最初的三声质问，宁毅在营帐外给出近乎默认般的回答之后，她似乎就已经失去了某种力量，让刘天南去查看的那句话，也是极为艰难地说出来的。此后的那些言语，宁毅的所有话语，在别人心中或许是一种含意，但在她的心里，不知道变成了什么样子。宁毅望过去时，很难形容对面的少女给他一种怎样的感觉，她身体单薄，却又尽力坚强地站在那儿，微微偏着头，五官精致、苍白，有一种像是即将变得透明的奇异的感觉，那或许是天上的银河在她湿润的眼眸里的反射，一时间，仿佛有一种足以让人刻骨铭心的美感。

宁毅看见那单薄而苍白的双唇微微动了动。她在说话，像是自言自语，但那一瞬间，宁毅是听到了那句话的，像是水滴滴在静谧的水面上。

"我不许你走。"

宁毅第一时间举起了枪。少女俯下身子，修长的双腿发出爆炸般的力量，草地上漾起波纹，无数水滴飞射，在空中划出痕迹……

"啊——"

那双眼睛像是要盯住他的灵魂，并逐渐逼近，宁毅心中泛起一声叹息，艰难地挪开了枪口。

砰——

枪声、火光、荡开的气流、射出枪膛的流弹……刀锋怒卷而来……

轰隆——

巨响与升腾的火光从侧面传来，光芒夺目，衬出一片混乱的气氛。巨刃挥舞，在少女的冲刺中高高地扬起。宁毅朝着一边开了枪，另外有一道身影，也在火光的掩映中，无声地刺入两人之间，那步履似慢实快，直接切入刘西瓜前冲的路径。

刀光挥下。

砰——

那黑色的身影迎着巨刃锋口举起了持着兵器的左手，一架之下，先是发出清脆的响声，随后那股巨力轰然消散。刘西瓜的霸刀技巧讲究刚猛、连贯，眼下的含怒出手几乎可以说是巅峰状态，但那一刀斩下，在空中仍旧出现明显的停顿，随后这一刀直落地面，将草茎、泥土斩得轰然飞散。

远处爆炸引起的光芒与冲击在这一刻才蔓延开来，照亮了陡然现身的这人的轮廓，却是一名穿着黑色劲装、束起长发的年轻女子。她站姿挺拔，目光清冷，衣袂、发丝在空中舞动，左手反握一柄古朴的铁剑，剑甚至还未出鞘。西瓜的眼睛也被这光芒照亮了一瞬，随后，她拖刀再斩。

她推动霸刀的技巧需要连贯和距离，这种一眼可见的缺点，别人能知道，她自己自然也是清清楚楚。只是一般人就连阻挡她冲势的能力都没有，即便真的遇上了各种问题，导致难以找到冲刺腾挪的空间和距离，她也准备了极多后手和杀招，甚至可以说，这些招数比普通的霸刀刀法更为狠辣。这时候稍一受阻，她已经反手猛握剑柄，要以力破巧，挥巨刃上撩。空气中又是啪的一声，黑衣女子打在了少女的手背上。

啪啪啪啪啪——

一时之间，交手之声连续响起。

西瓜本就是直冲而来，那女子则是直接过来挡路，眨眼之间，两人的距离拉近到贴身。巨刃斩下，犹如一条有生命的巨蟒，而西瓜脚步不停，手上小金刚连拳也是毫无保留地挥了出去。那黑衣女子像是一棵在大风中摇摆的柳树，两人交手如电，她上半身虽然随着出手有动作，脚下竟然半步都没有退开。转眼间，那刀锋一旋，从后方再度挥上空中，黑衣女子的身形也犹如绷到极点的弓弦，陡然间对着手挥巨刃的少女发出了最为猛烈的一击。

呼——

刀锋斩空。

巨刃拖着少女如电风扇扇叶一般飞转，朝着一侧飞出好几米，斩裂甚至推倒了整顶帐篷。她在地上滚了一下，单手撑地，半跪着抬起头来。

一切其实都发生在短短片刻间。

被两支火箭扎中的木桶没有爆炸，爆炸声是从不远处的一座木棚里传出的。木棚里的几匹马是距离这边最近的坐骑。当刘西瓜冲上时，宁毅一枪对着方书常的身侧射去，黑衣女子却已经出现在他身前，刘西瓜与她那段疯狂的交手不过两次呼吸的时间，紧接着刘西瓜就和巨刃一同飞了出去。

这边，郑七命被女子简单的一剑逼退，宁毅退后几步，看了西瓜一眼，走向不远处的一匹战马。那边棚子里的战马已经惊了，但这边还有两匹预备着。

这次事发仓促，刘西瓜也是心神不宁——召集过来的人毕竟不算多，刘天南已经走了，除了西瓜本人，就只剩下方书常、郑七命、钱洛宁。那长发黑衣的女子单手横剑，竟是挡在了所有人面前。这女子面容素净，年纪也不算大，但仅仅是简单几下出剑，竟令得方书常等人都产生了难以匹敌的心情。这种心理，恐怕只有从前面对刘大彪时才有可能出现。

不过，西瓜方才那一阵出手，虽然看起来是简简单单就被逼退，但她实际上没有受什么伤。眼前女子的身手要高她一筹，但差距也没有那么大，只是因为她愤怒出手，心神焦躁，才在这么短的时间内就吃了亏。此时她单手撑地，猛地抬头，一咬牙再度冲出，取的是宁毅的方向。宁毅挥出一样东西，转身就跑。

那东西是他之前拿在手上的水杯，茶水扑面而来。西瓜提起霸刀哗地将水幕拍开，眼前一柄苍古宝剑直刺而来。她身形一屈，在草地上滑了出去，霸刀挥回，怒斩向黑衣女子的下盘，随后双足发力，再度猛扑。

方书常等三人也直冲而上。面对刘西瓜仿佛不要命一般的攻势，黑衣女子选择了飞退。毕竟距离两匹马不算太远，宁毅已经上了其中一匹，挥动缰绳，拉得另一匹也跑起来。远处的树林间又是两发箭矢射来，试图封住方书常与钱洛宁的去路。刘西瓜奔跑的身形如猎豹，直接跃了起来，要斩向刚刚起步的战马，黑衣女子也跃起挡在她的前方。

砰——

巨刃斩上古剑，在空中溅出惊人的火花，黑衣女子借着反震的力道上了马背，刘西瓜则持着巨刃落了下去。战马长嘶，远处飞散的火光中，最近的几匹马已经惊得四散开去。

然而，身在半空时，西瓜就已经放开了手中的霸刀。等双腿落地，她一只手在地上撑了一下，一刻不停地朝着前方冲出去。

战马奔驰，然而少女紧咬在后方，她绕过前方的巨石，冲过溪流，引得水花激射，她却没有丝毫停顿，在草地上奔行如风。刘西瓜御史霸刀，本就以轻功见长，此时脱了重负，脚下速度竟快逾奔马。她咬紧牙关，目光凶戾，速度还在增加，只有树林中射出的一支箭短暂地拖延了她一下，但随后，树林中的人也不得不赶快转身逃跑，因为方书常跟郑七命也跟了过来，而钱洛宁奔向一边，显然是要去追其他人。

战马冲进小树林，经过一小段谷地后，再度冲进前方的林子。西瓜在后方的追赶丝毫未停，看起来简直像是一头穿过林间的猎豹。如果在平时，宁毅或许很愿意以欣赏的眼光来看待这一幕，但眼下，连他都觉得无话可说。旁边的黑衣女子偶尔回头看看，又看看宁毅，也只能心情复杂地为后方的少女叹一口气。

也不知什么时候，唰的一下，飞刀从后方射了过来。黑衣女子挥剑挡下一柄，然而另一柄还是插在了宁毅那匹战马的腿上。顷刻间人仰马翻，宁毅从马背上飞了出去，幸好黑衣女子猛地抓住他，拉回自己的马背上，中刀的那匹战马则撞上旁边一棵大树，血肉飞溅，转眼间便被抛远。

原本是一人骑一匹马，此时变成两人同骑，战马的速度便逐渐慢了下来。刘西瓜越追越近，不远处的林间，似乎也有人追了过来。某一刻，又是一把飞刀袭来，黑衣女子在战马上猛地一撑，翻身下马挡开了飞刀，名叫刘西瓜的少女同时猛扑而来。

第一下交手，手掌对上拳头；第二下交手，膝盖砸上剑鞘；第三下，少女几乎飞了起来，女子一拳轰上去，刘西瓜踩在她的拳头上，朝着空中跃起。

这一次，女子使出了全力，却无心恋战，她转身挥手。这个时候要抓住少女的小腿其实是没有问题的，但是手伸出去的时候，她还是停了停。奔行一路的少女内力已运到极致，浑身上下几乎要蒸腾出白气来，这一次的追赶无论能不能奏效，她日后恐怕都要休养好一阵子。

最终，女子收回手，双手在身侧交叉，挡向一侧袭来的刚猛拳风。刘西瓜的身形冲天而起，跃起五六米，最终落在远处的地上，翻滚了一下，又继续追赶。

拳风如虎吼，这边，女子双手一架。她的身手原本就是顶尖，自从将"太极"一类的哲学观融会贯通之后，更是到了"百尺竿头更进一步"的境界——化武为道，但身形仍旧稳不下来，两道身影冲出数米，在地上砰砰滚了几下，挥拳攻来的那道身影被她挥出更远。她站起来时，陈凡在几米外化作滚地葫芦，直到撞在一棵树上，才站了起来。与此同时，女子已经挥剑与另外一人交上了手，刀剑交击几下之后，她猛地后退到几米之外，对面是手持长刀的杜杀，他看看陈凡，竟有些不敢冲上来。

方书常、郑七命此时也骑着马赶到了。不远处的林子里似乎还在进行另一场战斗。陈凡擦了擦嘴角溢出的鲜血，有些难以置信地看着眼前的女子，最终，视线落在女子受伤的古剑和剑鞘上。

"不可能，你是……立恒身边的……那个'河山铁剑'陆红提？"

陆红提偏了偏头，微微笑了笑："吕梁山陆红提，河山铁剑只是说笑。我不愿与诸位交手，就此罢战如何？"

陈凡喃喃叹了一声："居然这么厉害……"方书常与郑七命皱了皱眉，对她这"罢战"的提议不知道该怎么回答，只是问陈凡、杜杀："庄主呢？"

"她……"陈凡皱眉，朝着刘西瓜奔跑的方向指了指。陆红提往那边走去，做出了阻拦的姿态："接下来，让他们两个自己处理这件事情也许更好，诸位不觉得吗？"

宁毅与西瓜之间的暧昧，大家心中是有数的，虽然很难确认，但陆红提这样说了，让情况显得更加暧昧。眼下最有发言权的当然是杜杀，而陈凡跟宁毅、西瓜两人都算得上朋友。方书常与郑七命等了一会儿，想起些事情，俯身问道："杜老大、陈凡，你们怎么会知道这件事，提前赶过来的？方才一时间没有找到你们。"

有关宁毅的事情没有提前通知他们，他们竟先一步赶到了，显然有些奇怪。陈凡跟杜杀对望了一眼，皱起了眉头："我们……"陈凡看着西瓜消失的方向，有些迟疑地说道，"我们原本是被立恒委托去办一些事情的，然后……发现了一些问题……"

星辉暗淡，下弦月如眉如钩。战马冲出树林边缘，在草地上倒下时，宁毅在地上翻滚了几下，站了起来，拿出火铳开始装弹。远处有田，更远处是座小小的村庄，亮着点点灯火。

少女手持一把单刀，从那边走过来。宁毅举起火铳："别动了。"

然而对面的敌人目光执拗，动作木然，以不变的步伐前行。

宁毅叹了口气，终于收起火铳，拔出身上的战刀。少女不为所动，走近了。

"话没说完……"她如此说道，"我问你的话，你还没有说完。"

宁毅摇了摇头："该说的……不都已经说了吗？"

"你说的那些都是假的吗？"

宁毅没有回答，她便牙关微颤、目光凶狠地说了下去。

"跟我说的那些，要在霸刀营里做的那些……"

"你只是个入赘的，你在其他地方根本做不了那些事情……"

"没人会重视你，你想那么多，说那么多，所以我才信你的，你说的那些都是假的吗？！"

她陡然间逼近了，宁毅目光一凝，战刀唰地挥了出去，破六道的内劲在这一刻发挥到极限，然而女子身形一矮，躲了过去。

"我爹爹是被朝廷的人杀死的，我跟你说过的……我明明跟你说过的！"

宁毅一拳挥了过去，女子顺手拍开，他随后又是一刀，这一次，对面的少女陡然抬起头，盯着他，单手猛地一挥！

砰的一声，宁毅虎口迸裂，战刀飞上夜空不见了，少女揪住他的衣襟，单刀猛地架在他的脖子上。

"这就是你杀汤寇的一刀？！什么'血手人屠'，你的武艺……你的武艺这么差——"说话间，她推得宁毅退出数米，然后砰的一下将他按在一棵树上，刀锋紧紧地压在宁毅的脖子，"你的武艺这么差……你怎么挡得了我来杀你？！"

极度压抑的喊声当中，西瓜哭了出来。她看着宁毅，眼泪流了下来，整个人都在发抖，宁毅将火铳抵在她的肚子上她也不在意，但片刻之后，宁毅放下了手，大概是觉得这样也没什么意思："喀，有些事情要做，已经跟你说了……"

"你帮朝廷做事……"

"因为你们不能再拖下去了。"宁毅看着她，"就算在杭州，再拖下去你们也没有好下场，但北方不能再等！再等下去，这个国家，无论辽、金，都会看不起。北方那场仗一打完，他们南下，就是灭顶之灾！"

"武朝的生死关我什么事啊！我霸刀庄……"刘西瓜流着眼泪，压抑地喊道，"就是造反的啊！"

"武朝的生死也不关我的事，但北方金人、辽人下来，要打的不只是武朝！你们造反若真能成功，我就帮你们，可你们成不了。北边金銮殿里的那个皇帝，你可以杀，我可以杀，金人、辽人不能杀！就算他们是猪狗，也是一个国家的面子，脸可以自己打，不能给别人打，打了……"他顿了顿，"就把一个国家的脊梁都给打没了……"

"所以你就要帮朝廷？"

"所以我就要帮秦嗣源！"

"我不知道你在说什么……"刘西瓜看着他，嘴唇动了动，平素刚强——就算刚强不来也要死撑——的神情中，终于有了几分委屈，刀虽然还压在宁毅的脖子上，但终究是砍不下去了。她艰难地吸了一口气，"你既然……你既然已经是朝廷那边的人了，你既然要帮他们，城破之时就可以走，你为什么没有走？"

她一路追来，最想要问的，还有众人最想知道的，恐怕就是这个问题。当时正是因为宁毅送走了妻子仍旧跟了上来，众人才更加义无反顾地相信了他。宁毅看着远处的林间，嘴唇动了动。

"该给你的东西还没有全部给你，要告诉你的还没有整理完，而且……出城之时龙蛇混杂，你们现在有五千多人。朝廷安排在这边的奸细有两拨，一拨我是清楚的，一拨我不清楚，霸刀营的名字，毕竟是在朝廷那边挂上了号的，他们现在来不及对付你，以后也会动手。不清理干净，我怎么走……"

少女的目光晃了晃，宁毅讽刺地笑了一声："吕将给你的那些东西，是我在情况紧急联系不上他们时留的几封亲笔信。不过，自从出了太平巷那件事之后，我就再也不把期待放在这帮猪一样的同伴身上了，钩心斗角，贪功诿过……

"之前几天我就调查了队伍里所有可以调查的人。酉时三刻，刘路明将这些东西秘密交给吕将，半个时辰后我就顺着这根藤找出了他们留在难民中的人。然后我拜托陈凡与杜先生处理这件事，现在他们应该处理完了。如果不是在背后捅刀子，我也揪不出他们来，现在……死得干干净净就是他们的幸运了……"

宁毅说着，看着眼前的少女，叹了口气："这件事情做了以后，你们才可以暂时摆脱朝廷的监视，干干净净地从里面脱身，我能做的，也就这么多了……"

西瓜还盯着他，但眼中的杀意已经没了，复杂的思绪在那双大眼睛里流转，眼泪淌了出来。过得好半晌，她才说道："我不会放过你的。"她拿开刀刃，放开了宁毅的衣服，退后两步："我不会放过你的……"话音不高，更像是对自己的喃喃低语。

她拿着刀，转过身，摇摇晃晃如幽灵般走了几步，吸了吸鼻子，然后又转回来，一边走一边抽泣，如此换了几个地方，终于在对着那边田野和村庄的小口子前蹲了下来，抱着双手，低头哭了出来。声音压也压不住，可是她没有办法回去。眼前的少女恐怕从懂事时起就一直坚忍好强，从那时起就再也没哭过，也没有人见过她哭，但眼下，连她自己都压不下这样的情绪，也解释不来为何会出现这样的情绪。

宁毅在旁边的湿草上坐下，过得片刻，他试探性地伸手拍了拍少女的肩膀，然后将手放在肩膀上，试图搂着她。西瓜啊的一声大哭起来，她的身体往宁毅那边侧过去，在他的怀里大声哭着，然后举起手，一拳打在宁毅的肩膀上，宁毅脸都绿了。第二拳则打在他的胸口，她还在大哭。

"我爹爹是被朝廷杀了啊……宁立恒，我爹爹是被朝廷的人杀了啊……"

她重复着这句话，在阴霾满布的星空下的草地上捶打着身边的男人，又在他的怀里持续地号啕大哭，许久都无法停歇……

深夜没有下雨，宁毅看了看天色，与陆红提一道在破旧的小庙前停了下来。不一会儿，闻人不二过来会合，和他一道的，还有四个穿着黑色劲装的男子，有两个受了伤。

"这位是陈亚元陈总捕，专管苏杭一带的刑侦谍报事务，杭州失陷时……"

相对一般的朝廷官职，六扇门更加趋近江湖性质，陈亚元虽然是总捕头，必然也有其他官职在身。闻人不二跟宁毅介绍着对方，宁毅笑着拱手。

"幸会，之前虽然都在杭州，但从未见到，今日才第一次得见。不知陈兄与京城陈家的陈开廉公有什么关系。"

"那是家父。"

"呵呵，听人说起过，久仰。"

这陈亚元三十岁上下。按说到六扇门当捕头算不得光彩的事情，就算当上总捕头也总是在暗地里行事，一般来说君子不为，不知道他做这件事背后有什么因由。宁毅打量了对方片刻。

"事发突然，还好几位来得及时。逃走的时候，听说有几个人因为牵连，被他们杀掉了，其中有个叫作刘路明什么的……"

那陈亚元的目光陡然一凝，盯住了宁毅，他明显有些意外，但随即笑了起来。

"我倒是听说，那位刘寨子武艺高强，后来她单人匹马追上了宁公子，却又将宁公子放了，不知道是否有此事……"

闻人不二道："两位，都是自己人，勿伤了和气……"

"你……"

宁毅的枪口对准了陈亚元。那陈亚元微微一愣，举刀要挡，只听砰的一声巨响，子弹轰开了他心脏下方的衣物，人被打飞出去，肚子烂了。跟在陈亚元身边的人猛然拔刀，陆红提已经迎了上去，转眼间杀了两人，第三个人想要跑，陆红提追出几步，也将人杀了。她嫌恶地看着地上还在往后爬的陈亚元，他肚子破了，一时间还没有死，口中吐血，一边看着宁毅一边往后爬。

闻人不二看着这一幕，也惊呆了，与陈亚元一样，他没想到宁毅会这样不管不顾地出手："你……陈家是很有势力的，他……他虽然过分了些，但这一次……也出过很大的力气，他是有能力的人，你怎么……怎么能这样……"

陈亚元的手指颤抖地指着宁毅，宁毅看着他："所以啊，陈亚元此时为国捐躯，鞠躬尽瘁，我很伤心。你告诉我的时候，只说他想贪功，那就如他所愿，这一次破杭州，最大的一份封赏是他的了。"他朝陈亚元摊了摊手，"是你的了。"

"但是……"闻人不二还想说话。

"他已经死了。"宁毅对着还能动的陈亚元如此陈述着。

"这毕竟是……"

"他已经死了——"

陡然间，宁毅对着对面的男子吼了出来，惊飞了一群宿鸟。这个晚上，他的心情显然也极不好。闻人不二揉了揉额头，沉默半晌。

"其实……我想说的是，用你那把枪打他不太好，刚才我杀他比较好，用刀用剑，别人看不出来……现在我们还得把他毁尸灭迹……"

"哦，是我太激动了。"宁毅想了想，然后朝那边摊了摊手，"看，他死了。"

这一次，陈亚元是真的不动了。

夜还长，林中断断续续传出三个人的说话声。

"毁尸灭迹什么的,你是不是比较熟练?你是干奸细的,专业一点儿,我跟红提就先走了……"

"总得帮帮忙吧……"

"我会一点儿,我可以帮忙。"

"陆姑娘仁义。"

"太恶心了……"

"……"

"其实我想说,这个国家会变成这样,就是有能力和觉得自己有能力的人太多了,北方要是傻子多一点儿,也许就不会输成那样了……"

"闻人兄高见。"

"宁兄弟刚才不是想说这个吗?"

"我没有,不过红提可以记住这个,如果将来有一天武朝完蛋了,那是因为我们有一群神一样的队友……"

"反正他已经死了。"

"呵呵……"

…………

树林安静,星光如眸,不多时,雨下来了,落在树林里,落在原野丘陵上,落在那古老的城池间,涤散了这片大地上混乱的烽烟。雨停时,风穿过林间,天边显出微微的鱼肚白……

(第5册完)